CW01654788

M. L. Stedman est née en Australie et vit désormais à Londres. *Une vie entre deux océans* est son premier roman, qui a connu un succès international impressionnant. M. L. Stedman a également obtenu deux prix décernés par les libraires indépendants en Australie et a été finaliste du Women's fiction Prize. Le roman sera adapté au cinéma par DreamWorks.

Une vie entre deux océans

M. L. Stedman

Une vie entre deux océans

roman

Traduit de l'anglais (Australie)
par Anne Wicke

Stock

TITRE ORIGINAL :
The Light Between Oceans

Couverture : Dominic D. Miller/The Shadow Company
Illustration de couverture : © bürosüd, München
www.buerosued.de
Carte : © Neil Gower

ISBN 978-2-234-07198-8

© Grasshill Communications 2012.
© 2013, Éditions Stock pour la traduction française.

À la mémoire de mes parents

AUSTRALIA
PACIFIC OCEAN
INDIAN OCEAN
GREAT SOUTHERN OCEAN
Tropic of Capricorn
NORTHERN TERRITORY
QUEENSLAND
WESTERN AUSTRALIA
SOUTH AUSTRALIA
NEW SOUTH WALES
VICTORIA
TASMANIA
Great Sandy Desert
Great Victoria Desert
Brisbane
Byron Bay
Sydney
Melbourne
Hobart
Maatsuyker Island
Adelaide
Kalgoorlie
Point Moore
Geraldton
Perth
Hopetoun
Albany
Janus Rock
Point Partageuse
500
Miles

Première partie

Le 27 avril 1926

LE JOUR DU MIRACLE, Isabel, agenouillée au bord de la falaise, arrangeait la petite croix de bois flotté que son mari venait de fabriquer. Un gros nuage solitaire traînaillait dans le ciel de cette fin d'avril, qui s'étendait au-dessus de l'île en miroir de l'océan. Elle arrosa encore un peu puis tassa la terre au pied du buisson de romarin qu'elle avait planté récemment.

« ... et ne nous soumets pas à la tentation, mais délivre-nous du mal... », murmura-t-elle.

L'espace d'un instant son esprit lui joua des tours, elle eut l'impression d'entendre des pleurs de bébé. Elle repoussa cette illusion, et dirigea plutôt son regard vers un groupe de baleines qui remontaient la côte pour mettre bas dans des eaux plus chaudes ; elles refaisaient surface de temps à autre à la faveur de grands coups de queue telle une aiguille ondulant dans une tapisserie. Elle entendit à nouveau les pleurs, mais, cette fois-ci, ils étaient plus forts dans la brume de l'aube. Non, ça ne pouvait pas être ça.

Depuis ce côté de l'île, s'étendait l'immensité, jusqu'en Afrique. Ici, l'océan Indien plongeait dans le Grand Océan austral qui formait alors comme un tapis sans limites au pied des falaises. Par des journées comme celle-ci, l'eau lui paraissait si solide qu'elle avait la sensation qu'elle aurait pu marcher jusqu'à Madagascar sur cet azur. L'autre côté de l'île, tourmenté, donnait vers le continent australien, distant d'environ cent cinquante kilomètres ; elle n'appartenait pas vraiment à cette terre, sans toutefois en être tout à fait émancipée ; elle était la plus haute d'une chaîne de montagnes sous-marines qui s'étaient élevées du fond de l'océan comme des dents sur une mâchoire déchiquetée, prêtes à dévorer tout navire égaré en quête de refuge.

Comme pour se faire pardonner, l'île – Janus Rock – avait un phare, dont le faisceau lumineux offrait une zone de sécurité sur cinquante kilomètres à la ronde. Chaque soir, l'air résonnait du bourdonnement régulier de la lanterne, qui tournait, tournait, tournait sans fin ; avec constance, sans jamais blâmer les rochers, sans craindre les vagues : présente pour sauver des vies au besoin.

Les pleurs persistaient. La porte du phare claqua au loin et la haute silhouette de Tom apparut sur la galerie, il sortait pour observer l'île avec ses jumelles.

« Izzy ! Un canot ! hurla-t-il en lui montrant la crique. Sur la plage ! Un canot ! »

Il disparut pour réémerger quelques instants plus tard en bas.

« On dirait qu'il y a quelqu'un dedans ! » cria-t-il.

Isabel courut le plus vite possible à sa rencontre, et il lui tint le bras pour négocier la descente de l'étroit chemin pentu et accidenté qui menait à la petite plage.

« Il y a bien un bateau, déclara Tom. Et… oh ! Sapristi ! Il y a un type dedans, mais… »

La silhouette était immobile, effondrée en travers du banc, et pourtant les pleurs perduraient. Tom se précipita sur le dinghy et tenta de réveiller l'homme, avant de fouiller l'espace du côté de la proue, d'où venaient les cris. Il en sortit un paquet enveloppé de laine : un doux cardigan de femme couleur lavande emmitouflait un bébé hurlant.

« Bon Dieu ! s'exclama-t-il. Bon Dieu, Izzy. C'est...

– Un bébé ! Oh Dieu du ciel ! Tom ! Tom ! Là... donne-le-moi ! »

Il lui tendit le petit paquet et tenta une fois encore de ranimer l'inconnu ; mais aucun pouls. Il regarda Isabel, qui auscultait la minuscule créature.

« Il est mort, Izz. Et le bébé ?

– Il va bien, apparemment. Ni blessures ni contusions. Mais il est si petit ! dit-elle tout en se tournant vers le nouveau-né qu'elle berçait dans ses bras. Là, là... Tu es en sécurité, maintenant, mon tout petit. Tu es sauvé, mon beau bébé ! »

Tom, immobile, regardait le corps de l'homme, puis il cligna des yeux et les rouvrit pour s'assurer qu'il ne rêvait pas. Le bébé avait cessé de pleurer et inspirait à pleins poumons dans les bras d'Isabel.

« Je ne vois aucune marque sur le type, et il n'a pas l'air malade. Il n'a pas pu dériver très longtemps... Ce n'est tout simplement pas possible, ajouta-t-il avant de marquer une pause. Emmène le bébé à la maison, Izz, moi, je vais chercher quelque chose pour couvrir le corps.

– Mais Tom...

– Ça va être un sacré boulot de le remonter dans le chemin. Vaudrait mieux le laisser là jusqu'à ce qu'on nous prête main-forte. Je ne veux pas que les oiseaux ou les insectes s'en occupent... Il y a une toile dans la remise qui pourrait faire l'affaire. »

Il parlait plutôt calmement, mais il sentait que son visage et ses mains étaient glacés alors que des ombres masquaient le soleil vif d'automne.

Janus Rock, c'était deux cent cinquante hectares de verdure, avec de l'herbe juste suffisante pour nourrir quelques moutons, des chèvres et une poignée de poulets, et assez de bonne terre pour cultiver un potager rudimentaire. Les seuls arbres de l'île étaient deux hauts pins de Norfolk plantés là par l'équipe d'ouvriers venus de Point Partageuse pour construire le phare et ses dépendances plus de trente ans auparavant, en 1889. Un groupe de tombes anciennes rappelait un naufrage survenu bien avant cela, lorsque le *Pride of Birmingham* avait sombré en plein jour sur les rochers avides. C'était à bord d'un navire semblable qu'avait plus tard été transporté le phare en provenance d'Angleterre. Il arborait fièrement la marque Chance Brothers, garantie de la technologie la plus avancée de son temps, prêt à être assemblé n'importe où, aussi inhospitalier et inaccessible que soit le lieu.

Les courants apportaient sur les grèves toutes sortes de choses – les déchets à la dérive tournoyaient, comme mus par des hélices : débris d'épaves, coffrets à thé, os de baleine. Les choses apparaissaient en leur temps, et à leur façon. Le phare et ses dépendances étaient solidement plantés au milieu de l'île, autour desquels s'étaient blotties la maison du gardien et les remises, intimidées par tant de décennies battues par les vents.

Dans la cuisine, Isabel, assise à la vieille table, tenait dans ses bras le bébé qu'elle avait enveloppé dans une couverture jaune moelleuse. Tom frotta avec soin ses bottines sur le paillasson avant d'entrer, puis il posa une main calleuse sur l'épaule d'Isabel.

« J'ai recouvert le pauvre bougre. Comment va le petit ?

– C'est une fille, dit Isabel en souriant. Je l'ai baignée. Elle a l'air plutôt en bonne santé. »

Le bébé se tourna vers lui en ouvrant de grands yeux, le buvant du regard.

« Qu'est-ce qu'elle peut bien comprendre à tout cela ? s'interrogea-t-il à voix haute.

– Je lui ai donné du lait, aussi, pas vrai, ma petite chérie ? roucoula Isabel. Tu sais, elle est vraiment, vraiment parfaite, Tom, dit-elle en embrassant la main du bébé. Et Dieu sait quelles épreuves elle a pu traverser. »

Tom prit dans l'armoire en pin une bouteille de cognac dont il se versa une modeste dose, qu'il vida d'un trait. Il s'assit à côté de sa femme, observa la lumière jouer sur le visage d'Isabel alors qu'elle contemplait le trésor lové entre ses bras. Le bébé suivait chaque mouvement des yeux d'Isabel, comme si retenir son regard devait l'empêcher de s'enfuir.

« Ma toute petite, ma pauvre, pauvre toute petite », chantonna Isabel, tandis que le bébé tendait la tête vers son sein.

Tom perçut les larmes dans la voix d'Isabel ; et le souvenir d'une présence invisible flottait entre eux.

« Elle t'aime bien, dit Tom, avant d'ajouter, presque pour lui-même : Du coup, je me demande comment les choses se seraient passées... Je veux dire..., s'empressa-t-il de poursuivre, non, enfin... On dirait que tu es faite pour ça, c'est tout. »

Il lui caressa la joue.

Isabel leva les yeux vers lui.

« Je sais, mon amour. Je sais ce que tu penses. Je ressens la même chose. »

Il les entoura toutes deux de ses bras. Isabel sentit le cognac dans son haleine.

« Tom, murmura-t-elle, remercions Dieu d'avoir pu la trouver à temps. »

Il l'embrassa, puis posa les lèvres sur le front du bébé. Ils restèrent ainsi un long moment, jusqu'à ce que l'enfant commence à se tortiller et à brandir un petit poing hors de la couverture.

« Bien, dit Tom en s'étirant, je vais aller émettre un signal, pour le dinghy ; il faut qu'ils envoient un bateau pour chercher le corps. Et pour notre petite bonne femme, aussi.

– Pas tout de suite ! dit Isabel, en touchant les doigts du bébé. Je veux dire, on n'est pas pressés, on n'est pas obligés de faire ça sur-le-champ. Le pauvre homme ne s'en portera pas plus mal, au point où il en est. Et cette petiote a sans doute fait assez de bateau pour le moment, à mon avis. Rien ne presse. Laissons-la reprendre son souffle.

– Il va leur falloir des heures pour arriver jusqu'ici. Elle va bien. Tu l'as déjà calmé, ce bout de chou.

– Je dis juste qu'on peut attendre un peu. Après tout, ça ne changera pas grand-chose.

– Tu sais bien que je dois signaler ce genre d'incident dans le livre de bord sur-le-champ, dit Tom, dont les fonctions exigeaient qu'il consigne, en plus de la météo, tout événement significatif advenant dans la station ou dans les parages, qu'il s'agisse de navires croisant à vue ou de problèmes rencontrés avec la machinerie du phare.

– Tu peux aussi bien le faire demain matin, non ?

– Et si le dinghy venait d'un bateau, hein ?

– C'est un dinghy, pas un canot de sauvetage, dit-elle.

– Dans ce cas, ce bébé a probablement une mère qui l'attend quelque part sur la côte, morte d'inquiétude. Comment réagirais-tu si c'était ton enfant ?

– Tu as bien vu le cardigan. La mère aura sans doute basculé par-dessus bord et se sera noyée.

– Mon cœur, on n'en sait rien. On ne sait pas non plus qui était cet homme.

– Mais c'est l'explication la plus plausible, non ? Les nourrissons ne s'éloignent pas de leurs parents.

– Izzy, tout est possible. Ce ne sont là que des hypothèses.

– As-tu déjà entendu parler d'un nouveau-né prenant le bateau sans sa mère ? »

Elle serra le bébé un peu plus fort dans ses bras.

« C'est sérieux. Cet homme est mort, Izz.

– Et le bébé est vivant. Tu n'as donc pas de cœur, Tom ? »

Quelque chose, dans le ton d'Isabel, le surprit et, au lieu de la contredire, il se contenta de réfléchir à sa question. Elle avait peut-être besoin de passer un peu de temps avec un bébé. Il lui devait peut-être ça. Il y eut un temps de silence et Isabel se tourna vers lui, le visage figé en une supplique muette.

« J'imagine qu'à la rigueur…, concéda-t-il, avec des mots qui ne lui venaient que très difficilement, je pourrais attendre demain matin pour signaler tout ça. Je le ferai à la première heure. Dès que j'aurai éteint le phare. »

Isabel l'embrassa et lui pressa le bras.

« Je ferais mieux de retourner dans la salle de la lanterne. J'étais justement en train de changer le tube à vapeur quand tout ceci est arrivé. »

En redescendant le sentier, il entendit la voix empreinte de douceur d'Isabel qui fredonnait un chant de marin, « *Blow the wind southerly, southerly, southerly, blow the wind south o'er the bonnie blue sea.* » L'air avait beau être plutôt mélodieux, il ne lui fut d'aucun réconfort, alors qu'il grimpait les marches du phare en tentant de dissiper l'étrange malaise qu'il ressentait.

CHAPITRE 1

16 décembre 1918

« OUI, JE COMPRENDS BIEN », dit Tom Sherbourne.

Il était assis dans une pièce meublée de façon spartiate, à peine moins étouffante que la chaleur qui régnait dehors ce jour-là. La pluie estivale de Sydney crépitait sur la vitre et forçait les passants à se hâter sur les trottoirs, à la recherche d'un abri.

« Je veux dire, c'est très dur, dit l'homme assis de l'autre côté du bureau, se penchant en avant pour donner de l'emphase à son propos. Ce n'est pas une partie de plaisir. Non que Byron Bay soit le pire endroit sur les Lights. Mais je veux m'assurer que vous savez ce à quoi vous vous engagez. »

Il tassa le tabac dans sa pipe avec son pouce et l'alluma. La lettre de candidature de Tom racontait la même histoire que nombre de celles écrites par bien des hommes à cette époque : né le 28 septembre 1893 ; mobilisé durant toute la guerre ; expérience du code morse international ; physiquement sain et apte ; démobilisation honorable. Le règlement stipulait que l'on devait accorder la préférence aux soldats qui avaient servi pendant le conflit.

« Ça ne peut pas…, commença Tom, avant de marquer une pause et de reprendre. Avec tout le respect que je vous dois, monsieur Coughlan, ça peut difficilement être plus dur que le front Ouest. »

L'homme passa à nouveau en revue les détails des documents de démobilisation, puis il regarda Tom, cherchant quelque chose dans ses yeux, sur son visage.

« C'est vrai, mon gars. Vous avez sans doute raison sur ce point. »

Il lui débita ensuite quelques règles.

« À charge pour vous de vous acquitter de votre trajet lors de chaque nouvelle affectation. En tant que relève, vous ne disposez pas de congé. Les employés permanents ont un mois à la fin de chaque contrat de trois ans. »

Il saisit son gros stylo et signa le document qui se trouvait devant lui. Tout en faisant rouler le tampon d'avant en arrière sur l'encreur, il lui dit : « Bienvenue – il tamponna la feuille à trois endroits – au service des phares du Commonwealth. » La date, « *16 décembre 1918* » brillait sur le document, l'encre encore humide.

*

La relève de trois mois à Byron Bay, sur la côte de la Nouvelle-Galles-du-Sud, effectuée en compagnie de deux autres hommes et de leurs familles, apprit à Tom les rudiments de la vie de gardien de phare. Cette période fut suivie par un passage sur Maatsuyker, île sauvage au sud de la Tasmanie où il pleuvait presque chaque jour et où les tempêtes emportaient au large même les poulets.

Une fois installé, Tom eut tout le temps de repenser à la guerre. Aux visages, aux voix des copains qui ne l'avaient pas abandonné, qui lui avaient sauvé la vie d'une manière ou d'une autre ; ceux dont il avait recueilli les dernières paroles, ceux qui avaient marmonné des sons incompréhensibles, auxquels il avait répondu d'un signe de tête.

Tom n'est pas un de ces hommes dont les jambes ne tenaient plus que par des écheveaux de tendons, ou dont les entrailles s'échappaient en cascade de leur corps comme des anguilles gluantes. Ses poumons n'avaient pas non plus été transformés en colle ou son cerveau en bouillie à cause des gaz. Mais il est malgré tout très marqué, puisqu'il doit vivre dans la même peau que l'homme qui a fait toutes ces choses qui ont dû être faites là-bas. Il porte en lui cette ombre différente, projetée vers l'intérieur.

Il essaie cependant de ne pas trop s'attarder sur le sujet : il a vu trop d'hommes devenir pire qu'inutiles après avoir flanché. Il continue donc à vivre sa vie à la lisière de cette chose qu'il ne peut pas nommer. Lorsqu'il rêve à ces années-là, le Tom qui les a vécues, le Tom qui a du sang sur les mains, est un garçon d'environ huit ans. C'est ce garçon qui se dresse contre des hommes armés de fusils et de baïonnettes, et il s'inquiète parce que les chaussettes de son uniforme d'école ont glissé et qu'il ne peut les relever parce qu'il faudrait pour cela qu'il lâche son arme et qu'il est à peine assez grand pour la tenir. Sans compter qu'il ne parvient pas à retrouver sa mère.

Puis il se réveille dans un endroit où il n'y a que du vent, des vagues et de la lumière, ainsi qu'une machinerie complexe qui permet à la flamme de brûler et à la lanterne de tourner. Tourner sans cesse, se retourner sur elle-même.

S'il réussit à s'éloigner suffisamment – des gens comme des souvenirs –, le temps fera son œuvre.

*

Situé à des milliers de kilomètres de la côte Ouest, Janus Rock constituait le point le plus éloigné du continent sur lequel se trouvait la maison d'enfance de Tom à Sydney. Mais le phare de Janus était aussi le dernier symbole de l'Australie qu'il avait aperçu lorsque son régiment était parti pour l'Égypte en 1915 à bord d'un bateau à vapeur. L'odeur des eucalyptus l'avait accompagné sur des kilomètres au large d'Albany et, lorsqu'elle s'était évanouie, il s'était soudain senti mal devant la perte de quelque chose dont il ignorait que cela pourrait lui manquer. Et puis, des heures plus tard, bien réel, bien stable, le phare, avec son éclair de cinq secondes, apparut – point ultime de sa patrie – et ce souvenir demeura en lui tout au long des années d'enfer qui suivirent, à la manière d'un baiser d'adieu. Lorsque, en juin 1920, il entendit parler d'une relève à assurer en urgence à Janus, ce fut comme si le phare lui-même l'appelait.

Situé en équilibre précaire tout au bord du plateau continental, Janus Rock n'était pas très demandé. Bien que son classement comme poste présentant de grandes difficultés assurât un salaire légèrement plus élevé que la moyenne, les vieux briscards disaient que le jeu n'en valait pas la chandelle, dans la mesure où ce surcroît de revenus restait, malgré tout, bien maigre. Le gardien que Tom remplaça sur Janus se nommait Trimble Docherty et avait contrarié les autorités en rapportant que sa femme communiquait avec les bateaux de passage à l'aide des fanions colorés du code international. Ce n'était pas satisfaisant pour les autorités pour deux raisons : tout d'abord, parce que le directeur adjoint du service des phares avait interdit quelques années auparavant cette pratique dans la mesure où les embarcations se mettaient en danger lorsqu'elles s'approchaient trop de la côte pour déchiffrer lesdits messages ; et en second lieu parce que l'épouse en question était récemment décédée.

S'ensuivit une correspondance nourrie, en trois exemplaires, entre Fremantle et Melbourne, le directeur adjoint de Fremantle plaidant la cause de Docherty eu égard à ses longues années d'excellents services auprès de quartiers généraux exclusivement préoccupés des questions d'efficacité, de coût et de respect des règles. On trouva un compromis, un gardien provisoire serait engagé tandis qu'on accorderait à Docherty un arrêt maladie de six mois.

« En temps ordinaire, nous n'enverrions pas un célibataire sur Janus… C'est plutôt isolé et une femme ou une famille peuvent être d'une aide non négligeable sur le plan pratique, pour ne rien dire du réconfort qu'elles apportent, avait expliqué à Tom le responsable du district. Mais dans la mesure où ça n'est que temporaire… Vous partez pour Partageuse dans deux jours », avait-il ajouté, avant de lui faire signer un contrat de six mois.

Les préparatifs furent succincts. Personne à qui dire au revoir. Deux jours plus tard, donc, Tom gravissait la passerelle du *SS Prometheus*, un sac de marin contenant ses rares possessions à l'épaule. Le bateau traça sa route le long des côtes sud de l'Australie, faisant escale dans différents ports entre Sydney et Perth. Les quelques cabines réservées aux passagers de première classe se trouvaient sur le pont supérieur, vers la proue. Voyageant en troisième, Tom partageait la sienne avec un vieux marin. « Vu que je fais le voyage depuis cinquante ans… ils n'auraient pas le toupet de me demander de payer. Pas de veine, tu vois », avait dit l'homme d'un ton jovial, avant de reporter toute son attention sur la grande bouteille de rhum au degré alcoolique dépassant la limite autorisée qui seule semblait l'intéresser. Pour échapper aux vapeurs d'alcool, Tom prit, à compter de cet instant, l'habitude de se promener sur le pont dans la journée. Le soir, on jouait souvent aux cartes dans les ponts inférieurs.

On pouvait encore, au premier coup d'œil, distinguer ceux qui y étaient allés, et ceux qui avaient passé la guerre chez eux. Cela se sentait, chez un homme. Chacun avait tendance à rester avec les siens. Le fait de se retrouver dans les entrailles du bateau faisait resurgir les souvenirs des navires de transport de troupes qui les avaient emmenés tout d'abord au Moyen-Orient, puis en France. Quelques instants après être montés à bord, ils avaient pu déduire, grâce à un instinct quasi animal, qui était officier, qui était simple soldat, et où ils avaient combattu.

Comme sur les navires militaires, on s'employait à trouver une activité pour passer le temps. Le jeu adopté était plutôt simple : le premier à rapporter un objet appartenant à un passager de première classe l'emportait. Mais, cela dit, il ne s'agissait pas de n'importe quel objet. L'article en question était une culotte de dame. « Et on double le montant de la récompense si elle la portait à ce moment-là. »

Le chef du groupe, un homme du nom de McGowan, qui arborait une moustache et avait les doigts jaunis par ses Woodbine, déclara qu'il avait discuté avec un des stewards de la liste des passagers : le choix était limité. Il y avait en tout et pour tout dix cabines. Un avocat et sa femme – qu'il valait mieux éviter ; quelques couples âgés ; deux vieilles filles (prometteuses), mais surtout, la fille d'un rupin qui voyageait seule.

« Moi, je crois qu'on peut escalader le flanc du bateau et entrer par son hublot, annonça-t-il. Qui en est ? »

Le caractère périlleux de cette entreprise ne surprit pas Tom. Il avait entendu des douzaines d'histoires similaires depuis son retour. Des hommes qui risquaient leur vie sur un coup de tête – qui prenaient les barrières d'un passage à niveau comme un saut d'obstacle ; ou qui partaient nager dans des courants puissants pour voir s'ils pourraient en réchapper. Nombreux étaient-ils les hommes qui, là-bas, avaient évité la mort, et qui semblaient maintenant sous l'emprise de l'attraction qu'elle exerçait sur eux. Mais ceux-là étaient désormais des électrons libres. Et sans doute des mythomanes.

La nuit suivante, alors que ses cauchemars étaient pires encore que d'habitude, Tom décida de leur fausser compagnie en allant arpenter les ponts. Il était deux heures. À cette heure-là, il était libre d'aller où il voulait, il se promena donc à l'envi, contemplant le reflet de la lune sur l'eau. Il grimpa jusqu'au pont supérieur, s'agrippant à la rampe de l'escalier afin de compenser le léger tangage, puis il resta un moment immobile tout en haut, pour savourer la brise et la constance des étoiles qui illuminaient le ciel cette nuit-là.

Du coin de l'œil, il aperçut une lueur provenant d'une des cabines. Même les passagers de première classe avaient parfois du mal à dormir, songea-t-il. C'est alors qu'une sorte de sixième sens s'éveilla en lui – cet instinct familier et indéfinissable, le pressentiment d'ennuis à venir. Il s'approcha sans bruit de la cabine et jeta un œil par le hublot.

Dans la lumière avare, il vit une femme plaquée contre la cloison, comme si elle y était clouée, alors même que l'homme qui se trouvait face à elle ne la touchait pas. Son visage était à quelques centimètres de celui de la femme et il la dévisageait d'un air salace que Tom n'avait vu que trop souvent. Il reconnut l'homme des ponts inférieurs et se souvint du trophée. Les sales crétins… Il saisit la poignée de la porte, qui s'ouvrit.

« Laisse-la tranquille ! » dit-il en pénétrant dans la cabine.

Il avait parlé calmement, mais d'un ton qui ne souffrait pas la contradiction.

L'homme se retourna et sourit quand il reconnut Tom.

« Bon sang ! J'ai cru que c'était un steward ! Tu peux me filer un coup de main, si tu veux, j'étais juste en train de…

– Je t'ai dit de la laisser tranquille ! Dégage ! Tout de suite !

– Mais je n'ai même pas commencé à lui faire sa fête. »

Il empestait l'alcool et le tabac froid.

Tom abattit la main sur son épaule, en serrant si fort que l'homme cria. Il faisait bien une demi-tête de moins que Tom, mais tenta malgré tout de riposter. Tom lui saisit le poignet et le tordit.

« Nom et rang !

– Soldat McKenzie. CX 3277. »

Le matricule avait suivi comme par réflexe.

« Soldat McKenzie, présentez vos excuses à cette jeune dame et regagnez votre couchette. Ne vous montrez plus sur le pont jusqu'à ce que nous ayons accosté, compris ?

– Oui, monsieur ! dit-il avant de se tourner vers la jeune femme. Je vous demande pardon, mademoiselle. Je ne voulais pas vous faire de mal. »

Toujours terrifiée, celle-ci lui adressa un signe de tête imperceptible.

« Et maintenant, filez ! » dit Tom.

L'homme, soudain dégrisé, sortit de la cabine en traînant les pieds.

« Tout va bien ? demanda Tom à la femme.

– Je… Je crois que oui.

– Il vous a fait mal ?

– Il ne m'a pas…, commença-t-elle, autant pour elle-même que pour Tom, il ne m'a pas vraiment touchée. »

Il regarda son visage avec attention, ses yeux gris semblaient avoir recouvré leur calme. Ses cheveux sombres étaient défaits et tombaient en vagues ondulées le long de ses bras, elle maintenait toujours le col de sa chemise de nuit dans ses poings. Tom attrapa le peignoir accroché à une patère et lui en couvrit les épaules.

« Merci, dit-elle.

– Vous avez dû avoir terriblement peur. Je crains que certains d'entre nous ne soient plus vraiment habitués à vivre en compagnie civilisée, de nos jours. »

Elle ne répondit rien.

« Il ne vous ennuiera plus, dit-il en redressant une chaise qui avait été renversée dans la bagarre. À vous de voir si vous voulez porter plainte, Mademoiselle, mais je dirais qu'il n'est plus vraiment lui-même. »

La jeune femme semblait indécise.

« Avoir été là-bas, ça vous change un homme. La frontière entre le bien et le mal semble devenue bien ténue, pour certains. »

Avant de sortir, il tourna la tête vers la jeune femme.

« Il serait tout à fait légitime que vous portiez plainte, mais je crois qu'il a déjà eu son compte. À vous de décider. »

Et il disparut.

CHAPITRE 2

POINT PARTAGEUSE TIENT SON NOM d'explorateurs français qui dressèrent la carte de ce cap saillant au sud-ouest du continent australien, bien avant que commence en 1826 la ruée colonisatrice britannique visant l'Ouest. Depuis lors, des colons s'étaient faufilés peu à peu vers le nord à partir d'Albany, ou vers le sud en partant de la colonie de Swan River, pour se déclarer propriétaires des forêts vierges couvrant les centaines d'hectares entre les deux. Des arbres hauts comme des cathédrales furent abattus à la scie à main afin de créer des pâturages ; des routes étroites furent tracées à la force du poignet, centimètre après centimètre, par des gars à la peau pâle, aidés d'attelages de chevaux de trait, et c'est ainsi que cette terre, qui, jusque-là, n'avait jamais été marquée par l'homme, fut griffée, brûlée, cartographiée, mesurée, distribuée par lots, pour tous ceux qui souhaitaient tenter leur chance dans un hémisphère susceptible de leur apporter le désespoir, la mort, ou au contraire la fortune, au-delà de toutes leurs espérances.

La communauté de Partageuse s'était rassemblée là comme une nuée de particules de poussière apportée par la brise, pour s'installer en ce lieu où se rencontraient deux océans, parce qu'il y avait de l'eau douce, un port naturel et de la bonne terre. Le port n'aurait pu rivaliser avec Albany, mais il faisait tout à fait l'affaire pour les navires transportant des troncs d'arbres, du bois de santal ou de la viande de bœuf. De petits négoces s'étaient créés, s'accrochant comme du lichen à flanc de rocher, et la ville avait fini par compter une école, plusieurs églises aux cantiques et aux architectures variés, un certain nombre de maisons de brique et de pierre, et un plus grand nombre encore de bâtisses en bois et en tôle. Elle donna, avec le temps, naissance à plusieurs échoppes, à un hôtel de ville et même à une agence Dalgety pour aider les agriculteurs. Ainsi qu'à des pubs. Beaucoup de pubs.

Aux premiers temps de Partageuse, la croyance tacite en vigueur était que les vrais événements se produisaient toujours ailleurs. Les nouvelles du monde extérieur arrivaient comme la pluie tombe des arbres, quelques bribes par-ci, quelques rumeurs par-là. Le télégraphe avait certes un peu accéléré les choses lorsque la ligne avait été installée en 1890 et, par la suite, quelques habitants avaient fini par avoir le téléphone. La ville avait même envoyé des troupes au Transvaal en 1899, perdant une poignée d'hommes, mais, de manière générale, la vie à Partageuse semblait de second ordre, rien de très mauvais ni de très merveilleux non plus ne pouvait jamais se produire.

D'autres villes, à l'ouest, avaient connu des destins différents, bien sûr : Kalgoorlie, par exemple, située à des centaines de kilomètres à l'intérieur des terres, avec ses veines d'or souterraines qui couraient sous le désert. Les hommes y arrivaient un peu par hasard, avec leurs brouettes et leurs batées, et repartaient au volant d'un véhicule à moteur acheté grâce à une pépite aussi grosse qu'un chat, dans cette ville où certaines rues n'avaient été qu'à moitié ironiquement baptisées de noms comme Crésus. Le monde voulait ce qu'avait Kalgoorlie. Ce que Partageuse avait à offrir, son bois de construction et son bois de santal, c'était de la petite bière, en comparaison : rien de l'essor tape-à-l'œil que connaissait Kal.

Puis, en 1914, les choses changèrent. Partageuse découvrit qu'elle aussi possédait quelque chose dont le monde avait besoin. Des hommes. Des hommes jeunes. Des hommes en forme. Des hommes qui avaient passé leur vie à manier la hache, à pousser une charrue, des hommes durs à la peine. Des hommes de premier choix à sacrifier sur des autels stratégiques à un hémisphère de là.

En 1914, il ne s'agissait encore que de drapeaux, de l'odeur de cuir neuf des uniformes. Ce ne fut qu'un an plus tard que la vie sembla prendre un tour différent – que l'on eut l'impression, après tout, qu'elle n'était pas de second ordre, quand, au lieu de retrouver leurs maris ou leurs fils si chers et si forts, les femmes commencèrent à recevoir des télégrammes. Leurs mains impuissantes laissaient ces missives s'échapper dans le vent coupant comme un couteau, des missives qui vous annonçaient que le garçon que vous aviez allaité, baigné, grondé, pour lequel vous aviez pleuré, que le garçon était… Enfin, qu'il n'était plus. Partageuse avait rejoint le monde sur le tard, pour s'associer à sa grande douleur.

Bien sûr, la perte d'enfants avait toujours été dans l'ordre naturel des choses. Rien n'avait jamais garanti que la conception aboutirait à la naissance d'un enfant vivant, ni que la naissance engendrerait une vie d'une longévité décente. La nature n'autorisait que les forts et les chanceux à profiter de ce paradis. Il suffisait de consulter la première page de n'importe quelle bible familiale pour le comprendre. Les cimetières, également, racontaient les histoires de ces bébés, dont les voix, à cause d'une morsure de serpent, d'une fièvre ou d'une chute de chariot, avaient fini par céder aux supplications de leurs mères : « Chut, chut, mon tout petit. » Les enfants qui avaient survécu s'étaient peu à peu habitués à la nouvelle manière de dresser la table, avec un couvert en moins, tout comme ils s'accoutumaient à se serrer comme des sardines sur le banc quand leur arrivait un petit frère ou une petite sœur. De même que dans les champs de blé où l'on sème bien plus de grain que ce qui peut arriver à maturité, Dieu semblait éparpiller des enfants excédentaires, pour les récolter selon un calendrier impénétrable. Le cimetière de la ville avait gardé fidèlement trace de tout cela, et les stèles, parfois penchées de côté comme des dents sales et branlantes, racontaient sans ambages des vies happées trop tôt par la grippe, une noyade, la chute capricieuse d'un arbre, voire par la foudre. Mais, à partir de 1915, les mensonges commencèrent. Des garçons et des hommes, de tout le district, moururent par dizaines et pourtant les cimetières se turent.

La vérité était que ces jeunes corps reposaient au loin, dans la boue. Les autorités firent de leur mieux : quand les circonstances et les combats le permettaient, on creusait des tombes ; lorsqu'il était possible de rassembler des membres et d'identifier un soldat, les plus grands efforts étaient déployés, afin de l'enterrer suivant un semblant de rituel funéraire. On gardait des traces écrites. Plus tard, on prit des photographies des tombes, et, pour la somme de deux livres, un shilling et six pence, la famille pouvait acheter une plaque commémorative officielle. Plus tard encore, les monuments aux morts à la guerre allaient surgir de terre, n'évoquant pas tant la perte que ce que la perte avait permis de gagner, et affirmant que la victoire était toujours belle. « Victorieux, mais mort, marmonnaient certains, pour être belle, elle est belle, la victoire. »

L'endroit était maintenant aussi troué qu'un morceau de gruyère, sans les hommes. Non qu'il y ait eu de conscription. Personne ne les avait forcés à aller se battre.

La farce la plus cruelle était en fait réservée à ceux que tout le monde appelait les « veinards », parce qu'ils avaient pu rentrer au pays : ils avaient pu retrouver les enfants que l'on avait pomponnés pour les accueillir, ils avaient retrouvé le chien au collier duquel on avait noué un ruban pour qu'il puisse participer à la liesse générale. Le chien était souvent le premier à remarquer que quelque chose n'allait pas. Pas seulement que le pauvre gars avait perdu un œil ou une jambe, mais bien plutôt qu'il s'était, au bout du compte, perdu lui-même – qu'il avait disparu au combat, alors même que son corps n'avait pourtant pas été porté disparu. Billy Wishart, du moulin de Sadler, par exemple – trois petits et une femme, ce que tout homme est en droit d'espérer ; gazé : il ne peut plus tenir une cuiller sans la faire trembler comme un vulgaire hache-paille et sans renverser de la soupe partout sur la table. Il ne peut plus boutonner ses vêtements car ses gestes sont trop fébriles. Lorsqu'il se retrouve seul le soir avec sa femme, il n'ôte pas ses vêtements, il se roule en boule sur le lit et il pleure. Et le jeune Sam Dowset, qui n'a survécu au premier débarquement de Gallipoli que pour aller perdre ses deux bras et la moitié de son visage à Bullecourt. Sa mère, qui est veuve, ne dort plus la nuit tant elle se soucie de savoir qui s'occupera de son petit une fois qu'elle ne sera plus. Il n'y a plus une seule fille du coin assez bête pour jeter son dévolu sur lui, maintenant. Comme les trous dans l'emmental. Il manque quelque chose.

Pendant longtemps, les gens conservèrent l'expression stupéfaite des joueurs participant à un jeu dont les règles auraient soudain changé. Ils firent de leur mieux pour tirer réconfort du fait que, après tout, ces garçons n'étaient pas morts en vain : ils avaient participé à un magnifique combat pour le bien. Et il y eut même des moments où ils parvenaient à y croire et à ravaler le cri aussi strident et désespéré que celui d'une mère oiseau qui cherche à se frayer un chemin de force hors de leur gosier.

Après la guerre, les gens s'efforcèrent de trouver des excuses aux hommes qui étaient rentrés avec un penchant un peu trop fort pour la bouteille ou le coup de poing, ou à ceux qui étaient incapables de garder un emploi plus de quelques jours. Les commerces, en ville, retrouvèrent un rythme de croisière plutôt moyen. Kelly tenait toujours son épicerie. Le boucher était toujours le vieux Len Bradshaw, même si Len junior brûlait de prendre le relais : on le devinait clairement à sa façon d'empiéter juste un peu sur l'espace de son père au comptoir quand il se penchait devant lui pour attraper une côtelette ou une joue de porc. Mme Inkpen (qui semblait ne jamais avoir possédé de prénom, même si, dans l'intimité, sa sœur l'appelait Popsy) reprit l'atelier du maréchal-ferrant quand son mari, Mack, périt à Gallipoli. Elle avait le visage aussi dur que le fer dont se servaient les lads pour clouer les fers aux sabots des chevaux, et le cœur à l'avenant. De grands costauds travaillaient pour elle, et ce n'était que : « Oui, madame Inkpen », « Non, madame Inkpen », « Trois sacs pleins, madame Inkpen », même si chacun aurait pu la soulever sans peine d'un seul doigt.

Les gens savaient à qui faire crédit, et à qui réclamer le paiement immédiat ; qui il fallait croire quand des clients rapportaient des achats et demandaient à être remboursés. Mouchemore, le marchand de tissus et d'articles de mercerie, faisait son meilleur chiffre aux périodes de Noël et Pâques, même si l'approche de l'hiver lui permettait de bonnes ventes en laine à tricoter. Il se débrouillait également très bien avec les « articles » de dames. Larry Mouchemore ne manquait jamais de caresser les pointes acérées de sa moustache quand il corrigeait les prononciations erronées de son nom (« Il faut dire “ouch” et pas “aouch” », disait-il toujours), et il se sentit inondé de peur et de rage lorsque Mme Thurkle se mit en tête d'ouvrir un magasin de fourrures à côté du sien. Une boutique de fourrures ? À Point Partageuse ? Et puis quoi, encore ! Il sourit aimablement lorsque la boutique ferma dans les six mois, et racheta le stock « par charité et esprit de bon voisinage », pour le revendre, en réalisant un confortable bénéfice, au capitaine d'un vapeur en route pour le Canada, qui lui avait dit que, là-bas, ils raffolaient de ce genre de choses.

Tant et si bien que, vers 1920, Partageuse connut ce mélange de fierté encore timide et d'expérience endurcie caractéristique de toutes les villes d'Australie-Occidentale. Au centre du modeste carré de pelouse planté près de la rue principale s'élevait le tout nouvel obélisque de granite portant les noms des hommes et des garçons – dont certains avaient à peine seize ans – qui ne reviendraient jamais labourer les champs ou abattre les arbres, qui ne finiraient jamais leurs études, bien qu'ils fussent nombreux ceux qui, en ville, retenaient leur souffle et les attendaient encore malgré tout. Peu à peu, les existences se lièrent et se nouèrent à nouveau pour former un tissu dans lequel chaque fil croisait et recroisait les autres par le biais de l'école, du travail ou du mariage, et dont les attaches brodées demeuraient invisibles aux étrangers à la ville.

Et Janus Rock, seulement relié au continent par le navire ravitailleur quatre fois par an, pendait à la lisière de l'étoffe comme un bouton à moitié décousu qui aurait facilement pu tomber dans l'Antarctique.

*

L'embarcadère long et étroit de Point Partageuse était fait du même bois de jarrah que celui qui était convoyé à grand bruit dans des wagons pour être ensuite chargé sur les bateaux. La large baie autour de laquelle la ville s'était étendue était d'une eau turquoise qui, le jour de l'arrivée à quai du navire de Tom, brillait comme du verre poli.

Des hommes s'agitaient en tous sens, chargeaient, déchargeaient, soulevaient le fret en criant ou sifflant occasionnellement. À terre, c'était l'effervescence, les gens allaient et venaient, l'air très affairé, à pied, à cheval ou en buggy.

Seule exception à ce déploiement d'efficacité, une jeune femme donnait du pain à un groupe de mouettes. Elle riait en lançant ses miettes de tous côtés, et regardait les oiseaux se battre en criaillant, tous très désireux d'emporter le morceau. Une mouette en goba en plein vol, ce qui ne l'empêcha pas de plonger pour attraper la suivante, provoquant les éclats de rire de la jeune fille.

Tom avait l'impression que cela faisait des années qu'il n'avait pas entendu un rire dénué de toute rudesse ou de toute amertume. C'était un après-midi d'hiver ensoleillé, il n'avait pas de rendez-vous à ce moment précis, rien à faire de particulier non plus. On l'enverrait à Janus d'ici un jour ou deux, une fois qu'il aurait vu les gens qu'il devait voir et signé les documents qu'il devait signer. Mais pour l'heure, il n'y avait aucun registre à tenir à jour, aucun prisme à polir, aucun réservoir à remplir. Et, devant lui, se trouvait quelqu'un qui s'amusait, tout simplement. Ce qui parut soudain être une preuve incontestable que la guerre était bel et bien finie. Il s'assit sur un banc près de l'embarcadère, laissa le soleil lui caresser le visage, tout en regardant la jeune fille batifoler, avec ses boucles sombres qui tournoyaient comme un filet lancé dans le vent. Il suivit des yeux ses doigts délicats qui esquissaient des silhouettes contre le bleu du ciel. Ce ne fut que graduellement qu'il remarqua qu'elle était jolie. Et ce ne fut que plus graduellement encore qu'il vit qu'elle était probablement belle.

« Qu'est-ce qui vous fait sourire ? demanda la fille, prenant Tom au dépourvu.

– Désolé, dit-il, tout en sentant son visage rougir.

– Il ne faut jamais être désolé parce qu'on sourit ! s'exclama-t-elle, d'une voix dans laquelle on décelait malgré tout une note de tristesse, avant que son visage s'illumine à nouveau. Vous, vous n'êtes pas de Partageuse.

– Non...

– Moi si. J'ai toujours habité ici. Un bout de pain ?

– Merci, mais je n'ai pas faim.

– Mais pas pour vous, bêta ! Pour donner à manger aux mouettes. »

Elle lui tendit un morceau de croûte. Un an plus tôt, ou peut-être même la veille, Tom aurait décliné l'offre et se serait éloigné. Mais soudain, la chaleur, la liberté, le sourire, sans compter ce quelque chose qu'il ne pouvait nommer précisément, le poussèrent à accepter.

« Je parie que je peux en faire venir plus que vous autour de moi, dit-elle.

– D'accord ! Pari tenu !

– C'est parti ! déclara-t-elle, et ils se mirent tous deux à lancer les morceaux de pain, très haut dans l'air, ou selon des angles subtils, se baissant brusquement quand les mouettes plongeaient en piqué en se donnant de furieux coups d'ailes et en poussant des cris stridents.

– Qui a gagné ? demanda Tom en riant quand tout le pain eut disparu.

– Oh, j'ai oublié d'arbitrer, dit la fille en haussant les épaules. Disons que nous avons fait match nul.

– Ça me convient, dit Tom en remettant sa casquette et en reprenant son sac de marin. Je ferais mieux d'y aller maintenant. Merci. Je me suis bien amusé.

– C’était juste un petit jeu idiot, dit-elle en souriant.

– Eh bien, merci de m’avoir rappelé que les petits jeux idiots sont amusants, répondit-il en calant la lanière de son sac sur sa large épaule et en se retournant vers le village. Bon après-midi, mademoiselle. »

*

Tom sonna à la porte de la pension, dans la rue principale. C’était le domaine de Mme Mewett, une femme d’une soixantaine d’années, le genre pot à tabac, qui lui fit soudain face.

« Dans votre lettre, vous dites que vous êtes célibataire et que vous venez de l’Est, je vous serais donc reconnaissante de vous souvenir que vous êtes maintenant à Partageuse. Cette pension est un établissement chrétien et il est hors de question d’y introduire de l’alcool ou du tabac. »

Tom était sur le point de la remercier pour la clé qu’elle tenait dans sa main, mais elle garda le poing farouchement fermé et poursuivit son discours.

« Je ne veux pas de vos habitudes d’étranger ici, et je m’entends. Je changerai les draps à votre départ et je ne compte pas devoir les frotter, si vous voyez ce que je veux dire. On ferme les portes à vingt-deux heures, le petit-déjeuner est servi à six et si vous n’êtes pas là, vous resterez le ventre vide. Le dîner est à dix-sept heures trente, et la même règle s’applique. Pour le déjeuner, il faut vous débrouiller à l’extérieur.

– Je vous remercie, madame Mewett, dit Tom, en s’efforçant de ne pas sourire, pour ne pas prendre le risque de transgresser une autre règle.

– Pour l’eau chaude, c’est un shilling de plus par semaine. À vous de décider si vous en voulez. Mais, à ce que je sais, l’eau froide n’a jamais fait de mal à un homme de votre âge. »

Après quoi elle lui flanqua la clé dans la main. Alors qu'elle s'éloignait en boitillant dans le couloir, Tom se demanda si c'était un M. Mewett qui avait su rendre les hommes si chers au cœur de cette femme.

Une fois dans sa modeste chambre, à l'arrière de la maison, il sortit ses affaires de son sac de marin, rangea avec soin son savon et son matériel de rasage sur l'unique étagère qui se trouvait là. Il plia ses caleçons longs et ses chaussettes puis les déposa dans le tiroir, et il suspendit ses chemises et ses deux pantalons, avec son beau costume et sa cravate, dans l'étroite penderie. Il glissa ensuite un livre dans sa poche et sortit pour explorer la ville.

*

La dernière formalité que Tom Sherbourne devait accomplir à Partageuse était un dîner avec le capitaine du port et son épouse. Le capitaine Percy Hasluck avait la responsabilité de toutes les allées et venues portuaires, et il était d'usage que les nouveaux gardiens de phare de Janus soient invités à dîner chez lui avant de gagner l'île.

Tom se lava et se rasa à nouveau dans l'après-midi, s'enduisit les cheveux de brillantine, mit un col à boutons et enfila son costume. Le soleil des jours précédents ayant cédé la place à des nuages et à un vent méchant qui venait de l'Antarctique, il passa également son manteau militaire pour faire bonne mesure.

Fonctionnant toujours à l'échelle de Sydney, il eut amplement le temps de couvrir ce trajet qu'il ne connaissait pas pour arriver chez le capitaine plutôt en avance. Son hôte l'accueillit avec un large sourire et, comme Tom s'excusait pour cette arrivée prématurée, « Mme le capitaine Hasluck », comme son mari l'appelait, intervint en tapant dans ses mains.

« Bonté gracieuse, monsieur Sherbourne ! Vous n'avez vraiment pas besoin de vous excuser de nous faire aussi promptement le plaisir de votre visite, et surtout avec les si jolies fleurs que vous apportez ! »

Elle huma le parfum des roses tardives dont Tom avait négocié avec Mme Mewett la cueillette dans son jardin, contre quelques pièces. Elle leva les yeux vers lui, de son point de vue considérablement plus bas.

« Mon Dieu, mon Dieu ! Mais vous êtes aussi grand que le phare lui-même ! » s'exclama-t-elle, avant de glousser à son propre mot d'esprit.

Le capitaine prit le chapeau et le manteau de Tom.

« Passons au salon », dit-il.

Ce à quoi son épouse renchérit immédiatement : « Dit l'araignée rusée au moucheron.

– Elle est impayable ! » s'exclama le capitaine.

Tom commença à craindre que la soirée lui paraisse un peu longuette.

« Un petit sherry ? Ou alors un doigt de porto ? proposa madame.

– Épargne-nous, s'il te plaît, et apporte de la bière à ce pauvre diable, madame le capitaine ! » dit le mari en riant.

Il donna une grande claque dans le dos de Tom.

« Asseyez-vous et parlez-moi de vous, dites-moi tout, jeune homme ! »

Tom fut sauvé par la sonnette à la porte.

« Excusez-moi », dit le capitaine Hasluck.

Tom l'entendit, à l'autre bout du couloir.

« Cyril ! Bertha ! Je suis content que vous ayez pu venir. Donnez-moi donc vos chapeaux. »

Mme le capitaine réapparut dans le salon, avec une bouteille de bière et des verres sur un plateau d'argent.

« Nous nous sommes dit que nous pourrions inviter d'autres personnes, expliqua-t-elle, juste pour vous présenter à quelques habitants de la ville. Vous savez, Point Partageuse est un endroit très convivial. »

Le capitaine fit entrer ces nouveaux invités, un couple d'allure austère composé du replet directeur du service de la voirie locale, Cyril Chipper, et de son épouse, Bertha, mince comme un fil.

« Alors, que pensez-vous de nos routes ? lança Cyril dès que les présentations furent faites. Et attention, pas de politesse qui tienne ! En comparaison avec ce qu'on trouve à l'Est, comment les noteriez-vous ?

– Mais n'ennuie donc pas ce pauvre homme comme ça, Cyril », le tança gentiment sa femme.

Tom se sentit alors empli de gratitude, non seulement pour cette intervention, mais aussi pour le nouveau coup de sonnette qui venait de retentir.

« Bill ! Violet ! C'est épatant de vous voir, dit le capitaine en ouvrant la porte de la maison. Ah, mais vous êtes plus belle de jour en jour, jeune fille ! »

Il fit entrer dans le salon un homme solide aux favoris gris, et sa femme, robuste et rougeaude.

« Voilà Bill Graysmark, sa femme, Violet, et leur fille… » Il tourna sur lui-même. « Mais où est-elle donc passée ? Bon, en tout cas, leur fille est quelque part dans le coin, elle va vite réapparaître, j'imagine. Bill est le directeur de notre école de Partageuse.

– Enchanté, dit Tom, en serrant la main de l'homme et en saluant poliment la femme.

– Alors ça, dit Bill Graysmark, vous pensez pouvoir supporter la vie à Janus ?

– Je le saurai bientôt, dit Tom.

– Plutôt lugubre, comme endroit, vous savez.

– C'est ce qu'on m'a dit.

– Et il n'y a pas de route sur Janus, bien sûr, glissa Cyril Chipper.

– Eh bien… non, convint Tom.

– Je ne suis pas certain de penser grand bien d'un lieu où il n'y a pas de route du tout, poursuivit Chipper, d'un ton qui laissait supposer des implications morales.

– L'absence de routes sera le cadet de vos soucis, jeune homme, intervint Graysmark.

– Arrête, papa, s'il te plaît ! s'exclama la jeune fille qui venait surgir dans la pièce alors que Tom tournait le dos à la porte. La dernière chose dont le pauvre homme a besoin, c'est de tes prédictions à la Cassandre.

– Je vous l'avais bien dit, qu'elle finirait par se montrer, observa le capitaine Hasluck. Voici Isabel Graysmark. Isabel, voici M. Sherbourne. »

Tom se leva pour la saluer, leurs regards se croisèrent et se reconnurent. Il était sur le point de faire allusion aux mouettes, mais elle le réduisit au silence d'un « Enchantée, monsieur Sherbourne.

– Appelez-moi Tom, je vous en prie », dit-il, en songeant qu'elle n'était peut-être pas censée passer ses après-midi à lancer du pain aux mouettes, après tout.

Il se demanda quels autres secrets se cachaient derrière son sourire joyeux.

La soirée se poursuivit plutôt bien, les Hasluck racontèrent à Tom l'histoire de la région et de la construction du phare, à l'époque du père du capitaine.

« Essentiel, pour le commerce, assura le capitaine du port. Cet océan Austral est déjà assez traître comme ça en surface, sans parler de cette arête sous-marine. Un transport sûr, voilà le secret des affaires, tout le monde sait ça.

– Il est clair que la sûreté des transports repose avant tout sur de bonnes routes », recommença Chipper, prêt à se lancer dans une nouvelle variation de son unique sujet de conversation.

Tom s'efforçait de paraître attentif, mais il fut distrait par Isabel qu'il observait du coin de l'œil. Rendue invisible aux autres grâce à la position de sa chaise, elle s'était mise à mimer des expressions faussement sérieuses en réaction aux commentaires de Cyril Chipper, se livrant ainsi à une petite pantomime qui accompagnait chaque remarque.

Le spectacle continua, avec un Tom qui luttait pour rester impassible, mais un franc éclat de rire finit par lui échapper, qu'il masqua vivement en quinte de toux.

« Tout va bien, Tom ? demanda la femme du capitaine. Je vais aller vous chercher de l'eau. »

Ne pouvant lever les yeux, il continua donc à tousser tout en lui répondant :

« Merci, je vous accompagne. Je ne sais pas ce qui a déclenché ça. »

Tom se leva, Isabel ne laissa rien paraître quand elle prit la parole :

« Quand il reviendra, il faudra que vous expliquiez à Tom comment vous construisez des routes avec du bois de jarrah, monsieur Chipper, dit-elle, avant de se tourner vers Tom et d'ajouter : Ne tardez pas, M. Chipper a tout un tas d'histoires intéressantes à raconter. »

Elle sourit d'un air innocent, et ses lèvres tremblèrent quasi imperceptiblement lorsque Tom croisa son regard.

La soirée tirait à sa fin, et les convives souhaitèrent bonne chance à Tom pour son séjour à Janus.

« Vous avez l'air d'être taillé pour le poste, dit Hasluck, tandis que Bill Graysmark hochait la tête pour marquer son approbation.

– Eh bien ! merci. J'ai été ravi de faire votre connaissance à tous, dit Tom, en serrant la main des messieurs et en saluant les dames. Et merci aussi d'avoir fait en sorte que je puisse bénéficier de cette présentation exhaustive de la construction des routes en Australie-Occidentale, dit-il tranquillement à Isabel. Dommage, je n'aurai pas l'occasion de vous rendre la pareille. »

Et le petit groupe se dispersa dans la nuit hivernale.

CHAPITRE 3

Le *Windward Spirit*, le navire ravitailleur pour tous les phares de cette partie de la côte, était un vieux rafiot, mais fidèle comme un bon chien de berger, disait Ralph Addicott. Le vieux Ralph le commandait depuis des lustres, et il se vantait toujours d'avoir le meilleur boulot du monde.

« Vous êtes Tom Sherbourne, je suppose, dit-il. Bienvenue à bord de mon yacht ! »

Comme Tom embarquait avant l'aube pour son premier voyage vers Janus Rock, il lui montra le pont de bois nu et la peinture écaillée par le sel.

« Ravi de faire votre connaissance », dit Tom en lui serrant la main.

Le moteur ronronnait et les fumées de diesel emplirent les poumons de Tom. Il ne faisait pas tellement plus chaud dans la cabine que dans l'air glacé à l'extérieur, mais, au moins, on y échappait aux morsures du vent.

Une masse de boucles rousses jaillit par l'écoutille, au fond de la cabine.

« Je crois qu'on est prêts, Ralph. Tout est en place, dit le jeune propriétaire des boucles.

– Bluey, voici Tom Sherbourne, dit Ralph.

– Salut, répliqua Bluey tout en se hissant à travers l'écoutille.

– Bonjour.

– Vous parlez d'un froid de loup ! J'espère que vous avez emporté vos sous-vêtements en laine. Parce que si c'est comme ça ici, ce sera sacrément pire sur Janus », dit Bluey, avant de souffler dans ses mains.

Tandis que Bluey faisait faire à Tom le tour du bateau, le capitaine se livrait à ses ultimes vérifications. Il essuya l'eau salée qui brouillait la vitre devant lui avec un morceau de vieux drapeau, puis donna ses ordres.

« Cordages en place, maintenant, moussaillon. On se prépare au départ. »

Il mit les gaz.

« Allez, ma belle, on ne mollit pas, on y va », marmonna-t-il, pour encourager le bateau à s'éloigner du quai.

Tom étudia la carte étalée sur la table. Même une fois magnifié à cette échelle, Janus n'était guère qu'un point, parmi des récifs dispersés au large de la côte. Il fixa son regard sur l'étendue marine, inspira l'air épais et salé, sans se retourner vers la côte, de crainte que cela ne le fasse changer d'avis.

Comme passaient les heures, l'eau se faisait plus profonde sous leur embarcation, et sa couleur prenait peu à peu les qualités d'un corps solide. De temps à autre, Ralph lui montrait une chose digne d'intérêt – un aigle des mers, ou un banc de dauphins jouant à l'avant du bateau. À un moment, ils virent la cheminée d'un vapeur, qui se distinguait à peine à l'horizon. Régulièrement, Bluey émergeait de la coquerie pour proposer du thé dans des tasses en émail écaillé. Ralph raconta à Tom des histoires de tempêtes diaboliques et de grands drames survenus dans les phares de cette partie de la côte. Tom parla un peu de la vie à Byron Bay et sur l'île de Maatsuyker, à des milliers de kilomètres à l'est.

« À mon avis, si vous avez survécu à Maatsuyker, il y a des chances que vous surviviez à Janus. Sans aucun doute, dit Ralph, avant de consulter sa montre. Pourquoi ne pas piquer un petit roupillon, pendant que vous le pouvez ? On n'est pas encore rendus, mon garçon. »

Lorsque Tom quitta la couchette et remonta sur le pont, Bluey parlait à voix basse à Ralph, qui secouait la tête.

« Je veux juste savoir si c'est vrai. Y a pas de mal à lui demander, pas vrai ? disait Bluey.

– Me demander quoi ? dit Tom.

– Si… »

Bluey se tourna vers Ralph. Partagé entre sa curiosité et l'air de bouledogue qu'affichait Ralph, il rougit et se tut.

« Pas de problème. C'est pas mes oignons, dit Tom en regardant loin devant lui, vers l'eau qui était maintenant d'un gris otarie, tandis que la houle se faisait plus forte.

– J'étais trop jeune. M'man voulait pas que je me vieillisse pour pouvoir y aller. Et c'est juste que j'ai entendu dire que… »

Tom le regarda, les sourcils haussés d'un air interrogateur.

« En fait, ils racontent que vous avez eu la croix militaire et tout, dit Bluey brusquement. Ils m'ont dit que c'était marqué sur vos papiers de démobilisation… pour le poste à Janus. »

Tom garda les yeux fixés sur l'eau. Bluey eut l'air déconfit, puis franchement gêné.

« Enfin, ce que je veux dire, c'est que je suis vraiment fier de pouvoir dire que j'ai serré la main d'un héros.

– Un bout de cuivre ne fait pas de quelqu'un un héros, dit Tom. Presque tous ceux qui méritaient vraiment les médailles ne sont plus là. Je m'exciterais pas trop là-dessus, à votre place », ajouta-t-il avant de se détourner pour étudier la carte.

« Le voilà ! s'exclama Bluey, tendant les jumelles à Tom.

– Votre petit chez-vous, pour les six mois à venir », ricana Ralph.

Tom observa dans les jumelles la masse de terre qui semblait jaillir de l'eau comme un monstre marin. La falaise en était le point culminant à partir duquel l'île descendait en pente douce jusqu'à la côte opposée.

« Le vieux Neville va être content de nous voir, dit Ralph. Il n'a pas vraiment apprécié qu'on le tire de sa retraite à cause de la mise à pied précipitée de Trimble, ça, je peux vous le dire. Mais enfin… quand on est gardien de phare, on est gardien de phare… Pas un homme dans le service ne laisserait un phare sans gardien, aussi rouspéteur qu'il soit. Mais j'aime autant vous prévenir, c'est pas le macchabée le plus drôle de la morgue. Il parle pas beaucoup, Neville Whittnish. »

L'embarcadère s'étendait sur presque deux cents mètres à partir de la côte. Il avait été construit en hauteur, pour résister aux grandes marées et aux tempêtes les plus féroces. Le palan fut mis en place, pour hisser le ravitaillement le long de la pente abrupte jusqu'aux dépendances. Un homme taciturne et émacié d'une soixantaine d'années les attendait tandis qu'ils accostaient.

« Ralph, Bluey, fit-il avec un hochement de tête de pure forme. Alors, c'est vous la relève, dit-il à Tom en guise de salutation.

– Tom Sherbourne. Enchanté », répondit le jeune homme en tendant la main.

L'homme plus âgé considéra un moment cette main d'un air absent avant de sembler se souvenir de la signification du geste et il la serra alors de manière assez brusque, comme pour vérifier si le bras allait se détacher de l'épaule.

« Par ici », dit-il et, sans même attendre que Tom ramasse ses affaires, il amorça d'un pas lent l'ascension jusqu'au phare.

C'était le début de l'après-midi et, après tant d'heures passées sur les vagues, il fallut à Tom un bon moment avant de se sentir à nouveau assez solide sur ses jambes pour suivre le gardien, alors que Bluey et Ralph s'employaient à décharger l'approvisionnement.

« La maison du gardien », dit Whittnish comme ils approchaient d'un bâtiment peu élevé au toit de tôle ondulée.

Trois grands récupérateurs d'eau de pluie étaient alignés sur l'arrière, à côté d'une série de dépendances abritant des réserves pour la maison et le phare.

« Vous n'avez qu'à laisser votre sac dans l'entrée, ajouta-t-il en ouvrant la porte. Y a pas mal à faire. »

Il pivota sur ses talons et se dirigea droit vers le phare. Ce type n'était peut-être pas de la première jeunesse, mais il était encore bien vif.

Plus tard, quand le vieil homme lui parla du phare, sa voix changea, comme s'il évoquait un chien fidèle ou une rose particulièrement chérie.

« Il est toujours superbe, même après toutes ces années », dit-il.

Le phare de pierre blanche se dressait contre le ciel gris ardoise tel un bâton de craie. Planté près de la falaise, au point culminant de l'île, il atteignait une quarantaine de mètres de haut. Tom fut frappé de constater qu'il était bien plus grand que tous les autres phares dans lesquels il avait travaillé, mais aussi surpris par son élégance élancée.

Lorsqu'il passa la porte verte, il trouva plus ou moins ce à quoi il s'attendait. L'espace pouvait être traversé en quelques enjambées et le bruit de leurs pas ricochait comme des balles perdues contre le sol peint en vert brillant et les murs incurvés passés à la chaux. Les quelques meubles – deux placards, une petite table –, dont la forme était également conçue pour s'adapter à la courbure des murs contre lesquels ils semblaient se blottir comme autant de bossus. Au centre se trouvait l'épais cylindre de fer qui montait jusqu'à la salle de la lanterne et abritait les poids du mécanisme horloger ayant à l'origine assuré la rotation de la lumière.

Un escalier dont les marches ne mesuraient guère plus de soixante-dix centimètres de large entamait une spirale d'un côté de la pièce avant de disparaître dans le solide palier métallique du dessus. Tom suivit le vieil homme jusqu'au niveau supérieur, plus étroit, où l'hélice se poursuivait à partir du mur opposé jusqu'au palier suivant, et ainsi de suite jusqu'à ce qu'ils atteignent le cinquième palier, juste en dessous de la salle de la lanterne – le cœur administratif du phare. Ici, dans cette salle de quart, se trouvait le bureau avec les livres de bord, le matériel pour le morse et les jumelles. Dans le phare, il était bien sûr interdit de disposer d'un lit ou de tout autre meuble sur lequel on pourrait s'étendre, mais on trouvait néanmoins un fauteuil de bois à dossier droit dont les accoudoirs avaient été polis par des générations de mains calleuses.

Le baromètre aurait bien besoin d'être astiqué, se dit Tom, avant que son regard ne fût attiré par quelque chose, posé près des cartes marines. C'était une pelote de laine avec deux aiguilles à tricoter plantées dedans, et ce qui semblait être les prémices d'une écharpe.

« Ça, c'est au vieux Docherty », dit Whittnish en hochant la tête.

Tom connaissait les diverses activités auxquelles se livraient les gardiens pour tuer le temps lorsqu'ils étaient de faction : la sculpture sur ivoire ou sur coquillage, la confection de pièces pour jeux d'échecs. Le tricot était également assez répandu.

Whittnish parcourut le livre de bord, ainsi que les observations climatiques, puis il conduisit Tom à l'étage supérieur. La lumière de la salle de la lanterne n'était interrompue que par les zigzags des astragales qui maintenaient les panneaux de verre en place. À l'extérieur, une galerie métallique cerclait la tour et une périlleuse échelle d'accès longeait le dôme, permettant de gagner la minuscule passerelle située juste en dessous de la girouette qui se balançait dans le vent.

« C'est vrai, il est splendide, ce phare », dit Tom, tout en embrassant du regard la gigantesque lentille, plus grande que lui, placée sur le piédestal rotatif : un palais de prismes, comme une ruche de verre. Le cœur même de Janus, fait de lumière, de clarté et de silence.

Un sourire s'esquissa sur les lèvres du vieux gardien quand il reprit la parole.

« Je connais ce phare depuis ma petite enfance. Oui, c'est vrai, il est splendide. »

*

Le lendemain matin, Ralph attendait sur la jetée.

« Presque parés à appareiller. Tu veux qu'on t'apporte tous les journaux que tu auras manqués, au prochain voyage ?

– Ça ne sera plus vraiment des nouvelles, si ça date de plusieurs mois. Je préfère garder mon argent pour m'acheter un bon livre », répondit Tom.

Ralph regarda autour de lui, pour vérifier que tout était prêt.

« Eh bien, c'est bon, alors. Impossible de changer d'avis, maintenant, fiston. »

Tom eut un rire triste.

« Oui, je crois que tu as raison là-dessus, Ralph.

– Mais on sera de retour avant que tu aies le temps de dire ouf. Trois mois, c'est pas très long, du moment que tu n'essaies pas de retenir ta respiration !

– Si tu traites bien le phare, il ne te causera pas d'ennuis, ajouta Whittnish. Tout ce qu'il te faut, c'est de la patience et une once de philosophie.

– Je vais voir ce que je peux faire », dit Tom.

Puis il se tourna vers Bluey.

« À dans trois mois, alors, Blue ?

– Pour sûr ! »

Le bateau s'éloigna, faisant bouillonner l'eau dans son sillage et luttant contre le vent dans un rugissement lourd. La distance le poussait toujours plus près de l'horizon grisâtre comme un pouce l'aurait enfoncé dans de la pâte, jusqu'au moment où il fut totalement absorbé et disparut.

Et puis, ce fut le calme. Pas le silence, car les vagues continuaient à se fracasser contre les rochers, le vent lui hurlait dans les oreilles, et la porte mal fixée de l'un des appentis claquait comme un battement de tambour courroucé. Mais Tom éprouvait un sentiment de calme intérieur pour la première fois depuis des années.

Il grimpa jusqu'au sommet de la falaise et se planta là pour observer autour de lui. La clochette d'une chèvre tinta ; deux poulets se chamaillaient. Soudain, ces petits bruits de rien prirent une importance nouvelle : ils provenaient de créatures vivantes. Tom grimpa les cent quatre-vingt-quatre marches menant à la salle de la lanterne et ouvrit la porte donnant sur la galerie. Le vent se jeta sur lui comme un prédateur, le repoussant violemment vers l'intérieur jusqu'à ce qu'il ait rassemblé assez de force pour se lancer dehors et attrape la rambarde.

Pour la première fois, il prit la mesure de ce qu'il avait sous les yeux. À deux cents mètres au-dessus du niveau de la mer, il était fasciné par la chute vers cet océan qui venait s'écraser contre la falaise en contrebas. L'eau jaillissait telle de la peinture blanche, aussi épaisse que du lait, et l'écume disparaissait parfois assez longtemps pour révéler l'immensité d'une sous-couche d'un bleu profond. À l'autre bout de l'île, une rangée de brisants gigantesques créait une barre contre la houle, ce qui laissait l'eau, en aval, aussi lisse que celle d'une baignoire. Il avait l'impression d'être suspendu dans le ciel, plutôt que dressé sur la terre. Très lentement, il effectua un tour complet sur lui-même, embrassant du regard le néant qui l'entourait. Il avait la sensation que ses poumons ne seraient jamais assez grands pour inspirer autant d'air, que ses yeux ne pourraient jamais voir autant d'espace, de même qu'il ne pourrait jamais entendre toute la puissance de l'océan roulant et rugissant. L'espace d'un bref instant, il n'eut plus aucun repère.

Il cligna des yeux et secoua vivement la tête. Il approchait un vortex, et pour pouvoir s'en détacher il se concentra sur les battements de son cœur, sur ses pieds arrimés au sol et les talonnettes de ses bottines. Il se redressa de toute sa hauteur. Il repéra un point sur la porte du phare – un gond qui s'était détaché – et décida qu'il commencerait par ça. Quelque chose de tangible. Il devait se raccrocher à quelque chose de solide, parce que, sinon, qui pourrait dire où son esprit ou son âme s'envolerait, comme un ballon sans lest. C'était la seule chose qui lui avait permis de traverser quatre années de sang et de folie : savoir exactement où se trouvait votre arme quand vous vous assoupissiez dix minutes dans votre tranchée ; toujours vérifier votre masque à gaz ; vous assurer que vos hommes avaient compris vos ordres à la lettre. Ne jamais penser à long terme : se concentrer sur l'heure à venir, et peut-être la suivante. Le reste n'était que pure spéculation.

Il leva ses jumelles et scruta l'île à la recherche d'autres signes de vie : il ressentait le besoin de voir les chèvres, les moutons, il voulait les compter. S'en tenir au solide. Aux éléments de cuivre qui devaient être astiqués, aux vitres qui devaient être nettoyées – d'abord la vitre extérieure de la lanterne, puis les prismes proprement dits. Remettre de l'huile, faire en sorte que les engrenages fonctionnent souplement, recharger le mercure pour permettre à la lumière de glisser. Il s'agrippa à chaque pensée comme aux barreaux d'une échelle sur laquelle il pourrait se hisser afin de retrouver le monde connu, retrouver la vie.

*

Ce soir-là, pour allumer la lanterne, il procéda aussi lentement et aussi précautionneusement qu'aurait pu le faire un des prêtres, des milliers d'années plus tôt, dans le premier phare de Pharos. Il grimpa les minuscules marches métalliques qui menaient à la passerelle intérieure qui faisait le tour de la lanterne et se pencha en avant par l'ouverture pour s'approcher du mécanisme. Il prépara l'huile en allumant une flamme sous sa coupelle, afin qu'elle se vaporise et atteigne le manchon à incandescence sous forme gazeuse. Il approcha ensuite une allumette du manchon, qui transforma la vapeur en une brillance blanche. Il redescendit au niveau inférieur et mit le moteur en marche. La lanterne se mit à tourner, émettant à intervalles réguliers un rayon lumineux de cinq secondes. Il prit une plume et nota dans le grand livre de bord relié de cuir : « *Ai allumé à 17 h 09. Vent nord/nord-est 15 nœuds. Temps couvert, orageux. Mer à* 6. » Il ajouta ensuite ses initiales : « *T. S.* » Son écriture allait reprendre l'histoire là où Whittnish l'avait laissée quelques heures plus tôt, et Docherty avant lui – il faisait maintenant partie de cette chaîne ininterrompue des gardiens de la lumière.

Lorsqu'il se fut assuré que tout était en ordre, il regagna la maisonnette. Son corps avait grand besoin de sommeil, mais il savait trop bien que si on ne mangeait pas, on ne pouvait pas travailler efficacement. Dans le cellier attenant à la cuisine, des boîtes de corned-beef, de pois et de poires trônaient à côté de sardines, de sucre et d'un grand bocal de bonbons à la menthe dont feu Mme Docherty avait été légendairement friande. Pour son premier dîner, il se découpa une tranche du pain au levain laissé par Whittnish, un morceau de cheddar et termina son repas avec une pomme toute ridée.

Sur la table de la cuisine, la flamme de la lampe à huile vacillait par intermittence. Le vent poursuivait sa vendetta séculaire contre les fenêtres, escorté par le tonnerre liquide des vagues. Tom frissonna en songeant qu'il était le seul à en percevoir le bruit, en se disant qu'il était l'unique être humain à pratiquement cent cinquante kilomètres à la ronde. Il pensa aux mouettes blotties dans leurs nids hérissés de branchages sur les falaises, aux poissons évoluant calmement à l'abri derrière les récifs, protégés par l'eau glaciale. Toute créature a besoin d'un refuge.

Tom emporta la lampe dans la chambre à coucher. Son ombre se colla contre le mur, comme un géant plat, tandis qu'il retirait ses bottines et se déshabillait, gardant néanmoins son caleçon long. Ses cheveux étaient gonflés de sel et sa peau irritée par le vent. Il ouvrit le lit et se glissa dedans, avant de sombrer dans les rêves pendant que son corps continuait à suivre le mouvement des vagues et du vent. Toute la nuit, bien au-dessus de lui, le phare monta la garde, fendant les ténèbres comme une épée.

CHAPITRE 4

CHAQUE MATIN, une fois qu'il a éteint la lanterne au lever du soleil, Tom entreprend l'exploration d'une autre partie de son nouveau territoire avant d'entamer sa journée de travail. Le côté nord de l'île est une abrupte falaise de granite qui se projette brutalement en avant au-dessus de l'océan. La terre descend en légère pente vers le sud pour plonger doucement dans l'eau peu profonde du lagon. À côté de la petite plage, se trouve la roue qui apporte l'eau douce de la source à la maisonnette : depuis le continent, tout le long du fond de l'océan, jusqu'à l'île et au-delà, courent des fissures d'où elle jaillit mystérieusement. Lorsque les Français ont décrit ce phénomène au XVIIIe siècle, on l'a relégué à la catégorie des mythes. Mais c'est pourtant vrai, on trouve de l'eau douce en certains points de l'océan, comme par un tour de magie de la nature.

Il commence à mettre en place sa routine. Le règlement stipule que, chaque dimanche, il doit hisser le pavillon, ce qu'il ne manque jamais de faire, dès le réveil. Il procède de même chaque fois qu'un « navire de guerre », comme le règlement le stipule encore, croise au large de l'île. Tom connaît des gardiens de phare qui jurent dans leur barbe devant cette contrainte, mais il éprouve un certain bien-être à se conformer à cet ordre. C'est un luxe que de faire quelque chose qui n'a pas d'utilité pratique : le luxe de la civilisation.

Il a décidé de réparer tout ce qui a pu s'abîmer depuis le déclin de Trimble Docherty. Avant tout, le phare lui-même, car il faut remettre du mastic dans les astragales de la lanterne. Puis, avec de la poudre de calcaire, il frotte le bois du tiroir du bureau, là où les intempéries l'ont fait gonfler, puis il termine avec la tête-de-loup. Il rafraîchit la peinture verte des paliers là où elle est éraflée, quand elle n'a pas disparu : il faudra attendre longtemps avant qu'une équipe ne soit envoyée ici pour repeindre le tout.

L'appareillage du phare répond vite à ses soins : les vitres étincellent, les cuivres rutilent, et la lanterne tourne sur son bain de mercure avec autant d'aisance qu'un grand labbe planant sur les courants aériens. Il parvient de temps à autre à descendre pêcher dans les rochers, ou bien à se promener sur la grève de sable du lagon. Il se lie d'amitié avec le couple de lézards noirs qui a élu domicile dans la remise à bois et leur donne de temps à autre un peu de la nourriture des poules. Il est économe de ses provisions : il ne verra pas le bateau ravitailleur avant des mois.

Le travail est dur, et il y a beaucoup à faire. Les gardiens de phare n'ont pas de syndicat, contrairement aux hommes des navires ravitailleurs – personne ne fait grève pour un meilleur salaire ou de meilleures conditions de travail. Certains jours peuvent le laisser épuisé ou endolori, inquiet devant l'approche d'une tempête, ou encore frustré quand des grêlons ont dévasté son petit potager. Mais il n'y pense pas outre mesure, il sait qui il est et pourquoi il est là. Pour veiller sur la lumière du phare. Rien de plus.

*

Le visage du père Noël, tout en joues rouges et en favoris blancs, lui fit un grand sourire.

« Alors, Tom Sherbourne, on survit ? »

Ralph n'attendit pas la réponse pour lancer au jeune homme le gros cordage trempé qu'il devait enrouler autour de la bitte d'amarrage. Tom paraissait aussi en forme et en bonne santé après trois mois que les autres gardiens que le capitaine avait pu transporter ici.

Tom attendait du matériel pour la lanterne et avait, dès lors, bien moins pensé à la nourriture fraîche qu'on lui livrerait. Il avait également oublié que le bateau apporterait le courrier, et il fut surpris quand, à la fin de la journée, Ralph lui tendit quelques enveloppes.

« Ça m'était sorti de l'esprit », dit-il.

Il y avait une lettre du directeur régional du service des phares, confirmant après coup son embauche et les conditions de son engagement. Une autre lettre, émanant du département du rapatriement, lui faisait part des pensions récemment allouées aux soldats revenus de guerre, comme des pensions d'invalidité ou des prêts destinés à lancer une affaire, rien qui s'appliquât à son cas. Il ouvrit donc une troisième lettre, un relevé de la Commonwealth Bank l'informant qu'il avait gagné quatre pour cent d'intérêts sur les cinq cents livres de son compte. Il garda pour la fin l'enveloppe écrite à la main. Il ne voyait pas du tout qui pouvait lui adresser du courrier et craignait qu'il ne s'agît de quelque bonne âme voulant lui donner des nouvelles de son frère ou de son père.

Il ouvrit la lettre. « *Cher Tom, je me suis dit que j'allais vous écrire pour m'assurer que vous n'aviez pas été balayé par le vent et emporté en mer ou quelque chose de ce genre. Pour vérifier aussi que le manque de routes ne vous causait pas trop de problèmes…* » Il jeta un œil au bas de la lettre afin de lire la signature, « *Bien à vous, Isabel Graysmark* ». Entre les deux, elle exprimait son espoir qu'il ne se sente pas trop seul là-bas et soulignait qu'il devait absolument passer lui dire bonjour avant de partir là où il irait une fois son temps à Janus terminé. Elle avait décoré la lettre avec un petit dessin représentant un gardien appuyé contre son phare, sifflotant, tandis que, derrière lui, une baleine géante émergeait de l'eau, les mâchoires grandes ouvertes. Pour faire bonne mesure, elle avait ajouté : « *Faites bien attention à ne pas vous faire manger par une baleine entre-temps.* »

Cela fit sourire Tom. Le côté absurde de ce dessin. Mais plus encore, son innocence. Bizarrement, le simple fait de tenir cette lettre à la main le fit se sentir plus léger.

« Tu peux attendre un peu ? » demanda-t-il à Ralph, qui rassemblait ses affaires pour le trajet du retour.

Tom se précipita vers le bureau afin de prendre plume et papier. Il s'assit pour écrire, avant même de se rendre compte qu'il n'avait aucune idée de ce qu'il allait raconter. Il n'avait rien de spécial à dire, en fait : il voulait juste lui envoyer un sourire.

> *Chère Isabel,*
>
> *Pas encore balayé par le vent, ni emporté en mer ou quoi que ce soit de ce genre, heureusement. J'ai vu beaucoup de baleines mais aucune n'a essayé de me manger jusque-là : elles doivent penser que je n'ai pas beaucoup de goût.*
>
> *Je me porte assez bien, tout bien considéré, et m'en sors convenablement vis-à-vis de l'absence de routes. Je vous fais confiance pour continuer à bien nourrir les oiseaux locaux. Je serai très heureux de vous voir avant de quitter Partageuse pour – Dieu sait où ! – dans trois mois.*

Comment allait-il signer ?

« T'as bientôt fini ? demanda Ralph.

– Bientôt », répondit-il avant d'écrire, « *Tom* ». Il ferma l'enveloppe et inscrivit l'adresse, puis il la tendit au marin.

« Tu crois que tu peux poster ça pour moi ? »

Ralph prit connaissance du destinataire et lui fit un clin d'œil.

« Je vais la remettre en mains propres. Je dois passer dans ce coin-là, de toute façon. »

CHAPITRE 5

AU TERME DE SES SIX MOIS, Tom put à nouveau savourer les délices de l'hospitalité de Mme Mewett, et ce, pour une raison inattendue : le poste à Janus était devenu disponible de manière permanente. Loin de recouvrer ses esprits, Trimble Docherty avait perdu le peu de santé mentale qui lui restait et avait fini par se jeter de la haute falaise de granite d'Albany, connue sous le nom du Ravin, apparemment persuadé qu'il sautait dans un bateau manœuvré par sa femme bien-aimée. Tom avait donc été rappelé sur le continent pour discuter de son engagement, s'occuper de la paperasserie et profiter de quelque congé avant de prendre officiellement possession du poste. Il s'était jusque-là montré si compétent que Fremantle n'avait pas pris la peine de chercher un autre candidat.

« Ne jamais sous-estimer l'importance de l'épouse adéquate, lui avait rappelé le capitaine Hasluck au moment où Tom allait quitter le bureau. La vieille Moira Docherty aurait pu s'occuper du phare toute seule, cela faisait si longtemps qu'elle était avec Trimble. Seul un certain type de femme peut vivre là-bas. Quand vous trouverez la bonne, il faudra lui mettre le grappin dessus, vite fait, bien fait. Néanmoins, il va vous falloir patienter un peu, maintenant… »

Tout en repartant tranquillement en direction de la maison de Mme Mewett, Tom pensa aux petites reliques laissées dans le phare – le tricot de Docherty, le bocal de bonbons de sa femme toujours intact dans le cellier. Des vies parties, en laissant d'infimes traces. Et il pensa aussi au désespoir de l'homme, détruit par le chagrin. Une guerre n'était pas forcément nécessaire pour vous pousser à faire le grand saut.

*

Deux jours après son retour à Partageuse, Tom était assis, raide comme un piquet, dans le salon des Graysmark, où les parents tenaient leur fille unique à l'œil comme des aigles leur petit. Peinant à trouver des sujets de conversation appropriés, Tom se cantonnait au temps, au vent, qui soufflait en abondance, et aux cousins Graysmark vivant dans d'autres contrées de l'Australie-Occidentale. Il était relativement facile d'orienter la conversation sur d'autres sujets que soi-même.

« Vous repartez dans combien de temps ? lui demanda plus tard Isabel en le raccompagnant vers le portail.

– Dans deux semaines.

– Alors on ferait mieux de bien en profiter, dit-elle comme si elle concluait une longue conversation.

– Vraiment ? » demanda Tom, aussi amusé que surpris.

Il avait la sensation qu'on le faisait valser à l'envers.

Isabel sourit.

« Oui. Vraiment. »

La lumière capta les yeux d'Isabel de telle façon qu'il eut l'impression de pouvoir voir en elle : une certaine ouverture, une clarté qui l'attirait.

« Revenez demain. Je vais préparer un pique-nique. On ira jusqu'à la baie.

– Je devrais peut-être d'abord demander la permission à votre père, non ? Ou bien à votre mère ? ajouta-t-il en penchant la tête de côté. Je veux dire, enfin, si la question n'est pas trop grossière, quel âge avez-vous ?

– L'âge d'aller pique-niquer.

– Ce qui, en chiffres, donnerait…

– Dix-neuf. Environ. Alors, laissez-moi me débrouiller avec mes parents », dit-elle, avant de lui adresser un signe de la main et de rentrer dans la maison.

Tom repartit chez Mme Mewett d'un pas plutôt léger. Pourquoi, il n'aurait su le dire. Il ne savait absolument rien de cette fille, sauf qu'elle souriait beaucoup et que cela lui faisait du… bien.

*

Le lendemain, Tom se rendit de nouveau chez les Graysmark, moins nerveux que perplexe, ne sachant pas clairement pourquoi il y retournait aussi vite.

Mme Graysmark lui ouvrit la porte avec le sourire.

« Ponctuel, nota-t-elle sur une liste imaginaire.

– Une habitude de l'armée… », commenta Tom.

Isabel apparut avec un panier de pique-nique, qu'elle lui tendit.

« Vous êtes maintenant responsable de ce panier qui doit arriver là-bas en un seul morceau, dit-elle avant de se tourner vers sa mère pour l'embrasser sur la joue. À plus tard, maman.

– Et protège-toi bien du soleil. Si tu ne veux pas te gâcher la peau avec des taches de rousseur », dit celle-ci.

Elle lança à Tom un regard plus sévère que les paroles qui suivirent.

« Profitez bien de votre pique-nique. Et ne rentrez pas trop tard.

– Merci, madame Graysmark. Comptez sur nous. »

Isabel le guida à travers les quelques rues qui dessinaient la ville à proprement parler et ils s'approchèrent de l'océan.

« On va où ? demanda Tom.

– C'est une surprise. »

Ils suivirent le chemin de terre qui menait au bout de la pointe, et que bordaient de chaque côté des arbres denses et broussailleux. Ce n'étaient plus alors les géants de la forêt, ceux que l'on voyait à presque deux kilomètres dans l'intérieur des terres, mais des végétaux trapus et hirsutes, propres à affronter le sel et les assauts du vent.

« Il y a une petite trotte. Ça ne va pas trop vous fatiguer ? demanda-t-elle.

– Je crois que je vais même y arriver sans canne, répondit Tom en riant.

– Je disais ça parce que vous ne devez pas beaucoup marcher, sur Janus, n'est-ce pas ?

– Croyez-moi, monter et descendre l'escalier du phare toute la journée, ça vous maintient en forme. »

Il continuait à prendre la mesure de cette fille et de la drôle de façon qu'elle avait de le déstabiliser.

Plus ils avançaient, plus les arbres se ratatinaient, et plus le bruit de l'océan devenait assourdissant.

« J'imagine que Partageuse est d'un ennui mortel, quand on vient de Sydney, hasarda Isabel.

– Je n'y ai pas passé assez de temps pour le savoir, en fait.

– Sans doute. Mais Sydney… ça doit être très vaste, très animé, merveilleux, enfin. La grande ville.

– C'est plutôt petit, comparé à Londres. »

Isabel rougit.

« Oh, mais je ne savais pas que vous y étiez allé ! Voilà une vraie grande ville. Peut-être que j'irai aussi là-bas un jour.

– Vous êtes bien mieux ici, à mon avis. Londres... Eh bien ! je dois dire que j'ai trouvé ça plutôt sinistre, pendant mes permissions. C'est gris, lugubre et froid comme un cadavre. Je préfère de loin Partageuse.

– Et en plus, on arrive au coin le plus joli. En tout cas, c'est mon avis. »

Derrière les arbres apparut un isthme qui s'avançait assez loin dans l'océan. C'était une longue bande de terre nue, large de quelques centaines de mètres, léchée de tous côtés par les vagues.

« C'est ce qu'on pourrait appeler la pointe de Point Partageuse ! dit Isabel. Mon endroit préféré, c'est plus bas, sur la gauche, là où il y a tous les gros rochers. »

Ils marchèrent jusqu'au centre de l'isthme.

« Posez donc le panier et suivez-moi », lui dit-elle et, sans crier gare, elle retira vivement ses chaussures et s'éloigna en courant vers les blocs de granite noir massifs qui s'enfonçaient dans l'eau.

Tom la rattrapa au moment où elle s'approchait du bord. Les rochers formaient un cercle, à l'intérieur duquel les vagues bouillonnaient et tourbillonnaient. Isabel s'allongea sur le ventre et pencha le visage vers l'eau.

« Écoutez ! dit-elle. Écoutez ce bruit, on se croirait dans une grotte ou dans une cathédrale. »

Tom se pencha à son tour pour écouter.

« Vous devez vous allonger, dit-elle.

– Pour mieux entendre ?

– Non. Pour ne pas vous faire emporter par l'eau. Elle tourbillonne sacrément ici. Si une grosse vague arrive sans prévenir, vous vous retrouverez coincé entre les rochers avant même de vous en rendre compte. »

Tom s'allongea à côté d'elle, la tête dans le vide, au-dessus des vagues bruyantes et écumantes, qui lançaient des gerbes autour d'eux.

« Ça me fait penser à Janus.

– C'est comment, là-bas ? On entend plein d'histoires, mais personne ne s'y rend jamais, à part le gardien et le bateau. Ou alors un médecin, comme la fois où un navire tout entier y avait été placé en quarantaine à cause de la typhoïde, il y a des années.

– C'est comme… Enfin, c'est comme nulle part ailleurs. C'est un monde en soi.

– On dit que le climat y est rude.

– Par moments, oui. »

Isabel se redressa et s'assit.

« Vous ne vous y sentez jamais seul ?

– Je suis trop occupé pour ça. Il y a toujours quelque chose à réparer, à vérifier ou à noter. »

Elle inclina la tête sur le côté, comme pour marquer son scepticisme, mais elle ne fit aucun commentaire.

« Et ça vous plaît, là-bas ?

– Ouais. »

Ce fut alors au tour d'Isabel de rire.

« Vous n'êtes pas vraiment du genre bavard, pas vrai ? »

Tom se releva.

« Vous avez faim ? C'est l'heure de déjeuner, non ? »

Il prit la main d'Isabel pour l'aider à se relever. Une main fine, toute douce, dont la paume était couverte d'une pellicule de sable rugueux. Une main si délicate dans la sienne.

Isabel lui servit des sandwichs au rosbif et de la bière de gingembre, suivis d'un cake aux fruits et de pommes bien croquantes.

« Ainsi, vous écrivez à tous les gardiens de phare qui vont à Janus ? demanda Tom.

– Tous ! Il n'y en a pas eu tant que ça, dit Isabel. Vous êtes le premier nouveau gardien depuis des années. »

Tom hésita avant de se hasarder à poursuivre.

« Qu'est-ce qui vous a décidé à m'écrire ? »

Elle lui sourit et avala une gorgée de bière.

« Parce que c'est amusant de donner à manger aux mouettes avec vous ? Parce que je m'ennuyais ? Parce que je n'avais encore jamais envoyé de lettre à un phare ? »

Elle écarta une mèche de cheveux de ses yeux et baissa le regard vers l'eau.

« Vous auriez préféré que je m'en abstienne ?

– Non, ce n'est pas ce que je voulais… Enfin… »

Tom s'essuya les mains avec la serviette. Déstabilisé à nouveau. C'était une sensation nouvelle pour lui.

*

Tom et Isabel étaient assis au bout de la jetée à Partageuse. C'était presque le dernier jour de l'année 1920 et la brise jouait de petites mélodies en faisant clapoter des vaguelettes contre la coque des bateaux et en arrachant les cordages collés aux mâts. Les lumières du port flottaient à la surface de l'eau et le ciel était constellé d'étoiles.

« Mais moi, je veux tout savoir, dit Isabel, dont les pieds nus se balançaient au-dessus de l'eau. Vous ne pouvez pas vous en tirer en disant : "Rien d'autre à ajouter." »

Elle lui avait soutiré les grandes lignes de ses années en école privée, son diplôme d'ingénieur de l'université de Sydney, mais sa frustration grandissait.

« Moi, je peux vous raconter plein de choses… sur ma grand-mère, par exemple comment elle m'a appris à jouer du piano, mes souvenirs de mon grand-père, même s'il est mort quand j'étais petite. Je peux aussi vous dire ce que ça fait, d'être la fille du directeur de l'école dans un endroit comme Partageuse. Je peux vous parler de mes frères, Hugh et Alfie, comment on s'en allait faire les fous avec le dinghy pour pêcher dans la rivière. »

Elle regarda l'eau.

« J'ai encore la nostalgie de cette époque. »

Elle enroula une mèche de cheveux autour d'un de ses doigts, songeuse, puis inspira profondément.

« C'est comme une... une galaxie entière qui attend que vous la découvriez. Et moi, je veux découvrir la vôtre.

– Et que voulez-vous savoir de plus ?

– Eh bien, disons, des choses sur votre famille.

– J'ai un frère.

– Ai-je le droit de connaître son prénom, ou l'avez-vous oublié ?

– Il y a peu de chances que je l'oublie. Cecil.

– Et vos parents ? »

Tom, ébloui par la lumière qui scintillait au sommet d'un mât, cligna des paupières.

« Que voulez-vous savoir ? »

Isabel se redressa et le regarda droit dans les yeux.

« Qu'est-ce qui se passe là-dedans ?

– Ma mère est morte, maintenant. Je n'ai plus aucun contact avec mon père. »

Le châle d'Isabel avait glissé de son épaule, il le remit en place.

« Vous avez un peu froid, vous voulez rentrer ?

– Pourquoi vous ne voulez pas en parler ?

– Je vous en dirai plus si vous le souhaitez vraiment. C'est juste que je préférerais m'abstenir. Quelquefois, c'est mieux de laisser le passé à sa place.

– Mais la famille ne fait jamais partie du passé. Vous l'emportez partout avec vous, où que vous alliez.

– C'est bien dommage. »

Isabel se leva.

« Cela n'a pas d'importance. Rentrons. Papa et maman vont se demander où nous sommes. »

Ils remontèrent la jetée en silence.

Cette nuit-là, allongé sur son lit, Tom plongea dans le passé jusqu'à cette enfance dont Isabel s'était montrée si curieuse. Il n'en avait jamais vraiment parlé à qui que ce soit. Se souvenir était aussi douloureux que de passer la langue sur une dent ébréchée. Il se revoyait à huit ans, tirant sur la manche de son père en hurlant : « Je t'en prie ! Laisse-la revenir. Je t'en prie, papa, je l'aime ! » Et son père qui repousse sa main comme il effacerait une souillure. « Tu ne mentionneras plus jamais son nom dans cette maison. Tu m'as entendu, fiston ? »

Comme son père quittait la pièce à grandes enjambées, Cecil, le frère de Tom, bien plus grand que lui et de cinq ans son aîné, lui donna une claque sur la nuque : « Je te l'avais bien dit, espèce d'idiot ! Je t'avais dit de te taire », avant de suivre le père, de la même démarche compassée et de laisser le garçon planté au beau milieu du salon. Il sortit un mouchoir de dentelle de sa poche, qui embaumait encore le parfum de sa mère, et le mit contre sa joue, en retenant ses larmes et en reniflant. Il voulait sentir la douceur, le parfum du mouchoir, ne surtout pas s'en servir.

Tom repensa à l'imposante maison vide : au silence qui s'abattait sur chaque pièce selon une note chaque fois différente, à la cuisine qui sentait le savon carbolique, une cuisine impeccablement entretenue par une cohorte de servantes. Il se souvint de cette redoutable odeur des paillettes de Lux, et de sa détresse quand il avait récupéré le mouchoir lessivé et amidonné par Mme Untel, qui l'avait découvert dans la poche de sa culotte courte et l'avait machinalement lavé, effaçant ainsi pour toujours le parfum de sa mère. Il avait fouillé la maison à la recherche d'un recoin, d'une penderie qui pourrait lui rapporter les fragrances de sa douceur. En vain. Même dans ce qui avait été sa chambre, on ne sentait plus que la cire, les boules de naphtaline, comme si le fantôme de sa mère avait fini par être exorcisé.

*

À Partageuse, alors qu'ils passaient un moment ensemble dans le salon de thé, Isabel avait à nouveau tenté sa chance.

« Je ne veux rien cacher, dit Tom. C'est juste que c'est une perte de temps que de fouiller le passé comme ça.

– Je ne veux pas paraître indiscrète. Mais… vous avez vécu toute une vie, toute une histoire, dans laquelle j'arrive sur le tard. Je veux simplement comprendre. Vous comprendre. »

Elle hésita un peu, avant de reprendre, doucement :

« Si je ne peux pas parler du passé, ai-je la permission de parler de l'avenir ?

– On ne peut jamais vraiment parler de l'avenir, si vous y pensez sérieusement. On ne peut parler que de ce que l'on imagine, ou de ce que l'on souhaite. Ce n'est pas la même chose.

– D'accord, que *souhaitez*-vous, alors ? »

Tom marqua une pause.

« Vivre. Ça me suffira, je crois. »

Il prit une profonde inspiration et se tourna vers elle.

« Et vous ?

– Oh ! moi, je souhaite plein de choses, tout le temps ! s'exclama-t-elle. Je voudrais qu'il fasse beau pour le pique-nique du catéchisme. Je voudrais… Ne riez pas, je voudrais un bon mari et une maison pleine d'enfants. Je voudrais entendre le fracas d'une balle de cricket qui brise une vitre et sentir l'odeur du ragoût dans la cuisine. Les filles entonneraient en chœur les chants de Noël et les garçons joueraient au football… Je n'imagine pas ma vie sans enfants, et vous ? »

Elle sembla rêveuse, puis reprit :

« Bien sûr, il ne faudrait pas que cela arrive trop tôt, dit-elle avant d'hésiter. Pas comme Sarah.

– Qui ?

– Mon amie Sarah Porter. Elle vivait au bout de la rue, autrefois. On jouait toujours ensemble. Elle était un peu plus âgée que moi et il fallait toujours qu'elle fasse la mère. »

Le visage d'Isabel s'assombrit.

« Elle s'est retrouvée… dans une position délicate… à seize ans. Ses parents l'ont envoyée se cacher à Perth. Ils l'ont forcée à abandonner le bébé dans un orphelinat. Ils disaient qu'il serait adopté, mais il avait un pied bot. Plus tard, elle s'est mariée et tout le monde a oublié le bébé. Et puis, un jour, elle m'a demandé si je voulais bien l'accompagner à Perth, à l'orphelinat, en secret. L'« asile des bébés », à quelques portes de celui des fous. Tom, vous n'avez jamais rien vu qui ressemble à cette salle pleine de bébés sans mères. Personne pour les aimer. Sarah ne pouvait rien dire à son mari… il lui aurait ordonné de prendre ses cliques et ses claques. Il ne se doute toujours de rien, même aujourd'hui. Le bébé de Sarah y vivait toujours : tout ce qu'elle pouvait faire, c'était le regarder. Étrangement, c'était moi qui ne pouvais plus m'arrêter de pleurer. L'expression de leurs petits visages… C'était trop éprouvant. Ce n'est pas pire d'envoyer un gosse en enfer que dans un orphelinat.

– Un enfant a besoin de sa maman, dit Tom, perdu dans ses pensées.

– Sarah vit à Sydney, maintenant, dit Isabel. Je ne sais pas ce qu'elle est devenue »

Durant ces deux semaines, Tom et Isabel se virent chaque jour. Quand Bill Graysmark s'inquiéta auprès de sa femme de la bienséance de ces « sorties », elle lui répondit : « Bill, enfin, la vie est courte. C'est une fille raisonnable, elle a du plomb dans la tête. En plus, elle n'aura pas beaucoup d'autres occasions, vu l'époque, de se dégoter un homme qui a encore ses deux bras et ses deux jambes. À cheval donné… » Elle savait aussi que Partageuse était toute petite. Ils ne pouvaient s'isoler nulle part. Des douzaines d'yeux et d'oreilles viendraient rapporter la moindre conduite inappropriée.

Tom fut surpris de constater combien il avait envie de voir Isabel. D'une certaine façon, elle avait réussi à battre ses défenses en brèche. Il aimait écouter ses anecdotes sur la vie à Partageuse, sur l'histoire de la ville ; comment les Français avaient choisi pour cet endroit situé entre deux océans, ce nom qui signifiait à la fois « qui aime partager » et « qui divise ». Elle lui raconta la fois où elle était tombée d'un arbre et s'était cassé le bras, le jour où elle et ses frères avaient peint des taches rouges sur les chèvres de Mme Mewett avant de frapper à sa porte pour lui annoncer qu'elles avaient contracté la rougeole. Elle lui parla avec délicatesse, marquant de nombreuses pauses, de leurs morts dans la Somme, et elle se demandait comment elle allait réussir à faire à nouveau sourire ses parents.

Il demeurait sur ses gardes, cela dit. C'était une petite ville. Et Isabel était bien plus jeune que lui. Il ne la reverrait probablement plus jamais une fois qu'il serait reparti pour le phare. D'autres que lui auraient profité de la situation, mais pour Tom, le sens de l'honneur était comme un antidote à tout ce qu'il avait vécu.

Quant à Isabel, elle arrivait difficilement à mettre des mots sur le sentiment nouveau – de l'excitation, peut-être – qu'elle éprouvait chaque fois qu'elle voyait cet homme. Il y avait chez lui une part de mystère – comme s'il se réfugiait loin derrière son sourire. Elle voulait pénétrer jusqu'à son cœur.

Si la guerre avait appris quelque chose à la jeune fille, c'était à ne rien tenir pour acquis : il n'était jamais prudent de repousser ce qui vous importait. La vie pouvait vous arracher ce que vous chérissiez, et il n'y avait alors plus aucun moyen de le récupérer. C'est ainsi que grandit en elle un sentiment d'urgence, un besoin de saisir une occasion. Avant tout le monde.

*

La soirée précédant le départ de Tom pour Janus, ils se promenaient sur la plage. Janvier n'était vieux que de deux jours, Tom était arrivé à Partageuse six mois plus tôt, il avait pourtant l'impression que cela faisait des années.

Isabel regardait vers le large, là où le soleil descendait lentement dans le ciel pour bientôt se couler dans l'eau grise, au bout du monde.

« Je me demandais si vous voudriez bien m'accorder un petit plaisir, Tom.

– Oui. De quoi s'agit-il ?

– Je me demandais, dit-elle, sans toutefois ralentir le pas, si vous accepteriez de m'embrasser. »

Tom pensa que le vent avait sans doute déformé ses paroles, et comme elle continuait à marcher, il essaya d'imaginer ce qu'elle avait bien pu dire en réalité. Il répondit au hasard.

« Bien sûr que vous allez me manquer. Mais peut-être nous verrons-nous quand je reviendrai lors de mon prochain congé. »

Elle lui lança un regard bizarre, ce qui l'inquiéta. Même dans cette lumière déclinante, le visage d'Isabel semblait tout rouge.

« Je suis… désolé, Isabel. Je ne suis pas très doué pour affronter… ce genre de situation.

– Quel genre de situation ? » demanda-t-elle, dévastée en songeant que Tom devait au contraire être coutumier de la chose.

Une fille dans chaque port…

« Comme… dire au revoir. Je m'accoutume très bien de la solitude. Et je m'accommode aussi très bien de la compagnie des gens. C'est le passage de l'une à l'autre qui me pose des problèmes.

– Eh bien je vais vous faciliter les choses, si vous voulez ! Je vais m'en aller. Tout de suite. »

Elle fit demi-tour brusquement et s'éloigna sur la plage.

« Isabel ! Isabel ! Attendez ! »

Il courut après elle et lui prit la main.

« Je ne voudrais pas que vous partiez sans… Enfin, comme ça. Et je veux vous faire plaisir. Vous allez bel et bien me manquer. Parce que… c'est agréable d'être avec vous.

– Dans ce cas, emmenez-moi à Janus.

– Quoi ? Vous voulez faire le voyage jusque là-bas ?

– Non, je veux y vivre. »

Tom éclata de rire.

« Bon sang ! Vous dites de drôles de choses, parfois !

– Je suis sérieuse.

– Vous ne pouvez pas l'être, dit Tom, bien que quelque chose dans le regard d'Isabel lui soufflât que c'était possible.

– Et pourquoi pas ?

– Eh bien, pour des dizaines de raisons qui ne me viennent pas dans l'immédiat à l'esprit. La plus évidente étant que la seule femme autorisée à Janus est l'épouse du gardien. »

Elle ne dit rien, il inclina donc un peu plus la tête, comme si cela pouvait l'aider à la comprendre.

« Épousez-moi, alors ! »

Il cligna des yeux.

« Izz ! Mais je vous connais à peine ! Et en plus, je ne vous ai jamais… Eh bien, je ne vous ai même jamais embrassée, pour l'amour du ciel !

– Enfin ! »

Le mot avait jailli comme si la solution était d'une évidence aveuglante, et elle se haussa sur la pointe des pieds pour attirer le visage de Tom vers le sien. Avant qu'il ait le temps de réaliser ce qui lui arrivait, il était embrassé, maladroitement, mais avec beaucoup de fougue. Il s'écarta d'elle.

« C'est un jeu dangereux, Isabel. Vous ne devriez pas, comme ça, embrasser le premier gars venu. Sauf si c'est sérieux pour vous.

– Mais ça l'est ! »

Tom la dévisagea, Isabel le provoquait du regard et de son petit menton bien ferme. S'il dépassait cette limite, qui pouvait dire où il s'arrêterait ? Et puis zut ! Au diable ses bonnes manières ! Au diable les convenances ! Il se tenait devant une belle fille, qui le suppliait de l'embrasser, le soleil avait disparu, les deux semaines s'étaient écoulées et le lendemain à la même heure, il serait de retour dans ce satané nulle part. Il prit le visage d'Isabel dans ses mains et l'attira vers lui. « Dans ce cas, c'est comme ça qu'il faut faire », dit-il, avant de l'embrasser lentement, laissant le temps s'évanouir. Il ne se rappelait aucun baiser qui ressemblât à celui-là.

Enfin, il se recula et écarta une mèche de cheveux des yeux d'Isabel.

« Je ferais mieux de vous raccompagner, sinon ils vont envoyer la gendarmerie à mes trousses. »

Il passa un bras autour des épaules d'Isabel et la guida sur la plage.

« Je suis sérieuse, vous savez, quand je parle de mariage.

– Il faut que vous ayez un petit vélo dans la tête pour vouloir m'épouser, Izz. Un gardien de phare, ça ne gagne pas beaucoup. Et c'est un sacré boulot pour l'épouse.

– Je sais ce que je veux, Tom. »

Il s'immobilisa.

« Écoutez-moi. Je ne veux pas avoir l'air condescendant, Isabel, mais vous êtes… bien plus jeune que moi : j'aurai vingt-huit ans cette année. Et j'imagine que vous n'êtes pas sortie avec beaucoup de garçons. »

Il aurait même parié, au regard de la scène qui avait précédé, que cela ne lui était même jamais arrivé.

« Et alors, quel est le rapport ?

– C'est juste qu'il ne faut pas réduire un sentiment à la première fois qu'on le rencontre. Réfléchissez bien. Je vous parie tout le thé de la Chine que d'ici six mois vous aurez oublié jusqu'à mon nom.

– Faites-moi plaisir », dit-elle en levant la tête pour l'embrasser à nouveau.

CHAPITRE 6

Les journées claires d'été, Janus semble se dresser sur la pointe des pieds : on jurerait alors qu'elle est plus haute que d'habitude, et pas seulement à cause des marées montantes et descendantes. Elle peut aussi disparaître lors des tempêtes de pluie, dissimulée comme la déesse d'un mythe grec. Ou alors les brises marines s'élèvent : de l'air chaud, lourd de cristaux de sel qui réfléchissent la lumière. Quand il y a des feux de broussailles, la fumée peut s'étendre assez loin, transportant des cendres épaisses et collantes qui viennent teinter les couchers de soleil de rouge et d'or et encrasser la vitre de la lanterne. Pour toutes ces raisons, cette île a l'obligation de dispenser la lumière la plus puissante et la plus intense.

Depuis la galerie, l'horizon s'étend sur plus de soixante kilomètres. Tom avait peine à croire qu'un espace aussi infini puisse exister dans cette vie alors que, seulement quelques années auparavant, on se battait pour un territoire, mètre après mètre, des hommes avaient perdu la vie pour pouvoir proclamer « leur » une parcelle de sol boueux qui leur était ravie dès le lendemain. C'est peut-être cette même obsession de la topographie qui avait poussé les cartographes à diviser cette étendue d'eau en deux océans, même s'il était absolument impossible de toucher le point exact où les deux courants divergeaient. Certaines choses ne changent jamais.

*

À Janus, il n'y a aucune raison de parler. Des mois entiers peuvent s'écouler sans que Tom entende le son de sa propre voix. Il sait que certains gardiens mettent un point d'honneur à chanter, comme on ferait tourner un moteur pour vérifier qu'il est en état de marche. Mais Tom trouve une certaine liberté dans le silence. Il écoute le vent. Il observe les moindres détails de la vie sur l'île.

De temps à autre, comme apporté par la brise, le souvenir du baiser d'Isabel flotte dans son esprit : le toucher de sa peau, toute sa douceur. Et il pense aux années durant lesquelles il lui avait été impossible d'imaginer qu'une telle chose pût lui arriver. Sa simple compagnie lui avait permis de se sentir, d'une certaine façon, plus propre, ranimé. Et pourtant cette sensation le replongeait dans les ténèbres, dans ces galeries de chair déchirée et de membres tordus. Trouver un sens à tout ça… c'est là que résidait le défi. Témoigner de ces morts sans être brisé par leur poids. Il n'y avait aucune raison pour qu'il soit encore en vie, en un seul morceau. Soudain, Tom se rend compte qu'il pleure. Il pleure pour les hommes fauchés à sa gauche et à sa droite, alors que la mort ne manifestait pour lui qu'indifférence. Il pleure les hommes qu'il a tués.

Au phare, vous devez faire un rapport quotidien. Vous remplissez chaque jour une page du livre de bord, vous consignez ce qui s'est passé, comme pour prouver que la vie continue. Avec le temps, alors que les fantômes commencent à s'évanouir dans l'air pur de Janus, Tom ose penser à la vie qui l'attend – ce qu'il s'était interdit de faire pendant les longues années où son avenir lui était apparu bien trop incertain. Isabel occupe ses pensées, elle rit en dépit de tout et demeure insatiablement curieuse du monde qui l'entoure. Le conseil du capitaine Hasluck résonne dans sa tête tandis qu'il se rend à la remise à bois. Il choisit une racine de mallee, qu'il emporte jusqu'à l'atelier.

*

Janus Rock,
15 mars 1921

Chère Isabel,

J'espère que cette lettre vous trouvera en bonne santé. Je vais très bien. J'aime la vie ici. Cela paraît sûrement étrange, mais c'est vrai. Le calme me convient. Il y a quelque chose de magique à Janus. Cela ne ressemble à aucun autre endroit que je connaisse.

J'aimerais que vous puissiez voir les levers et les couchers de soleil. Et les étoiles, aussi : le ciel en est empli le soir et c'est un peu comme si on regardait une pendule, lorsque les constellations glissent à travers le ciel. Il est réconfortant de savoir qu'elles vont apparaître, aussi difficile qu'ait pu être la journée, aussi tortueuse que soit la tournure que prennent les événements. Jadis, cela m'aidait, en France. Cela remettait les choses en perspective – les étoiles étaient déjà là avant qu'il y ait des êtres humains. Et elles ne cessent de briller, quoi qu'il arrive. Été, hiver, tempête, beau temps. Les gens peuvent compter sur elles.

Je ferais mieux de cesser mon bavardage. Ce que je veux dire, c'est que j'envoie avec cette lettre une petite boîte que j'ai décorée pour vous. J'espère qu'elle vous sera utile. Vous pourriez y mettre des bijoux, des barrettes, ou bien ce que vous voudrez.

Vous devez maintenant avoir changé d'avis et je voulais juste vous dire que ce n'est pas un problème. Vous êtes une merveilleuse jeune fille, et j'ai beaucoup aimé les moments que nous avons passés ensemble.

Le bateau passe demain, je donnerai donc tout cela à Ralph.

Tom

*

Janus Rock,
15 juin 1921

Chère Isabel,

Je vous écris cette lettre rapidement, car les gars se préparent à repartir. Ralph m'a donné votre lettre. J'ai été content d'avoir de vos nouvelles. Je suis heureux de savoir que vous aimez la boîte.

Merci pour la photographie. Vous êtes belle, mais moins impertinente que dans la vraie vie. Je sais déjà où je vais la poser dans la salle de la lanterne, pour que vous puissiez voir l'océan de la fenêtre.

Mais non, elle ne paraît pas du tout étrange, votre question. Quand j'y repense, durant la guerre plein de gars se mariaient pendant des permissions de trois jours en Angleterre, avant de reprendre leur place dans le spectacle comme si de rien n'était. La plupart d'entre eux ne pensaient pas qu'ils feraient de vieux os, et c'est sans doute aussi ce que croyaient leurs amies. Avec un peu de chance, je serai une occasion à plus long terme, alors réfléchis bien. Je suis prêt à courir le risque si tu l'es aussi. Je peux demander un congé exceptionnel pour la fin décembre, tu as donc tout le temps d'y penser. Si jamais tu changes d'avis, je comprendrai. Sinon, je te promets que je m'occuperai toujours de toi et que je ferai de mon mieux pour être un bon mari.

Affectueusement,

Tom

*

Les six mois suivants s'écoulèrent lentement. Jusqu'alors, Tom n'avait pas connu l'attente – il s'était habitué à accueillir chaque jour comme une fin en soi. Maintenant, il y avait une date de mariage. Des choses à organiser, des permissions à demander. Chaque fois qu'il avait une minute de libre, il faisait le tour de la maisonnette et trouvait quelque chose à réparer : la fenêtre de la cuisine qui ne fermait pas bien ; le robinet qui exigeait la force d'un homme pour être ouvert. De quoi Isabel aurait-elle besoin, ici ? Quand le dernier bateau était passé, il avait commandé de la peinture pour rafraîchir les murs, un miroir pour la coiffeuse, de nouvelles nappes et serviettes de table, des partitions pour le vieux piano – il ne l'avait jamais touché, mais il savait qu'Isabel aimerait en jouer. Il avait hésité avant d'ajouter à la liste des draps neufs, deux oreillers et un édredon.

Quand arriva enfin le bateau qui devait emporter Tom pour le grand jour, Neville Whittnish s'avança sur la jetée ; il le remplacerait pendant son absence.

« Tout fonctionne ?

– Je l'espère », dit Tom.

Après une brève inspection, Whittnish reprit la parole :

« Tu sais t'occuper d'un phare. On ne peut pas t'enlever ça.

– Merci, dit Tom, réellement touché par le compliment.

– Tu es prêt, mon garçon ? demanda Ralph alors qu'ils s'apprêtaient à larguer les amarres.

– Dieu seul le sait, répondit Tom.

– Tu peux pas mieux dire, commenta Ralph en tournant les yeux vers l'horizon. Allez, ma beauté, amenons le capitaine Sherbourne à sa dame. »

Ralph s'adressait à son bateau de la même façon que Whittnish parlait du phare – pour eux, c'étaient des créatures vivantes, chères à leur cœur. Ces choses qu'un homme pouvait aimer ! songea Tom. Il fixa le phare du regard. Quand il reviendrait, sa vie aurait totalement changé. Il ressentit une angoisse soudaine : est-ce qu'Isabel aimerait Janus autant qu'il l'aimait ? Comprendrait-elle son monde ?

CHAPITRE 7

« TU VOIS ? Parce qu'il se trouve aussi haut au-dessus du niveau de la mer, le phare peut atteindre la courbure de la terre, au-delà de l'horizon. Je ne parle pas du faisceau lui-même, mais de sa portée. »

Tom se tenait derrière Isabel sur la galerie du phare, il l'entourait de ses bras, son menton reposant au creux de l'épaule de la jeune fille. Le soleil de janvier disséminait des particules d'or dans sa chevelure sombre. C'était l'année 1922 et leur deuxième jour seuls sur Janus. Après une lune de miel de quelques jours à Perth, ils avaient mis aussitôt le cap sur l'île.

« C'est comme si on pouvait voir l'avenir, dit Isabel. On peut anticiper et sauver le bateau avant même qu'il se soit rendu compte qu'il avait besoin d'aide.

– Plus le phare est haut, plus la lentille est grosse, plus le faisceau brille loin. Celui-ci porte plus loin que n'importe quel autre phare.

– Je ne me suis jamais trouvée aussi haut de toute ma vie. C'est comme si je volais ! dit-elle en se détachant de lui pour faire une fois encore le tour de la galerie. Et redis-moi comment on appelle l'éclair... Il y a un mot...

– Le caractère. Chaque phare côtier a le sien. Celui-ci s'allume quatre fois au cours de chaque rotation de vingt-quatre secondes. Du coup, grâce à l'éclair de cinq secondes, les bateaux savent qu'il s'agit de Janus et non de Leeuwin, de Breaksea ou de n'importe quel autre.

– Et comment le savent-ils ?

– Tous les bateaux disposent d'une liste des phares qu'ils vont croiser sur leur route. Pour un capitaine, le temps, c'est de l'argent. Ils sont toujours tentés de couper pour doubler le cap, ils veulent être les premiers à décharger afin de reprendre une nouvelle cargaison au plus vite. Et puis, moins on passe de jours en mer, plus on économise sur la paie de l'équipage. Le phare est là pour les mettre en garde et leur dire de s'éloigner, pour qu'ils rectifient leur course. »

À travers la vitre, Isabel aperçut les lourds volets noirs de la salle de la lanterne.

« Ils servent à quoi ? demanda-t-elle.

– C'est une protection ! La lentille peut magnifier n'importe quelle lumière. Si elle a le pouvoir de transformer une petite flamme en une énorme puissance lumineuse, imagine ce que ça donne avec la lumière du soleil lorsque la lentille est statique toute la journée. Pas de problème si on se trouve à quinze kilomètres. Mais c'est plus ennuyeux si on a le nez dessus. Il faut donc la protéger. Et se protéger, en même temps... Sans les volets, je rôtirais sur place si j'entrais là-dedans en pleine journée. Tiens, viens avec moi, je vais te montrer comment ça marche. »

La porte de fer claqua derrière eux quand ils eurent pénétré dans la salle de la lanterne, puis dans la lentille elle-même.

« C'est une lentille de première qualité... on ne trouve pas mieux. »

Isabel observa les arcs-en-ciel projetés par les prismes.

« C'est vraiment *joli.*

– Le gros morceau de verre central, on l'appelle l'"œil du taureau". Celle-ci en compte quatre, mais leur nombre diffère suivant le caractère. La source de lumière doit s'aligner exactement sur la hauteur pour que la lentille puisse la concentrer.

– Et tous ces cercles de verre ? »

Des prismes de verre triangulaires étaient disposés autour du centre de la lentille comme les cercles concentriques d'une cible.

« Les huit premiers réfractent la lumière : ils la plient, de sorte qu'elle ne s'élève pas vers la lune ou ne tombe pas dans l'océan, là où elle n'est utile à personne, mais s'élance droit vers le large, comme si elle contournait quelque chose. Tu vois les cercles qui se trouvent au-dessus et en dessous de la barre de métal ? Il y en a quatorze, et plus ils s'éloignent du centre, plus ils sont épais : ils réfléchissent et renvoient la lumière, pour qu'elle soit concentrée en un seul faisceau, au lieu de partir dans toutes les directions.

– Pour qu'elle ne se disperse pas sans avoir payé son écot, dit Isabel.

– On pourrait le formuler comme ça. Et voilà la lumière elle-même, ajouta-t-il en faisant un geste vers le petit dispositif posé sur le socle de métal au centre de l'ensemble, que recouvrait une sorte de grille.

– Ça n'est pas très impressionnant.

– Pour le moment. Mais cette grille s'apparente à un manteau incandescent, et la vapeur d'huile brille comme une étoile, une fois qu'elle est magnifiée. Je te montrerai, ce soir.

– Notre propre étoile ! Comme si le monde avait été créé rien que pour nous ! Avec le soleil et l'océan.

– Je crois que le phare pense que je suis tout à lui, dit Tom.

– Pas de voisins fouineurs ou de famille ennuyeuse, dit-elle en lui mordillant l'oreille. Juste toi et moi…

– Et les animaux. Heureusement, il n'y a pas de serpents, à Janus. Au contraire de certaines îles du coin qui en sont infestées. Il y a bien une ou deux araignées qui piquent, alors garde les yeux ouverts. Il y a… »

Tom rencontrait quelques difficultés à achever sa présentation de la faune locale, dans la mesure où Isabel ne cessait de l'embrasser, de plonger les mains au fond des poches de son mari, ce qui posait à ce dernier des problèmes pour penser, à plus forte raison pour s'exprimer de manière cohérente.

« Ce que je suis en train d'essayer de te dire est sérieux, Izz, parvint-il péniblement à articuler. Tu dois faire attention à… »

Il poussa un soupir quand les doigts d'Isabel trouvèrent leur cible.

« Moi ! gloussa-t-elle. C'est moi, la créature la plus dangereuse sur cette île !

– Pas ici, Izz. Pas au centre de la lanterne. Viens dit-il en inspirant profondément. Descendons.

– Mais si, ici ! objecta Isabel en riant.

– C'est la propriété du gouvernement.

– Et alors… ça aussi, il faut que tu le notes dans le livre de bord ? »

Tom toussa, embarrassé.

« Techniquement… ces choses sont fragiles et coûtent bien plus que tout l'argent que toi ou moi verrons durant notre existence. Je ne veux pas être celui qui sera obligé d'inventer une excuse pour expliquer comment un truc s'est cassé. Viens, on redescend.

– Et si je ne veux pas ?

– Eh bien, dans ce cas, j'imagine que je vais devoir… » Il la cala sur une de ses hanches. « … employer la méthode forte », dit-il en la portant pour descendre les cent-quatre-vingt-quatre marches étroites.

*

« Oh, mais c'est le paradis, ici ! » déclara Isabel en regardant l'océan plat et turquoise. Malgré les sombres avertissements de Tom à propos du temps, le vent avait décrété une trêve de bienvenue et le soleil était à nouveau glorieusement chaud.

Il l'avait emmenée au lagon, un vaste bassin calme d'un bleu outremer, profond de moins de deux mètres, dans lequel ils étaient à présent en train de se baigner.

« Ce n'est pas plus mal si ça te plaît. On n'aura pas de congé avant trois ans. »

Elle le prit dans ses bras.

« Je suis là où je veux être et avec l'homme avec qui je veux être. Rien d'autre n'a d'importance. »

Tom lui fit tendrement décrire un cercle, tout en lui répondant :

« De temps en temps, les poissons trouvent le moyen de nager jusqu'ici, en se faufilant à travers les anfractuosités des rochers. On peut les attraper au filet, quelquefois même carrément à la main.

– Il s'appelle comment, ce lagon ?

– Il n'a pas de nom.

– Chaque chose a droit à un nom, tu ne penses pas ?

– Eh bien, tu n'as qu'à lui en donner un. »

Isabel réfléchit un instant.

« Je te baptise, lagon du Paradis, dit-elle en aspergeant d'eau un des rochers. C'est ici que je viendrai me baigner.

– En général, l'endroit est sûr. Mais garde l'œil ouvert, au cas où.

– Que veux-tu dire ? demanda Isabel, n'écoutant qu'à moitié, occupée qu'elle était à patauger dans cette eau limpide.

– Les requins ne peuvent pas se faufiler entre les rochers, sauf en cas de très forte marée ou de tempête, si bien qu'il n'y a presque jamais de danger.

– *Presque ?*

– Il faut faire attention à plein d'autres choses. Les oursins, par exemple. Prends garde quand tu marches sur des rochers recouverts par l'eau, parce que les piquants peuvent te rentrer dans le pied et provoquer des infections. Sans compter les raies qui se cachent dans le sable au bord de l'eau, si tu marches sur les épines de leur queue, tu auras des ennuis. Elles peuvent remonter jusqu'au cœur, et alors... »

Tom venait de remarquer qu'Isabel ne disait plus rien.

« Tout va bien, Izz ?

– C'est un peu dur à entendre... alors qu'on est si loin de tout secours. »

Tom la prit dans ses bras et la fit sortir de l'eau.

« Mais je m'occuperai de toi, ma chérie. Ne te fais aucun souci », dit-il en souriant.

Il lui embrassa les épaules, puis l'allongea sur le sable, pour lui déposer un baiser sur la bouche.

*

Dans la penderie d'Isabel, des robes d'été à fleurs sont accrochées à côté d'épais lainages d'hiver, des robes faciles à laver et résistantes car son nouveau travail consistait à nourrir les poulets ou à traire les chèvres, à ramasser les légumes ou à nettoyer la cuisine. Lorsqu'elle se promène sur l'île avec son mari, elle porte un vieux pantalon à lui, dont les jambes sont roulées sur plus de trente centimètres, et qu'elle empêche de glisser grâce à une ceinture de cuir craquelé, sur une des chemises sans col de Tom. Elle aime sentir le sol sous ses orteils et marche pieds nus chaque fois qu'elle le peut, mais, sur les falaises, elle porte des chaussures de toile pour les protéger du granite. Elle explore les limites de son nouvel univers.

*

Un matin, peu après son arrivée, enivrée par toute cette liberté, elle décida de faire une expérience.

« Comment trouves-tu ma nouvelle tenue ? demanda-t-elle à Tom, alors qu'elle lui apportait un sandwich pour son déjeuner en tenue d'Ève. Je ne crois pas avoir besoin de vêtements par une aussi belle journée. »

Il haussa un sourcil et lui adressa un demi-sourire.

« Très joli. Mais tu vas t'en lasser assez vite, Izz. »

Il prit le sandwich et lui caressa le menton.

« Il y a certaines choses, si on veut survivre sur ces phares, chérie… Si on veut rester normal : manger à une heure décente, tourner les pages du calendrier… et, ajouta-t-il en riant, garder ses frusques sur le dos. Crois-moi, ma douce. »

Rougissante, elle battit en retraite vers la maison et enfila plusieurs couches de vêtements – caraco, jupon, robe, cardigan, puis elle mit des bottes de caoutchouc et sortit pour déterrer des pommes de terre avec une énergie tout à fait superflue par ce soleil ardent.

*

« Est-ce que tu as une carte de l'île ? » demanda Isabel à Tom.

Il sourit.

« Tu as peur de te perdre ? Ça fait maintenant plusieurs semaines que tu es là. Du moment que tu avances en tournant le dos à l'eau, tu finiras tôt ou tard par retrouver la maison. Et le phare est un repère.

– Je veux juste une carte. Il doit bien y en avoir une ?

– Bien sûr qu'il y en a une. Il y a des cartes de tout le coin, si ça te chante, mais je ne vois pas trop à quoi ça pourrait te servir. On a vite fait le tour de l'île.

– Fais-moi plaisir, mon petit mari », dit-elle, avant de lui embrasser la joue.

Plus tard dans la matinée, Tom apparut dans la cuisine tenant un grand rouleau, qu'il présenta à Isabel avec un cérémonial exagéré.

« Vos désirs sont des ordres, madame Sherbourne.

– Merci, répondit-elle sur le même ton. Ce sera tout, pour le moment. Vous pouvez disposer, monsieur. »

Un sourire se dessina sur les lèvres de Tom, tandis qu'il se frottait le menton.

« Et peut-on savoir ce que vous mijotez, mademoiselle ?

– Ce ne sont pas vos affaires ! »

Durant les quelques jours qui suivirent, Isabel partit chaque matin en expédition et, quand elle rentrait dans l'après-midi, elle s'enfermait dans la chambre, même si Tom était isolé dans son coin, accaparé par son travail.

Un soir, après avoir essuyé la vaisselle, elle alla chercher le parchemin et le tendit à son mari.

« Tiens, c'est pour toi.

– Merci, chérie », dit Tom, occupé à lire un volume aux pages cornées sur l'art des nœuds marins.

Il leva les yeux un bref instant.

« Je le rangerai demain.

– Mais c'est vraiment pour toi ! »

Tom la regarda.

« C'est ta carte, n'est-ce pas ? »

Elle lui fit un sourire espiègle.

« Pour le savoir, il faut que tu regardes. »

Tom déroula la carte, qu'il trouva transformée. De petites annotations apparaissaient maintenant partout, de même que des schémas et des flèches de couleur. Sa première pensée fut que la carte était la propriété du Commonwealth et que ça allait lui coûter cher à la prochaine inspection. Des noms nouveaux avaient jailli de toutes parts.

« Alors ? dit Isabel en souriant. Ça n'allait pas, tous ces endroits sans nom. Je les ai donc baptisés, tu vois ? »

Les anses, les falaises, les récifs et les étendues herbeuses faisaient l'objet d'indications en petits caractères, de même que les noms qui leur avaient été donnés, comme pour le lagon du Paradis : le coin des Tempêtes, le récif de la Mort, la baie des Naufragés, l'anse de la Tranquillité, le point de vue de Tom, la falaise d'Izzy, et bien d'autres encore.

« J'imagine que je ne me suis jamais représenté tous ces lieux comme des endroits distincts. Pour moi, c'est Janus, voilà tout, dit Tom en esquissant un sourire.

– Ils sont tous différents. Chaque endroit mérite un nom, comme les pièces d'une maison. »

Tom pensait tout aussi rarement à la maison comme à un ensemble de pièces. C'était juste « la maison ». Et cette dissection de l'île l'attrista un peu, cette catégorisation entre bon et mauvais, sûr et dangereux. Il préférait l'appréhender comme un tout. Au-delà de ça, il était mal à l'aise de voir certains endroits porter son nom. Janus ne lui appartenait pas : il appartenait à Janus, c'est ainsi qu'il avait entendu dire que les indigènes parlaient de la terre. Son travail consistait juste à en prendre soin.

Il regarda sa femme, qui souriait fièrement devant son œuvre. Si elle voulait donner des noms aux choses, peut-être qu'il n'y avait aucun mal à ça après tout. Et peut-être finirait-elle aussi par comprendre son point de vue à lui.

*

Tom répond chaque fois qu'il reçoit une invitation pour une réunion des anciens combattants de son bataillon. Il envoie toujours ses meilleurs vœux, ainsi qu'un peu d'argent pour le mess. Mais il ne s'y rend jamais. Du reste, son obligation de présence au phare l'en empêcherait, même s'il le voulait. Il y a des gens, il le sait, qui trouvent du réconfort à la vue d'un visage familier, au énième récit d'un épisode vécu en commun. Mais il ne souhaite pas se joindre à eux. Il avait perdu des amis – des hommes en qui il avait confiance, aux côtés desquels il s'était battu, avec lesquels il avait bu, tremblé. Des hommes qu'il comprenait sans qu'il soit nécessaire de parler, qu'il connaissait comme s'ils étaient des extensions de son propre corps. Il pense à la langue qui les liait : des mots qui surgissaient pour faire face à des circonstances que personne n'avait connues auparavant. L'« ananas », le « petit rien », le « plum-pudding » : autant de noms pour les différents types d'obus qui arriveraient peut-être à trouver votre tranchée. Les « totos », c'étaient les poux, le « frichti », la nourriture, et la « bienheureuse », c'était la blessure qui vous valait d'être rapatrié en Angleterre à l'hôpital. Il se demande combien d'hommes savent encore parler cette langue secrète.

Parfois, quand il se réveille à côté d'Isabel, il lui arrive d'être surpris, et soulagé, qu'elle ne soit pas morte. Il guette avec soin sa respiration, juste pour être sûr. Puis, il pose la main sur le dos de sa femme et fait siens la douceur de sa peau, les légers mouvements de son corps endormi. C'est le plus grand miracle auquel il lui ait été donné d'assister.

CHAPITRE 8

« PEUT-ÊTRE QUE TOUS CES MOMENTS DE MA VIE dont j'aurais pu me passer étaient des épreuves pour voir si je te méritais, Izz. »

Ils étaient étendus dans l'herbe sur une couverture.

C'était une nuit d'avril presque chaude, constellée d'étoiles, trois mois après l'arrivée d'Isabel sur Janus. Isabel avait les yeux clos et sa tête reposait au creux de l'épaule de Tom, qui lui caressait le cou.

« Tu es mon autre moitié du ciel, dit-il.

– Je ne te savais pas poète !

– Oh, mais ça n'est pas de moi. Je l'ai lu quelque part... Un poème latin ? Un mythe grec ? Quelque chose dans le genre, en tout cas.

– Toi et ton éducation chic en école privée ! » le taquina-t-elle.

C'était l'anniversaire d'Isabel, Tom lui avait préparé le petit déjeuner et le dîner et l'avait regardée dénouer le nœud du paquet contenant le gramophone. Il avait en secret demandé à Ralph et à Bluey de l'expédier pour compenser le fait que le piano qu'il lui avait fièrement montré quand elle était arrivée était complètement désaccordé après des années de négligence. Elle avait écouté Chopin et Brahms toute la journée, et maintenant les accents du *Messie* de Haendel résonnaient depuis le phare, car ils avaient abandonné le gramophone en route pour profiter de l'auditorium naturel.

« J'adore quand tu fais ça, dit Tom en regardant l'index d'Isabel enrouler une mèche de ses cheveux en tortillon, la lâcher et recommencer avec une autre.

– Maman dit que c'est une vilaine habitude, remarqua-t-elle, soudain consciente de son geste. Je l'ai toujours fait, apparemment. Je ne m'en rends même plus compte. »

Tom prit une des boucles d'Isabel, l'entortilla autour de son doigt, puis la relâcha comme un serpentin.

« Raconte-moi une autre légende », demanda Isabel.

Tom réfléchit un moment.

« Tu sais que le mot "janvier" vient de Janus ? Ce mois tient son nom du même dieu que cette île. Il a deux visages, dos à dos. Un gars plutôt moche.

– C'est le dieu de quoi ?

– Des seuils. Il regarde toujours des deux côtés, il est écartelé entre deux façons de voir les choses. Janvier regarde en avant vers la nouvelle année, mais aussi en arrière vers celle qui vient de s'écouler. Il voit le passé et l'avenir. Tout comme l'île donne sur deux océans, vers le pôle Sud et vers l'équateur.

– Ça, j'avais compris, dit-elle en lui pinçant le nez et en riant. Je te taquine… J'adore quand tu me racontes des choses comme ça. Parle-moi encore des étoiles. Redis-moi où se trouve le Centaure. »

Tom embrassa le bout de son doigt et étendit son bras en direction de la constellation.

« Là.

– C'est ta préférée ?

– C'est toi, ma préférée. Plus que toutes les étoiles réunies. »

Il se baissa pour lui embrasser le ventre.

« En fait, je devrais dire, c'est vous deux, mes préférés, non ? Et si c'étaient des jumeaux ? Ou même des triplés ? »

La tête de Tom suivait les mouvements respiratoires d'Isabel.

« Tu entends quelque chose ? Il te parle déjà ?

– Ouaip, il me dit que je dois mettre sa mère au lit avant que la nuit ne soit trop froide. »

Il prit sa femme dans ses bras et la porta sans difficulté jusqu'à la maison, tandis que le chœur, dans le phare, proclamait : « Car un Enfant nous est né. »

*

Isabel avait été très fière d'écrire à sa mère pour lui annoncer la nouvelle de la naissance à venir.

« J'aimerais tant pouvoir..., je ne sais pas, nager jusqu'à la côte, ou quelque chose comme ça, juste pour le leur dire. Ça me tue, d'attendre ce bateau ! »

Elle embrassa Tom.

« On écrit à ton père ? À ton frère ? »

Tom se leva et entreprit d'essuyer les plats qui séchaient sur l'égouttoir.

« Pas la peine », fut sa seule réponse.

L'impression de Tom, mal à l'aise mais sans colère, convainquit Isabel de ne pas insister et elle se contenta de lui prendre doucement le torchon des mains.

« Laisse-moi faire, dit-elle. Tu as déjà assez de pain sur la planche comme ça. »

Tom lui toucha l'épaule.

« Je vais travailler encore un peu à ton fauteuil », dit-il en s'efforçant de sourire au moment où il quittait la cuisine.

Dans la remise, il examina les pièces du rocking-chair qu'il projetait de fabriquer pour Isabel. Il avait essayé de se remémorer celui dans lequel sa propre mère l'avait bercé et lui avait raconté des histoires. Son corps se souvint des bras maternels – sensation oubliée depuis lors. Il se demanda si leur enfant conserverait un souvenir du contact d'Isabel, des dizaines d'années plus tard. C'était une affaire si mystérieuse, la maternité... Une femme devait être très courageuse pour s'embarquer là-dedans, se dit-il en repensant à la trajectoire de sa propre mère. Et pourtant, Isabel semblait envisager la question avec sérénité.

« C'est la nature, Tom. Pourquoi faudrait-il avoir peur ? »

Lorsqu'il avait fini par retrouver la trace de sa mère, il avait vingt et un ans et terminait ses études d'ingénieur. Il était enfin maître de sa propre vie. Le détective privé lui avait donné l'adresse d'une pension à Darlinghurst. Planté devant la porte, les entrailles nouées en un écheveau d'espoir et de terreur, il avait eu à nouveau huit ans. Il avait surpris les échos d'autres douleurs filtrer sous les portes le long de l'étroit passage lambrissé – les sanglots d'un homme s'échappant de la porte d'à côté, le « Ça ne peut plus continuer comme ça ! » d'une femme, accompagné des hurlements d'un bébé ; le rythme trépidant d'une tête de lit dans lequel une femme était probablement en train de gagner sa vie.

Tom avait relu le gribouillage rédigé au crayon sur le bout de papier. Après avoir longtemps hésité, il avait tourné la poignée ; la porte n'avait offert aucune résistance. L'odeur, reconnaissable entre toutes, s'était emparée de lui, mais il lui avait fallu une fraction de seconde pour l'identifier – un mélange de mauvais alcool et de cigarettes. Dans la pénombre confinée, il avait vu un lit défait et un vieux fauteuil délabré, dans les tons bruns. Une des vitres de la fenêtre était fêlée et une unique rose s'était depuis longtemps ratatinée sur elle-même dans un vase.

« Vous cherchez Ellie Sherbourne ? »

La voix appartenait à un homme sec et au crâne dégarni qui avait surgi derrière Tom.

C'était très étrange d'entendre prononcer ce nom. « Ellie »… Il n'avait jamais pensé qu'on pût appeler sa mère « Ellie ».

« Oui, je cherche Mme Sherbourne. Quand rentre-t-elle ? »

L'homme avait émis un grognement.

« Elle ne rentrera pas. Et c'est bien dommage, parce qu'elle me doit un mois de loyer. »

Tout allait de travers, dans cette réalité. Il ne parvenait pas à faire coller cette information avec la scène de retrouvailles dont il rêvait depuis des années. Le pouls de Tom s'était accéléré.

« Il y a une adresse pour faire suivre son courrier ?

– Pas où elle est partie. Elle est morte il y a trois semaines. Je suis venu vider l'appartement. »

De toutes les scènes que Tom avait imaginées, aucune ne se terminait ainsi. Il était resté planté sur ses pieds, pétrifié.

« Vous comptez déménager ? Ou emménager ? » demanda l'homme d'un ton aigre.

Tom hésita, puis ouvrit son portefeuille et y prit cinq livres.

« Pour le loyer », dit-il doucement, avant de s'éloigner dans le couloir en retenant ses larmes.

L'espoir ténu que Tom avait si longtemps préservé intact s'était brisé dans une ruelle obscure de Sydney, alors que le monde était sur le point de basculer dans la guerre. Moins d'un mois plus tard, il s'engageait dans l'armée, donnant le nom de sa mère comme parent le plus proche, avec l'adresse de la pension. Les recruteurs ne chipotaient pas sur les détails.

Tom passa la main sur le morceau de bois qu'il venait de travailler au tour et essaya d'imaginer ce qu'il pourrait écrire à sa mère aujourd'hui, si elle était encore en vie – comment il pourrait lui annoncer la naissance prochaine du bébé.

Il prit le mètre à ruban et attaqua le morceau de bois suivant.

*

« Zebedee. »

Isabel considéra Tom avec un visage impassible, seule sa bouche se plissait un peu au coin des lèvres.

« Quoi ? demanda Tom, en interrompant sa tâche du moment, qui consistait à masser les pieds d'Isabel.

– Zebedee, répéta-t-elle, replongeant le nez dans son livre pour qu'il ne puisse pas voir ses yeux.

– Tu n'es pas sérieuse ! C'est quoi, ça, comme nom… »

Une expression blessée traversa le visage d'Isabel.

« C'est le nom de mon grand-oncle. Zebedee Zanzibar Graysmark. »

Tom lui jeta un coup d'œil tandis qu'elle poursuivait péniblement :

« J'ai promis à grand-mère sur son lit de mort que si j'avais un fils, je lui donnerais le nom de son frère. Je ne peux pas revenir sur une promesse.

– J'avais en tête quelque chose de plus normal.

– Tu es en train d'insinuer que mon oncle n'est pas normal ? »

Isabel ne put se contenir davantage et éclata de rire.

« Je t'ai eu ! Je t'ai bien eu, dans les grandes largeurs !

– Petite friponne ! Tu vas le regretter !

– Non ! Arrête ! Arrête !

– Je n'aurai aucune pitié ! dit-il en lui chatouillant le ventre et le cou.

– Je me rends !

– Trop tard ! »

Ils étaient étendus sur l'herbe, juste à l'endroit où elle cédait la place au sable de la baie des Naufragés. C'était la fin de l'après-midi et une douce lumière teignait le sable en jaune.

Soudain, Tom cessa de la chatouiller.

« Qu'est-ce qui ne va pas ? » demanda Isabel, à travers les longs cheveux qui lui couvraient le visage.

Elle posa la main sur la joue de son mari.

« Tom ?

– De temps en temps, tout ça me dépasse. Il y a trois mois, c'était juste toi et moi, et maintenant il y a cette autre vie, surgie de nulle part, comme…

– Comme un bébé.

– Oui, comme un bébé, mais c'est plus compliqué que ça, Izz. Avant ton arrivée, quand je travaillais dans la salle de la lanterne, je m'interrogeais souvent sur le sens de la vie. Je veux dire, la vie opposée à la mort… »

Il marqua une pause.

« Mais je dis n'importe quoi, là. Mieux vaut que je me taise. »

Isabel lui prit le menton.

« Mais non, tu ne parles presque jamais de ces choses, Tom. Dis-moi.

– J'ai du mal à mettre des mots là-dessus. D'où vient la vie, par exemple ?

– Et c'est important, ça ?

– Comment ça, important ?

– Le fait que ce soit un mystère. Le fait qu'on ne comprenne pas.

– Il y a des moments où j'aurais voulu avoir des réponses. Ça, je peux te l'affirmer. Comme lorsque je voyais des camarades pousser leur dernier soupir, alors j'aurais voulu leur demander : "Où t'en es-tu allé ? Il y a quelques secondes, tu étais juste à côté de moi, et voilà que des bouts de métal ont perforé ta peau et se sont enfoncés dans ta chair, et soudain tu es ailleurs. Comment est-ce possible ?"

– Tu crois que les gens se souviennent de cette vie, quand ils s'en vont ? Tu crois que mon grand-père et ma grand-mère, au ciel, euh… s'envoient en l'air ?

– J'en sais fichtre rien, dit Tom.

– Quand on sera morts tous les deux, Tom, demanda-t-elle avec une soudaine urgence dans la voix, Dieu ne nous séparera pas, n'est-ce pas ? Il nous laissera ensemble ? »

Tom la prit dans ses bras.

« Qu'est-ce qui m'a pris… ? J'aurais mieux fait de me taire, idiot que je suis. Allez, on était en train de choisir des prénoms. Et j'étais pile en train de sauver un pauvre bébé du destin peu enviable qui aurait été le sien s'il s'était appelé Zebedee Zanzibar. Et pour les noms de fille, on en est où ?

– Alice, Amelia, Annabel, April, Ariadne… »

Tom haussa les sourcils.

« La voilà repartie ! Ariadne ! Déjà qu'elle va grandir dans un phare. Pas la peine de l'accabler avec un prénom dont les gens se moqueront. »

Ce soir-là, sur la galerie, en regardant vers le large, Tom s'interrogea à nouveau. D'où venait l'âme de ce bébé ? Où irait-elle ? Où étaient donc celles des hommes qui avaient plaisanté, fait le salut militaire et crapahuté dans la boue avec lui ?

Il était là, en sécurité, en bonne santé, son épouse était une belle femme, et voilà qu'une nouvelle âme avait décidé de se joindre à eux. Venu de nulle part, un bébé allait faire son apparition dans le coin le plus reculé de la terre. Cela faisait si longtemps que son nom figurait sur les carnets de la mort qu'il semblait impossible à Tom que la vie lui fasse une telle faveur.

Il retourna dans la salle de la lanterne et observa une fois de plus la photo d'Isabel accrochée au mur. Le mystère de tout cela. Le mystère, simplement.

*

L'autre cadeau de Tom arrivé avec le dernier bateau était le *Manuel de la parfaite mère australienne*, du Dr Samuel B. Griffiths. Isabel s'y plongeait dès qu'elle avait un moment.

Elle submergeait Tom d'informations : « Tu savais que les rotules d'un bébé ne sont pas faites d'os ? » Ou encore : « À ton avis, à quel âge un bébé peut-il manger à la petite cuiller ?

– Aucune idée, Izz.

– Allez, devine !

– Honnêtement, comment pourrais-je le savoir ?

– Tu n'es pas drôle ! » se plaignait-elle avant de se replonger dans le livre.

En quelques semaines, les pages furent toutes cornées et tachées d'herbe, après ces journées passées sur le cap.

« Tu vas avoir un enfant, tu ne passes pas un examen.

– Je veux seulement bien faire les choses. C'est pas comme si je pouvais frapper à la porte d'à côté et demander à maman, pas vrai ?

– Oh, Izzy Bella, dit Tom en riant.

– Quoi, qu'est-ce qu'il y a de si drôle ?

– Rien. Absolument rien. Ne change rien du tout ! »

Elle sourit et l'embrassa.

« Tu feras un papa merveilleux, je le sais. »

Une question se devina dans son regard.

« Quoi ? demanda Tom.
– Rien.
– Mais si, qu'est-ce qu'il y a ?
– Ton père. Pourquoi tu n'en parles jamais ?
– On ne s'aimait pas beaucoup.
– Mais il était comment ? »

Tom réfléchit. De quelle manière pourrait-il le présenter en quelques mots ? Comment pourrait-il expliquer ce regard, et la barrière invisible qui l'entourait sans cesse, si bien qu'il n'avait jamais de vrais contacts avec personne ? « Il était dans le vrai. Il était toujours dans le vrai. Quel que soit le sujet. Il connaissait les règles et il s'y tenait, quoi qu'il arrive. » Tom repensa à la haute silhouette rigide qui avait dominé toute son enfance. Dure et froide comme une pierre tombale.

« Il était strict ?
– Le mot est faible », répondit Tom avec un petit rire amer, l'air songeur.

« Peut-être voulait-il juste s'assurer que ses fils ne tournent pas mal. On recevait des coups de ceinture pour un oui, pour un non. Moi en tout cas. Cecil rapportait toutes mes bêtises à notre père... et lui s'en tirait plutôt bien. »

Il rit à nouveau.

« Du coup, reprit-il, je n'ai eu aucune difficulté à me plier à la discipline de l'armée. Impossible de prévoir si une chose n'est pas un mal pour un bien. »

Il redevint sérieux.

« Et puis, j'imagine que ça rendait aussi les choses plus faciles, là-bas, de savoir que personne n'aurait le cœur brisé en recevant le télégramme.
– Tom ! Ne dis donc pas des choses pareilles ! »

Il attira la tête d'Isabel contre sa poitrine et lui caressa les cheveux en silence.

*

Il est des moments où l'océan n'est pas l'océan – ni bleu, ni même aqueux –, mais une violente explosion d'énergie et de danger : une férocité que seuls les dieux peuvent atteindre. Il se rue contre l'île, projetant son écume par-dessus le phare, rongeant la falaise. Le vacarme qu'il produit ressemble au hurlement d'une bête dont la colère ne connaît pas de limites. C'est ces nuits-là que le phare est le plus utile.

Dans les pires tempêtes, Tom y reste toute la nuit, si c'est nécessaire, il se réchauffe auprès du poêle à kérosène, en buvant du thé sucré qu'il conserve dans une Thermos. Il pense aux pauvres diables qui sont en mer et remercie Dieu d'être en sécurité. Il guette les fusées de détresse, s'assure que le canot est prêt, même s'il se demande à quoi il pourrait bien servir par un temps pareil.

Un soir de mai, Tom, crayon et carnet à la main, faisait ses comptes. Son salaire annuel était de trois cent vingt-sept livres. Combien coûtait une paire de chaussures d'enfant ? D'après Ralph, les petits les usaient en un rien de temps. Et puis, il y avait les vêtements. Et les livres de classe. Bien sûr, s'il restait au phare, c'est Isabel qui ferait l'école à la maison. Mais, par ce genre de soirée, il se demandait toujours s'il était vraiment juste d'infliger une telle vie à quelqu'un, surtout à un enfant. Cette pensée était tempérée par les paroles de Jack Throssel, un des gardiens qu'il avait connus dans l'Est. « C'est la meilleure vie qui soit, pour les gamins, je te le jure, avait-il dit à Tom. Chez moi, les six se portent on ne peut mieux. Toujours à leurs jeux et à leurs bêtises : à explorer des grottes, à construire des cabanes. Une vraie bande de pionniers. Et ma femme s'assure qu'ils font leurs devoirs. Crois-moi, élever des enfants dans un phare, c'est facile comme tout. »

Tom reprit ses calculs : comment pourrait-il économiser un peu plus, pour s'assurer qu'il y aurait suffisamment de côté pour les vêtements, le médecin, et Dieu seul savait quoi encore ? L'idée de devenir père le rendait nerveux, l'enthousiasmait et le souciait à la fois.

Cette nuit-là, tandis que son esprit ressassait des souvenirs liés à son père, la tempête faisait rage autour du phare, rendant Tom sourd à tout autre réalité. Le rendant sourd aux cris d'Isabel, qui l'appelait à l'aide.

CHAPITRE 9

« TU VEUX UNE TASSE DE THÉ ? » demanda Tom, complètement perdu. C'était un homme pragmatique : vous lui confiiez un instrument, il savait l'entretenir ; un objet cassé, il savait le réparer. Mais face à sa femme désespérée, il se sentait impuissant.

Isabel ne leva pas les yeux. Il essaya une fois encore.

« Un peu d'aspirine ? »

Les notions de secourisme enseignées aux gardiens de phare comprenaient la réanimation de personnes noyées, le traitement de l'hypothermie et de la surexposition au soleil, ainsi que la désinfection de blessures ; voire certains rudiments relatifs à l'amputation. Mais il n'y avait rien concernant la gynécologie, ni les fausses couches. C'était un domaine mystérieux pour Tom.

Deux jours s'étaient écoulés depuis cette terrible tempête. Depuis les premiers signes de fausse couche. Le sang continuait de couler et pourtant Isabel persistait à refuser que Tom lance un appel au secours. Il avait veillé tout le long de cette folle nuit et n'était rentré à la maison qu'après avoir éteint le phare peu avant l'aube, alors que son corps implorait le sommeil. Mais, en entrant dans la chambre, il avait trouvé Isabel pliée en deux, et le lit trempé de sang. Tom n'avait jamais vu un regard aussi désespéré que celui de sa femme à ce moment-là.

« Je suis tellement triste, avait-elle dit. Tellement triste, Tom. »

Puis une autre vague de douleur s'était emparée d'elle et elle s'était mise à gémir, en pressant les mains sur son ventre.

« Pourquoi appeler un médecin ? dit-elle. Le bébé n'est plus là. »

Son regard s'égara.

« Pourquoi moi ? marmonna-t-elle. Il y a des femmes qui font des bébés sans même y penser.

– Izzy Bella, arrête !

– C'est ma faute, Tom. Forcément.

– C'est totalement faux, Izz, dit-il en attirant la tête d'Isabel contre sa poitrine et en couvrant ses cheveux de baisers. Je vais t'en faire un autre. Un jour, quand on en aura cinq qui courront partout et se réfugieront dans tes jupes, tout cela aura l'air d'un mauvais rêve. »

Il lui enveloppa les épaules de son châle.

« Il fait beau. Viens t'asseoir sur la terrasse. Ça te fera du bien », dit-il.

Ils restèrent assis l'un à côté de l'autre dans des fauteuils en rotin ; Isabel, emmitouflée dans une couverture bleue à carreaux, regarda la course du soleil dans le ciel de cette fin d'automne.

Elle se souvint combien, à son arrivée, elle avait été frappée par le vide de cet endroit, qui ressemblait à une toile vierge, et comment peu à peu elle l'avait découvert, attentive, comme Tom, aux subtils changements. Les nuages qui se formaient, se regroupaient et erraient dans le ciel ; la forme des vagues, qui se soulevaient avec le vent et les saisons, et qui pouvaient, si vous saviez en déchiffrer les messages, prédire le temps du lendemain. Elle s'était également familiarisée avec les oiseaux qui apparaissaient de façon tout aussi aléatoire que les graines portées par le vent ou les algues échouées sur la grève.

Elle regarda les deux pins et éclata soudain en sanglots face à cette solitude.

« Il devrait y avoir des forêts, dit-elle brusquement. Les arbres me manquent, Tom. Leurs feuilles et leur odeur me manquent, leur nombre aussi... et Tom... les animaux me manquent. Les kangourous me manquent sacrément ! Tout cela me manque.

– Je sais, Izz.

– Pas à toi ?

– Tu es la seule chose que je veux, dans ce monde, Izz, et tu es là près de moi. Pour le reste, ça va s'arranger. Laisse faire le temps. »

*

Un voile velouté et transparent recouvrait tout, quels que fussent les efforts d'Isabel pour épousseter – sa photo de mariage ; celle de Hugh et Alfie dans leurs uniformes la semaine de leur départ pour l'armée en 1916, souriant comme s'ils venaient d'être invités à une fête. Ce n'étaient pas les gars les plus grands de l'AIF, mais ils étaient pleins d'ardeur, et si fringants avec leurs beaux couvre-chefs tout neufs.

Son nécessaire à couture était aussi net que possible, mais pas aussi impeccable que celui de sa mère. Les aiguilles et les épingles transperçaient la doublure matelassée vert pâle et les pièces d'une robe de baptême reposaient au fond, comme désarticulées, tels les ressorts déboîtés d'une horloge.

Le petit collier de perles que Tom lui avait offert en cadeau de mariage était à l'abri dans la boîte qu'il lui avait fabriquée. Sa brosse et ses peignes en écaille de tortue étaient les seuls autres objets posés sur sa coiffeuse.

Isabel fit quelques pas dans le salon, examina la poussière, la fissure dans le plâtre, près de la fenêtre, le bord élimé du tapis bleu foncé. L'âtre aurait eu bien besoin d'être nettoyé et la doublure des rideaux commençait à s'effilocher, après tant d'années d'exposition aux conditions climatiques extrêmes. Le simple fait de penser au travail qui l'attendait lui demandait plus d'énergie qu'elle pourrait en mobiliser pour l'accomplir. Quelques semaines plus tôt seulement, elle était encore si pleine d'espoir et de vigueur. Maintenant, la pièce lui évoquait un cercueil au bord duquel sa vie s'arrêtait.

Elle ouvrit l'album de photographies que sa mère lui avait offert avant qu'elle quitte la maison, avec des clichés d'elle enfant, portant au dos le tampon du studio du photographe, Gutcher. Il y avait également une photo du mariage de ses parents et une autre de la maison. Elle fit courir son doigt sur la table, s'attardant sur le napperon de dentelle que sa grand-mère avait crocheté pour son trousseau. Elle se dirigea vers le piano et l'ouvrit.

Le bois de noyer était craquelé par endroits. Le nom du fabricant figurait en lettres d'or au-dessus du clavier : « Eavestaff, London ». Elle avait souvent imaginé le voyage de ce piano jusqu'à l'Australie, les autres vies qu'il aurait pu connaître – dans une maison anglaise, dans une école, ployant sous le fardeau de gammes imparfaites jouées par de petits doigts hésitants, ou même encore la scène d'un théâtre. Et pourtant, à la suite des circonstances les plus improbables, sa destinée avait été de vivre sur cette île, la voix éraillée par la solitude et les intempéries.

Elle enfonça le *do* du milieu, si légèrement que cela ne produisit aucun son. La touche d'ivoire était aussi douce que le bout des doigts de sa grand-mère, et ce contact lui remémora des après-midi de leçons de musique, passés à pratiquer à grand-peine la gamme de *fa* majeur à l'envers, une octave, puis deux, puis trois. Le choc de la balle de cricket contre le bois, quand Hugh et Alfie s'amusaient dehors, tandis qu'elle, la « jeune dame », apprenait « ce qu'elle devait savoir » et écoutait une fois de plus sa grand-mère lui expliquer l'importance de garder les poignets en suspension.

« Mais c'est idiot, de le faire en sens inverse ! gémissait Isabel.

– Et tu t'y connais en sens inverse, ma chérie, faisait remarquer sa grand-mère.

– Grand-mère, est-ce que je peux aller jouer au cricket, juste un petit moment ?

– Le cricket, ce n'est pas un jeu de filles. Allez. L'étude de Chopin », insistait-elle, en ouvrant un livre couvert de marques au crayon et de traces de chocolat laissées par des doigts d'enfant.

Isabel caressa à nouveau la touche du piano. Elle ressentit alors un désir soudain, lié non seulement à la musique, mais aussi à cette époque où elle pouvait se précipiter dehors, remonter ses jupes et jouer les gardiens de guichet pour ses frères. Elle appuya sur les autres touches, comme si elles avaient le pouvoir de ressusciter les jours anciens. Mais le seul son produit fut le claquement assourdi du bois contre la base du clavier, là où le feutre s'était usé.

« À quoi bon ? dit-elle en haussant les épaules au moment où Tom entrait dans la pièce. Il a fait son temps. Tout comme moi. »

Et elle se mit à pleurer.

*

Quelques jours plus tard, ils se tenaient tous deux au bord de la falaise.

Tom enfonça à coups de marteau la petite croix qu'il avait fabriquée en bois flotté. À la demande de sa femme, il avait gravé « *31 mai 1922. Souvenirs éternels* ».

Il prit la pelle pour creuser un trou afin de repiquer le pied de romarin qu'elle avait arraché dans le jardin potager. Il sentit la nausée monter en lui, tandis qu'une étincelle de souvenirs venait relier les coups de marteau et les coups de pelle. Ses paumes étaient moites, bien que la tâche n'exigeât que peu d'efforts physiques.

*

Du haut de la falaise, Isabel regardait le *Windward Spirit* amarré au ponton. Ralph et Bluey allaient apparaître d'un instant à l'autre. Il n'était pas nécessaire d'aller à leur rencontre. Ils descendirent la passerelle et, à la grande surprise d'Isabel, un troisième homme débarqua avec eux. Personne n'était attendu pour l'entretien du phare.

Tom apparut sur le sentier, tandis que les trois autres s'attardaient sur la jetée. L'inconnu, qui portait un sac noir, semblait éprouver quelque difficulté à retrouver son équilibre après la traversée.

Quand Tom arriva près d'elle, le visage d'Isabel était crispé de colère.

« Comment as-tu osé ! »

Il chancela.

« Quoi, comment j'ai osé ?

– Je t'ai dit de ne pas le faire et tu l'as fait quand même ! Eh bien, tu n'as plus qu'à le renvoyer. Ce n'est pas la peine de le laisser monter jusqu'ici. Il n'est pas le bienvenu. »

Isabel avait l'air d'une petite fille quand elle était en colère. Tom eut envie de rire, mais son sourire fit croître la fureur de sa femme. Elle posa les poings sur ses hanches.

« Je t'avais dit que je n'avais pas besoin de médecin. Mais il a fallu que tu fasses ça dans mon dos. Je n'ai aucune intention de le laisser me palper et m'examiner pour qu'il me dise ensuite ce que je sais déjà. Tu devrais avoir honte ! Tu n'as plus qu'à t'occuper d'eux toi-même, d'eux trois !

– Izzy ! supplia Tom. Izzy, attends ! Ne fais pas l'enfant, ma chérie ! Il n'est pas... »

Mais elle était déjà trop loin pour l'entendre.

« Alors ? demanda Ralph à Tom. Comment a-t-elle accueilli la nouvelle ? Elle est aux anges, je parie !

– Pas vraiment, non, dit Tom en enfonçant ses mains dans ses poches.

– Mais..., reprit Ralph en le regardant, très surpris. Je pensais qu'elle serait sacrément contente. Il a fallu tout le charme de Hilda pour le persuader de venir, et ma femme ne joue pas de son charme comme ça !

– Elle... » Tom se demanda s'il allait lui expliquer la situation. « Elle a très mal pris la chose. Désolé. Elle a piqué sa crise. Quand elle est comme ça, il n'y a plus qu'une solution, c'est faire profil bas et attendre que ça passe. Je vais devoir préparer des sandwichs pour le déjeuner, j'en ai peur. »

Bluey et l'inconnu s'approchèrent et, une fois les présentations faites, ils entrèrent dans la maison.

Isabel était assise dans l'herbe, près de l'anse qu'elle avait baptisée la baie des Naufragés, bouillonnante de fureur. Elle détestait ça, que son linge sale devienne l'affaire de tous. Elle détestait l'idée que Ralph et Bluey soient au courant. Ils allaient sans doute passer le voyage du retour à discuter de sa honte la plus intime et de Dieu seul savait quoi encore.

Que Tom ait fait venir le médecin contre sa volonté était une trahison.

Elle observait l'eau, la brise gonflait les vagues qui, plus tôt étaient encore une petite houle bien lisse. Les heures passèrent. La faim la gagnait. Mais elle refusait obstinément d'entrer dans la maison tant que le médecin s'y trouvait. Elle se concentra sur ce qui l'entourait. Observa attentivement la texture de chaque feuille, leur nuance précise de vert. Elle écouta les bruits du vent, de l'eau et des oiseaux. Elle perçut un son inconnu : une note insistante, brève, répétée. Cela venait-il du phare ? De la maison ? Ce n'était pas le claquement habituel du métal dans l'atelier. Elle l'entendit à nouveau, mais cette fois sur un ton différent. Sur Janus, le vent avait une façon particulière de diffuser les sons en des fréquences distinctes, de les déformer tandis qu'ils traversaient l'île. Deux mouettes atterrirent tout près pour se disputer un poisson et le bruit, qui n'avait jamais été plus que vague, se tut.

Elle revint à ses ruminations, avant d'être surprise par un nouveau bruit, bien reconnaissable celui-ci. C'était une gamme : imparfaite, mais dont l'harmonie s'améliorait à mesure qu'elle était répétée.

Elle n'avait jamais entendu Ralph ou Bluey parler du piano, et Tom ne savait pas du tout en jouer. Ce devait donc être ce misérable médecin, bien décidé à poser les doigts là où il ne devait pas le faire. Elle n'avait jamais pu en tirer la moindre note, et le voilà qui semblait chanter. La rage d'Isabel la poussa le long du sentier, elle était prête à chasser cet intrus loin du piano, de son corps, de sa maison.

Elle passa devant les dépendances, où Tom, Ralph et Bluey étaient occupés à empiler des sacs de farine.

« Bon après-midi, Isab... », tenta Ralph, mais elle entrait déjà dans la maison.

Elle fit irruption dans le salon.

« Si cela ne vous fait rien, c'est un instrument très délic… », commença-t-elle, sans aller plus avant, abasourdie de découvrir le piano complètement ouvert, la caisse à outils, et l'inconnu qui tendait un des câbles de cuivre avec une minuscule clé à molette tout en frappant sur la touche correspondante.

« Une mouette momifiée. Le voilà, votre problème, dit-il, sans même se retourner. Une mouette. Ça et une bonne vingtaine d'années de sable, de sel et de Dieu sait quoi encore. Une fois que j'aurai remplacé certains feutres, il commencera à avoir un meilleur son. »

Tout en parlant, il continuait à taper sur la touche et à tourner la clé à molette.

« J'ai vu de tout, dans ma vie, reprit-il. Des rats morts. Des sandwichs. Un chat empaillé. Je pourrais écrire un livre sur les choses qui finissent par se retrouver dans un piano, même si je suis incapable de dire comment elles arrivent là. Je parierais que la mouette n'a pas atterri ici de son plein gré. »

Isabel était tellement sidérée qu'elle en était devenue muette. Elle avait encore la bouche ouverte quand elle sentit la main de Tom se poser sur son épaule. Elle devint rouge écarlate.

« Pour une surprise, c'est une surprise, non ? dit-il en l'embrassant sur la joue.

– Eh bien… eh bien… »

La voix d'Isabel s'étrangla.

Il passa un bras autour de sa taille et ils restèrent ainsi tous deux un moment, avant d'éclater de rire.

Elle demeura assise durant les deux heures suivantes, et observa l'accordeur qui parvenait peu à peu à obtenir un son plus clair et faisait à nouveau résonner les notes, plus fort que jamais auparavant, concluant son travail par une explosion de l'Alléluia de Haendel.

« J'ai fait de mon mieux, madame Sherbourne, dit-il en rangeant ses outils. Idéalement, il faudrait l'emporter à l'atelier, mais le voyage aller-retour lui ferait autant de mal que de bien. Il n'est pas parfait, loin de là, mais ça fera l'affaire. »

Il tira le tabouret.

« Envie de le tester ? »

Isabel s'assit devant le clavier pour jouer la gamme de *sol* majeur à l'envers.

« C'est vrai que ça n'a plus rien à voir ! » dit-elle.

Elle se lança dans les premières mesures d'une aria de Haendel et s'évadait déjà dans ses souvenirs quand quelqu'un s'éclaircit la gorge à côté d'elle. C'était Ralph, planté derrière Bluey à la porte du salon.

« Ne vous arrêtez surtout pas ! fit Bluey quand elle se tourna pour les saluer.

– J'ai vraiment été grossière. Je suis désolée, dit-elle, s'apprêtant à se lever.

– Mais pas le moins du monde ! dit Ralph. Et tenez. C'est de la part de Hilda. »

Il lui tendait un paquet noué d'un ruban rouge.

« Oh, oh ! Je l'ouvre tout de suite ?

– Il vaudrait mieux ! Si je ne fais pas à Hilda un rapport minutieux de l'effet qu'il a produit sur vous, je n'ai pas fini d'en entendre parler ! »

Isabel ouvrit le paquet qui contenait les *Variations Goldberg* de Bach.

« Tom dit que vous pouvez jouer ce genre d'acrobaties les yeux fermés.

– Ça fait des années que je ne m'y suis pas essayée. Mais… je les adore ! Merci ! dit-elle en prenant Ralph dans ses bras et en lui embrassant la joue. Et vous aussi, Bluey ! »

Elle lui donna un baiser qui atterrit accidentellement sur ses lèvres.

Il rougit violemment et fixa ses pieds.

« Je n'y suis pas pour grand-chose, vraiment. »

Mais Tom protesta :

« Ne crois pas un mot de ce qu'il dit. Il est allé jusqu'à Albany chercher l'accordeur. Il a conduit toute la journée d'hier.

– Dans ce cas, vous avez droit à un autre baiser, dit-elle en lui en plantant un second sur une joue. Et vous aussi ! » ajouta-t-elle en embrassant l'accordeur pour faire bonne mesure.

Ce soir-là, quand Tom vérifia le manchon à incandescence, ce fut au son des notes bien régulières de Bach qui escaladaient les marches du phare pour résonner dans toute la salle de la lanterne. Tout comme le mercure qui contribuait à la rotation de la lumière, Isabel était... un mystère. Capable de soigner comme d'empoisonner ; capable de porter tout le poids de la lumière mais aussi de la diffracter en un millier de particules impossibles à attraper, s'égayant dans toutes les directions. Il sortit sur la galerie. Alors que les lumières du *Windward Spirit* disparaissaient à l'horizon, il fit une prière silencieuse pour Isabel, et pour eux. Il alla ensuite prendre le livre de bord et écrivit, dans la colonne « Remarques » pour le mercredi 13 septembre 1922 : « *Visite par le navire ravitailleur : Archie Pollock, accordeur de pianos. Approbation préalable obtenue.* »

Deuxième partie

CHAPITRE 10

27 avril 1926

ISABEL AVAIT LES LÈVRES PÂLES et le regard abattu. Il lui arrivait encore de poser délicatement la main sur son ventre, avant de se souvenir qu'il était vide. Et il arrivait encore aussi que ses corsages portent des traces de ce lait qui avait été tellement abondant les premiers jours, ce festin pour un convive absent. Elle se remettait alors à pleurer, comme si c'était arrivé hier.

Elle portait des draps : le travail de la maison ne cessait jamais, tout comme l'activité du phare. Après avoir fait le lit et plié sa chemise de nuit sous son oreiller, elle se dirigea vers la falaise pour passer un moment près des tombes. Elle s'occupait avec grand soin de la dernière, et se demandait si le jeune romarin allait tenir. Elle arrachait une ou deux mauvaises herbes autour des deux croix plus anciennes, finement cristallisées par des années d'exposition aux embruns ; le romarin poussait avec obstination en dépit des tempêtes.

Lorsqu'un cri de bébé porté par le vent lui parvint, elle regarda instinctivement vers la tombe. Avant même que la logique puisse intervenir et la corriger, il s'écoula un moment durant lequel son esprit lui souffla que tout cela avait été une erreur – ce bébé n'était pas mort-né, il était bien vivant.

L'illusion s'évanouit, mais pas les cris. Puis Tom l'appela de la galerie – « Sur la plage ! Un bateau ! » –, ce qui persuada Isabel que ce n'était pas un rêve, et elle se précipita pour le rejoindre et courir avec lui jusqu'au dinghy.

L'homme qui s'y trouvait était mort, mais Tom s'empara d'un paquet hurlant calé à l'avant de l'embarcation.

« Bon Dieu ! s'exclama-t-il. Bon Dieu, Izzy. C'est un…

– Un bébé ! Oh ! Dieu du ciel ! Tom ! Tom ! Là… donne-le-moi ! »

*

De retour à la maison, Isabel sentit son ventre se serrer à la simple vue du bébé – ses bras savaient d'instinct comment tenir l'enfant et la calmer, comment la consoler. Tout en versant de l'eau tiède sur le nourrisson, elle remarqua la fraîcheur de sa peau, douce et bien tendue, sans la moindre ride. Elle embrassa tour à tour chacun des petits doigts, coupant doucement avec ses dents le bout des ongles du bébé pour qu'il ne s'égratigne pas. Elle tenait sa tête dans la paume de sa main et, avec le mouchoir de soie qu'elle réservait aux grandes occasions, elle essuya un peu de morve autour de ses narines, ainsi que le sel des larmes au coin de ses yeux. Ce bain sembla se fondre dans l'image d'un autre bain, d'un autre visage – comme s'il se fut agit d'une action unique qui avait simplement été interrompue.

Regarder le bébé dans les yeux, c'était comme fixer Dieu Lui-même. Aucun masque, aucune simulation : la vulnérabilité de ce nourrisson était renversante. Que cette créature aussi parfaite ait pu trouver son chemin jusqu'à Isabel était stupéfiant. Qu'elle soit arrivée juste à ce moment-là, à peine deux semaines après… Impossible de n'y voir qu'un simple hasard. Aussi fragile qu'un flocon de neige, le bébé aurait très facilement pu s'évanouir dans l'oubli si les courants ne l'avaient pas porté, en droite ligne et sans écueil, jusqu'à la baie des Naufragés.

En un lieu précédant les mots, dans un autre langage, par la simple détente de ses muscles, la souplesse de sa nuque, le bébé exprimait sa confiance. Il s'était trouvé si près des griffes de la mort que la vie fusait en lui comme l'eau se mêle à l'eau.

Isabel était submergée par ses émotions : une terreur pleine de respect, sous la pression des mains minuscules, quand elles se refermaient sur un de ses doigts ; de l'amusement, devant le doux petit derrière, qui n'était pas encore tout à fait distinct des jambes ; de la révérence, pour cette respiration qui absorbait l'air alentour et le transformait en sang, en âme. Et au-delà de tout cela, bourdonnait encore la sombre douleur du vide.

« Regarde ! Tu me fais pleurer, mon ange ! dit-elle. Comment as-tu fait ton compte ? Petite chose minuscule et parfaite. »

Elle sortit le bébé de son bain comme s'il se fût agi d'une offrande sacrée, le déposa sur une serviette blanche bien moelleuse et entreprit de l'essuyer avec une infinie douceur, redoublant de précaution. Patient, le bébé ne bougea pas alors qu'elle lui mettait une couche propre après l'avoir talqué. Sans hésitation aucune, Isabel alla jusqu'à la commode de la chambre d'enfant et choisit, parmi les nombreux vêtements jamais portés, une robe jaune avec de petits canetons brodés sur le corsage et habilla soigneusement la fillette.

Tout en fredonnant une berceuse dont elle sautait une mesure çà et là, elle ouvrit la paume de la minuscule main et en examina les lignes : sur l'une d'elles, le chemin tracé avant sa naissance, qui l'avait amenée ici, sur cette grève.

« Oh, ma jolie, ma si jolie petite fille ! » dit-elle.

Le bébé, épuisé, s'endormit rapidement, prenant de brèves inspirations et frissonnant par intermittence. Isabel la tenait au creux de son bras alors qu'elle installait un drap dans le petit lit et étendait la couverture qu'elle avait tricotée avec de la laine d'agneau très douce. Elle ne parvenait pas à se résoudre à poser le bébé – pas encore. En un lieu bien au-delà de la conscience, les hormones qui, jusqu'à si récemment, préparaient son corps à la maternité conspiraient maintenant pour orchestrer ses sentiments, guider ses muscles. Des instincts qui avaient été muselés revenaient brusquement à la vie. Elle emporta le bébé dans la cuisine et, tout en recalant l'enfant sur ses genoux, ouvrit le livre des prénoms.

*

Un gardien doit rendre des comptes. Chaque objet, dans le phare, est enregistré, maintenu en bon état, inspecté. Aucun article ne peut échapper à l'examen officiel. Le directeur adjoint du service des phares revendique la mainmise sur tout, des tubes destinés aux brûleurs à l'encre pour écrire dans les livres de bord, des balais rangés dans le placard au gratte-pieds installé à la porte. Tout est consigné dans le registre de l'équipement – un volume relié en cuir –, même les chèvres et les moutons. Rien n'est jeté, on ne se débarrasse de rien sans l'autorisation officielle de Fremantle, ou, s'il s'agit d'un objet particulièrement coûteux, de Melbourne. Que Dieu vienne en aide au gardien à qui il manque une boîte de manchons à incandescence ou un bidon d'huile et ne peut le justifier. Vivant si loin de tout, les gardiens de phare sont soumis à une surveillance et un contrôle pointilleux et infaillible. Car on ne peut pas confier un phare à n'importe qui.

Le livre de bord rend compte de la vie du gardien d'une plume égale et régulière. La minute exacte à laquelle le phare a été allumé, comme la minute exacte à laquelle il a été éteint le matin suivant. Le temps qu'il a fait, les navires qui sont passés. Ceux qui se sont signalés, ou ceux qui ont frôlé le phare par une mer agitée, trop occupés à affronter les vagues pour s'exprimer en morse, ou même, parfois dans le code international, et dire d'où ils venaient et où ils se rendaient. De temps à autre, un gardien peut noter pour lui-même une petite plaisanterie, ou bien célébrer le début d'un mois nouveau avec des volutes ou des enluminures. Il peut aussi subtilement consigner le fait que l'inspecteur des phares a confirmé son congé de longue durée, dans l'idée que l'on ne peut revenir sur ce qui est inscrit. Mais là s'arrêtent ses libertés. Le livre de bord est parole d'évangile. Janus n'est pas une station de la Llyods : les bateaux n'en dépendent guère pour les prévisions météorologiques, et donc, à partir du moment où Tom referme le livre, il est peu probable que quelqu'un les consultera à nouveau. Mais il ressent chaque fois une paix particulière quand il écrit. On mesure toujours le vent avec le système utilisé à l'époque de la navigation à voile : de « *calme (0-2, vent suffisant pour faire avancer les bateaux)* » à « *ouragan (12, aucune voile ne peut tenir, pas même repliée)* ». Il savoure ce langage. Lorsqu'il repense au chaos de la guerre, à ces années de manipulation des faits, ou à l'impossibilité de mesurer, et encore plus de décrire, l'enfer absolu qui régnait dans les tranchées tandis que les explosions déchiquetaient le sol autour de lui, il apprécie au plus haut point le luxe d'énoncer des vérités simples.

*

Il est donc naturel que Tom ait d'emblée pensé au livre de bord le jour de l'abordage du dinghy. C'était devenu pour lui une seconde nature que de consigner la moindre petite chose qui pourrait malgré tout avoir de l'importance, lié qu'il était non seulement par les règles régissant son emploi mais aussi par la loi du Commonwealth. L'information qu'il notait n'était peut-être qu'une pièce minuscule dans un grand puzzle, mais une pièce que lui seul pouvait apporter, et il était vital qu'il le fît. Une fusée de détresse, un filet de fumée à l'horizon, un bout de métal rejeté par l'eau sur la grève qui pourrait bien venir d'un navire naufragé – tout cela était enregistré de sa main sûre et précise, avec les lettres doucement et régulièrement penchées vers l'avant.

Il était assis derrière son bureau, sous la salle de la lanterne, et son stylo à plume attendait loyalement de relater la journée. Un homme était mort. Les gens devaient être prévenus ; une enquête devait être diligentée. Il fit pénétrer un peu plus d'encre dans le stylo bien que son réservoir fût déjà presque plein. Il relut quelques détails au fil des pages précédentes, alla ensuite consulter les toutes premières notes qu'il avait écrites, ce mercredi au ciel gris quand il était arrivé à Janus, six ans auparavant. Depuis lors, les jours s'étaient succédé comme les marées montantes suivent les marées descendantes, et, de toutes ces journées – même lorsqu'il était épuisé après des réparations urgentes, ou parce qu'il avait fait le guet durant toute une nuit de tempête, ou tout simplement quand il se demandait ce que diable il faisait là, et même lors des journées si tristes des fausses couches d'Isabel –, il n'y en eut pas une qui lui fit ressentir un tel malaise au moment de rédiger son rapport. Mais elle l'avait supplié d'attendre un jour de plus.

Les pensées de Tom revinrent vers l'après-midi, tout juste deux semaines plus tôt, où, de retour de la pêche, il avait été accueilli par les cris d'Isabel. « Tom ! Tom ! Vite ! » Il avait couru jusqu'à la maison pour la trouver étendue sur le sol de la cuisine.

« Tom ! Il y a un problème, dit-elle en grognant entre chaque mot. Il arrive ! Le bébé arrive !

– Tu es sûre ?

– Évidemment non ! éructa-t-elle. Je ne sais pas ce qui se passe ! Tout ce que je sais… Oh, doux Jésus ! Tom ! J'ai mal !

– Attends, je vais t'aider à te relever, la supplia-t-il en s'agenouillant.

– Non ! Ne me déplace pas ! »

Elle haletait, luttait contre la douleur à chaque respiration, geignait plus qu'elle ne parlait.

« J'ai trop mal. Mon Dieu, faites que ça s'arrête ! » cria-t-elle, alors que du sang coulait à travers sa robe et s'étalait sur le sol.

Ce n'était pas comme la dernière fois. Isabel était enceinte de presque sept mois, et Tom n'avait pas pu apprendre grand-chose de l'expérience précédente.

« Dis-moi ce que je dois faire, Izz. Qu'est-ce que tu veux que je fasse ? »

Elle s'activait avec ses vêtements, essayait de retirer sa culotte.

Tom lui souleva les hanches, ôta le sous-vêtement qu'il passa sur ses chevilles, tandis qu'elle se mettait à geindre plus violemment, en se tordant dans tous les sens et en poussant des cris qui résonnaient à travers l'île.

Le travail fut aussi rapide que prématuré et Tom regarda, impuissant, un bébé – c'était indéniablement un bébé, son bébé – émerger du corps d'Isabel. Il était tout petit et sanguinolent : une caricature miniature du nourrisson qu'ils attendaient depuis si longtemps, noyé dans un flot de sang, de chair et de tissus provenant d'une femme si peu préparée à cet événement.

Pas plus de trente centimètres de la tête à la pointe des pieds, pas plus lourd qu'un paquet de sucre. Il ne bougeait pas, ne poussait aucun cri. Tom le prit dans ses mains, partagé entre l'émerveillement et l'horreur, ne sachant pas ce qu'il était supposé faire, ou ressentir.

« Donne-la-moi ! hurla Isabel. Donne-moi mon bébé ! Laisse-moi la prendre dans mes bras !

– Un petit garçon, fut tout ce que Tom pensa à dire en tendant le corps tout chaud à sa femme. C'était un petit garçon. »

Les mugissements tristes du vent n'avaient pas faibli. Le soleil de la fin d'après-midi continuait à pénétrer dans la pièce, déposant une couverture d'or brillant sur la femme et son enfant prématuré. La vieille pendule accrochée au mur de la cuisine persistait à égrener ses minutes avec une ponctualité maniaque. Une vie était apparue puis avait disparu, et la nature n'avait pas marqué la moindre seconde de pause pour elle.

Isabel avait réussi à se redresser un peu et à se caler contre le mur. Elle éclata en sanglots devant la petite chose, qu'elle avait osé imaginer plus grande, plus forte.

« Mon bébé, mon bébé, mon bébé », murmurait-elle, comme s'il s'agissait d'une incantation qui pourrait le ressusciter.

Le visage de la petite créature était solennel, une sorte de moine abîmé en prière, les yeux clos, les lèvres scellées : déjà retourné dans ce monde qu'il n'avait apparemment quitté qu'avec réticence.

Pourtant, les aiguilles diligentes de la pendule poursuivaient leur course. Une demi-heure s'était écoulée et Isabel n'avait toujours rien dit.

« Je vais te chercher une couverture.

– Non ! dit-elle en lui saisissant la main. Ne nous laisse pas ! »

Tom s'assit à côté d'elle, lui passa le bras autour des épaules tandis qu'elle sanglotait contre sa poitrine. Le sang avait commencé à sécher sur les bords des flaques rouges qui s'étaient formées sur le sol de la cuisine. La mort, le sang, réconforter les blessés – tout cela lui était familier. Mais pas comme ça : une femme, un bébé ; sans explosion ni boue. Tout autour était à sa place : les assiettes de porcelaine avec leurs décors de paysages anglais bleutés reposaient bien proprement sur l'égouttoir, le torchon était suspendu au-dessus de la porte du four. Le gâteau qu'Isabel avait fait ce matin-là était renversé sur la plaque pour refroidir, le moule encore recouvert d'un linge humide.

« Qu'est-ce qu'on va faire ? demanda Tom après un moment. Pour le bébé. »

Isabel regarda la petite créature froide qui reposait dans ses bras.

« Allume le poêle », dit-elle.

Tom lui jeta un regard inquiet.

« Allume-le, s'il te plaît. »

Toujours perplexe, mais craignant de la bouleverser davantage, il se leva pour aller allumer le chauffe-eau.

« Tu rempliras la lessiveuse, lui dit-elle, quand il revint vers elle. Quand l'eau sera chaude.

– Si tu veux prendre un bain, je peux te porter, Izz.

– Ce n'est pas pour moi. Et puis, va voir dans l'armoire à linge, il y a de beaux draps... ceux que j'ai brodés. Tu veux bien m'en apporter un ?

– Izz, mon amour, on a tout le temps pour faire ça. C'est toi qui importes avant tout, pour le moment. Je vais envoyer un signal. Demander qu'un bateau vienne.

– Non ! dit-elle en poussant un cri farouche. Non ! Je ne veux pas... Je ne veux personne d'autre, ici. Personne ne doit savoir. Pour l'instant.

– Mais chérie, tu as perdu tant de sang... Tu es blanche comme un linge. Il faut qu'on fasse venir un médecin pour te ramener sur le continent.

– La lessiveuse, Tom. S'il te plaît. »

Lorsque l'eau fut chaude, Tom remplit la lessiveuse et la posa par terre à côté d'Isabel. Il lui tendit un linge de flanelle. Elle le trempa et, doucement, tout doucement, entreprit de caresser le visage du bébé pour ôter le sang qui recouvrait sa peau translucide. Le bébé était toujours plongé dans ses prières, enfermé dans une conversation secrète avec Dieu, et elle replongea le linge dans l'eau pour rincer le petit corps. Puis elle l'essora et recommença en examinant le bébé avec soin, peut-être dans l'espoir que les paupières palpitent, ou bien que les minuscules doigts s'agitent.

« Izz, dit Tom tout doucement, en lui caressant les cheveux. Maintenant tu dois m'écouter. Je vais te faire du thé, avec beaucoup de sucre, et je veux que tu le boives pour moi, d'accord ? Et je vais aussi te rapporter une couverture pour te réchauffer. Je vais nettoyer un peu, ici. Tu n'es pas obligée de quitter l'île, mais tu dois me laisser prendre soin de toi. Ne discute pas. Je vais te donner de la morphine pour la douleur, et des comprimés de fer, et tu vas les prendre pour me faire plaisir. »

Sa voix était tendre et calme, il ne faisait qu'énoncer des faits.

Comme hypnotisée par son rituel, Isabel continua à rincer le corps du bébé, alors que le cordon ombilical était toujours rattaché au placenta. Elle leva à peine la tête quand Tom lui mit une couverture sur les épaules. Il revint avec un seau et un chiffon et, à quatre pattes, entreprit d'éponger le sang sur le sol.

Isabel plongea le corps dans l'eau et le lava en faisant bien attention de ne pas immerger la tête. Elle sécha le bébé avec une serviette, l'enveloppa dans une seconde, toujours avec le placenta, si bien qu'il eut l'air emmailloté comme un *papoose*.

« Tom, tu veux bien étendre le drap sur la table ? »

Il déplaça le moule et étala le linge brodé, plié en deux. Isabel lui tendit le petit paquet.

« Pose-le dessus », dit-elle.

Il posa le petit corps sur le drap.

« Maintenant, il faut qu'on s'occupe de toi, dit Tom. Il y a encore de l'eau chaude. Viens te nettoyer. Allez, viens, appuie-toi sur moi. Doucement… Tout doucement. »

D'épaisses gouttes écarlates tracèrent un sillage quand il la conduisit de la cuisine à la salle de bains, où il lui nettoya le visage avec un linge de flanelle, qu'il rinçait dans une cuvette, avant de recommencer.

Une heure plus tard, dans une chemise de nuit propre, ses cheveux bien nattés en arrière, Isabel était allongée sur son lit. Tandis que Tom lui caressait le visage, elle finit enfin par s'abandonner à l'épuisement et aux effets de la morphine. De retour dans la cuisine, Tom finit de tout nettoyer et mit le linge sale à tremper dans la lessiveuse. L'obscurité tomba, il s'assit à la table et alluma la lampe. Il dit une prière pour le petit corps. L'immensité, le minuscule corps, l'éternité et la pendule qui accusait le passage du temps, tout cela avait encore moins de sens ici qu'en Égypte ou en France. Il avait vu tant de morts. Mais il y avait quelque chose de spécial dans le calme qui caractérisait celle-ci : comme si, en l'absence de coups de feu et de hurlements, il pouvait observer pour la première fois la mort telle qu'en elle-même. Les hommes qu'il avait accompagnés aux confins de la vie devaient être pleurés par une mère, mais, sur le champ de bataille, les êtres chers étaient loin, bien au-delà du souvenir. Voir un petit enfant arraché à sa mère au moment même de sa naissance – arraché à la seule femme au monde que Tom aimait – était une douleur plus terrible encore. Il jeta un nouveau coup d'œil aux ombres projetées par le bébé et, à côté, au gâteau recouvert de son linge, semblable à un frère jumeau sous son linceul.

« Pas encore, Tom. Je leur dirai quand je serai prête, avait insisté Isabel, le lendemain, alors qu'elle était encore alitée.

– Mais ta mère et ton père… il faut qu'ils sachent. Ils pensent que tu vas aller les voir par le prochain bateau. Ils attendent leur premier petit-enfant. »

Isabel l'avait regardé, désespérée.

« Justement ! Ils attendent leur premier petit-enfant, et moi je l'ai perdu.

– Mais ils vont s'inquiéter pour toi, Izz.

– Dans ce cas, pourquoi les bouleverser ? Je t'en prie, Tom. Ce sont nos affaires. Mes affaires. On n'a pas besoin de raconter ça au monde entier. Qu'ils rêvent encore un peu. Je leur enverrai une lettre quand le bateau viendra en juin.

– Mais c'est dans des semaines !

– Tom, je ne peux pas, voilà tout, insista-t-elle, tandis qu'une larme coulait sur sa chemise de nuit. Comme ça ils auront au moins encore quelques semaines de bonheur… »

Il avait donc cédé à sa femme et le livre de bord était demeuré muet.

Mais alors, c'était différent – c'était une affaire personnelle. La découverte du dinghy ne permettait pas la même liberté. Il commença donc par enregistrer le nom du vapeur qu'il avait vu passer ce matin-là, le *Manchester Queen*, en route pour Cape Town. Puis il consigna le calme de la journée, la température et posa son stylo. Demain. Il raconterait toute l'histoire du dinghy demain, une fois qu'il aurait envoyé le signal. Il se demanda un instant s'il valait mieux laisser de la place dans le registre pour revenir en arrière, ou s'il suffisait de laisser entendre que le dinghy était apparu plus tard. Il opta pour la première solution. Il enverrait le signal au matin et dirait qu'ils avaient eu trop à faire avec le bébé pour prendre contact plus tôt. Le livre dirait bien la vérité, mais avec un peu de retard. Juste un jour. Il aperçut son reflet dans le verre recouvrant la « Réglementation relative à la loi sur les phares de 1911 » accrochée au mur et, l'espace d'un instant, ne reconnut pas son visage.

*

« Je ne suis pas précisément un expert en la matière, dit Tom à Isabel l'après-midi qui suivit l'apparition du bébé.

– Et tu ne le deviendras jamais si tu restes planté là comme ça. Je veux juste que tu la tiennes pendant que je vérifie que le biberon est assez chaud. Allez… elle ne te mordra pas, dit-elle en souriant. Pas pour le moment, en tout cas. »

L'enfant était plus petit que l'avant-bras de Tom, mais il la prit comme s'il était en train de manipuler une pieuvre.

« Arrête de bouger une minute, tu veux ? dit Isabel en l'aidant à la tenir mieux. Très bien. Tu restes comme ça. Et maintenant…, ajouta-t-elle après un ultime ajustement, elle est tout à toi pour les deux prochaines minutes. »

C'était la première fois que Tom se retrouvait seul avec un bébé. Il ne bougeait plus, comme au garde-à-vous, terrifié à l'idée de ne pas réussir l'inspection. L'enfant commença à gigoter, agitant les bras et les pieds d'une manière qui le déconcerta.

« Du calme ! Sois gentille avec moi ! l'implora-t-il en essayant de raffermir sa prise.

– Et souviens-toi, il faut bien lui soutenir la tête », lui rappela Isabel depuis la cuisine.

Il glissa immédiatement une main sous le crâne du bébé, et en mesura la petitesse dans la paume de sa main. Elle se tortilla à nouveau, il la berça doucement.

« Allez, sois mignonne. Montre-toi gentille avec ton oncle Tom. »

Elle cligna des paupières dans sa direction puis le regarda droit dans les yeux. Tom ressentit soudain une douleur presque physique. Elle lui donnait à entrevoir un monde qu'il ne connaîtrait maintenant sûrement jamais.

Isabel réapparut avec le biberon.

« Tiens ! »

Elle le mit dans la main de Tom et le guida jusqu'à la bouche du bébé, en lui montrant comment tapoter doucement ses lèvres avec la tétine jusqu'à ce qu'il s'en empare. Tom était fasciné par la façon dont tout cela se déroulait. Le simple fait que le bébé n'exige rien de lui éveillait en son for intérieur une sorte de respect, qui ne semblait pas motivé par quelque chose que la raison pourrait appréhender.

Lorsque Tom repartit pour le phare, Isabel continuait de s'affairer dans la cuisine, où elle préparait le dîner pendant que l'enfant dormait. Dès qu'elle entendait un pleur, elle se précipitait dans la chambre et sortait le bébé de son lit. Grincheux, il fourrait à nouveau son nez contre la poitrine d'Isabel et s'employait à téter le fin coton de son chemisier.

« Ma chérie... tu as encore faim ? Dans le manuel de ce cher vieux Dr Griffiths, il est conseillé de ne pas te donner trop à manger. Mais une petite goutte, peut-être... »

Elle fit chauffer un peu de lait et lui proposa le biberon. Mais, cette fois-ci, il détourna la tête de la tétine et pleura tout en tripotant le mamelon chaud et engageant qui lui frôlait la joue à travers le chemisier.

« Tiens, allez, le voilà, ton biberon, ma douce », roucoula Isabel, mais le chagrin du bébé se fit plus intense encore, il agitait les bras et les jambes tout en frottant sa tête contre la poitrine d'Isabel.

Isabel se souvint de la douleur toute récente de la montée de lait qui, sans enfant à nourrir, avait rendu ses seins lourds et sensibles – ce qui lui avait paru être un mécanisme particulièrement cruel de la nature. Et maintenant, voilà que cette enfant désirait désespérément son lait, à moins qu'elle n'ait cherché du réconfort. La jeune femme réfléchit un long moment, ses pensées tourbillonnant de conserve avec les pleurs, la douleur et la perte.

« Oh, ma petite chérie », murmura-t-elle en déboutonnant lentement son chemisier.

Quelques secondes plus tard, l'enfant avait attrapé le mamelon et tétait avec plaisir, même si seules quelques gouttes lui venaient à la bouche.

Cela faisait déjà un bon moment qu'elles étaient ainsi occupées quand Tom entra dans la cuisine.

« Mais que... ? »

Il s'arrêta au milieu de sa phrase, pétrifié par ce qu'il voyait.

Isabel leva les yeux vers lui, l'expression de son visage mêlant innocence et culpabilité.

« C'est le seul moyen que j'ai trouvé pour la calmer.

– Mais... enfin... »

Inquiet, Tom ne parvenait pas à formuler ses pensées.

« Elle avait trop de chagrin. Elle ne voulait pas du biberon...

– Mais elle l'a accepté, plus tôt, je l'ai vue...

– Oui, parce qu'elle mourait de faim. Littéralement. »

Tom continuait de regarder fixement sa femme, incapable de prononcer le moindre mot.

« C'est la chose la plus naturelle du monde, Tom. Ce que je pouvais faire de mieux pour elle. Ne prends pas cet air choqué. »

Elle lui tendit la main.

« Allez, chéri, fais-moi un sourire. »

Il saisit sa main, mais resta abasourdi. Et, tout au fond de lui, son malaise ne cessait de grandir.

Cet après-midi-là, les yeux d'Isabel brillaient d'un éclat que Tom ne lui avait pas vu depuis des années.

« Viens voir ! s'exclama-t-elle. N'est-elle pas merveilleuse ? Il lui semble destiné. »

Elle fit un geste vers le berceau d'osier, dans lequel l'enfant dormait paisiblement, sa minuscule poitrine se soulevant et s'abaissant en une reproduction miniature du mouvement des vagues qui cernaient l'île.

« Une vraie petite noix dans sa coquille, pas vrai ? dit Tom.

– Je dirais qu'elle n'a pas trois mois.

– Comment peux-tu affirmer cela ?

– J'ai feuilleté le livre du Dr Griffiths, dit-elle tandis que Tom haussait un sourcil. Je suis allée ramasser des carottes et des navets, et j'ai préparé un ragoût avec le reste du mouton. Je veux qu'on ait un dîner spécial, ce soir. »

Tom fronçait les sourcils, perplexe.

« Nous devons accueillir Lucy, et dire une prière pour son pauvre père.

– Si c'était son père, dit Tom. Et pourquoi Lucy ?

– Il faut bien lui trouver un nom. Lucy, ça veut dire la lumière, c'est parfait, non ?

– Izzy Bella, sourit-il, avant de lui caresser les cheveux, avec un sérieux teinté de tendresse. Fais attention, chérie. Je ne voudrais pas que tu… »

En allumant le phare pour la nuit, Tom ne parvenait pas à chasser son malaise, pas plus qu'il ne pouvait dire si ce malaise venait du passé – un chagrin qui se réveillait – ou d'un mauvais pressentiment. En descendant les étroites marches en colimaçon, à chacun des paliers métalliques, il sentait un nouveau poids oppresser sa poitrine. Il avait l'impression de sombrer à nouveau dans des ténèbres auxquelles il pensait avoir échappé pour de bon.

Ce soir-là, ils dînèrent au rythme de la respiration bruyante du bébé, ponctuée de temps à autre de gazouillis qui faisaient naître un sourire sur les lèvres d'Isabel.

« Je me demande bien ce qui va lui arriver, pensa-t-elle à voix haute. C'est triste de se dire qu'elle pourrait finir dans un orphelinat. Comme le petit garçon de Sarah Porter. »

Plus tard, ils firent l'amour pour la première fois depuis la tragédie du bébé mort-né. Tom eut l'impression qu'Isabel était différente, plus assurée, plus détendue. Après, elle l'embrassa.

« Il faut qu'on plante une roseraie, au printemps, dit-elle. Qui fleurira encore des années après notre départ. »

*

« Je vais envoyer le signal ce matin », déclara Tom aux premières lueurs de l'aube, en rentrant à la maison après avoir éteint le phare. La lumière nacrée du jour s'infiltra dans la chambre et caressa la joue du bébé. Il s'était réveillé dans la nuit et Isabel l'avait installé entre eux deux. Elle posa un doigt sur ses lèvres en faisant un signe de tête vers le nourrisson, et prit la main de Tom pour qu'il l'accompagne dans la cuisine.

« Assieds-toi, mon amour, je vais te faire du thé », murmura-t-elle, tout en rassemblant tasses, théière et bouilloire aussi silencieusement que possible.

« Tom, j'ai réfléchi, dit-elle alors qu'elle posait la bouilloire sur le poêle.

– À quoi, Izzy ?

– Lucy… Cela ne peut être une simple coïncidence, si elle est apparue si vite après… »

La phrase n'avait nul besoin d'être terminée.

« On ne peut absolument pas l'envoyer dans un orphelinat, reprit-elle en se tournant vers Tom. Chéri, je pense qu'elle devrait rester avec nous.

– Quelle idée, ma chérie ! C'est une enfant adorable, mais elle n'est pas à nous. Nous ne pouvons pas la garder.

– Et pourquoi pas ? Réfléchis un peu ! Je veux dire, qui sait comment elle est arrivée ici ?

– Il faudra bien l'expliquer à Ralph et Bluey quand ils reviendront dans quelques semaines, par exemple.

– Peut-être, mais il m'est venu à l'idée hier soir qu'ils ne pourront pas savoir que ce n'est pas la nôtre. Tout le monde pense que je suis enceinte. Ils seront simplement un peu surpris qu'elle soit née si vite. »

Tom la regardait, bouche bée.

« Mais Izz… tu as tous tes esprits, là ? Tu te rends compte de ce que tu es en train de suggérer ?

– Ce que je suggère, c'est de l'amour pour un bébé. Rien d'autre. Je suis en train de suggérer, chéri, ajouta-t-elle en lui serrant les mains plus fort, d'accepter ce cadeau du ciel. Ça fait combien de temps que nous essayons d'avoir un bébé ? »

Tom se tourna vers la fenêtre, posa les mains sur sa tête et éclata de rire, avant de lever les bras en l'air en signe d'imploration.

« Mais pour l'amour de Dieu, Isabel ! Quand je vais leur parler du gars dans le bateau, quelqu'un finira bien par savoir qui c'est. Et qu'il y avait un bébé avec lui. Peut-être pas tout de suite, mais au bout du compte…

– Dans ce cas, je pense que tu ne devrais rien leur dire.

– Quoi ! Ne rien leur dire ! »

Son ton était soudain devenu très sérieux.

Elle lui caressa les cheveux.

« Ne leur dis rien, chéri. On n'a rien fait de mal, on a juste recueilli un bébé sans défense. On peut enterrer décemment ce pauvre homme. Quant au dinghy... eh bien, on va le laisser repartir à la dérive.

– Izzy ! Izzy ! Tu sais très bien que je ferais n'importe quoi pour toi, chérie, mais... qui que fût cet homme et quoi qu'il ait fait, il mérite qu'on le traite correctement. Et selon la loi, aussi, si tu vois ce que je veux dire. Imaginons que la mère ne soit pas morte, et que cette femme s'inquiète de n'avoir aucune nouvelle d'eux ?

– Quelle genre de femme laisserait son bébé partir loin d'elle comme ça ? Regarde les choses en face, Tom, elle a dû se noyer, déclara Isabel en lui serrant à nouveau les mains. Je sais combien il est important pour toi de respecter le règlement, et je sais aussi que, techniquement, cela reviendrait à le transgresser. Mais à quoi sert-il, ce règlement ? À sauver des vies ! Et c'est tout ce que je réclame, chéri : sauvons cette vie. Elle est là, elle a besoin de nous et on peut l'aider. Je t'en prie.

– Izzy, je ne peux pas. Ça ne dépend pas de moi. Tu ne comprends donc pas ? »

Le visage d'Isabel s'assombrit.

« Comment peux-tu avoir le cœur si dur ? Tout ce qui compte pour toi, ce sont tes règles, tes bateaux et ton foutu phare. »

C'étaient là des accusations que Tom avait déjà entendues, lorsque, folle de chagrin après ses fausses couches, Isabel avait donné libre cours à sa rage contre la seule personne présente à ses côtés – l'homme qui continuait à faire son devoir, qui la réconfortait du mieux qu'il le pouvait, mais qui gardait pour lui son propre chagrin. Une fois de plus, il la sentit au bord d'un gouffre dangereux, plus près d'y tomber peut-être qu'elle ne l'avait jamais été.

CHAPITRE 11

UNE MOUETTE CURIEUSE SCRUTAIT TOM, perchée sur son rocher recouvert d'algues. Elle l'observait d'un œil implacable, tandis qu'il enveloppait dans une bâche le cadavre, qui exhalait maintenant l'odeur forte de la mort. Il était difficile de dire ce que cet homme avait pu être au cours de sa vie. Son visage n'était ni très jeune ni très vieux. Il était mince et blond. Il avait une petite cicatrice sur la joue gauche. Tom se demanda à qui il pouvait manquer, qui pouvait avoir des raisons de l'aimer ou de le haïr.

Les tombes anciennes des naufragés occupaient un terrain plat, près de la plage. Comme il se mettait à creuser un nouveau trou, ses muscles prirent le dessus et exécutèrent cette tâche familière dont ils avaient acquis la mémoire bien malgré eux. Tom avait longtemps pensé ne plus jamais avoir à répéter ce rituel sinistre.

La première fois qu'il s'était présenté à la cérémonie funéraire quotidienne, il avait vomi à la vue des corps étendus côte à côte, attendant sa pelle. Au bout d'un moment, c'était devenu un simple exercice. Il espérait tomber sur un gars maigre, ou sur un homme qui avait eu les jambes arrachées, parce que alors le corps était sacrément plus facile à manipuler. Les enterrer. Marquer la tombe. Saluer. S'en aller. Tom frissonna en songeant qu'à l'époque, c'était devenu une routine comme une autre.

La pelle produisait une sorte de bruit de succion à chaque fois qu'elle entrait en contact avec le sol sableux. Après qu'il eut formé un monticule bien net et aplati au sommet, il s'interrompit un instant afin de prier pour ce pauvre diable, mais se surprit à murmurer : « Pardonne-moi, mon Dieu, pour ça et pour tous mes péchés. Pardonne à Isabel, aussi. Tu sais comme elle est bonne, au fond. Et Tu sais également combien elle a souffert. Pardonne-nous à tous les deux. Aie pitié de nous. » Il se signa et retourna au dinghy pour le repousser dans l'eau. Il le souleva, et un rayon de lumière vint lui piquer les yeux comme le soleil se réfléchissait sur quelque chose. Il scruta la coque de l'embarcation. Un objet brillant était coincé sous l'ossature de la proue, qui résista à sa première tentative pour l'attraper. Après avoir tiré un moment, il saisit enfin une forme dure et froide, qui revint à la vie et se mit à tinter : un hochet d'argent, gravé de chérubins et doté d'un poinçon.

Il le tournait et le retournait entre ses mains, comme s'il s'attendait que le hochet lui parle, lui donne un indice quelconque sur l'identité de l'enfant. Il le fourra dans sa poche : un nombre infini d'histoires pouvait expliquer l'abordage de cet étrange duo sur l'île, mais seule la version d'Izzy selon laquelle la petite était orpheline pouvait lui permettre de dormir la nuit. Impossible d'imaginer quoi que ce fût d'autre, et il devait éviter toute exploration d'une autre interprétation. Il fixa son regard sur la ligne où l'océan rencontrait le ciel, comme deux lèvres pincées. Mieux valait ne pas savoir.

Il s'assura que le bateau avait bien été emporté par le courant du sud, avant de remonter sur le sable sec. Il était reconnaissant aux relents salés des algues vert-noir qui pourrissaient sur les rochers, car ils chassaient de ses narines l'odeur de la mort. Un minuscule crabe violet s'aventura de sous un creux de roche et alla s'activer sur le cadavre d'un poisson-ballon, toujours gonflé et hérissé même dans la mort, et il se mit à sectionner et à avaler de petits morceaux du ventre de l'animal. Tom frissonna et entreprit de remonter le sentier abrupt.

*

« La plupart du temps, il n'y a aucun moyen d'échapper au vent, ici. Tout va bien si on est une mouette ou un albatros, il suffit de les voir planer sur les courants d'air, comme s'ils se reposaient. »

Assis sur la galerie de la maison, Tom pointa du doigt un grand oiseau argenté qui avait réussi la traversée en provenance d'une autre île et semblait suspendu au ciel calme par un fil.

Le bébé ne prêta aucune attention au doigt de Tom mais le regarda dans les yeux, fasciné par le mouvement de ses lèvres et par la résonance profonde de sa poitrine. Il roucoula – un demi-hoquet aigu. Tom tenta de ne pas prêter attention à la façon dont son cœur réagit à ce petit bruit et poursuivit son discours.

« Mais dans cette baie, et plus particulièrement dans cette anse, tu peux trouver un peu de paix et de calme, parce qu'elle est orientée au nord, et le vent vient rarement plein nord. De ce côté, c'est l'océan Indien, doux, calme et chaud. L'océan Austral est de l'autre côté, il est sauvage et dangereux. Tu ne dois pas t'approcher de celui-là. »

L'enfant fit jaillir un bras de sous la couverture en guise de réponse et Tom la laissa refermer la main sur son index. Dans la semaine qui avait suivi son apparition, Tom s'était habitué à ses gazouillis, à sa présence silencieuse et endormie dans le berceau, qui semblait flotter à travers la maison comme une odeur de pâtisserie ou de fleurs. Il s'inquiétait de constater qu'il guettait déjà son réveil le matin, ou la sortait de son berceau dès qu'elle se mettait à pleurer.

« Tu es en train de tomber amoureux d'elle, pas vrai ? » dit Isabel qui les observait de la porte.

Tom fronça les sourcils.

« On ne peut pas s'en empêcher, ajouta-t-elle avec un sourire.

– Et toutes ces petites mines qu'elle nous fait...

– Tu vas faire un papa extra. »

Il s'agita sur sa chaise.

« Izz, il n'empêche que ça ne va pas, de ne pas dire la vérité.

– Mais regarde-la ! Est-ce qu'elle aurait cet air-là, si ça n'allait pas ?

– Mais quand même. On pourrait faire autrement. Il suffirait de la signaler et ensuite de demander à l'adopter. Ce n'est pas trop tard, Izz. On peut encore faire les choses dans les règles.

– L'adopter ? dit Isabel en se raidissant. Ils n'accepteraient jamais de laisser un bébé grandir dans un phare au milieu de nulle part : sans médecin, sans école. Et ce qui leur causerait encore plus de souci, sans église. Et même s'ils en faisaient une candidate à l'adoption, ils ne voudraient la confier qu'à un couple de la ville. En plus, ça prend une éternité, de s'acquitter de toutes les formalités. Ils vont vouloir nous rencontrer. Tu n'obtiendras jamais un congé pour aller les voir et on ne retournera pas sur le continent avant un an et demi. »

Elle lui posa la main sur l'épaule.

« Je sais qu'on va y arriver, reprit-elle. Je sais que tu vas être un papa merveilleux. Mais eux, ils n'en ont aucune idée. »

Elle contempla le bébé et toucha du doigt la petite joue toute douce.

« L'amour, c'est plus important que les règles, Tom. Si tu avais signalé le dinghy, elle serait maintenant enfermée dans un horrible orphelinat. »

Elle posa la main sur le bras de Tom.

« Nos prières ont été entendues. Les prières du bébé ont été entendues. Qui pourrait manquer de cœur au point de nous la prendre ? »

C'était aussi simple que ça : la racine de la maternité d'Isabel – chacune de ses pulsions et chacun de ses instincts, écorchés et mis à nu après le récent accident du bébé mort-né – s'était impeccablement greffée au rejeton, ce bébé qui avait besoin d'être materné. Le chagrin et la distance avaient refermé la blessure, parachevant la cicatrisation à une vitesse dont seule la nature était capable.

Lorsque Tom redescendit de la salle de la lanterne ce soir-là, Isabel était assise au coin du premier feu de l'automne et allaitait le bébé dans le fauteuil à bascule qu'il lui avait fabriqué quatre ans plus tôt. Elle ne l'avait pas vu entrer et il la regarda en silence pendant un moment. L'instinct semblait guider chacun de ses gestes. Il lutta pour chasser le doute qui le rongeait. Isabel avait peut-être raison après tout. Qui était-il pour séparer cette femme d'un bébé ?

Tenant dans ses mains son livre de prières, vers lequel elle s'était plus fréquemment tournée depuis sa première fausse couche, elle était en train de lire en silence « Les prières des femmes », à l'intention des femmes accouchées. *« Les enfants, les fruits de la matrice, sont un héritage et un cadeau qui vient du Seigneur…* »

Le lendemain matin, Isabel se tenait aux côtés de Tom, sous la salle de la lanterne, le bébé dans ses bras, quand il envoya le signal. Il avait soigneusement réfléchi à la formulation. Ses doigts tremblaient lorsqu'il commença : il avait eu très peur d'envoyer la nouvelle du bébé mort-né, mais là, c'était encore pire. « *Bébé né plus tôt que prévu stop nous a tous les deux pris par surprise stop Isabel se remet bien stop pas besoin d'aide médicale stop petite fille stop Lucy…* » Il se tourna vers Isabel.

« Autre chose ?

– Le poids. Les gens veulent toujours connaître le poids, répondit-elle en repensant au bébé de Sarah Porter. Disons un peu plus de sept livres. »

Tom la regarda, étonné de voir combien mentir lui était facile. Il retourna au clavier et tapa le poids.

Lorsque parvint la réponse, il la transcrivit et la nota dans le livre des signaux. « *Félicitations stop merveilleuse nouvelle stop avons officiellement enregistré l'augmentation de population à Janus conformément au règlement stop Ralph et Bluey envoient leur bonjour stop grands-parents seront prévenus au plus vite stop.* » Il soupira, la poitrine oppressée, et attendit un moment avant d'aller porter la réponse à Isabel.

*

Durant les semaines qui suivirent, celle-ci s'épanouit de plus en plus. Elle chantait tout en vaquant à ses occupations dans la maison. Elle ne pouvait s'empêcher de cajoler Tom et de l'embrasser à longueur de journée. Il était ébloui par le sourire de pure joie de sa femme. Et le bébé ? Le bébé était calme, confiant. Il acceptait sans retenue les étreintes, les mains qui le caressaient, les lèvres qui l'embrassaient et lui roucoulaient des « Maman est là, Lucy, maman est là », quand on la berçait pour l'endormir.

Il était indéniable que cette enfant grandissait bien. Sa peau semblait dégager un doux halo. Les seins d'Isabel réagirent à la succion en produisant à nouveau du lait en quelques semaines, selon le processus de « relactation » décrit en termes cliniques par le Dr Griffiths, et la petite fille l'avalait goulûment, comme si elles avaient toutes deux conclu une sorte de contrat. Mais Tom prit l'habitude de rester un peu plus longtemps dans la salle de la lanterne le matin après avoir éteint le phare. De temps à autre, il se surprenait à revenir sur la page du 27 avril du livre de bord, pour regarder fixement l'espace qu'il avait laissé vide.

On pouvait tuer un gars, avec toutes ces règles, Tom le savait. Et pourtant, parfois, elles étaient tout ce qui séparait l'homme de la barbarie, l'homme des monstres. Ces règles qui imposaient qu'on fasse prisonnier un soldat ennemi désarmé plutôt que de le tuer. Ces règles qui enjoignaient aux brancardiers d'emporter un ennemi blessé pour le soigner comme ils le faisaient ordinairement pour leurs camarades. Mais toujours, il en revenait à cette simple question : pouvait-il priver Isabel de ce bébé ? Et si cette enfant était seule au monde ? Pouvait-il être vraiment juste de l'arracher à une femme qui l'adorait, pour la confier à la loterie du destin ?

La nuit, Tom commença à rêver qu'il se noyait, agitant désespérément bras et jambes pour retrouver pied quelque part, en vain, car il n'y avait rien pour le maintenir à la surface, à part une sirène dont il attrapait la queue, mais qui, au final, l'entraînait plus profondément encore dans l'eau sombre jusqu'au moment où il se réveillait, haletant, en nage, tandis qu'Isabel dormait paisiblement à ses côtés.

CHAPITRE 12

« SALUT, RALPH, ÇA FAIT PLAISIR DE TE VOIR. Où est Bluey ?

– Par ici ! cria le matelot, caché à l'arrière du bateau par des cageots de fruits. Comment ça va, Tom ? Content de nous voir ?

– Toujours, mon vieux… Surtout si vous nous apportez de quoi faire des grogs ! » dit-il en riant, tout en amarrant solidement le bateau.

Le vieux moteur toussa et crachota tandis que le bateau venait se caler le long du quai, emplissant l'air d'épaisses fumées de diesel. C'était la mi-juin, et la première fois que le navire ravitailleur passait depuis l'arrivée du bébé sept semaines plus tôt.

« Le roussette est en place. Et le treuil est prêt aussi.

– À la vérité, tu es plutôt du genre affûté, Tom ! s'exclama Ralph. On n'a pas besoin de se presser, tu ne crois pas ? C'est une journée magnifique. On peut prendre notre temps. Nous, on veut voir la nouvelle arrivante, après tout. Mon Hilda m'a chargé comme un baudet avec des choses pour la petite, sans parler des grands-parents qui sont si fiers. »

Après avoir descendu la passerelle, Ralph prit Tom dans ses bras en une étreinte aussi affectueuse que maladroite.

« Félicitations, fiston ! C'est sacrément génial ! Surtout après tout… après tout ce qui s'est passé. »

Bluey le suivit sur le même terrain.

« Oui, bravo ! Ma femme vous envoie aussi tous ses vœux. »

Les yeux de Tom s'égarèrent vers l'océan.

« Merci, merci beaucoup. Ça me fait plaisir. »

En remontant le chemin, ils virent la silhouette d'Isabel se découper devant la corde à linge lestée d'une série de couches, comme autant de fanions claquant dans l'air vif. De petites mèches de cheveux s'échappaient de son chignon.

Ralph tendit les bras en approchant d'elle.

« Eh bien, c'est bien vrai ! Rien ne rend une fille plus belle que d'avoir un bébé. Des roses sur tes joues et du brillant dans tes cheveux, comme mon Hilda à la naissance de chacun de nos petits. »

Isabel rougit à ce compliment, et donna un petit baiser rapide au vieil homme. Elle embrassa également Bluey, qui inclina la tête en marmonnant :

« Félicitations, madame S.

– Entrez donc. L'eau bout et il y a du gâteau », dit-elle.

Ils étaient assis à la petite table, et le regard d'Isabel s'égarait de temps à autre vers l'enfant endormie dans son berceau.

« Toutes les femmes ne parlaient que de vous, à Partageuse. Accoucher comme ça, toute seule… Bien sûr, celles des fermiers n'ont pas été très émues – Mary Linford a dit qu'elle en avait mis trois au monde sans l'aide de personne. Mais celles de la ville, elles étaient sacrément impressionnées. J'espère que Tom n'a pas été trop godiche sur ce coup-là ? »

Le couple échangea un regard. Tom allait dire quelque chose, mais Isabel lui prit la main et la serra très fort.

« Il a été merveilleux. Je ne vois pas comment j'aurais pu espérer un meilleur mari. »

Elle avait les larmes aux yeux.

« C'est une très jolie petite bonne femme, à ce que je vois », dit Bluey.

Mais tout ce qui émergeait de la couverture duveteuse était un visage délicat coiffé d'un bonnet.

« Elle a le nez de Tom, pas vrai ? glissa Ralph dans la conversation.

– Oui, enfin, euh..., hésita l'intéressé. Pas sûr que mon nez soit ce que l'on puisse souhaiter de mieux à une petite fille !

– D'accord avec toi ! gloussa Ralph. Bien. Monsieur Sherbourne, mon ami, il me faut ton paraphe sur les formulaires. On ferait aussi bien de s'occuper de ça maintenant. »

Ce fut un soulagement pour Tom que de pouvoir quitter la table.

« Allons-y. Si vous voulez bien passer dans mon bureau, capitaine Addicott », dit-il en laissant Bluey gazouiller au-dessus de la couverture.

Le jeune homme plongea la main dans le berceau et agita le hochet à l'adresse du bébé qui était maintenant tout à fait éveillé. La petite fille regardait le jouet avec une grande attention, il l'agita à nouveau.

« Tu en as de la chance, toi, d'avoir un hochet en argent ! Un vrai hochet de princesse ! Je n'ai jamais rien vu de plus beau ! Avec des anges sur le manche, et tout et tout. Des anges pour un ange... Et cette jolie couverture toute moelleuse...

– Oh, ce sont des choses, dit Isabel, dont la voix se brisa, qui datent... d'avant. »

Bluey rougit.

« Désolé. Moi et mes gros sabots… Je ferais mieux de repartir décharger. Merci pour le gâteau », dit-il avant de battre en retraite et de quitter la cuisine.

*

Janus Rock
Juin 1926

Chère maman, cher papa,

Eh bien, Dieu nous a envoyé un ange pour nous tenir compagnie. La petite Lucy a conquis nos cœurs ! C'est une magnifique petite fille – absolument parfaite. Elle dort bien et elle mange bien. Elle ne pose aucun problème.

J'aimerais bien que vous puissiez la voir et la prendre dans vos bras. Elle change chaque jour, et je sais bien que, quand vous la verrez, elle aura perdu son air de tout petit bébé. Elle marchera lorsque nous reviendrons sur le continent. Mais, en attendant, voici ce que je peux vous donner de plus proche comme image. Je lui ai trempé la plante des pieds dans de la cochenille ! (Il faut être inventif au phare.) Voir le chef-d'œuvre ci-joint.

Tom est un papa merveilleux. Janus paraît très différent maintenant que Lucy est avec nous. Pour le moment, c'est assez facile de s'occuper d'elle – je l'installe dans son panier et je l'emmène avec moi quand je vais chercher les œufs ou traire les animaux. Ce sera peut-être un peu plus difficile quand elle commencera à ramper partout. Mais chaque chose en son temps.

Il y a tant de choses que je voulais vous dire sur elle – comme ses cheveux sont foncés, comme elle sent bon après son bain. Ses yeux sont plutôt sombres, aussi. Mais je ne saurais lui rendre justice. Elle est bien trop merveilleuse pour qu'on puisse vraiment la décrire. Cela ne fait que quelques semaines que je la connais et je ne peux déjà plus imaginer ma vie sans elle.

Bien… grand-père et grand-mère (!), je dois mettre un point final à cette lettre pour qu'elle parte avec le bateau, sinon vous ne l'aurez pas avant trois mois !

Avec tout mon amour,

Isabel

P.-S. Je viens de lire ce matin votre lettre arrivée avec le bateau. Merci pour la belle couverture de bébé. Et la poupée est absolument adorable. Les livres sont superbes, aussi. Je n'arrête pas de lui dire des comptines, elle va aimer celles des livres.

P.-P.-S. Tom vous remercie pour le pull-over. L'hiver commence à attaquer, chez nous !

*

La nouvelle lune était à peine un croissant cousu dans le ciel qui s'assombrissait. Tom et Isabel étaient assis sur la galerie tandis que la lumière tournoyait bien haut au-dessus d'eux. Lucy s'était endormie dans les bras de Tom.

« Il est difficile de respirer à un autre rythme qu'elle, n'est-ce pas ? fit-il en contemplant le bébé.

– Qu'est-ce que tu veux dire ?

– C'est un genre de sort, non ? Chaque fois qu'elle s'endort comme ça, c'est la même chose, je me retrouve à respirer à son rythme. Un peu comme si je me calais spontanément sur les changements de lumière. Ça me terrifie », ajouta-t-il, presque pour lui-même.

Isabel sourit.

« C'est l'amour, Tom, voilà tout. Y a rien de terrifiant dans l'amour. »

Tom sentit un frisson la parcourir. Tout comme il ne pouvait plus imaginer vivre dans ce monde sans Isabel, il se rendait compte que Lucy, elle aussi, se frayait un chemin jusqu'à son cœur. Et il aurait bien voulu qu'elle y eût légitimement sa place.

*

Quiconque a travaillé dans un phare pourra vous parler de ce que sont réellement l'isolement et l'envoûtement. Des étincelles jaillissant du brasier australien, ces feux l'entourent, s'allument et s'éteignent, et certains ne sont jamais observés que par une poignée d'âmes. Mais c'est son isolement lui-même qui sauve tout le continent de l'isolement – sécurisant les voies maritimes, pour ces vapeurs qui parcourent des milliers de milles afin d'apporter des machines, des livres, du tissu, contre de la laine et du blé, du charbon et de l'or : les fruits de l'ingéniosité échangés contre ceux de la nature.

Cet isolement tisse son mystérieux cocon, et focalise l'esprit sur un lieu, sur une période, sur un rythme – la rotation de la lumière. L'île ne connaît pas d'autres voix humaines, pas d'autres traces de pas. Une fois installé sur un phare en pleine mer, vous pouvez vivre l'histoire que vous choisissez de vous raconter et personne ne vous dira que cela n'a aucun sens, ni les mouettes, ni les prismes, ni le vent.

C'est ainsi qu'Isabel s'enfonce de plus en plus profondément dans son univers de bienveillance divine, où les prières sont exaucées, où les bébés arrivent par la volonté de Dieu et l'œuvre des courants marins. « Tom, je me demande pourquoi nous avons autant de chance », s'étonne-t-elle. Elle regarde, pétrifiée de respect, sa fille bénie grandir et prospérer. Elle se délecte des découvertes que chaque jour apporte à ce petit être : les roulades, ses déplacements à quatre pattes ; ses premiers sons hésitants. Les tempêtes suivent peu à peu l'hiver dans un autre coin de la terre, et l'été revient, apportant un ciel d'un bleu plus pâle, et un soleil à l'or plus éclatant.

« Allez, viens », dit Isabel en riant, et elle hisse Lucy sur sa hanche alors qu'ils descendent tous trois le chemin qui mène à la plage étincelante pour pique-niquer.

Tom ramasse toutes sortes de feuilles – herbes des dunes, herbes aux kangourous – et Lucy les hume, elle en mâchouille les extrémités, grimaçant devant les étranges sensations que cela lui procure. Il lui cueille de minuscules bouquets de fleurettes roses, ou bien il lui montre les écailles brillantes d'un caranx bleu ou d'un maquereau argenté qu'il a attrapés dans les rochers qui bordent l'île, là où le fond de l'océan s'enfonce dans une obscurité soudaine. Par les nuits calmes, la voix d'Isabel flotte dans l'air en une cadence réconfortante lorsqu'elle lit à Lucy dans la chambre d'enfant les contes de Snugglepot et de Cuddlepie, tandis que Tom fait des réparations dans l'appentis.

Que ce fût bien ou mal, Lucy était là, maintenant, et Isabel n'aurait pu être une meilleure mère. Chaque soir, dans sa prière, elle rendait grâces à Dieu pour sa famille, sa bonne santé, sa vie si riche et elle priait pour mériter les présents dont le Seigneur l'abreuvait.

Les jours allaient et venaient tels les mouvements des vagues sur la plage, laissant à peine trace du temps écoulé dans ce minuscule univers fait de travail, de sommeil, de repas, et de contemplation. Isabel versa une larme lorsqu'elle mit de côté les premiers vêtements et objets de bébé de Lucy. « J'ai l'impression qu'hier encore elle était toute petite, et regarde-la aujourd'hui ! » disait-elle à Tom, tout en emballant les effets et les jouets dans du papier de soie – un petit pantin, le hochet, ses premières robes de bébé, une minuscule paire de bottines. Exactement comme le ferait n'importe quelle mère dans le monde.

*

Lorsque le sang n'arriva pas, Isabel fut tout excitée. Alors qu'elle avait abandonné tout espoir d'avoir un autre enfant, cette idée allait se révéler trompeuse. Elle allait attendre encore un peu et continuer à prier, avant d'annoncer quoi que ce soit à Tom. Mais elle constata que ses pensées se muaient systématiquement en rêveries à propos du frère ou de la sœur qu'elle allait donner à Lucy. Son cœur débordait. Puis le sang revint, d'autant plus abondant, plus épais et plus douloureux, d'une façon qu'elle ne pouvait comprendre. Elle avait parfois mal à la tête, des suées nocturnes. Puis, des mois pasaient sans que la moindre goutte ne s'écoule. « J'irai voir le Dr Sumpton, à notre prochain congé sur le continent. Mais inutile de s'inquiéter », dit-elle à Tom. Et elle s'acquittait de ses tâches sans se plaindre. « Je suis forte comme un bœuf, chéri. Il n'y a aucune raison de se faire du souci. » Elle était amoureuse – de son mari, comme de son bébé – et cela lui suffisait.

*

Les mois passèrent lentement, marqués par les rituels spécifiques au phare – allumer la lanterne, hisser les bannières, drainer le bain de mercure pour filtrer l'huile qui pourrait s'y trouver. Les formalités habituelles et la complaisance nécessaire face à la correspondance brutale de l'artificier général pour lequel tout problème avec les tubes de vapeur ne pouvait avoir été provoqué que par le gardien, excluant d'emblée tout défaut de fabrication. Le livre de bord passait de 1926 à 1927 en milieu de page : on n'entendait pas gâcher de papier au CLS – les registres coûtaient cher. Tom réfléchit à cette indifférence de l'institution pour l'arrivée d'une nouvelle année – comme si le service des phares ne pouvait être impressionné par quelque chose d'aussi prosaïque que le simple passage du temps. Et c'était vrai – la vue que l'on avait de la galerie le jour de l'an ne pouvait en rien se distinguer de celle de la Saint-Sylvestre.

Occasionnellement, il lui arrivait encore de revenir à la page du 27 avril 1926, au point que le livre finit par s'ouvrir de lui-même à cet endroit.

Isabel travaillait dur. Le potager prospérait. La maisonnette était impeccable. Elle lavait et ravaudait les vêtements de Tom, et lui cuisinait les plats qu'il aimait. Lucy grandissait. Le phare fonctionnait bien. Le temps passait.

CHAPITRE 13

« ÇA VA BIENTÔT FAIRE UN AN, dit Isabel. Le 27 avril, c'est son anniversaire, ça approche. »

Tom était dans l'atelier, à gratter de la rouille sur un gond de porte tordu. Il posa sa lime.

« Je me demande… tu vois, quelle est vraiment la date de son anniversaire…

– Le jour où tu l'as trouvée dans le dinghy me convient. »

Isabel embrassa l'enfant qui, installée à califourchon sur sa hanche, mordillait une croûte de pain.

Lucy tendit les bras vers Tom.

« Désolé, ma toute petite, j'ai les mains dégoûtantes. Tu es mieux avec maman pour l'instant.

– Je trouve ça incroyable, comme elle a grandi. Elle pèse une tonne, maintenant, dit Isabel en riant et en soulevant Lucy pour la caler plus haut sur sa hanche. Je vais faire un gâteau d'anniversaire. »

L'enfant colla sa tête contre la poitrine d'Isabel, éparpillant des miettes de pain un peu partout.

« Elle te fait souffrir, cette dent, ma jolie, pas vrai ? Tu as les joues toutes rouges. Tu veux qu'on mette un peu de poudre calmante dessus ? »

Elle se tourna vers Tom.

« À tout à l'heure, chéri. Il vaut mieux que je rentre à la maison. La soupe est toujours sur la cuisinière », dit-elle avant de s'éloigner.

La lumière bleu acier traversait la fenêtre et inondait l'établi de Tom. Il devait redresser le métal à coups de marteau et chaque coup résonnait bruyamment contre les murs. Il avait beau savoir qu'il tapait avec plus de force que nécessaire, il ne pouvait s'en empêcher. Pas moyen de se débarrasser du malaise né de cette conversation sur la date d'anniversaire de Lucy. Il continua à assener ses violents coups de marteau, avec application, jusqu'à ce que le métal se brise. Il ramassa les morceaux et les regarda fixement.

*

Assis dans son fauteuil, Tom leva les yeux. Quelques semaines s'étaient écoulées depuis la célébration de l'anniversaire du bébé.

« Ce que tu lui lis n'a pas d'importance, dit Isabel. C'est juste que c'est bien pour elle d'entendre des mots nouveaux. »

Elle déposa Lucy sur les genoux de Tom pour finir de préparer son pain.

« Papapapa…, dit l'enfant.

– Bouboubou, répondit Tom. Alors comme ça, tu veux une histoire ? »

Une petite main se tendit mais, au lieu de se diriger vers l'épais livre de contes de fées posé sur la table à côté d'eux, elle s'empara d'un petit fascicule beige et le poussa vers lui. Il éclata de rire.

« Je ne crois pas que ça va te plaire, mon petit lapin. Pour commencer, il n'y a pas d'images. »

Il voulut prendre le livre de contes de fées, mais Lucy lui lança le fascicule au visage.

« Papapapa !

– Bon, si c'est ce que tu veux, ma petite ! » dit-il en riant.

L'enfant ouvrit le livre et montra les mots du doigt, comme elle avait vu Tom et Isabel le faire.

« Très bien, dit Tom. *Instructions pour les gardiens de phare. Numéro vingt-neuf : "Les gardiens ne doivent jamais laisser des intérêts quelconques, privés ou non, interférer avec l'accomplissement de leur devoir, qui est de la plus haute importance pour la sécurité de la navigation ; ils doivent également garder en tête que leur maintien ou leur promotion dans le service dépend de leur obéissance stricte aux ordres, de leur respect des règles établies pour leur gouverne, de leur diligence, de leur sobriété, de la propreté et du soin qu'ils prennent de leur personne et de leur famille, de même du phare et de ses dépendances." Numéro trente : "Un mauvais comportement, une tendance à la querelle, un manque de sobriété ou de moralité de la part d'un gardien..."*

Il marqua une pause pour retirer les doigts que Lucy lui avait fourrés dans les narines.

« *"... condamnera le coupable au châtiment ou au renvoi. Toute offense de ce type commise par un membre de la famille d'un gardien peut provoquer le renvoi dudit gardien du phare..."* »

Tom interrompit sa lecture. Un frisson l'avait parcouru et son cœur s'était mis à battre plus vite. Il fut ramené au présent par une petite main qui vint se poser sur son menton. Il la pressa contre ses lèvres, distraitement. Lucy lui sourit et lui donna un gros baiser.

« Allez, lisons plutôt *La Belle au bois dormant* », dit-il en saisissant le livre de contes de fées. Il eut toutefois bien du mal à se concentrer.

*

« Et voilà, mesdames ! Petit-déjeuner au lit ! claironna Tom en posant le plateau à côté d'Isabel.

– Attention, Luce ! » dit Isabel.

Elle avait pris l'enfant dans leur lit ce dimanche-là, lorsque Tom était parti éteindre le phare, et la petite fille rampait maintenant vers le plateau pour s'emparer de la tasse de thé que Tom avait préparée pour elle – rien de plus qu'un peu de lait chaud avec une goutte de couleur.

Tom s'assit à côté d'Isabel et installa Lucy sur ses genoux.

« Tiens, Lulu », dit-il en l'aidant à bien tenir la tasse des deux mains pendant qu'elle buvait.

Il se concentrait sur sa tâche, mais prit soudain conscience du silence d'Isabel et se tourna vers elle, découvrant qu'elle avait les larmes aux yeux.

« Izzy, Izzy chérie, qu'est-ce qui ne va pas ?

– Rien, Tom. Rien du tout. »

Il essuya une larme sur la joue de sa femme.

« C'est que, quelquefois, je suis si heureuse que ça me fait peur. »

Il lui caressa les cheveux, pendant que Lucy faisait des bulles dans sa tasse.

« Alors mademoiselle Muffett, tu vas le boire, ou tu en as eu assez ? »

L'enfant continua à crachouiller dans sa tasse, visiblement ravie par les sons qu'elle produisait.

« Bon, je pense qu'on va abandonner ça pour le moment. »

Il lui reprit la tasse et, pour lui montrer sa désapprobation la petite fille descendit des genoux de Tom pour rejoindre les bras d'Isabel, tout en faisant de petites bulles de salive.

« Charmant ! dit Isabel en riant à travers ses larmes. Viens là, petit singe ! »

Elle lui fit un gros bisou bien sonore sur le ventre. Lucy, tout en gigotant et en se tortillant, en redemanda, « 'core ! 'core ! » et Isabel s'exécuta.

« Y en a pas une pour racheter l'autre, dit Tom.

– De temps en temps, j'ai l'impression d'être ivre, tellement je l'aime. Et tellement je t'aime, toi aussi. Si on me demandait de marcher en suivant une ligne droite, je ne crois pas que je pourrais le faire.

– Il n'y a pas de ligne droite, sur Janus, alors ne te fais pas de souci, dit Tom.

– Ne te moque pas de moi, Tom. C'est comme si, avant Lucy, j'étais daltonienne, et maintenant le monde est tout à fait différent. Il est plus clair et je vois plus loin. Je suis exactement au même endroit, les oiseaux sont les mêmes, l'eau est la même, le soleil se lève et se couche comme il l'a toujours fait, mais jusque-là je ne savais pas quel était le sens de tout cela, dit-elle en attirant Lucy contre elle. Et la raison, c'est Lucy… Et toi aussi, tu es différent.

– Comment ça ?

– Je crois qu'il y a en toi des choses dont tu ne soupçonnais pas l'existence avant que Lucy entre dans ta vie. »

Elle fit courir un doigt sur les lèvres de Tom.

« Je sais, reprit-elle, que tu n'aimes pas parler de la guerre et de tout ça, mais… sans doute que cela t'a un peu engourdi.

– Mes pieds. C'est surtout mes pieds qui étaient engourdis… à cause de la boue gelée des tranchées. »

Sa tentative de plaisanterie ne lui valut qu'un demi-sourire.

« Arrête, Tom ! J'essaie de parler sérieusement, pour l'amour de Dieu, et toi tu penses t'en tirer avec un trait d'esprit idiot, comme si j'étais une gamine qui ne comprend rien, qui ne peut entendre la vérité. »

Tom avait recouvré tout son sérieux.

« Tu ne comprends pas, Isabel. Aucune personne civilisée ne devrait jamais avoir à comprendre ça. Et tenter de te le décrire, ce serait comme te transmettre une maladie infectieuse, ajouta-t-il en se tournant vers la fenêtre. J'ai fait ce que j'ai fait pour que des gens comme toi ou Lucy puissent oublier que c'est arrivé un jour. Pour que cela n'arrive plus jamais. "La der des ders", tu te souviens ? Cela n'a pas sa place ici, sur cette île, dans ce lit. »

Les traits de Tom s'étaient durcis et elle y lut une détermination qu'elle ne lui connaissait pas – celle-là même, imagina-t-elle, qui lui avait permis de survivre à tout ce qu'il avait traversé.

« C'est juste que…, reprit Isabel, enfin, aucun de nous ne peut savoir s'il sera encore là dans un an ou dans cent. Et je voulais que tu saches combien je te suis reconnaissante, Tom. Pour tout. Et surtout pour m'avoir donné Lucy. »

Le sourire de Tom se figea à ces derniers mots, et Isabel se dépêcha de poursuivre.

« C'est vrai, chéri. Tu as compris combien j'avais besoin d'elle, et je sais que ça t'a énormément coûté. Il n'y a pas beaucoup d'hommes qui auraient fait ça pour leur femme. »

Expulsé brutalement d'un monde irréel, Tom sentit ses mains transpirer. Son cœur se mit à battre plus vite et fit naître en lui un besoin urgent de courir – n'importe où, cela n'avait aucune importance, ça l'aiderait à oublier la décision qu'il avait prise, et qui soudain lui pesait comme un collier de fer.

« Il est temps que j'aille travailler. Je vous laisse toutes les deux avec votre petit-déjeuner », dit-il en quittant la pièce aussi calmement qu'il le put.

CHAPITRE 14

LORSQUE LE DEUXIÈME TERME de trois ans arriva à échéance pour Tom, juste avant Noël 1927, la famille de Janus Rock se rendit pour la première fois à Point Partageuse pendant qu'un gardien remplaçant veillait sur le phare. Pour le couple, c'était le deuxième voyage sur le continent, mais le premier pour Lucy. Tout en se préparant pour prendre le bateau, Isabel avait joué avec l'idée de trouver une excuse afin de rester sur l'île avec Lucy, en sécurité.

« Tout va bien, Izz ? avait demandé Tom quand il l'avait vue regarder dans le vide par la fenêtre, sa valise ouverte sur le lit.

– Oui, oui, répondit-elle vivement. Je vérifie juste que je n'ai rien oublié. »

Il allait quitter la pièce mais fit demi-tour pour lui poser la main sur l'épaule.

« Nerveuse ? »

Elle empoigna une paire de chaussettes qu'elle roula en boule.

« Mais non, pas du tout, dit-elle en la fourrant dans la valise. Pas du tout. »

Le malaise qu'Isabel avait tenté de dissimuler à Tom se dissipa lorsqu'elle vit Lucy dans les bras de Violet. Sa mère pleura et éclata de rire en même temps. « Enfin ! » Elle secouait la tête avec émerveillement, tout en inspectant chaque centimètre carré de l'enfant, en touchant son visage, ses cheveux, ses petites mains.

« Ma petite-fille d'amour ! Tu imagines, j'ai dû attendre presque deux ans avant de pouvoir te voir ! Et n'est-elle pas le portrait craché de ma vieille tante Clem ? »

Cela faisait des mois qu'Isabel préparait Lucy à cette rencontre. « Luce, à Partageuse, il y a plein, plein de monde. Et ils vont tous t'aimer beaucoup. Ça va peut-être te paraître un peu bizarre au début, mais tu n'as aucune raison d'avoir peur. » Le soir, au moment de se coucher, elle racontait à la fillette des histoires sur la ville et ceux qui y vivaient.

Lucy manifesta une grande curiosité pour cette profusion de personnes qui lui témoignaient tant d'attentions. Isabel ressentait un certain pincement au cœur en acceptant les chaleureuses félicitations des gens de la ville. Même la vieille Mme Mewett chatouilla Lucy sous le menton lorsqu'elle la vit dans la mercerie où elle était entrée s'acheter un filet pour les cheveux. « Ah, les enfants…, dit-elle d'une voix un peu triste. Une vraie bénédiction », ce qui laissa penser à Isabel qu'elle entendait peut-être des voix.

Presque immédiatement après leur arrivée, Violet traîna toute la famille jusqu'au studio du photographe Gutcher. Devant une toile de fond de fougères et de colonnes grecques, Lucy fut photographiée avec Tom et Isabel, avec Bill et Violet, puis toute seule, perchée sur un grand fauteuil en osier. On commanda des copies que l'on remporterait à Janus, que l'on enverrait aux cousins, que l'on encadrerait et poserait sur le piano et sur la cheminée. « Trois générations de femmes Graysmark », dit Violet, radieuse, lorsqu'elle se vit sur une photo, avec Lucy sur les genoux et Isabel assise à côté d'elles.

Les grands-parents de Lucy étaient complètement fous d'elle. Dieu ne fait pas d'erreur, songea Isabel. Il avait envoyé la petite fille au bon endroit.

*

« Oh, Bill ! avait dit Violet à son mari le soir où la famille était descendue du bateau de Ralph. Dieu merci, Dieu merci… »

La dernière fois qu'elle avait vu sa fille lors du premier congé du couple trois ans auparavant, celle-ci était encore sous le coup de sa deuxième fausse couche. Isabel avait posé la tête sur les genoux de sa mère, en larmes.

« C'est la nature, voilà tout, avait dit Violet. Tu reprends ton souffle et tu repars. Les enfants viendront si c'est ce que Dieu veut pour toi ; tu dois être patiente, c'est tout. Et prier, aussi. Prier, c'est ce qu'il y a de plus important. »

Elle ne dit pas toute la vérité à Isabel, cependant. Elle ne lui dit pas qu'elle avait vu des enfants nés à terme et qui, après un été éprouvant et sec ou un hiver au froid mordant, avaient succombé à la diphtérie ou à la scarlatine. Un accouchement réussi n'était que la première étape d'un long parcours semé d'embûches. Violet ne le savait que trop bien.

Fiable, dotée d'un solide sens du devoir, Violet Graysmark était l'épouse respectable d'un mari respectable. Elle veillait à ce qu'il n'y ait pas de mites dans les armoires, désherbait les plates-bandes, coupait les roses fanées pour persuader le buisson de refleurir même en août. Sa crème au citron était toujours la première à disparaître lors de la vente de charité de l'église, et c'était sa recette de cake aux fruits qui avait été choisie pour le petit livre de cuisine du CWA local. De fait, elle remerciait Dieu chaque soir pour tous ses bienfaits. Certains après-midi cependant, quand le soleil couchant assombrissait la verdure du jardin en un triste brun grisâtre et qu'elle épluchait des pommes de terre au-dessus de l'évier, son cœur débordait de toute la tristesse qu'elle ressentait. Quand Isabel avait pleuré lors de sa précédente visite, Violet avait eu envie de gémir avec elle, de s'arracher les cheveux et de lui dire qu'elle aussi avait connu le chagrin de perdre son premier-né : que rien – ni personne, ni argent, ni quoi que ce soit, rien de ce que cette terre pouvait offrir – ne pourrait jamais compenser cela, et que la douleur ne disparaîtrait jamais, absolument jamais. Elle voulait lui dire combien cela pouvait vous rendre folle, vous pousser à marchander avec Dieu sur ce que vous pourriez sacrifier pour que votre enfant vous soit rendu.

Une fois Isabel profondément endormie et Bill somnolant devant les dernières braises, Violet alla à son armoire et y prit sa vieille boîte à biscuits en fer-blanc. Elle fouilla dedans, négligeant quelques pennies, un petit miroir, une montre, un portefeuille, pour trouver ce qu'elle cherchait, une enveloppe un peu abîmée à force d'avoir été ouverte et refermée. Assise sur le lit, à la lumière jaune de la lampe, elle se mit à lire l'écriture maladroite, bien qu'elle en connût les mots par cœur.

Chère madame Graysmark,

J'espère que vous me pardonnerez de vous écrire, car vous ne me connaissez pas. Je m'appelle Betsy Parmenter et je vis dans le Kent.

Il y a deux semaines, je rendais visite à mon fils Fred, qui fut renvoyé du front à la suite de graves blessures dues à des éclats de shrapnel. Il était à Stourbridge, dans le

1er hôpital général de la zone Sud, et comme j'ai une sœur qui vit tout près de là, j'ai pu aller le voir tous les jours.

La raison de ma lettre est que, un après-midi, ils ont amené un soldat australien blessé qui, j'ai fini par l'apprendre, était votre fils Hugh. Il était dans un triste état, comme vous le savez, aveugle et ayant perdu un bras. Il arrivait malgré tout à dire quelques mots et parlait avec beaucoup d'affection de sa famille et de sa maison en Australie. C'était un garçon très gentil. Je le voyais chaque jour ; à un certain moment, les médecins ont eu bon espoir qu'il guérisse, mais il semble qu'il ait ensuite été victime d'un empoisonnement du sang, et il a décliné.

Je voulais juste vous dire que je lui ai apporté des fleurs (les premières tulipes s'épanouissent en ce moment et elles sont toujours si belles) et des cigarettes. Je crois que lui et mon Fred s'entendaient bien. Un jour, il a même mangé un morceau du cake aux fruits que j'avais apporté, ce qui m'a fait plaisir à voir, et cela a semblé lui plaire. J'étais là le matin où son état s'est dégradé, nous avons tous les trois récité le Notre Père et chanté un cantique. Les médecins ont calmé sa douleur du mieux qu'ils ont pu, et je crois qu'il n'a pas trop souffert à la fin. Un pasteur est venu, qui l'a béni.

J'aimerais vous dire combien nous apprécions tous le grand sacrifice que votre courageux fils a fait. Il a parlé de son frère, Alfie, et je prie pour qu'il vous revienne en bonne santé.

Je suis désolée de vous écrire si tardivement, mais mon Fred nous a quittés une semaine après votre fils et, comme vous pouvez l'imaginer, j'ai eu beaucoup de choses à faire.

Mes vœux et mes prières vous accompagnent.

Mme Betsy Parmenter

Hugh n'avait jamais vu de tulipes ailleurs que dans un livre d'images, se dit Violet, et elle se sentit réconfortée à l'idée qu'il en avait peut-être touché une et senti l'arrondi de ses pétales. Elle se demanda si ces fleurs avaient un parfum.

Elle se souvint de l'air grave et presque coupable du facteur quand il lui avait tendu le paquet une ou deux semaines plus tard : du papier brun, attaché avec une ficelle, adressé à Bill. Elle fut si bouleversée qu'elle ne prit même pas la peine de lire le formulaire : elle n'en avait pas besoin. De nombreuses femmes avaient reçu cette maigre collection d'objets qui représentait tout ce qui restait de la vie de leurs fils.

Le reçu de Melbourne précisait :

> *Cher monsieur,*
>
> *Veuillez trouver ci-joint, par envoi recommandé séparé, un paquet contenant les effets du défunt soldat matricule 4497 Graysmark, 28ᵉ bataillon, reçu par Themistocle selon l'inventaire joint.*
>
> *Je vous serais très reconnaissant de bien vouloir me faire savoir s'il vous est bien parvenu, en signant et nous retournant le reçu joint au paquet.*
>
> *Salutations,*
>
> *J. M. Johnson, major,*
> *Officier responsable aux archives*

Sur une feuille de papier volante, à l'en-tête de « The Kit Store, 110 Greyhound Road, Fulham, London, SW », figurait l'inventaire des effets. En parcourant cette liste, Violet fut frappée par quelque chose : « *Miroir de rasage ; ceinture ; trois pennies ; montre avec bracelet de cuir ; harmonica.* » Il était fort étrange que l'harmonica d'Alfie se retrouve dans les affaires de Hugh. Puis elle regarda à nouveau la liste, les formulaires, la lettre et le paquet, et elle relut le nom avec plus d'attention. A. H. Graysmark. Pas H. A. Graysmark. Alfred Henry et non Hugh Albert. Elle partit en courant à la recherche de son mari.

« Bill ! Bill ! cria-t-elle. Il y a eu une terrible erreur ! »

Il fallut un long échange de courriers, sur du papier liseré pour les Graysmark, avant de découvrir qu'Alfie était mort un jour après Hugh, trois après son débarquement en France. Incorporés dans le même régiment, les matricules des deux frères se suivaient, et ils en étaient très fiers, mais le soldat chargé de transmettre par télégramme le numéro matricule des soldats évacués en civière s'était trompé. Ce fut de cette façon cruelle que Violet apprit la mort de son second fils. L'erreur était facile à commettre, sur le champ de bataille, avait-elle dit.

*

La dernière fois qu'elle était revenue dans la maison de son enfance, Isabel avait senti de nouveau les ténèbres qui s'étaient abattues à la mort de ses frères, submergeant sa mère comme une sorte de souillure. Elle avait alors quatorze ans, et elle avait parcouru le dictionnaire. Elle savait que quand une femme perdait son mari, il y avait un mot tout nouveau pour la définir, elle était dorénavant une *veuve*. Un mari devenait un *veuf*. Mais si un parent perdait un enfant, il n'y avait pas de mot spécifique pour ce chagrin-là. Ils étaient encore un père ou une mère, même s'ils n'avaient plus de fils ou de fille. Tout cela semblait étrange. Pour sa part, elle se demanda si elle était toujours techniquement une sœur, maintenant que ses frères adorés étaient morts.

C'était comme si un des obus du front français avait explosé au milieu de sa famille, laissant un cratère qu'elle ne pourrait jamais combler. Violet allait passer des jours entiers à nettoyer les chambres de ses fils, à astiquer les cadres d'argent de leurs portraits. Bill devint taciturne. Quel que fût le sujet de conversation vers lequel Isabel tentait de l'entraîner, il ne répondait pas, il lui arrivait même parfois de quitter la pièce pour errer dans la maison. Son but, décida-t-elle alors, était de ne pas causer à ses parents davantage de souci ou d'inquiétude. Elle était le lot de consolation – ce qui leur restait pour compenser la mort de leurs fils.

Et maintenant, le bonheur de ses parents confortait Isabel dans sa décision de garder Lucy. Les dernières ombres au tableau disparurent. Ce bébé avait guéri tant de vies : la sienne et celle de Tom, et maintenant celle de ces deux personnes jusque-là si résignées à la perte d'êtres chers à leur cœur.

Lors de la prière qui précéda le repas de Noël, Bill, d'une voix brisée, remercia le Seigneur pour ce présent que représentait Lucy. Plus tard, dans la cuisine, Violet confia à Tom que son mari avait recommencé à vivre le jour où il avait appris la naissance de l'enfant.

« Elle a fait des merveilles. Comme une potion magique. »

Elle se tut un instant et porta son regard à travers la fenêtre vers l'hibiscus rose.

« Bill a été bouleversé quand il a appris la mort de Hugh, mais quand il a su pour Alfie, il a été complètement dévasté. Pendant longtemps, il a refusé d'y croire. Il disait qu'il était impossible qu'une chose pareille arrive. Il a passé des mois à écrire partout, obsédé par l'idée que l'armée s'était trompée. D'une certaine façon, ça me rendait heureuse, j'étais fière de le voir lutter. Mais, autour de nous, beaucoup de gens avaient perdu plus d'un fils. À la fin, il a perdu toute énergie. Tout courage. »

Elle reprit son souffle.

« Pourtant, ces derniers temps, dit-elle en levant les yeux et en souriant, émerveillée, il est redevenu lui-même, grâce à Lucy. Je suis prête à parier que votre petite fille est aussi importante pour Bill qu'elle l'est pour vous. Elle lui a redonné le goût de vivre. Merci. »

Elle se dressa sur la pointe des pieds et embrassa Tom sur la joue.

Tandis que les femmes nettoyaient la vaisselle du déjeuner, Tom alla s'asseoir à l'ombre dans l'herbe derrière la maison, avec Lucy qui gambadait çà et là, revenant régulièrement vers lui pour le couvrir de baisers.

« Mince ! Merci, ma chérie ! gloussait-il. Mais ne me mange pas quand même. »

Elle le regardait, avec ses yeux qui recherchaient les siens comme un miroir, jusqu'à ce qu'il l'attire contre lui et la chatouille encore une fois.

« Ah, mais quel père parfait ! » dit une voix, derrière lui.

Tom se tourna et vit son beau-père approcher.

« Je me suis dit que j'allais passer voir si vous vous en sortiez. Violet disait toujours que j'avais le coup avec nos trois petits. »

Une ombre assombrit son visage. Il se reprit et tendit les bras.

« Allez, viens voir grand-père ! Viens tirer sur ses favoris ! Viens, ma petite princesse ! »

Lucy gambada vers lui et tendit elle aussi les bras.

« Viens donc là-haut ! » dit-il en la soulevant de terre.

Elle chercha la montre de gousset dans la poche du gilet de son grand-père et la brandit.

« Tu veux savoir quelle heure il est ? » lui demanda Bill en riant.

Il ouvrit le boîtier en or et lui montra les aiguilles. Elle referma aussitôt le tout et le lui tendit brusquement pour qu'il recommence.

« C'est dur pour Violet, vous savez, dit-il à Tom.

– Qu'est-ce qui est dur, Bill ?

– De vivre sans Isabel… et maintenant, ne pas voir cette petite, ajouta-t-il avant de marquer une pause. Vous pourriez bien trouver un emploi du côté de Partageuse ? Vous avez un diplôme universitaire, pour l'amour de Dieu ! »

Mal à l'aise, Tom fit basculer son poids sur l'autre pied.

« Oh, je sais bien ce qu'on dit… Gardien de phare, c'est pour la vie.

– C'est vrai, c'est ce qu'on dit, dit Tom.

– Et c'est la vérité ?

– Plus ou moins.

– Mais vous pourriez quitter le phare, si vous le vouliez vraiment ? »

Tom réfléchit un instant avant de répondre.

« Bill, un homme pourrait quitter sa femme s'il le voulait vraiment. Ça n'est pas une bonne chose pour autant. »

Bill lui adressa un coup d'œil.

« Et ce ne serait pas très correct de les laisser vous former, acquérir de l'expérience, et puis les lâcher. En plus, on s'y habitue, dit-il en levant les yeux vers le ciel tout en réfléchissant. Ma place est là-bas. Et Isabel est ravie. »

La fillette tendit les bras vers Tom, qui la souleva et la cala sur sa hanche d'un geste naturel.

« Bon, occupez-vous bien de mes filles, c'est tout ce que je vous demande.

– Je ferai de mon mieux. Je vous le promets. »

*

La tradition la plus importante, le lendemain de Noël, à Partageuse, était la fête de l'église. Ce rassemblement des habitants de la ville et aussi de bien plus loin avait été établi il y avait assez longtemps par un homme qui avait le sens des affaires et qui avait vu le profit que l'on pouvait tirer de l'organisation d'une collecte de fonds le jour où les gens ne pouvaient prétendre être trop occupés. Et comme c'était Noël, ils n'avaient aucune excuse non plus pour ne pas se montrer généreux.

En plus de la vente de gâteaux et de caramels, ou de bocaux de confitures susceptibles d'exploser de temps à autre sous le soleil torride, la fête était célèbre pour ses compétitions sportives et ludiques de toutes sortes : la course avec l'œuf dans la cuiller, la course à trois jambes, la course en sac marquaient les temps forts de la journée. Le casse-noix de coco marchait toujours à plein régime, mais on avait abandonné le stand de tir après la guerre : ou, à cause des talents nouveaux acquis par les hommes du coin, il n'était plus assez rentable.

Les jeux étaient ouverts à tous et chacun mettait un point d'honneur à y participer. Les familles y passaient la journée, on faisait cuire des saucisses et des pâtés de viande sur des barbecues fabriqués avec des barils de quarante-quatre gallons, et vendus six pence pièce. Tom était assis avec Lucy et Isabel sur une couverture à l'ombre, mangeant des saucisses dans de petits pains, tandis que la petite fille réduisait son déjeuner en miettes et le recomposait dans l'assiette posée à côté d'elle.

« Les garçons couraient très bien, dit Isabel. Ils gagnaient même la course à trois jambes. Et je crois que maman a toujours la coupe que j'ai gagnée à la course en sac une année. »

Tom sourit.

« Je ne savais pas que j'avais épousé une athlète. »

Elle lui donna une tape joyeuse sur le bras.

« Je te raconte juste les légendes de la famille Graysmark. »

Tom s'occupait du bazar qui menaçait de déborder de l'assiette de Lucy quand un garçon arborant un insigne de marshal apparut à côté d'eux.

« Mes excuses, dit-il en serrant un calepin et un crayon. C'est votre enfant ? »

La question fit tressaillir Tom.

« Je vous demande pardon ?

– Je vous demande juste si c'est votre enfant. »

Des mots sortirent de la bouche de Tom, mais ils étaient incohérents.

Le garçon se tourna vers Isabel.

« C'est votre enfant, madame ? »

Isabel fronça un instant les sourcils, puis hocha lentement la tête quand elle comprit de quoi il s'agissait.

« Vous êtes chargé de chercher les candidats pour la course des papas ?

– C'est ça, oui, dit-il en posant le crayon sur la page avant de demander à Tom : Comment écrivez-vous votre nom ? »

Tom regarda une nouvelle fois Isabel, mais ne décela aucune trace de malaise sur le visage de sa femme.

« Je peux l'épeler pour toi si tu as oublié », le taquina-t-elle.

Tom pensait qu'elle devinait son inquiétude, mais le sourire d'Isabel ne se dissipait pas.

« La course, c'est pas mon fort, finit-il par dire.

– Mais tous les papas la font, objecta le garçon devant ce qui était clairement le premier refus qu'il essuyait.

– Je ne passerai même pas les qualifications », dit Tom en choisissant soigneusement ses mots.

Le garçon s'éloigna donc à la recherche de sa prochaine recrue, et Isabel s'adressa à sa fille d'un ton léger.

« Ce n'est pas grave, Lucy. Moi, je ferai la course des mamans. L'un de nous au moins est prêt à se ridiculiser pour toi. »

Tom ne lui retourna pas son sourire.

*

Le Dr Sumpton se lava les mains tandis qu'Isabel se rhabillait derrière le rideau. Elle avait tenu la promesse qu'elle avait faite à Tom d'aller voir le médecin pendant qu'ils seraient à Partageuse.

« Tout va bien, mécaniquement parlant, dit-il.

– Et alors ? Qu'est-ce qu'il y a ? Je suis malade ?

– Non, pas du tout, c'est juste le changement de vie, dit le médecin en rédigeant son ordonnance. Vous avez eu la chancc d'avoir un bébé, alors ce ne sera pas aussi difficile pour vous que pour d'autres femmes, quand ça vous arrive jeune comme ça. Quant aux autres symptômes, j'ai peur qu'il ne vous faille les supporter. Tout ça va passer, il faut compter un an à peu près. C'est dans l'ordre des choses, lui dit-il avec un sourire chaleureux. Et, après, ce sera un vrai soulagement, vous ne connaîtrez plus les tracas des règles. Certaines femmes vous envieraient. »

Sur le chemin du retour vers la maison de ses parents, Isabel essaya de ne pas pleurer. Elle avait Lucy, elle avait Tom – à une époque où bien des femmes avaient perdu pour toujours ceux qu'elles aimaient. Vouloir quoi que ce fût de plus aurait été d'une avidité indécente.

*

Quelques jours plus tard, Tom signa les documents relatifs à un nouveau séjour de trois ans au phare. L'officier de la région, venu de Fremantle pour assister à cette formalité, examina une fois encore avec beaucoup d'attention l'écriture et la signature de Tom, et les compara aux documents originaux. Au moindre signe de tremblement de main, Tom ne serait pas autorisé à repartir. L'intoxication au mercure était assez répandue : si on la détectait au stade où elle ne faisait que causer une écriture tremblotante, ils pouvaient éviter de renvoyer au phare un gardien qui serait immanquablement devenu fou à la fin de son séjour suivant.

CHAPITRE 15

LE BAPTÊME DE LUCY, initialement prévu au cours de la première semaine de leur congé, avait dû être repoussé à cause de l'« indisposition » prolongée du révérend Norkells. La cérémonie eut finalement lieu début janvier, la veille de leur retour sur Janus. Lors de cette matinée torride, Ralph et Hilda se rendirent à l'église avec Tom et Isabel. La seule zone d'ombre qu'ils purent trouver en attendant que les portes s'ouvrent fut l'abri d'un bosquet de mallees, près des tombes.

« Espérons que Norkells ne soit pas reparti pour une nouvelle soûlerie, dit Ralph.

– Ralph ! Enfin ! » se récria Hilda.

Désireuse de changer de sujet, elle alla exprimer sa désapprobation devant une pierre tombale récente en granite, à quelques mètres de là.

« Quelle pitié…

– Quoi, Hilda ? demanda Isabel.

– Oh, ce pauvre bébé et son père, ceux qui se sont noyés. Au moins, on leur a offert une stèle. »

Le sang d'Isabel se glaça. L'espace d'un instant, elle eut l'impression qu'elle allait s'évanouir et les bruits, tout autour d'elle, s'étouffèrent avant de retrouver leur tonalité familière. Elle lutta pour déchiffrer les lettres d'or sur la pierre tombale : « *Avec amour, en souvenir de Franz Johannes Roennfeldt, époux bien-aimé d'Hannah, et de leur précieuse petite fille, Grace Ellen. Que Dieu les protège.* » Et en dessous : « *Selig sind die da Leid tragen.* » Des fleurs fraîches étaient posées à côté de la stèle. Par cette chaleur, elles ne pouvaient avoir été placées là plus d'une heure auparavant.

« Que s'est-il passé ? demanda-t-elle, tandis que des fourmillements envahissaient ses mains et ses pieds.

– Ah, c'est affreux, dit Ralph en secouant la tête. Elle s'appelle Hannah Potts. »

Isabel reconnut immédiatement le nom.

« Septimus Potts, le Vieux Pot plein de sous, comme on le surnomme. Le gars le plus riche à des kilomètres à la ronde. Lorsqu'il a débarqué ici en provenance de Londres il y a une cinquantaine d'années, c'était un orphelin démuni de tout. Il a fait fortune dans le bois de construction. Sa femme est morte quand ses deux filles étaient petites. C'est quoi, le nom de l'autre, Hilda ?

– Gwen. Hannah, c'est l'aînée. Elles ont vécu toutes les deux dans cette pension chic de Perth.

– Et puis, il y a quelques années, Hannah s'en est allée épouser un Boche… Le vieux Potts ne voulait plus entendre parler d'elle après ça. Il lui a coupé les vivres. Le couple habitait dans la vieille maison délabrée près de la station de pompage. Le vieux a fini par revenir sur sa décision quand le bébé est né. Mais il y a eu un peu de ramdam le jour de l'Anzac, il y a deux ans de ça…

– Non, Ralph, pas maintenant, dit Hilda en l'avertissant d'un regard.

– Mais je leur dis juste…

– Ce n'est ni le lieu ni le moment, insista-t-elle en se tournant vers Isabel. Disons simplement qu'il y a eu un malentendu entre Frank Roennfeldt et certains gars du coin, et, au bout du compte, il a sauté dans un dinghy avec le bébé. Ils… enfin, ils en avaient après lui parce qu'il était allemand. Ou presque. Pas besoin de s'attarder là-dessus aujourd'hui, surtout le jour d'un baptême. Mieux vaut oublier tout ça. »

Isabel avait cessé de respirer et elle eut une sorte de hoquet quand son corps réclama de l'air.

« Oui, je sais bien ! dit Hilda pour montrer qu'elle partageait son avis. Et il y a pire encore… »

Tom lança un regard affolé à Isabel, les yeux écarquillés, de la sueur perlant au-dessus de ses lèvres. Il se demanda si les autres pouvaient entendre son cœur battre, tant il cognait fort.

« Si vous voulez, le gars n'avait pas le pied marin, reprit Ralph. Il avait le cœur fragile depuis qu'il était gosse, c'est ce qu'on disait : il n'était pas de taille pour affronter ces courants. Une tempête s'est levée et on ne les a plus jamais revus. Ils ont dû se noyer. Le vieux Potts a promis une récompense pour toute information : mille guinées ! dit Ralph en secouant la tête. Ç'aurait sûrement donné quelque chose si quelqu'un les avait vus. J'ai même pensé aller les chercher moi-même ! Attention… je n'aime pas les Boches, mais le bébé… pas plus de deux mois. On ne peut pas en vouloir à un bébé, pas vrai ? Un petit bout de chou de rien du tout…

– La pauvre Hannah ne s'en est jamais remise, soupira Hilda. Son père n'a pu la convaincre de faire ériger cette stèle qu'il y a quelques mois. »

Elle marqua une pause tandis qu'elle remontait ses gants.

« C'est bizarre, la vie, non ? Elle vient au monde avec plus d'argent qu'il ne lui est nécessaire ; elle étudie à l'université de Sydney pour obtenir un diplôme de je ne sais pas trop quoi ; elle épouse l'amour de sa vie… et maintenant elle erre, hagarde, de par les rues, comme si elle n'avait plus de maison. »

Isabel eut alors l'impression d'être plongée dans de la glace pilée, alors que les fleurs sur la tombe soudain l'épouvantaient en la menaçant de la proximité de la vraie mère de Lucy. Elle s'appuya contre un arbre, hébétée.

« Tout va bien, ma chérie ? demanda Hilda, inquiète devant le soudain changement de couleur d'Isabel.

– Oui, c'est juste la chaleur. Ça ira mieux dans une minute. »

Les lourdes portes en jarrah s'ouvrirent brusquement et le pasteur sortit de l'église.

« Alors, tout le monde est prêt pour le grand événement ? » demanda-t-il en clignant des yeux, gêné par la lumière aveuglante du soleil.

*

« Il faut qu'on en discute ! Maintenant ! Qu'on repousse le baptême… »

Tom faisait face à Isabel et lui parlait d'une voix basse et pressante dans la sacristie tandis que Bill et Violet exhibaient leur petite-fille devant les invités.

« C'est impossible, Tom, dit Isabel, qui avait le souffle court et le visage très pâle. Il est trop tard.

– Il faut qu'on répare ! Il faut qu'on parle, maintenant.

– On ne peut pas ! »

Toujours chancelante, elle cherchait les mots qui pourraient justifier sa décision.

« On ne peut pas faire ça à Lucy, Tom ! Nous sommes les seuls parents qu'elle ait jamais connus. Et comment on pourrait expliquer tout ça ? »

Le visage d'Isabel vira au gris.

« Et le corps de l'homme ? reprit-elle. On est allés trop loin pour faire machine arrière maintenant. »

Son instinct lui commandait de gagner du temps. Elle était trop confuse, trop terrifiée pour faire quoi que ce soit d'autre. Elle essaya d'avoir l'air calme.

« On en reparlera plus tard, dit-elle. Pour l'instant, il faut que Lucy soit baptisée. »

Un rayon de lumière capta le vert océan de ses iris et Tom put lire la peur dans les yeux de sa femme. Elle fit un pas vers lui et il recula d'un bond, comme s'ils étaient devenus des aimants aux pôles identiques.

Le bruit des pas du pasteur s'éleva au-dessus du murmure des invités comme il avançait dans l'église. Tom fut pris de vertiges. « *Dans la maladie comme dans la santé. Pour le meilleur et pour le pire.* » Ces mots, qu'il avait prononcés dans cette même église, des années auparavant, venaient cogner contre son crâne.

« Je suis tout à vous », annonça le pasteur, rayonnant.

« Cette enfant a-t-elle déjà été baptisée ? demanda le révérend Norkells.

– Non », répondirent ceux qui étaient rassemblés devant lui.

À côté de Tom et d'Isabel se tenaient Ralph, le parrain, et Freda, la cousine d'Isabel, la marraine.

Ces derniers, un cierge à la main, entonnèrent les réponses aux questions du vicaire :

« Renoncez-vous, au nom de cette enfant, à Satan et à ses pompes ?

– Je renonce à tout cela », dirent-ils tous deux à l'unisson.

Tandis que les mots résonnaient contre les murs de grès, Tom regardait tristement ses nouvelles bottines impeccablement lustrées, concentré sur une ampoule qui le faisait souffrir à l'un de ses talons.

« Promettez-vous d'obéir à la volonté de Dieu et à Ses commandements… ?

– Oui, nous le promettons. »

À chaque promesse, Tom appuyait davantage son talon contre le cuir rigide, pour s'abîmer encore plus dans la douleur.

Lucy semblait fascinée par les jeux de lumière dans les vitraux et il vint à l'idée d'Isabel, au cœur même de sa tempête intérieure, que l'enfant n'avait encore jamais vu de couleurs si chatoyantes.

« Oh Dieu miséricordieux, faites que le vieil Adam, dans cette enfant, soit suffisamment enfoui pour que le nouveau puisse naître en elle… »

Tom pensa à la tombe anonyme, sur Janus. Il revit le visage de Frank Roennfeldt quand il l'avait recouvert de la bâche – détaché, sans aucune expression –, laissant Tom à sa culpabilité.

Dehors des enfants improvisaient un jeu de cricket sur le terrain attenant à l'église. L'air résonnait des claquements des balles contre les battes et des cris de défi.

« Regardez, dit Hilda Addicott, assise au deuxième rang, à sa voisine, Tom a la larme à l'œil. C'est un cœur tendre que nous avons. Il a peut-être l'air d'un roc, mais il a le cœur aimant. »

Norkells prit l'enfant dans ses bras.

« Veuillez nommer cette enfant, dit-il à Ralph et à Freda.

– Lucy Violet.

– Lucy Violet, je te baptise au nom du Père, du Fils et du Saint-Esprit », dit le révérend en versant de l'eau sur la tête de la petite fille, qui poussa un hurlement de protestation, vite recouvert par les premières notes de « Tu es mon berger, ô Seigneur » que Mme Rafferty avait commencé à plaquer sur le clavier du vieil orgue en bois vermoulu.

Avant la fin du service, Isabel s'excusa et se précipita dans la dépendance située au bout du chemin. Le modeste bâtiment de brique était une vraie fournaise et elle dut chasser bien des mouches avant de pouvoir se pencher en avant pour vomir violemment. Un gecko, qui était collé au mur, l'observait en silence. Lorsqu'elle tira la chasse, il se carapata jusqu'au plafond en tôle, pour se mettre en sécurité. Quand elle rejoignit ses parents, elle dit d'une voix faible : « Mal au cœur », pour couper court aux questions de sa mère. Puis elle tendit les bras à Lucy et la serra si fort que l'enfant poussa de ses poings contre la poitrine d'Isabel pour se dégager un peu.

Lors du déjeuner de baptême au Palace Hotel, le père d'Isabel était assis à la table avec Violet, qui portait sa robe de coton bleu à col de dentelle. Son corset lui comprimait les côtes et son chignon lui donnait mal à la tête. Cela dit, elle était déterminée à ce que rien ne vienne troubler l'harmonie de cette journée.

« Tom n'a pas l'air dans son assiette, pas vrai, Vi ? D'habitude il ne boit pas grand-chose, mais là il tape bien dans le whisky, dit Bill en haussant les épaules, comme pour se convaincre. C'est pour mouiller la tête du bébé, je suppose.

– Je crois que c'est les nerfs… C'est une journée si importante. Isabel est toute chamboulée, elle aussi.

– Cette petite fille a tout changé pour ta femme, pas vrai ? dit Ralph, au bar avec Tom. On dirait une nouvelle personne. »

Tom tourna et retourna son verre vide dans ses mains.

« Cela a fait naître un autre aspect d'elle, c'est vrai.

– Quand je pense à la façon dont elle a perdu les bébés… »

Tom sursauta imperceptiblement, mais cela n'empêcha pas Ralph de poursuivre.

« La première fois, j'ai eu l'impression de voir un fantôme quand je suis passé à Janus. Et la seconde fois, c'était pire encore.

– Oui, ç'a vraiment été des périodes difficiles pour elle.

– Enfin, Dieu finit toujours par tout arranger, hein ? conclut Ralph avec un sourire.

– Tu crois ? Mais Il ne peut pas avoir tout arrangé pour tout le monde. Il n'a pas pu tout arranger pour Frank en tout cas.

– Il ne faut pas parler comme ça, mon vieux. Il a tout arrangé pour toi, c'est l'essentiel ! »

Tom desserra un peu sa cravate et son col de chemise – soudain l'atmosphère du bar lui paraissait oppressante.

« Tout va bien, mon vieux ? demanda Ralph.

– On étouffe, là-dedans. Je crois que je vais aller faire un tour dehors. »

Mais ce ne fut pas mieux à l'extérieur. L'air semblait solide, comme du verre fondu qui l'aurait suffoqué au lieu de lui permettre de mieux respirer.

Si seulement il pouvait parler seul à seul avec Isabel, dans le calme… tout irait bien. Tout pourrait s'arranger, d'une manière ou d'une autre. Il se redressa, inspira profondément et regagna lentement l'hôtel.

*

« Elle dort profondément, dit Isabel en refermant la porte de la chambre, où l'enfant était étendue, calée par des oreillers pour ne pas tomber du lit. Elle a vraiment été mignonne, aujourd'hui. Elle a tenu toute la cérémonie, avec tous ces gens, en plus. Elle n'a pleuré que lorsque le révérend lui a versé de l'eau sur la tête. »

Au fil de la journée, la voix d'Isabel avait perdu le tremblement qu'avait provoqué la révélation de Hilda.

« Oui, c'est un vrai petit ange, dit Violet en souriant. Je ne sais pas comment on va faire quand elle sera repartie, demain.

– Je promets d'écrire et de vous raconter tous ses progrès, dit Isabel, avant de pousser un soupir. On devrait aller se coucher, je crois. Il faut se lever à l'aube, pour le bateau. Tu viens, Tom ? »

Tom hocha la tête.

« Bonne nuit, Violet, bonne nuit, Bill », dit-il en les abandonnant à leur puzzle pour suivre Isabel dans la chambre.

C'était la première fois qu'ils se retrouvaient seuls depuis le début de la journée.

« Quand allons-nous leur dire ? » demanda-t-il dès qu'il eut refermé la porte.

Il avait le visage crispé, les épaules raides.

« On ne va rien leur dire du tout, répondit Isabel, en un murmure nerveux.

– Comment ça ?

– On a besoin de réfléchir, Tom. On a besoin de temps. Et on doit repartir demain. Si on dit quoi que ce soit, ça va déclencher un vrai cataclysme, et tu dois être à ton poste demain soir. On réfléchira à ce qu'il faudra faire une fois qu'on sera à Janus. La précipitation est mauvaise conseillère.

– Izz, il y a ici, en ville, une femme qui croit que sa fille est morte, et qui ignore ce qui est arrivé à son mari. Dieu sait ce qu'elle a traversé. Plus vite on pourra la sortir de cette souffrance…

– Ce sera un tel choc… On doit agir au mieux, pas seulement pour Hannah Potts, mais pour Lucy aussi. Je t'en prie, Tom. Ni toi ni moi ne pouvons penser correctement dans l'immédiat. Prenons les choses calmement. Pour le moment, il faut qu'on dorme un peu en prévision de la traversée de demain matin.

– Je viendrai me coucher plus tard, dit Tom. J'ai besoin d'air frais. »

Il sortit silencieusement sur la galerie derrière la maison, sans prêter attention à Isabel qui le suppliait de rester auprès d'elle.

*

Dehors, il faisait plus frais et Tom s'assit dans un fauteuil en osier, la tête entre les mains. Il entendait, par la fenêtre de la cuisine, les claquements que produisait Bill chaque fois qu'il rangeait dans la boîte en bois une nouvelle pièce de puzzle.

« Isabel a l'air vraiment pressée de rentrer à Janus, dit ce dernier en refermant le couvercle. Elle dit qu'elle ne supporte plus la foule. On aurait pourtant du mal à rassembler quelque chose qui ressemble à une foule de ce côté-ci de Perth. »

Violet taillait la mèche de la lampe à pétrole.

« Elle a toujours été très nerveuse, dit-elle. Entre nous, je crois qu'elle veut juste avoir Lucy pour elle toute seule. La maison va être bien calme sans la petite », soupira-t-elle.

Bill passa le bras autour des épaules de Violet.

« Ça nous rappelle des souvenirs, non ? Tu te souviens de Hugh et d'Alfie quand ils étaient petits ? Des bouts d'hommes extra, hein ? dit-il en riant. Tu te rappelles la fois où ils ont enfermé le chat dans l'armoire ? »

Il marqua une pause.

« Ce n'est pas la même chose, je sais, mais être grand-père, c'est presque aussi bien, pas vrai ? Presque aussi bien que d'avoir retrouvé les garçons. »

Violet alluma la lampe.

« Il y a eu des moments où je ne pensais pas qu'on y arriverait, Bill. Je croyais même qu'on n'aurait plus un seul autre jour de bonheur, dit-elle en soufflant sur l'allumette. Cette enfant est une vraie bénédiction. »

Elle remit en place le diffuseur en verre et éclaira le chemin jusqu'à la chambre à coucher.

Ces mots résonnèrent dans la tête de Tom, qui respirait dans la nuit le parfum du jasmin, insensible à son désespoir.

CHAPITRE 16

LA PREMIÈRE NUIT QUI SUIVIT le retour à Janus, le vent hurla autour de la salle de la lanterne, se précipitant contre les épais panneaux de verre de la tour, cherchant une faille. Tout en allumant le phare, Tom passa et repassa dans sa tête la discussion qu'il avait eue avec Isabel dès le départ du navire ravitailleur.

Elle avait été implacable.

« On ne peut pas défaire ce qui s'est passé, Tom. Tu crois vraiment que je n'ai pas cherché une autre solution ? »

Elle serrait très fort contre sa poitrine la poupée qu'elle venait de ramasser par terre.

« Lucy est une petite fille heureuse et en bonne santé. Nous l'arracher serait… Oh, Tom ! Ce serait horrible ! »

Elle était occupée à plier des draps dans la presse à linge et allait et venait entre le panier et l'armoire.

« Pour le meilleur ou pour le pire, Tom, on a fait ce qu'on a fait. Lucy t'adore, toi tu l'adores et tu n'as pas le droit de la priver d'un père qui l'aime.

– Et sa mère qui l'aime ? Sa mère qui est sacrément vivante, elle ! Comment ça, ça peut être juste, Izz ? »

Isabel rougit.

« Parce que tu crois que c'est juste, qu'on ait perdu trois bébés ? Tu crois que c'est juste que Hugh et Alfie soient enterrés à des milliers de kilomètres d'ici et que toi tu n'aies pas même une égratignure ? Bien sûr que ce n'est pas juste, Tom, pas juste du tout ! Il faut simplement accepter ce que la vie nous réserve. »

Elle avait frappé là où Tom était le plus vulnérable. Durant toutes ces années qui avaient suivi la guerre, il n'avait jamais pu chasser cette sensation nauséeuse d'avoir triché – non pas avec la mort mais avec ses camarades, de s'en être sorti indemne à leurs dépens, même si la logique lui disait qu'il n'était question ici que de hasard. Isabel vit qu'elle l'avait touché et elle se radoucit.

« Tom, on doit faire ce qui est bien... pour Lucy.

– Izzy, je t'en prie... »

Elle l'interrompit.

« Plus un mot, Tom ! La seule chose qu'on puisse faire, c'est aimer cette petite fille comme elle le mérite. Et ne jamais, au grand jamais lui faire de mal ! »

Serrant toujours la poupée contre elle, elle sortit précipitamment de la pièce.

Et maintenant, alors qu'il regardait l'océan soulevé par les rafales et bouillonnant d'écume blanche, les ténèbres se refermaient sur lui de tous côtés. La ligne, entre le ciel et l'océan, devint de plus en plus difficile à discerner, la lumière faiblissant à chaque seconde. Le baromètre chutait. Il allait y avoir une tempête avant le matin. Tom vérifia la poignée de cuivre de la porte menant à la galerie, et regarda la lumière tourner, régulière, indifférente.

*

Tandis que Tom s'occupait du phare, Isabel s'assit à côté du petit lit de Lucy et la regarda s'enfoncer dans le sommeil. Elle avait dû rassembler toutes ses forces pour aller au bout de cette journée, et ses pensées étaient encore aussi agitées que la tempête qui montait dehors. Elle chantait, presque en un murmure, la berceuse que Lucy lui réclamait toujours. « *Souffle, souffle, le vent du sud…* » Elle avait du mal à garder le ton. « *Je suis restée près du phare la dernière fois que nous nous sommes vus. Jusqu'à ce que la nuit tombe sur la mer houleuse, / Et alors je n'ai plus vu la barque de mon bien-aimé…* »

Lorsque Lucy finit par s'endormir, Isabel desserra les petits doigts pour prendre le coquillage rose que l'enfant avait gardé dans sa main. La nausée qui n'avait pas quitté Isabel depuis qu'elle avait découvert la stèle s'intensifia, et elle lutta contre elle en suivant le tracé en spirale du coquillage avec son doigt, cherchant du réconfort dans cette perfection lisse, cette géométrie exacte. La créature qui avait fait ce coquillage était morte depuis longtemps, elle n'avait laissé que cette sculpture. Il lui vint alors à l'esprit que le mari d'Hannah Potts, lui aussi, avait laissé derrière lui sa sculpture vivante, cette petite fille.

Lucy balança un bras au-dessus de sa tête, fronçant les sourcils, tandis que ses doigts se serraient sur le coquillage disparu.

« Je ne laisserai personne te faire de mal, ma chérie. Je promets de te protéger toujours », murmura Isabel.

Elle fit ensuite quelque chose qu'elle n'avait pas fait depuis des années. Elle s'agenouilla et inclina la tête.

« Dieu, je sais que je ne pourrai jamais espérer comprendre Ton mystère. Je ne peux qu'essayer de me montrer digne de ce que Tu veux de moi. Donne-moi la force qu'il me faut pour continuer. »

Le doute grondait en elle, secouant tout son être, jusqu'à ce qu'elle parvienne à calmer le rythme de sa respiration.

« Hannah Potts… Hannah Roennfeldt, dit-elle, est également en sécurité entre Tes mains, je le sais. Accorde-nous la paix. À nous tous. »

Elle écouta le vent au-dehors, et l'océan, et elle sentit que la distance qui la séparait de Point Partageuse rétablissait la sensation de sécurité que les deux derniers jours avaient fait disparaître. Elle posa le coquillage à côté du lit de Lucy, là où elle le trouverait facilement à son réveil, puis elle quitta la chambre sans bruit, avec une toute nouvelle détermination.

*

Pour Hannah Roennfeldt, le lundi de janvier qui suivit le baptême fut un jour tout à fait extraordinaire.

En ouvrant sa boîte aux lettres, elle pensait la trouver vide. Cela faisait partie du rituel qu'elle avait mis en place depuis cette terrible soirée de l'Anzac, deux ans auparavant. Chaque jour, elle passait au commissariat, se contentant parfois d'un simple regard interrogateur, auquel l'agent de police, Harry Garstone, répondait par un hochement de tête négatif. Quand elle sortait, l'autre agent, Lynch, faisait à l'occasion un commentaire – « Pauvre femme… Tu imagines, finir comme ça… » – et lui aussi secouait la tête, avant de reprendre ses tâches administratives. Puis, elle se rendait sur la plage à un endroit différent de la veille, et cherchait un signe ou un indice – un petit bout de bois flotté, ou un fragment de métal arraché à une dame de nage.

Elle sortait de sa poche une lettre adressée à son mari et à sa fille. Il lui arrivait d'y joindre d'autres papiers – un article découpé dans un journal annonçant l'arrivée d'un cirque en ville, une comptine qu'elle avait recopiée et décorée de dessins de toutes les couleurs. Elle jetait la lettre dans les vagues avec l'espoir que, une fois l'encre échappée de l'enveloppe, quelque part, dans l'un ou l'autre de ces océans, elle rejoindrait ceux qu'elle aimait.

Au retour, elle passait par l'église où elle s'asseyait en silence au dernier rang, près de la statue de saint Jude. Elle demeurait là jusqu'à ce que les feuilles de marri projettent leurs ombres étirées sur les vitraux et que ses cierges votifs ne soient plus que des flaques froides de cire durcie. Tant qu'elle restait assise dans la pénombre, elle pouvait sentir la présence de Frank et de Grace. Quand elle ne pouvait plus reculer le moment, elle rentrait chez elle, et n'ouvrait la boîte aux lettres que si elle se sentait assez forte pour affronter une nouvelle déception.

Depuis deux ans, elle écrivait à tous les organismes – hôpitaux, autorités portuaires, sécurité maritime – où quelqu'un aurait pu entendre parler de quelque chose. Mais chaque fois, elle recevait l'assurance courtoise qu'on la préviendrait si des nouvelles de son mari et de sa fille disparus leur parvenaient.

Ce matin de janvier était chaud, les pies entonnaient de concert leurs chants en cascade – les notes éclaboussaient les gommiers, sous le ciel d'un bleu azur délavé. Hannah franchit les quelques mètres d'allée pavée comme dans un état second. Elle avait depuis longtemps cessé de faire cas du gardénia, des stephanotis, et de la consolation qu'offrait leur parfum doux et crémeux. La boîte aux lettres en fer rouillé craqua quand elle l'ouvrit à grand-peine – elle était tout aussi récalcitrante et lasse qu'elle-même. À l'intérieur, un morceau de papier blanc. Elle cligna des yeux. Une lettre.

Un escargot y avait déjà tracé une ligne en filigrane et le papier brillait comme un arc-en-ciel là où il était passé. Il n'y avait pas de timbre, l'écriture était posée et ferme.

Elle emporta la lettre à l'intérieur et la plaça sur la table en alignant le bord de l'enveloppe avec celui, étincelant, du plateau de bois. Elle resta un long moment assise devant cette lettre, avant de saisir son coupe-papier à manche de nacre pour ouvrir l'enveloppe, en prenant bien soin de ne pas déchirer son contenu.

Elle sortit la feuille de papier, une unique petite feuille, sur laquelle étaient écrits ces mots :

> *Ne vous faites pas de souci pour elle. L'enfant va bien. Elle est aimée, choyée, et le sera toujours. Votre mari repose en paix dans les mains de Dieu. J'espère que cela vous apportera quelque réconfort.*
>
> *Priez pour moi.*

La maison était sombre derrière l'écran des rideaux de brocart. Les cicadas chantaient dans la vigne vierge de la véranda derrière la maison, sur une note si stridente que les oreilles d'Hannah en bourdonnèrent.

Elle examina l'écriture. Les mots se formaient sous ses yeux, mais elle ne parvenait pas à les distinguer clairement. Son cœur battait à tout rompre et elle avait du mal à respirer. Elle s'était plus ou moins attendue à ce que la lettre se volatilise quand elle ouvrirait l'enveloppe – ce genre de chose s'était déjà produit : elle apercevait Grace dans la rue, l'éclair rose d'une de ses robes de bébé, mais il ne s'agissait que d'un paquet de la même couleur, ou bien de la jupe d'une femme ; ou bien alors elle voyait la silhouette d'un homme qu'elle aurait juré être son mari, et quand elle arrivait à sa hauteur, elle lisait sur son visage l'expression surprise de quelqu'un qui ne lui ressemblait absolument pas.

« Gwen ? appela-t-elle quand elle put enfin parler. Gwen, tu pourrais venir une minute ? »

Elle voulait que sa sœur la rejoigne, parce qu'elle avait peur que, si elle faisait le moindre mouvement, la lettre ne s'évapore – que tout cela ne soit qu'un mauvais tour que lui jouait son esprit tourmenté.

Gwen tenait son ouvrage de broderie à la main.

« Tu m'as appelée, Hanny ? »

Hannah ne répondit pas, se contentant de désigner avec lenteur la lettre du menton. Gwen la prit.

« En tout cas, ça, dit Hannah, ce n'est pas le fruit de mon imagination. »

En moins d'une heure, elles avaient quitté la modeste maisonnette de bois pour Bermondsey, la demeure de pierre de Septimus Potts, bâtie sur une colline à la sortie de la ville.

« Et tu as trouvé ça dans la boîte aux lettres, aujourd'hui ? demanda-t-il.

– Oui, dit Hannah, toujours abasourdie.

– Qui pourrait faire une chose pareille, papa ? demanda Gwen.

– Quelqu'un qui sait que Grace est vivante, bien sûr ! » répondit Hannah.

Elle ne saisit pas le coup d'œil rapide qu'échangèrent son père et sa sœur.

« Hannah, chérie, ça s'est passé il y a très longtemps maintenant, dit Septimus.

– Je le sais !

– Ce que papa veut dire, précisa Gwen, c'est qu'il est étrange que tu n'aies reçu aucune nouvelle depuis tout ce temps et que tu reçoives ça maintenant.

– Mais ce n'est pas rien, non ? dit Hannah.

– Oh, Hanny ! » dit Gwen en secouant la tête.

Plus tard ce jour-là, le sergent Knuckey, chef de la police de Point Partageuse, inconfortablement assis dans un vieux fauteuil trapu, maintenait en équilibre une délicate tasse à thé sur ses genoux tout en essayant de prendre des notes.

« Et vous n'avez aperçu personne aux alentours de la maison, mademoiselle Potts ? demanda-t-il à Gwen.

– Personne. »

Elle reposa le pot à lait sur la table.

« Personne ne vient jamais nous voir, de toute façon », ajouta-t-elle.

Il nota quelque chose.

« Alors ? »

Knuckey se rendit compte que Septimus lui posait une question. Il étudia à nouveau la lettre. Une écriture nette. Un papier banal. Pas postée. Avait-elle été déposée par quelqu'un du coin ? Dieu savait qu'il y avait encore ici des gens pour s'amuser de la souffrance d'une femme qui aimait les Allemands.

« On ne peut pas en tirer grand-chose, j'en ai peur. »

Le policier écouta patiemment les protestations d'Hannah qui était sûre que la lettre contenait des indices. Il remarqua que le père et la fille avaient l'air plutôt mal à l'aise, comme lorsqu'une vieille tante se met à délirer à propos de Jésus lors du dîner.

Comme Septimus le raccompagnait à la porte, le sergent remit sa casquette.

« Une mauvaise et cruelle plaisanterie, on dirait, dit-il calmement. Je pense pourtant qu'il est temps d'enterrer la hache de guerre avec les Fritz. Tout cela est une vilaine affaire, mais je ne crois pas qu'on ait besoin de blagues comme celle-là. Je ne parlerais pas de cette note à votre place. Pour ne pas encourager les imitateurs. »

Il serra la main de Septimus et remonta la longue allée bordée de gommiers.

De retour dans son bureau, Septimus posa la main sur l'épaule d'Hannah.

« Allez, ma petite fille, haut les cœurs ! Il ne faut pas te laisser détruire par ça !

– Mais je ne comprends pas, papa. Je suis sûre qu'elle est vivante ! Pourquoi quelqu'un se donnerait-il la peine d'écrire un mensonge pareil, sinon ?

– Et si je doublais la récompense, ma chérie ? Deux mille guinées. Si quelqu'un sait quelque chose, on ne tardera pas nous-mêmes à l'apprendre. »

Septimus versa une autre tasse de thé à sa fille ; lui d'ordinaire près de ses sous ne se réjouissait guère à l'idée que cet argent ne quitterait pas sa poche.

*

Bien que la renommée de Septimus Potts fût fameuse dans le domaine des affaires dans la région de Partageuse, rares étaient ceux qui pouvaient prétendre bien le connaître en tant qu'homme. Il se montrait férocement protecteur avec sa famille, mais son grand adversaire était et avait toujours été le destin. Septimus avait cinq ans quand, en 1869, il débarqua du *Queen of Cairo* à Fremantle. Il portait autour du cou le petit panneau de bois que sa mère lui avait donné en l'embrassant lors d'adieux déchirants sur le quai de Londres. « Je suis un bon petit chrétien. S'il vous plaît, prenez bien soin de moi », était-il inscrit dessus.

Septimus était le septième et dernier enfant d'un quincaillier de Bermondsey qui n'avait attendu que trois jours après la naissance du bébé pour quitter ce monde, écrasé par les sabots d'un cheval de trait. Sa mère avait fait de son mieux pour s'occuper de la maisonnée mais, après quelques années, comme la phtisie la rongeait, elle comprit qu'elle devait assurer l'avenir de ses enfants. Elle en envoya autant qu'elle le put chez des parents à Londres et aux alentours, où ils feraient une main-d'œuvre gratuite pour ceux qui les recueilleraient. Mais son dernier-né était trop jeune pour être autre chose qu'un fardeau pour un foyer ne disposant que de maigres ressources, et une des dernières actions de la mère de Septimus sur cette terre fut de lui payer un aller simple pour l'Australie-Occidentale.

Comme il le confia lui-même des dizaines d'années plus tard, ce genre d'expérience vous donne soit un penchant pour la mort, soit une soif insatiable de la vie, et il estimait que la première viendrait de toute façon bien assez tôt. Ainsi donc, lorsqu'il fut recueilli par une femme de la sécurité maritime, ronde et tannée par le soleil, pour être envoyé dans une « bonne famille » du Sud-Ouest, il n'émit ni plainte ni question : qui aurait prêté attention à l'une ou à l'autre ? Il commença une nouvelle vie à Kojonup, ville bien à l'est de Partageuse, chez Walt et Sarah Flindell, un couple qui faisait commerce du bois de santal. C'étaient d'assez braves gens, mais suffisamment malins pour savoir que ce bois très léger pouvait être chargé et manipulé même par un enfant, et ce fut pour cette raison qu'ils acceptèrent de prendre le petit garçon. Pour Septimus, après tout ce temps passé sur le bateau, se retrouver sur la terre ferme avec des gens qui ne le filoutaient pas de son pain quotidien, c'était le paradis.

C'est ainsi qu'il apprit à connaître ce nouveau pays où on l'avait expédié comme un colis sans destinataire et qu'il apprit aussi à aimer Walt et Sarah, avec leur côté terre à terre. Leur petite cabane, sur le lopin de terre qu'ils avaient dégagé, n'avait ni vitres aux fenêtres ni eau courante, mais, au début en tout cas, il semblait offrir tout ce dont on pouvait avoir besoin.

Lorsque le précieux bois de santal, qui valait parfois plus cher que l'or, finit par disparaître à cause de la surexploitation, Walt et Septimus se tournèrent vers les scieries de bois de construction qui s'ouvraient aux environs de Partageuse. L'édification de nouveaux phares le long de la côte signifiait que le transport de fret sur ce trajet n'était plus un pari risqué mais une activité commerciale représentant un risque acceptable, et de nouvelles voies de chemin de fer ou jetées leur permirent de faire abattre des forêts entières et d'expédier le bois partout dans le monde.

Septimus travailla comme un beau diable, il dit ses prières et se fit donner le samedi des cours de lecture et d'écriture par la femme du pasteur. Il ne dépensa jamais le moindre sou superflu et ne manqua pas davantage l'occasion d'en gagner un. Ce qui le distinguait des autres, c'était qu'il semblait percevoir des occasions là où personne n'en voyait. Bien qu'il ne dépassât en aucun cas le mètre soixante-dix, talons compris, il se comportait comme un homme beaucoup plus grand que sa taille et s'habilla toujours aussi respectablement que ses finances le lui permettaient. Ce qui faisait qu'il semblait parfois presque pimpant, portant à tout le moins des vêtements propres le dimanche, même s'il avait dû les laver la veille à minuit pour les débarrasser de la sciure qui s'y était accumulée après une longue journée de travail.

Tout cela lui servit beaucoup lorsque, en 1892, un baronnet de Birmingham nouvellement anobli visita la colonie à la recherche d'un endroit exotique où investir un petit capital. Septimus saisit l'occasion de se lancer dans les affaires et persuada le nobliau de placer son argent dans un lopin de terre. Puis, en jeune homme avisé, il tripla l'investissement, et, en prenant des risques calculés dans des opérations financières intelligentes, put bientôt se mettre à son compte. Au moment où la colonie rejoignit la nation australienne nouvellement constituée en 1901, il était l'un des plus riches marchands de bois à des kilomètres à la ronde.

Les temps avaient été prospères. Septimus avait épousé Ellen, une jeune fille d'une bonne famille de Perth. Hannah et Gwen naquirent, et leur maison, Bermondsey, devint un modèle de style et de succès pour tout le Sud-Ouest de l'Australie. Hélas, lors de l'un de ses célèbres pique-niques donnés dans le bush, servis dans un tourbillon de linge fin et d'argenterie, sa femme bien-aimée fut mordue juste au-dessus de la cheville, à la lisière de sa bottine de cuir clair, par une dugite et mourut dans l'heure qui suivit.

*

Ainsi allait la vie, se dit Septimus le jour où ses filles rentrèrent à la maison après avoir reçu la mystérieuse lettre : on ne pouvait jamais se fier à cette saleté d'existence. Ce qu'elle donne d'une main, elle le reprend de l'autre. À peine réconcilié avec Hannah après la naissance du bébé, le mari et l'enfant disparaissent dans un néant liquide, réduisant son aînée à l'état d'épave. Et voilà qu'un perturbateur venait remuer le couteau dans la plaie. Enfin, il fallait s'efforcer d'être heureux de son sort et reconnaissant que les choses ne soient pas pires.

*

Le sergent Knuckey, assis à son bureau, tapotait son crayon sur son buvard et regardait les minuscules traces de plomb. Pauvre femme… Qui pouvait lui reprocher de vouloir croire que son bébé était vivant ? Il arrivait encore à son Irene de pleurer la nuit le jeune Billy, et cela faisait pourtant vingt ans qu'il s'était noyé alors qu'il n'était encore qu'un gamin. Ils avaient eu cinq autres enfants depuis, mais la tristesse était toujours là.

Cela dit, à la vérité, il n'y avait pas la moindre espèce de chance que le bébé soit encore vivant. Malgré tout, il prit une feuille de papier vierge et commença à rédiger un rapport sur l'incident. Cette Mme Roennfeldt méritait au moins cela.

CHAPITRE 17

« VOTRE MARI REPOSE EN PAIX *dans les mains de Dieu.* » Le jour où elle reçoit la mystérieuse lettre, Hannah Roennfeldt lit et relit sans cesse cette phrase. Grace est vivante, mais Frank est mort. Elle voudrait pouvoir croire la première mais pas la seconde allégation. Frank. Franz. Elle se souvient de cet homme gentil dont la vie a été bouleversée tant de fois le long du curieux chemin qui a fini par le mener jusqu'à elle.

Le premier revers l'avait arraché à son existence de privilégié à Vienne lorsqu'il avait seize ans, quand les dettes de jeu de son père les avaient contraints à s'exiler chez des parents à Kalgoorlie, si loin de l'Autriche que même le créancier le plus acharné abandonnerait toute poursuite. Ils étaient passés du luxe à l'austérité et le fils avait appris le métier de boulanger dans la boutique tenue par son oncle et sa tante qui, depuis leur arrivée des années auparavant, avaient changé leurs noms de Fritz et Mitzie en Clive et Millie. Il est important de s'intégrer, disaient-ils. La mère du garçon le comprenait, mais le père, avec la fierté et l'entêtement qui avaient entraîné sa ruine financière, avait refusé de s'adapter, et moins d'un an plus tard il s'était jeté sous un train à destination de Perth, faisant de Frank le nouveau chef de famille.

Quelques mois après, du fait de la guerre, son statut de ressortissant d'un pays ennemi lui valut d'être emprisonné – d'abord à Rottnest Island, puis dans l'est du pays. Ce garçon, qui avait été déraciné et plongé dans le deuil, se retrouvait ainsi méprisé, pour des actes qu'on ne pouvait en aucun cas lui attribuer.

Et il ne s'était jamais plaint, pas une seule fois, se dit Hannah. Le sourire prompt et ouvert de Frank était encore intact au moment où elle le rencontra à Partageuse en 1922, lorsqu'il revint travailler à la boulangerie.

Elle se rappela la première fois qu'elle l'avait vu, dans la grand-rue. C'était un matin de printemps ensoleillé, mais l'air d'octobre était encore piquant. Il lui avait souri avant de lui tendre un châle qu'elle avait reconnu comme étant le sien.

« Vous l'avez laissé à la librairie, à l'instant, dit-il.

– Merci. C'est très gentil de votre part.

– C'est un châle magnifique, avec toutes ces broderies. Ma mère en avait un comme ça. La soie chinoise, ça coûte très cher, ce serait vraiment dommage de le perdre. »

Après un hochement de tête respectueux, il se tourna pour reprendre son chemin.

« Je ne vous ai encore jamais vu par ici », dit Hannah.

Elle n'avait encore jamais entendu son délicieux accent non plus.

« Je commence tout juste à travailler chez le boulanger. Je suis Frank Roennfeldt. Enchanté de faire votre connaissance, mademoiselle.

– Eh bien, bienvenue à Partageuse, monsieur Roennfeldt. J'espère que vous vous plairez ici. Je m'appelle Hannah Potts. »

Elle essaya d'arranger son châle sur ses épaules tout en s'efforçant de ne pas lâcher les paquets qu'elle portait.

« Je vous en prie, permettez-moi…, dit-il en lui drapant les épaules avec la grande pièce de soie brodée en un mouvement fluide. Je vous souhaite une excellente journée. »

Il lui lança à nouveau un sourire. Le soleil se refléta dans le bleu de ses yeux et fit briller ses cheveux blonds.

Comme elle traversait la rue pour retourner à son sulky qui l'attendait, elle s'aperçut qu'une femme, tout près, lui jetait un regard noir avant de cracher sur le trottoir. Hannah en fut choquée, mais elle ne dit rien.

Quelques semaines plus tard, elle retourna dans la petite librairie de Maisie McPhee. En entrant, elle vit Frank planté près du comptoir, subissant les assauts d'une matrone qui agitait sa canne pour appuyer ses arguments.

« Mais c'est cette idée même, Maisie McPhee ! déclarait la femme. Que vous puissiez vendre des livres qui soutiennent les Boches. Ces animaux m'ont pris un fils et un petit-fils, et je ne voudrais pas vous voir leur envoyer de l'argent en guise de colis de la Croix-Rouge. »

Maisie restait sans voix.

« Je suis navré si je vous ai offensé, madame, dit Frank. Ce n'est pas la faute de Mlle McPhee. »

Il sourit et tendit vers elle le livre ouvert.

« Vous voyez ? Ce n'est que de la poésie.

– De la poésie ? Mon œil ! répliqua la femme en tapant du pied. Jamais un seul mot décent n'est sorti de leur bouche. J'avais bien entendu dire qu'on avait un Fritz en ville, mais je ne pensais pas que vous auriez l'audace de venir parader sous notre nez. Quant à vous, Maisie, ajouta-t-elle en se tournant vers le comptoir, votre saint de père doit se retourner dans sa tombe !

– Je suis vraiment désolé, dit Frank. Mademoiselle McPhee, gardez le livre, je vous en prie. Je n'avais pas l'intention d'offenser qui que ce soit. »

Il laissa un billet de dix shillings sur le comptoir et sortit, frôlant Hannah au passage sans même la remarquer. La femme sortit en trombe derrière lui et traça bruyamment son chemin dans la rue dans la direction inverse.

Maisie et Hannah se regardèrent un moment, puis la libraire arbora un large sourire.

« Vous avez votre liste sur vous, mademoiselle Potts ? »

Tandis que Maisie parcourait le morceau de papier, les yeux d'Hannah s'égarèrent sur le livre abandonné. Elle était curieuse de comprendre en quoi ce joli petit volume relié en cuir vert forêt pouvait représenter une telle offense. Quand elle l'ouvrit, les caractères gothiques sur la page de garde attirèrent son regard : *Das Stunden Buch – Rainer Maria Rilke*. Elle avait appris l'allemand à l'école, en même temps que le français, et elle avait entendu parler de Rilke.

« Ça ne vous gêne pas, dit-elle en sortant deux billets d'une livre, si je prends cet ouvrage aussi ? Il serait temps que nous laissions le passé derrière nous, vous ne croyez pas ? » ajouta-t-elle quand elle vit le regard surpris de Maisie.

La libraire enveloppa le livre dans du papier brun et lia le paquet avec un bout de ficelle.

« Pour être honnête, ça m'épargne d'avoir à le renvoyer en Allemagne. Personne ne me l'achètera. »

Quelques instants plus tard, chez le boulanger, Hannah posa le petit paquet sur le comptoir.

« Je me demandais si vous pourriez donner ça à M. Roennfeldt, s'il vous plaît. Il l'a oublié à la librairie.

– Il est dans l'arrière-boutique. Je vais l'appeler.

– Ce n'est pas la peine. Merci beaucoup », dit-elle en quittant la boulangerie avant que l'homme ait eu le temps d'ajouter quoi que ce soit.

Quelques jours plus tard, Frank lui rendit visite afin de la remercier en personne pour sa gentillesse et la vie d'Hannah s'engagea alors sur un nouveau chemin, qui, au début, lui parut être le plus heureux dont elle aurait jamais pu rêver.

*

Le bonheur qui envahit Septimus Potts à la nouvelle que sa fille avait trouvé un homme du coin pour faire sa vie tourna à la détresse quand il apprit qu'il s'agissait du boulanger. Mais il se souvint de ses humbles débuts et décida de ne pas tenir rigueur à cet homme de son métier. Cela dit, lorsqu'il découvrit qu'il était allemand, ou pratiquement, sa détresse vira au dégoût. Les prises de bec avec Hannah, qui avaient démarré quasiment au même moment que Frank avait commencé sa cour, ne firent que renforcer le père et la fille, obstinés dans leur tête comme dans leur cœur, dans leurs positions.

En moins de deux mois, les choses avaient atteint un stade critique. Septimus Potts arpentait le salon, essayant d'encaisser la nouvelle.

« Tu as perdu la tête, ma fille ?

– C'est ce que je veux, papa.

– Épouser un Boche ! s'exclama-t-il tout en jetant un coup d'œil à la photographie d'Ellen dans son cadre d'argent ciselé posé sur la cheminée. Ta mère ne me le pardonnerait jamais, pour commencer ! Je lui ai promis que je vous élèverais convenablement…

– Et c'est ce que tu as fait, papa, vraiment.

– Eh bien ! il y a quand même quelque chose que j'ai loupé pour que tu parles de te caser avec un sale boulanger allemand.

– Il est autrichien.

– Qu'est-ce que ça change ? Tu veux que je t'emmène au Foyer du soldat, et que je te montre les types qui s'agitent en permanence comme des crétins à cause du gaz moutarde ?

Il fallait que ça tombe sur moi… qui ai pratiquement financé la construction de ce foutu hôpital !

– Tu sais très bien que Frank n'a pas fait la guerre… il était dans un camp d'internement. Il n'a jamais fait de mal à personne.

– Hannah, sois raisonnable. Tu n'es pas vilaine, comme fille. Il y a plein de jeunes gars, dans les environs… et, bon sang, même à Perth, à Sydney, ou encore à Melbourne… qui seraient honorés de t'avoir comme épouse.

– Honorés d'avoir ton argent, tu veux dire.

– Alors, comme ça, on y revient, c'est ça ? Tu es trop bien pour mon argent, c'est ça, ma fille ?

– Ce n'est pas la question, papa…

– J'ai travaillé comme un chien pour arriver là où je suis. Je n'ai pas honte de ce que je suis ni d'où je viens. Mais toi, tu as la chance de démarrer tout en haut.

– La seule chance dont je voudrais disposer, c'est de vivre ma vie comme je l'entends.

– Écoute-moi bien, si tu veux donner dans les œuvres de charité, tu peux aller vivre avec les indigènes à la mission. Ou travailler à l'orphelinat. Tu n'as vraiment pas besoin de l'épouser, ton œuvre de charité. »

Sa fille avait le visage écarlate, son cœur battait très fort – pas seulement à cause de l'humiliation, mais aussi un peu plus en profondeur, à cause de la peur diffuse que cela pourrait être vrai. Et si elle avait dit oui à Frank uniquement par hostilité envers les prétendants qui en avaient après son argent ? Ou si elle voulait simplement lui offrir une sorte de compensation pour tout ce qu'il avait souffert ? Puis elle repensa à l'effet que lui faisait son sourire, et sa façon de lever le menton pour réfléchir aux questions qu'elle lui posait, et elle se sentit rassurée.

« C'est un brave homme, papa. Donne-lui sa chance.

– Hannah, dit Septimus en lui posant la main sur l'épaule. Tu sais combien tu comptes pour moi. »

Il lui caressa la tête.

« Tu ne voulais pas que ta mère te brosse les cheveux quand tu étais petite, tu t'en souviens ? Tu disais toujours : "Papa, je veux que ce soit papa !" Et je le faisais. Tu t'asseyais sur mes genoux le soir, au coin du feu, et je te brossais les cheveux pendant que les crumpets grillaient sur les flammes. On faisait bien attention que maman ne voie pas que le beurre avait coulé sur ta robe. Et tes cheveux brillaient comme ceux d'une princesse persane. Attends un peu, juste un peu », supplia son père.

Il avait sans doute besoin de temps pour se faire à l'idée, pour revoir son opinion... Hannah était sur le point de céder, quand il reprit :

« Et tu verras les choses à ma façon... Tu verras que tu t'apprêtais à faire une grave erreur, ajouta-t-il en prenant une de ces profondes et sonores inspirations qu'elle associait toujours à ses décisions d'affaires. Et tu remercieras ta bonne étoile que je sois arrivé à te convaincre du bien-fondé de mon point de vue. »

Elle se recula.

« Je ne veux pas de ta condescendance. Tu ne peux pas m'empêcher d'épouser Frank.

– Je ne peux pas te sauver de ça, tu veux dire.

– Je suis assez âgée pour me marier sans ton consentement, et je le ferai si le cœur m'en dit.

– Tu n'en as peut-être rien à faire de ce que cela peut signifier pour moi, mais pense au moins à ta sœur. Tu sais comment les gens vont réagir.

– Les gens, autour de nous, sont tous des hypocrites xénophobes !

– Oh, mais comme cette éducation supérieure a porté ses fruits ! Maintenant, tu peux rabattre le caquet de ton père avec tes grands mots, rétorqua-t-il en la regardant droit dans les yeux. Je n'aurais jamais cru que je te dirais ça un jour, ma fille, mais si tu épouses cet homme, ce sera sans ma bénédiction. Et sans mon argent. »

Arborant le même calme qui avait tout de suite séduit Septimus chez sa femme, Hannah redressa la tête.

« Si tu veux qu'il en soit ainsi, papa, il en sera ainsi. »

*

Après un modeste mariage, auquel Septimus refusa d'assister, le couple s'installa dans la maison de bois décrépite de Frank, en lisière de la ville. Leur vie était frugale. Hannah donnait des cours de piano et apprenait à lire et à écrire à certains ouvriers de la scierie. Parmi eux, un ou deux prenaient un plaisir vicieux à se dire qu'ils employaient, ne serait-ce que pour une heure par semaine, la fille de l'homme qui les employait eux-mêmes. Mais, en général, les gens appréciaient la gentillesse et la courtoisie sincère d'Hannah.

Elle était heureuse. Elle avait trouvé un mari qui semblait vraiment la comprendre, qui pouvait discuter de philosophie et de mythologie classique, dont le sourire chassait les soucis et rendait les épreuves faciles à supporter.

Avec les années, on commença à tolérer ce boulanger dont l'accent ne disparut jamais tout à fait. Certes, d'aucuns, comme la femme de Billy Wishart, ou bien Joe Rafferty et sa mère, mettaient encore un point d'honneur à traverser la rue quand ils le voyaient, mais, dans l'ensemble, les choses se calmèrent. En 1925, Hannah et Frank décidèrent qu'ils étaient assez établis pour mettre un bébé au monde, et leur fille naquit en février 1926.

Hannah se souvenait de la voix de ténor bien cadencée de Frank lorsqu'il la berçait. « *Schlaf, Kindlein, schlaf. Dein*

Vater hüt' die Schaf. Die Mutter schüttelt's Bäumlein, da fällt herab ein Träumelein. Schlaf, Kindlein, schlaf. »

Dans cette petite pièce éclairée par une lampe à paraffine, avec son dos douloureux, assis sur une chaise qui avait bien besoin d'être réparée, il lui avait dit : « Je ne peux imaginer existence plus heureuse. » La lueur sur le visage de Frank ne venait pas de la lampe, mais de la minuscule créature allongée dans le berceau, dont la respiration changea de rythme de manière révélatrice quand elle finit par s'abandonner au sommeil.

*

Ce mois de mars-là, l'autel avait été décoré avec des vases débordant de marguerites et de stephanotis cueillis dans le jardin de Frank et d'Hannah, et leur doux parfum flottait au-dessus des rangs restés vides jusqu'au fond de l'église. Hannah portait du bleu pâle avec un petit chapeau de feutre assorti, et Frank son costume de mariage, qui lui allait encore, quatre ans plus tard. Sa cousine Bettina et son mari Wilf étaient venus de Kalgoorlie pour devenir marraine et parrain, et souriaient avec bienveillance à la toute petite fille lovée dans les bras d'Hannah.

Le révérend Norkells se tenait à côté des fonts, et avait un peu de mal à retrouver la page correspondant au rituel du baptême. Les relents d'alcool qu'on décelait dans son haleine expliquaient sans doute cette maladresse.

« Cette enfant a-t-elle déjà été baptisée ? » commença-t-il.

C'était un samedi après-midi et la chaleur était oppressante. Une grosse mouche bleue bourdonnait, venant périodiquement boire aux fonts, chaque fois chassée par le parrain ou la marraine. Elle se montra une fois de trop et, massacrée par Wilf avec l'éventail de sa femme, tomba en tourbillonnant dans l'eau bénite comme un ivrogne dans un fossé. Le pasteur la repêcha sans même marquer de pause, poursuivant ses questions.

« Renoncez-vous, au nom de cette enfant, à Satan et à ses pompes ?

– Je renonce à tout cela », répondirent à l'unisson parrain et marraine.

Comme ils prononçaient ces mots, la porte de l'église craqua sous le coup d'une timide poussée. Le cœur d'Hannah bondit à la vue de son père, poussé par Gwen, qui s'avançait lentement pour prendre place au dernier rang. Hannah et son père ne s'étaient plus parlé depuis le jour où elle avait quitté la maison, et elle avait présagé qu'il répondrait à l'invitation au baptême de sa manière habituelle – par le silence.

« J'essaierai, Hanny, avait promis Gwen. Mais tu sais bien qu'il est têtu comme une vieille mule. Je te promets une chose cependant : je viendrai, moi, quoi qu'il dise. Cela fait trop longtemps que ça dure. »

Et maintenant, Frank se tournait vers Hannah.

« Tu vois ! murmura-t-il. Dieu finit toujours par tout arranger, quand Il estime que le temps est venu !

– Ô Dieu miséricordieux, faites que le vieil Adam, dans cette enfant, soit suffisamment enfoui pour que le nouveau puisse naître en elle… »

Les mots résonnaient contre les murs, le bébé reniflait et se tortillait dans les bras de sa mère. Quand elle commença à pleurnicher, Hannah porta la dernière phalange de son auriculaire aux petites lèvres, qui la tétèrent avec avidité. Le rituel se poursuivit, Norkells prit l'enfant dans ses mains et s'adressa au parrain et à la marraine.

« Veuillez nommer cette enfant.

– Grace Ellen.

– Grace Ellen, je te baptise au nom du Père, du Fils et du Saint-Esprit. »

Jusqu'à la fin de la cérémonie, le bébé garda les yeux rivés sur les vitraux aux couleurs vives, tout aussi fascinée qu'elle le serait, deux ans plus tard, lorsqu'elle les contemplerait à nouveau depuis les fonts baptismaux, dans les bras d'une autre femme.

*

Quand ce fut fini, Septimus demeura assis sur son banc. Hannah s'approcha lentement dans l'allée centrale, le bébé s'agita dans sa couverture, tournant un peu la tête de-ci de-là. Hannah s'arrêta à côté de son père, qui se leva quand elle lui tendit sa petite-fille. Il hésita, avant de tendre les bras pour prendre le bébé.

« Grace Ellen. Ta grand-mère serait si émue. »

Ce fut tout ce qu'il put dire avant qu'une larme lui échappe et qu'il reste pétrifié, à regarder l'enfant.

Hannah lui prit le bras.

« Viens voir Frank », dit-elle en le conduisant dans l'allée centrale.

« Je t'en prie, entre, ça me fait plaisir », dit Hannah, un peu plus tard, comme son père restait planté sur le seuil de l'entrée avec Gwen dans ses bras.

Septimus hésitait. La petite maisonnette de bois, à peine plus grande qu'une cabane, lui rappelait la pauvre masure des Flindell dans laquelle il avait grandi. Passer ce seuil le ramenait cinquante ans en arrière.

Dans la pièce principale, un peu sur sa réserve mais poli, il discuta avec les cousins de Frank. Il complimenta son gendre pour l'excellent gâteau de baptême et le frugal mais délicat assortiment de nourriture. Du coin de l'œil, il ne cessait d'examiner les fentes dans le plâtre ou les trous dans le tapis.

Au moment de partir, il prit Hannah à part et sortit son portefeuille.

« Laisse-moi te donner un petit quelque chose pour… »

Hannah lui abaissa gentiment la main.

« Tout va bien, papa. On se débrouille, dit-elle.

– J'en suis sûr. Mais maintenant que vous avez la petite… »

Elle lui posa la main sur le bras.

« Vraiment. C'est très gentil de ta part, mais on se débrouille. Reviens nous voir bientôt. »

Il sourit, embrassa le bébé sur le front, puis sa fille.

« Merci, Hanny. Ellen, ajouta-t-il en un faible murmure, aurait aimé que l'on s'occupe de sa petite-fille. Et tu… tu m'as manqué. »

Dans la semaine qui suivit, on vint livrer des cadeaux pour le bébé, en provenance de Perth, de Sydney et de plus loin encore. Un petit lit, une commode en acajou. Des robes, des bonnets, des objets pour le bain. La petite-fille de Septimus Potts allait avoir ce que l'argent pouvait acheter de mieux.

*

« *Votre mari repose en paix entre les mains du Seigneur.* » À cause de la lettre, Hannah traverse une période troublée où le deuil se mêle à l'espoir. Dieu lui a pris son mari, mais Il a sauvé sa fille. Elle ne pleure pas seulement de chagrin, mais aussi de honte, au souvenir de ce jour-là.

La ville tire un voile sur certains événements. C'est une petite communauté où chacun sait que la promesse d'oubli est parfois aussi importante que celle du souvenir. Des enfants peuvent grandir en ignorant tout des folies de leur père dans sa jeunesse, ou du frère illégitime qui vit à une cinquantaine de kilomètres de chez eux et porte le nom d'un autre homme. L'histoire, c'est ce sur quoi on se met d'accord.

C'est ainsi que la vie continue – protégée par le silence qui anesthésie la honte. Des hommes, revenus de la guerre avec des souvenirs de comportements désespérés de camarades devant la mort, se contentent de dire qu'ils sont partis en braves. Pour le monde extérieur, aucun soldat ne s'est jamais rendu dans un bordel, n'a agi comme un sauvage, n'a fui l'ennemi ou ne s'en est caché. Se retrouver là-bas était déjà un châtiment bien suffisant. Lorsque des épouses doivent cacher l'argent des traites de la maison ou les couteaux de cuisine à des maris qui ont perdu tout repère, elles le font sans dire un mot, parfois sans même se l'avouer à elles-mêmes.

C'est ainsi que pour Hannah Roennfeldt, le souvenir de la perte de Frank ne peut se partager avec personne. « Attiser les braises… à quoi bon ? » diraient les gens, pressés de retrouver l'image civilisée de la vie à Partageuse. Mais Hannah se souvient.

Le jour de l'Anzac. Les pubs sont pleins d'hommes qui sont allés là-bas, ou qui ont perdu des frères là-bas ; des camarades de retour de Gallipoli ou de la Somme, qui n'ont toujours pas surmonté le choc des obus et les effets du gaz moutarde, même dix ans plus tard. Le 25 avril 1926. Des jeux d'argent battent leur plein au fond du bar, mais la police ferme les yeux en ce jour particulier. Mieux, les policiers participent – ç'a été leur guerre, à eux aussi. L'Ému Bitter coule à flots, le ton des discussions monte, les chansons se font plus osées. Il y a beaucoup à oublier. Ils ont retrouvé leur travail dans les fermes, derrière des bureaux ou devant des classes. Ils ont repris ce foutu boulot parce qu'il n'y a aucun autre choix possible. Et plus ils boivent, plus il devient difficile d'oublier, plus ils veulent s'en prendre à quelque chose, ou à quelqu'un – à la loyale, d'homme à homme. Foutus Turcs, foutus Boches, foutus salopards.

Et Frank Roennfeldt fera l'affaire aussi bien qu'un autre. Le seul Allemand de la ville, sauf qu'il est autrichien. Il est ce qu'ils peuvent trouver de plus proche de l'ancien ennemi, alors quand ils le voient marcher dans la rue avec Hannah en fin de journée, ils se mettent à siffler *Tipperary*. Hannah semble nerveuse, elle trébuche. Frank prend immédiatement la petite Grace dans ses bras, attrape le cardigan que sa femme tient à son bras pour lui couvrir les épaules, et ils accélèrent le pas, têtes baissées.

Les garçons du pub décident que s'offre à eux une bonne occasion de s'amuser, et ils s'éparpillent dans les rues. D'autres les rejoignent, sortis des pubs de l'artère principale, puis un plaisantin décide que ce serait une bonne blague d'arracher le chapeau de Frank et le fait.

« Laisse-nous tranquilles, Joe Rafferty ! gronde Hannah. Retourne au pub et laisse-nous tranquilles ! »

Ils continuent de marcher à vive allure.

« "Laisse-nous tranquilles !" se moque Rafferty en geignant d'une voix haut perchée. Saleté de Fritz ! Tous les mêmes, tous des lâches ! ajoute-t-il en se tournant vers la foule. Et regardez-moi ces deux-là, avec leur joli petit bébé ! »

Il a du mal à articuler.

« Vous savez que les Fritz, ils mangeaient les bébés ? reprend-il. Ils les faisaient rôtir vivants, les salopards !

– Va-t'en ou on appelle la police ! » crie Hannah avant de se figer à la vue de Harry Garstone et de Bob Lynch, les deux agents de police, plantés sur la galerie de l'hôtel, pintes de bière à la main, souriant sous leurs moustaches calamistrées.

Soudain, comme une allumette qu'on gratte, la scène s'embrase.

« Allons-y, les gars ! Amusons-nous un peu avec ces amis des Fritz ! Sauvons le bébé des mâchoires boches ! »

Et voilà qu'une douzaine d'ivrognes poursuivent le couple, Hannah est à la traîne parce que sa gaine l'empêche de respirer correctement, elle crie : « Grace ! Frank ! Sauve Grace ! » Il court et se détache de la foule qui le pousse à descendre la rue vers la jetée, son cœur bat trop fort, perd le rythme, la douleur lui traverse le bras alors qu'il court sur les planches délabrées au-dessus de l'eau, il saute dans le premier canot qu'il voit et rame vers le large, vers la sécurité. Jusqu'à ce que la foule se calme et que les choses s'apaisent.

Il a connu pires moments.

CHAPITRE 18

TOUT EN VAQUANT À SES OCCUPATIONS de la journée – toujours en mouvement, toujours occupée –, Isabel sait instinctivement à quel endroit se trouve Lucy, reliée à elle par un fil d'amour invisible. Elle ne se met jamais en colère – sa patience vis-à-vis de l'enfant est infinie. Quand de la nourriture tombe par terre, quand des traces de mains sales tapissent les murs, cela ne provoque jamais de réaction, ni d'exaspération, ni de regard désapprobateur. Si Lucy s'éveille en pleurant la nuit, Isabel la réconforte gentiment, avec amour. Elle accepte ce cadeau que la vie lui a envoyé. Et elle en accepte les fardeaux.

Lorsque l'enfant dort l'après-midi, elle monte jusqu'aux croix de bois plantées sur le cap. C'est son église, son sanctuaire, là où elle prie pour trouver conseil, pour être une bonne mère. Elle prie aussi, d'une manière plus abstraite, pour Hannah Roennfeldt. Elle n'entend pas remettre en question le tour que les choses ont pris. À cette distance, Hannah n'est qu'une vue de l'esprit. Elle n'a ni corps ni existence, alors que Lucy… Isabel connaît chacune de ses expressions, chacun de ses cris. Elle a regardé ce miracle prendre forme jour après jour, comme un présent dont seul le passage du temps peut donner la mesure. Une personnalité est en train d'émerger, à mesure que la fillette s'empare des mots et qu'elle les maîtrise, qu'elle commence à pouvoir dire ce qu'elle ressent, qui elle est.

Alors, dans cette chapelle sans murs, sans fenêtres, sans pasteur, Isabel remercie Dieu. Et si Hannah Roennfeldt vient s'immiscer dans ses pensées, sa réaction ne diffère jamais. Elle ne peut tout simplement pas se séparer de cette enfant : ce n'est pas à elle de risquer le bonheur de Lucy. Et Tom ? Tom est un brave homme. Tom fait ce qu'il faut faire, toujours : elle peut en être sûre. Il finira par accepter les choses telles qu'elles sont, au bout du compte.

Malgré tout, une distance tangible semble s'être glissée entre eux : un no man's land invisible, fin comme un cheveu.

*

Progressivement, le rythme de la vie à Janus reprend son cours, absorbant Tom dans la minutie des rituels. Lorsqu'il s'éveille parfois de rêves sombres emplis de berceaux brisés, de boussoles sans aiguille, il chasse le malaise et laisse la lumière du jour les effacer et, solitaire, se rendort avec la musique du mensonge.

*

« Et sais-tu quel jour on est, aujourd'hui, Luce ? » demanda Isabel en enfilant le pull-over par-dessus la tête de la petite fille et en extrayant une main de chaque manche.

Il s'était écoulé six mois depuis leur retour à Janus en janvier 1928.

Lucy pencha un tout petit peu la tête en arrière.

« Hum..., dit-elle pour gagner du temps.

– Tu veux un indice ? »

Elle acquiesça de la tête.

Isabel enfila la première chaussette.

« Allons. L'autre petit peton. Voilà. Bon, l'indice, c'est que si tu es une très gentille petite fille, il y aura peut-être des oranges pour toi ce soir…

– Le bateau ! cria la fillette en glissant des genoux de sa mère pour bondir sur place, une chaussure à un pied et l'autre à la main. Le bateau arrive ! Le bateau arrive !

– Oui. Alors, on fait la maison toute belle pour l'arrivée de Ralph et de Bluey ?

– Oui, cria la fillette, tout en la suivant dans la cuisine pour ajouter : Alf et Booey arrivent, papa ! »

Tom la prit dans ses bras et lui donna un baiser.

« Mais c'est que tu comprends vite, toi ! Tu t'en es souvenue toute seule ou quelqu'un t'a aidée ?

– Maman m'a dit », avoua-t-elle avec un sourire, avant de se tortiller pour retrouver le sol et rejoindre Isabel.

Ayant enfilé bottines et manteaux, elles se dirigèrent toutes les deux vers le poulailler ; Lucy tenait à la main une version miniature du panier d'Isabel.

« Un vrai concours de mode, remarqua Tom qui passa près d'elles, en route vers la remise.

– J'aime mieux avoir chaud qu'être élégante, dit Isabel en lui donnant un rapide baiser. Nous sommes en mission de collecte des œufs. »

Dans le poulailler, Lucy se servait de ses deux mains pour prendre chaque œuf, et la tâche qui n'aurait demandé que quelques secondes à Isabel devenait alors une sorte de précieux rituel. Elle posait chaque œuf contre sa joue et déclarait soit : « Encore chaud ! », soit : « Tout froid ! » selon le cas, avant de les passer à Isabel qui les rangeait à l'abri tout en réservant le dernier pour le panier de Lucy. Puis l'enfant remerciait chaque poule de sa contribution : « Merci, Daphné, merci, Speckle... »

Au potager, elle tenait le manche de la pelle avec Isabel pour déterrer les pommes de terre.

« Je crois que j'en vois une..., dit Isabel, en attendant que Lucy remarque le point plus clair dans le sol sableux.

– Là ! s'exclama la petite fille en plongeant la main dans le trou pour récupérer une pierre.

– Presque ! sourit Isabel. Et ce qui vient ensuite, qu'est-ce que c'est ? Regarde un peu plus sur le côté.

– Po'terre ! »

Lucy rayonnait, elle brandit le trophée au-dessus de sa tête, faisant tomber de la terre dans ses cheveux, puis dans ses yeux, ce qui la fit pleurer.

« Fais-moi voir ça, la consola Isabel, en s'essuyant les mains sur sa salopette avant de s'occuper de l'œil. Allez, on cligne des yeux pour maman. Voilà, tout est parti, Lucy. »

La petite fille continua à cligner des yeux.

« Tout parti, finit-elle par dire, avant d'ajouter : Encore des po'terre ! »

Et la chasse au trésor reprit.

Dans la maison, Isabel balaya le sol de chaque pièce, rassemblant la poussière sableuse en tas dans un coin, pour la ramasser plus tard. Elle se livra à une rapide inspection du pain dans le four et, en revenant, trouva une traînée qui traversait toute la maison, grâce aux efforts déployés par Lucy avec la pelle à poussière.

« Regarde, maman ! T'aide ! »

Isabel parcourut des yeux la queue du cyclone miniature et soupira.

« On peut dire ça comme ça..., commenta-t-elle tout en soulevant Lucy. Merci. Tu es une gentille fille. Bon, pour s'assurer que le sol est vraiment propre, on va donner un autre coup de balai. Ah ! Lucy Sherbourne, une vraie fée du logis ! » marmonna-t-elle en secouant la tête.

Plus tard, Tom apparut sur le pas de la porte.

« Elle est fin prête ?

– Ça y est, dit Isabel. Visage lavé. Mains lavées. Pas de doigts sales.

– Dans ce cas, on y va, ma fille.

– On monte l'escalier, papa ?

– Oui, on monte l'escalier. »

Elle marcha à côté de lui jusqu'au phare. Au pied des marches, elle leva les bras pour qu'il puisse lui attraper les mains.

« Allez, mon petit lapin, on compte. Une, deux, trois. »

Ils poursuivirent leur montée à une allure douloureusement lente, Tom continuant à compter chaque marche bien longtemps après que Lucy avait abandonné.

Au sommet, dans la salle de quart, elle tendit les mains.

« Jumelles.

– Une minute. Je t'installe d'abord sur la table. »

Il l'assit sur les cartes, puis lui tendit les jumelles, tout en supportant la majeure partie du poids de l'enfant dans ses mains.

« Tu vois quelque chose ?

– Des nuages.

– Oui, il y en a beaucoup, aujourd'hui. Tu vois le bateau ?

– Non.

– Tu es sûre ? fit Tom en riant. Dis donc, je ne voudrais pas que tu sois chargée du guet. Et qu'est-ce que c'est, là-bas ? Tu vois ? Suis mon doigt. »

Elle se mit à faire de grands mouvements de jambes d'avant en arrière.

« Alf et Booey ! Les oranges !

– Maman a dit qu'il y aurait des oranges, c'est ça ? Eh bien, croisons les doigts ! »

Le bateau n'accosta qu'une heure plus tard. Tom et Isabel attendaient sur la jetée, Lucy perchée sur les épaules de Tom.

« Un vrai comité d'accueil ! cria Ralph.

– Salut ! répondit Lucy. Salut, tout le monde ! Salut, Alf ! Hello, Boo ! »

Bluey sauta sur la jetée, saisit la corde que Ralph lui avait lancée.

« Attention, ma Luce ! dit-il à l'enfant, à présent descendue à terre. Faut pas te prendre les pieds dans la corde, ajouta-t-il en regardant Tom. Bon sang, c'est une vraie petite fille, maintenant ! C'est fini, bébé Lucy ! »

Ralph éclata de rire.

« Tu sais, ça grandit, les bébés ! »

Bluey finit d'amarrer.

« On ne la voit que quelques fois par an, c'est encore plus frappant, du coup. Les gosses à la ville, tu les croises tous les jours, alors tu remarques à peine qu'ils poussent.

– Et soudain, ils sont devenus de grands gaillards comme toi ! » le taquina Ralph.

Il grimpa sur la jetée, dissimulant quelque chose derrière son dos.

« Alors qui veut m'aider à décharger le bateau ?

– Moi ! » dit Lucy.

Ralph lança un clin d'œil à Isabel en brandissant la boîte de pêches qu'il cachait.

« Eh bien, voilà quelque chose de très, très lourd pour toi ! »

Lucy prit la boîte à deux mains.

« Seigneur, Luce, tu ferais mieux de faire attention, avec ça ! Emportons-la à la maison, dit Isabel avant de se tourner vers les hommes. Donnez-moi quelque chose à monter là-haut, si vous voulez, Ralph. »

Il repartit chercher le courrier et quelques paquets légers.

« Je vous retrouve à la maison. Je fais chauffer l'eau dans la bouilloire. »

*

« Lucy me semble bien calme…, remarqua Tom, alors qu'ils finissaient leurs tasses de thé à la table de la cuisine.

– Hum…, dit Isabel. Elle doit être en train de terminer son dessin pour papa et maman. Je vais aller voir. »

Mais avant qu'elle ait quitté la pièce, Lucy entrait dans la cuisine, affublée d'un des jupons d'Isabel, qui traînait par terre, d'une paire de chaussures à talons, et du collier de perles bleues que la mère d'Isabel avait envoyé par le bateau du matin.

« Lucy ! s'écria Isabel. Tu as fouillé dans mes affaires ?

– Non », mentit la fillette, les yeux écarquillés.

Isabel rougit.

« Je n'ai pas pour habitude d'exhiber mes sous-vêtements, dit-elle aux visiteurs. Viens, ma petite, tu vas mourir de froid comme ça. On va te rhabiller. Et discuter un peu également de ces façons de prendre les affaires de maman. Et puis qu'il faut dire la vérité, aussi. »

Elle souriait en quittant la pièce et ne remarqua pas l'expression qui passa fugitivement sur le visage de Tom à ses derniers mots.

*

Lucy trottine joyeusement derrière Isabel, elles sont parties ramasser des œufs. Elle est fascinée par les poussins nouveau-nés qui apparaissent de temps à autre, les tient sous son menton pour en sentir la douceur duveteuse et dorée. Lorsqu'elle aide à récolter des carottes et des panais, elle tire parfois si fort sur les légumes qu'elle en tombe à la renverse sous une pluie de terre. « Lucy chérie ! dit alors Isabel en riant. Relève-toi vite ! »

Au piano, assise sur les genoux d'Isabel, elle tape sur les touches. Isabel lui tient l'index et l'aide à jouer *Three Blind Mice*, puis la fillette dit : « Moi toute seule, maman » et le tintamarre recommence.

Elle reste assise pendant des heures sur le sol de la cuisine, à écraser des crayons de couleur au verso de vieux formulaires CLS, produisant des gribouillis improbables qu'elle exhibe fièrement.

« C'est maman, dit-elle, et papa, et Lulu Duphare. »

Elle considère comme sienne cette tour-château de quarante mètres de haut qui trône dans son jardin avec son étoile centrale. Outre des mots comme « chien » et « chat » – jolis concepts venus de livres –, elle maîtrise des mots plus concrets comme « lentille », « prisme », ou « réfraction ».

« C'est mon étoile, dit-elle un soir à Isabel en la lui montrant. Papa me l'a donnée. »

Elle raconte à Tom des bribes d'histoires, sur des poissons, des mouettes, des bateaux. Quand ils descendent vers la plage, elle adore tenir la main de Tom et celle d'Isabel pour leur demander de la balancer dans les airs. « Lulu Duphare ! » est son expression préférée et elle s'en sert quand elle se dessine dans des tableaux pleins de taches ou se met en scène dans ses histoires.

*

Les océans n'ont pas de limites. Ils ne connaissent ni début ni fin. Le vent ne s'arrête jamais. Il lui arrive de disparaître, mais uniquement pour reprendre des forces ailleurs, et il revient se jeter contre l'île, comme pour signifier quelque chose que Tom ne comprend pas. Ici, l'existence se déroule sur une échelle de géants. Le temps s'évalue en millions d'années ; les rochers, qui, de loin, ressemblent à des dés jetés contre les côtes, sont des blocs larges de plusieurs dizaines de mètres, léchés par les vagues depuis des millénaires, projetés les uns contre les autres jusqu'à s'entasser en une pile verticale.

Tom observe Lucy et Isabel patauger dans le lagon du Paradis. La fillette est folle de joie quand elle voit les éclaboussures qu'elle projette et se penche vers l'étoile de mer d'un bleu brillant qu'elle vient de trouver. Il la regarde saisir la créature dans ses doigts, son visage illuminé par l'excitation et la fierté, comme si c'était elle qui l'avait faite.

« Papa ! Regarde mon étoile de mer ! »

Tom a du mal à concevoir ensemble les deux temporalités : l'existence d'une île et celle d'une enfant.

Il est abasourdi de voir que la vie minuscule d'une petite fille est pour lui plus importante que tous les millénaires qui l'ont précédée. Il doit lutter pour trouver un sens à ses émotions – comment peut-il ressentir à la fois tendresse et malaise quand Lucy l'embrasse avant d'aller se coucher, ou quand elle lui montre son genou écorché pour qu'il lui donne le baiser magique que seul un parent peut offrir.

Avec Isabel aussi, il est déchiré entre son désir pour elle, son amour, et cette impression de suffoquer. Les deux sensations se heurtent l'une à l'autre, irréductibles.

Parfois, seul dans le phare, il se surprend à essayer de deviner à quoi ressemble Hannah Roennfeldt. Est-elle grande ? Est-elle ronde ? Y a-t-il un peu d'elle dans le visage de Lucy ? Lorsqu'il essaie de se la représenter, il ne voit que des mains cachant un visage en pleurs. Il frissonne et reprend la tâche qui l'occupait.

L'enfant est en bonne santé, heureuse et chérie, dans cet univers situé hors de portée de la curiosité journalistique et des commérages. Hors de portée de la réalité. Il s'écoule parfois des semaines durant lesquelles Tom peut presque trouver le repos en se racontant qu'ils forment une famille normale et heureuse, comme s'il était sous l'emprise d'une drogue hypnotique.

*

« On ne doit pas le dire à papa. Pas tant que je ne t'en ai pas donné la permission. »

Lucy considéra Isabel d'un air grave.

« Je ne dois rien dire, dit-elle en hochant la tête. Je peux avoir un biscuit ?

– Attends une minute. Il faut finir d'envelopper ça. »

Le bateau de septembre, en 1928, avait apporté plusieurs paquets supplémentaires, que Bluey avait réussi à passer en douce à Isabel tandis que Ralph accaparait Tom avec le déchargement. Mettre au point une surprise pour l'anniversaire de Tom n'était pas une mince affaire : il fallait qu'elle écrive à sa mère des mois à l'avance pour lui donner une liste. Comme Tom était le seul à posséder un compte en banque, il fallait aussi promettre de payer la prochaine fois qu'elle reviendrait sur le continent.

Acheter un cadeau pour Tom était à la fois aisé et difficile : il serait heureux de tout ce qu'on lui offrirait, mais ne désirait rien en particulier. Elle avait arrêté son choix sur un stylo à encre Conway Stewart et la dernière édition de Wisden : un présent pratique et un présent ludique. Un soir, alors qu'elles étaient assises à l'extérieur de la maison, Isabel avait demandé à Lucy ce qu'elle voulait offrir à son papa. La petite fille avait enroulé une mèche de cheveux autour de son doigt, réfléchi un moment, avant de répondre : « Les étoiles. »

Isabel avait ri.

« Je ne suis pas sûre que ce soit possible, Luce.

– Mais c'est ce que je veux ! » avait rétorqué l'enfant, fâchée.

Une idée vint à l'esprit d'Isabel.

« Et si on lui offrait une carte des étoiles… Un atlas ?

– Oui ! »

Un peu plus tard, elles étaient assises devant le volumineux livre.

« Qu'est-ce que tu veux écrire, sur la première page ? » demanda Isabel.

Elle tint le stylo, ses doigts refermés autour de ceux de Lucy, pour calligraphier en lettres tremblantes, suivant les instructions de la petite fille : « *Pour mon papa, que j'aimerai toujours et toujours…* »

« Plus ?

– Plus quoi ?

– Plus de "toujours", toujours et toujours et toujours et toujours… »

La ligne de « toujours » glissa sur la page comme une chenille.

« Et après, est-ce qu'on écrit : "De la part de Lucy, ta fille qui t'aime" ?

– "De la part de Lulu Duphare". »

La petite fille commença à tracer les lettres avec sa mère, mais elle se lassa et descendit de ses genoux à mi-course.

« Maman finis », ordonna-t-elle tout simplement.

Et Isabel acheva la signature, ajoutant entre parenthèses : (« *Par Isabel Sherbourne, scribe et femme à tout faire de la créature susmentionnée.* »)

« C'est un livre…, dit Tom lorsqu'il ouvrit le paquet, manœuvre difficile puisque Lucy avait plaqué ses mains sur ses yeux.

– C'est un altesse ! » cria-t-elle.

Tom regarda le cadeau. *Atlas des étoiles de Brown, montrant toutes les étoiles vivantes, avec les instructions complètes pour les découvrir et les utiliser à des fins de navigation et pour les examens de la chambre de commerce.* Il sourit doucement, avant de se tourner vers Isabel.

« Voilà une petite fille maligne, dit-il, pour organiser tout cela…

– Lis, papa ! Dedans, j'ai écrit. »

Tom ouvrit le volume et vit la longue dédicace. Il souriait toujours, mais quelque chose, dans les mots "pour toujours et toujours et toujours et toujours et toujours…" lui fit l'effet d'un coup de poignard. « Pour toujours » était un concept dénué de sens, en particulier pour cette enfant, et en cet endroit. Il posa les lèvres sur le front de Lucy.

« C'est magnifique, Lulu Duphare. C'est le plus joli cadeau que j'aie jamais reçu. »

CHAPITRE 19

« AU MOINS, SI ON GAGNE CELUI-LÀ, ce ne sera pas une raclée totale », dit Bluey.

L'équipe australienne de cricket avait perdu les quatre premiers tests matchs à domicile des Ashes 1928-1929 et le bateau de mars arriva alors que le test final, qui se déroulait à Melbourne, n'était pas encore terminé. Bluey, pendant le déchargement, avait régalé Tom des meilleurs moments. « Bradman a marqué sa centaine. Toujours dans la course. Il a donné bien du fil à retordre à Larwood, c'est ce qu'ils disent dans le journal. Mais moi, je vais te dire le fond du truc… Ça fait déjà quatre jours que le match a commencé. Et j'ai l'impression qu'il est pas près de se terminer. »

Tandis que Ralph allait à la cuisine ranger un autre des cadeaux habituels envoyés par Hilda à Lucy, Tom et Bluey finissaient de ranger le dernier des sacs de farine dans la remise.

« J'ai un cousin qui travaille là-bas, tu sais, dit Bluey en hochant la tête en direction du logo "Dingo" imprimé sur le sac de jute.

– À la minoterie ?

– Ouais. Apparemment ça paie bien. Et il a toute la farine qu'il veut gratis.

– Tous les boulots ont leurs avantages.

– C'est sûr. C'est comme moi, j'ai tout l'air frais dont j'ai besoin, et l'eau qu'il me faut pour nager », dit Bluey en riant.

Il regarda autour de lui, pour s'assurer que Ralph n'était pas dans les parages.

« Je crois qu'il peut me trouver du travail là-bas quand je veux. Ou alors, parfois je pense à travailler… chez un épicier, peut-être », ajouta-t-il après une petite pause, changeant de sujet avec une nonchalance parfaitement étudiée.

Cela ne ressemblait pas à Bluey. Il lui arrivait à l'occasion de discuter les résultats du championnat du Sheffield Shield, ou d'annoncer qu'il avait gagné un peu d'argent en pariant sur des chevaux de course. Il pouvait aussi parler de son frère Merv, qui était mort le premier jour à Gallipoli, ou de la formidable Ada, sa mère veuve. Tom sentait qu'il y avait quelque chose de différent aujourd'hui.

« Qu'est-ce qui nous a amenés à parler de ça ? »

Bluey donna un coup de pied à l'un des sacs pour le redresser.

« C'est comment, d'être marié ?

– Quoi ? sursauta Tom au brusque changement de sujet.

– Je veux dire, c'est bien ? »

Tom gardait les yeux rivés sur les stocks.

« Tu as quelque chose à me dire, Bluey ?

– Non.

– D'accord. »

Tom hocha la tête. S'il savait se montrer patient, cette histoire finirait par s'éclaircir. C'était souvent comme ça. Et ce fut comme ça, au bout du compte.

Bluey redressa un autre sac.

« Elle s'appelle Kitty. Kitty Kelly. Son père tient l'épicerie. On se fréquente.

– Félicitations, dit Tom en haussant les sourcils et en souriant.

– Et je… Enfin, je ne sais pas… Je pense qu'on devrait peut-être se marier. »

L'expression du visage de Tom le poussa à poursuivre.

« On n'est pas obligés de se marier. Rien de tout ça. En fait, on n'a même pas encore… Je veux dire, son père la surveille de près. Et sa mère aussi. Et puis ses frères. Et Mme Mewett est la cousine de sa mère, alors tu vois à quoi peut ressembler la famille. »

Tom éclata de rire.

« Alors, c'est quoi, la question ?

– C'est un grand pas à franchir. Je sais bien que tout le monde finit par le faire, mais je me demandais juste… Enfin, comment on sait…

– Je ne suis pas vraiment un expert dans ce domaine. Je ne me suis marié qu'une fois et j'apprends toujours. Pourquoi tu ne demandes pas à Ralph ? Il est avec Hilda depuis Mathusalem, il a élevé deux enfants. Et il a l'air d'avoir fait du bon boulot.

– Je ne peux pas en parler à Ralph.

– Et pourquoi ça ?

– Kitty pense que, si on se marie, je devrai arrêter de travailler sur le bateau pour aider à l'épicerie. Je crois qu'elle a trop peur que je me noie un de ces jours.

– Une jeune fille plutôt joviale, donc. »

Bluey eut l'air soucieux.

« Sérieusement. C'est comment, le mariage ? Avoir un enfant, et tout le reste ? »

Tom se passa la main dans les cheveux tout en réfléchissant à la question pendant un moment, profondément mal à l'aise.

« Nous ne sommes pas vraiment la famille typique. Il n'y en a pas beaucoup comme nous, aux alentours… qui vivent dans un phare, au milieu de nulle part. La réponse honnête, c'est que ça dépend des jours. On a notre part de bonnes choses et notre part de moments plus difficiles. C'est beaucoup plus compliqué que vivre seul, ça, en tout cas, je peux te l'affirmer.

– Maman dit que je suis trop jeune et que je ne sais pas vraiment ce que j'ai dans le crâne. »

Tom sourit malgré lui.

« Je pense que ta mère dira encore ça quand tu auras cinquante ans. La question n'est pas de savoir ce que tu as dans le crâne, mais dans tes entrailles. Fais confiance à tes entrailles, Blue. »

Tom hésita avant de poursuivre.

« Enfin, ce n'est pas toujours du gâteau, même lorsqu'on a trouvé la femme de sa vie. Il faut se dire que c'est pour longtemps. Tu ne sais jamais ce qui peut se passer, en fait tu signes pour tout ce qui se présentera. Pas moyen de se défiler, après.

– Papa ! Regarde ! s'écria Lucy qui apparut à la porte de la remise, brandissant le tigre en peluche de Hilda. Il grogne ! Écoute ! »

Et elle le retourna pour qu'il produise son grognement.

Tom la prit dans ses bras. Par la petite fenêtre, il vit Ralph qui venait vers eux en descendant le chemin.

« Tu ne serais pas une sacrée veinarde, par hasard ? dit-il en chatouillant le cou de Lucy.

– Lucy la veinarde ! dit-elle en riant.

– Et être papa ? C'est comment ? demanda Bluey.

– C'est comme ça.

– Non, dis-moi. C'est une vraie question, mon vieux. »

Le visage de Tom se fit sérieux.

« Rien ne peut t'y préparer. Tu n'imagines pas à quel point un bébé peut percer tes défenses, Bluey. À quel point il peut aller jusqu'au fond de toi. Une vraie attaque-surprise.

– Fais-le grogner, papa ! » le pressa Lucy.

Tom l'embrassa et retourna une fois de plus l'animal en peluche.

« Tu gardes tout ça pour toi, tu veux bien, mon vieux ? demanda Bluey. Enfin, poursuivit-il après un instant, tout le monde sait que tu es muet comme une tombe. »

Et il imita le grognement du tigre pour la petite fille.

*

Parfois, on est du côté des chanceux. Parfois, c'est le pauvre diable en face qui tire la paille la plus courte, et on n'a plus qu'à se taire et faire avec.

Tom clouait une planche sur le mur du poulailler, pour couvrir un trou que le vent y avait ouvert la nuit précédente. Il passait la moitié de sa vie à protéger les choses du vent. Il fallait bien faire ce qu'on avait à faire, faire ce qu'on pouvait.

Les questions de Bluey avaient remué de vieux sentiments. Mais chaque fois que Tom pensait à l'inconnue de Partageuse qui avait perdu son enfant, l'image d'Isabel s'imposait : elle avait perdu des enfants, et n'en aurait jamais plus. Elle ne savait rien d'Hannah quand Lucy était arrivée. Elle avait juste voulu ce qui était le mieux pour le bébé. Et pourtant… il ne s'agissait pas seulement de Lucy. Il y avait en Isabel un besoin qu'il ne pourrait jamais combler. Elle avait tout abandonné : confort, famille, amis – tout –, pour le rejoindre ici. Il ne cessait de se le répéter : il ne pouvait la priver de ce à quoi elle tenait le plus.

*

Isabel était fatiguée. Le ravitaillement venait d'arriver et elle s'était occupée de la nourriture : elle avait fait du pain, confectionné un cake aux fruits, transformé un sac de pruneaux en réserve de confitures qui durerait toute l'année. Elle n'avait pas quitté sa cuisine – sauf lorsque Lucy s'était approchée de la cuisinière pour humer le délicieux mélange, et qu'elle s'était brûlé la main sur la marmite. Ce n'était pas grave, mais suffisant pour empêcher l'enfant de bien dormir. Tom avait pansé la brûlure et donné à Lucy une petite dose d'aspirine, malgré tout, elle était encore bouleversée à la tombée de la nuit.

« Je vais l'emmener au phare. Je peux la surveiller. Il faut que je termine la paperasserie pour l'inventaire, de toute façon. Tu as l'air vidée. »

Complètement épuisée, Isabel accepta.

L'enfant dans un bras et un oreiller et une couverture dans l'autre, Tom porta Lucy dans l'escalier et la déposa sur la table des cartes dans la salle de quart.

« Voilà, ma chérie. »

L'enfant somnolait déjà.

Il se mit à additionner des colonnes de chiffres qui symbolisaient des litres de pétrole et des boîtes de manchons. Au-dessus de lui, dans la salle de la lanterne, la lumière tournait régulièrement, accompagnée de son lent bourdonnement grave. Au loin, en contrebas, il pouvait voir l'unique lueur de la lampe à pétrole de la maison.

Cela faisait une heure qu'il travaillait quand une sorte d'instinct le fit se retourner, et il vit que Lucy l'observait, les yeux brillants dans la lumière douce. Lorsque leurs regards se croisèrent, elle sourit, et, une fois de plus, Tom fut surpris par le miracle qu'était cette petite fille – si belle, si vulnérable. Elle leva sa main bandée et l'examina.

« J'ai fait la guerre, papa », dit-elle tandis qu'une ombre glissait sur ses traits.

Elle tendit les bras.

« Allez, rendors-toi, ma chérie, dit Tom, en tentant de reprendre son travail.

– Berceuse, papa », réclama la petite tout en gardant les bras tendus.

Tom la prit sur ses genoux et la berça doucement.

« Tu ferais des cauchemars si je te chantais une chanson, Lulu. C'est maman la chanteuse, pas moi.

– J'ai bobo à la main, papa, dit-elle en brandissant sa blessure en guise de preuve.

– Je sais, je sais, mon petit lapin, dit-il en embrassant délicatement le pansement. Ça va vite aller mieux, tu vas voir. »

Il lui embrassa le front et caressa ses fins cheveux blonds.

« Ah, Lulu, ma Lulu... comment as-tu fait pour arriver jusqu'ici ? dit-il en regardant ailleurs, vers les épaisses ténèbres. Comment es-tu entrée dans ma vie ? »

Il sentit les muscles de l'enfant se détendre comme elle sombrait dans le sommeil. Peu à peu, sa petite tête se mit à peser plus lourd dans les bras de Tom. Dans un murmure que lui-même percevait à peine, il posa la question qui le rongeait constamment : « Comment as-tu fait pour que je ressente ça pour toi ? »

CHAPITRE 20

« JE N'AURAIS JAMAIS PENSÉ qu'il essaierait d'entrer en contact. »

Tom était assis à côté d'Isabel sur la terrasse. Il tournait et retournait une vieille enveloppe très abîmée, qui lui était adressée, « *c/o 13e bataillon, AIF* ». Sur chaque centimètre carré d'espace disponible étaient gribouillées des adresses où faire suivre ce courrier, ainsi que des instructions, le tout aboutissant à un autoritaire : « Retour à l'envoyeur » écrit au crayon bleu – Edward Sherbourne, Esquire, le père de Tom. La lettre était arrivée dans un petit paquet trois jours plus tôt, par le bateau de juin qui avait apporté à Tom la nouvelle de la mort de son père.

La lettre de Church, Hattersley & Parfitt, notaires, l'informait des formalités et se cantonnait au factuel. Cancer de la gorge, 18 janvier 1929. Il leur avait fallu plusieurs mois pour retrouver Tom. Son frère, Cecil, était l'héritier exclusif du défunt, exception faite d'un médaillon de sa mère qui revenait à Tom et qui était joint à cette lettre qui l'avait cherché aux quatre coins du monde.

Il avait ouvert le paquet ce soir-là, après avoir allumé le phare, alors qu'il se trouvait dans la salle de la lanterne ; il avait tout d'abord été paralysé par l'écriture sévère et anguleuse.

Merrivale
Sydney
Le 16 octobre 1915

Cher Thomas,

Je t'écris parce que je sais que tu t'es engagé. Je ne suis pas très à l'aise avec les mots. Mais comme tu es si loin maintenant, et qu'il est possible qu'il t'arrive un malheur avant que nous ayons l'occasion de nous revoir, il semble qu'une lettre soit la seule façon de procéder.

Il y a beaucoup de choses que je ne peux t'expliquer sans dénigrer ta mère, et je ne souhaite en aucune manière aggraver le mal qui a déjà été fait. Certaines choses, donc, resteront tues. Je suis en faute dans un certain domaine et c'est à cela que je souhaite maintenant remédier. Je joins à cette lettre un médaillon qu'elle m'avait demandé de te donner, quand elle est partie. Il y a son portrait à l'intérieur. Sur le moment, il m'avait paru préférable de ne pas te rappeller ainsi ta mère, et j'avais donc ignoré sa demande. Ce ne fut pas une décision facile à prendre.

Maintenant qu'elle est morte, je trouve juste de respecter sa demande, même avec du retard.

J'ai essayé de t'élever en bon chrétien, de t'offrir la meilleure éducation possible. J'espère avoir instillé en toi le sens du bien et du mal : aucun succès ni plaisir terrestre ne pourrait racheter la perte de ton âme immortelle.

Je suis fier du sacrifice que tu as fait en t'enrôlant. Tu es devenu un jeune homme responsable, et, après la guerre, je serais heureux de te proposer un poste dans notre affaire.

Cecil a la trempe d'un bon patron et je pense qu'il dirigera avec succès l'usine quand je prendrai ma retraite. Mais je suis sûr qu'on peut te trouver une place qui te convienne.

Cela m'a peiné d'apprendre ton embarquement par d'autres. J'aurais été très heureux d'avoir l'occasion de te voir en uniforme, de te voir partir, mais je me dis qu'à présent que tu as retrouvé la trace de ta mère et appris qu'elle était morte, tu ne souhaites plus avoir quoi que ce soit à voir avec moi. Je te laisse donc prendre la décision qui te semble juste. Si tu choisis de répondre à cette lettre, j'en serai ravi. Après tout, tu es mon fils, et tu comprendras ce que cela veut dire quand tu deviendras père à ton tour.

Cela dit, si tu choisissais de ne pas répondre, je respecterai ton choix et ne t'ennuierai plus. Je prie néanmoins pour ta survie dans la bataille et pour ton retour sur ces côtes, victorieux.

Ton père affectionné,
Edward Sherbourne.

Tom avait l'impression de ne pas avoir parlé à cet homme depuis une éternité. Combien cela avait-il dû lui coûter, d'écrire une telle lettre. Le fait que son père ait tenté de le contacter après leur difficile séparation n'était pas seulement une surprise, c'était aussi un choc. Cela brouillait les cartes, désormais. Tom se demanda si la froideur de son père n'avait pas de tout temps caché une blessure. Pour la première fois, il voyait au-delà de son apparente sévérité et, l'espace d'un instant, il imagina un homme de grands principes, blessé par une femme qu'il aimait, mais incapable de le montrer.

Tom avait recherché sa mère pour une raison particulière. Devant la porte de la pension, souliers cirés, ongles coupés, il avait répété les paroles qu'il s'apprêtait à dire une dernière fois : « Je suis navré de t'avoir causé des ennuis. » Sur le moment, il s'était senti aussi tremblant que l'enfant qui avait attendu treize ans pour les prononcer. Il avait été sur le point de vomir. « Tout ce que j'ai dit, c'est que j'avais vu une automobile. Qu'il y avait une automobile devant la maison. Je ne savais pas… »

Ce ne fut que des années plus tard qu'il prit la pleine mesure de ses révélations. Elle avait été jugée mauvaise mère, et bannie de sa vie. Mais le pèlerinage entrepris pour se faire pardonner avait eu lieu trop tard, et il ne pourrait jamais entendre sa mère l'absoudre de sa culpabilité. Les mots avaient leur façon de se glisser dans toutes sortes d'endroits où ils ne devaient pas s'immiscer. Il valait toujours mieux garder les choses pour soi, avait-il appris.

Il regarda le portrait de sa mère dans le médaillon. Peut-être chacun de ses parents l'avait-il aimé, quand bien même ce n'était pas de la bonne manière. Il ressentit une soudaine montée de colère contre son père qui avait tenu pour acquis le droit de se séparer de sa mère : pouvait-on être aussi sincère et pourtant aussi destructeur ?

Ce ne fut que lorsqu'une petite goutte d'eau tomba sur le papier et fit couler l'encre comme une rivière miniature que Tom comprit qu'il pleurait. « *Tu comprendras ce que cela veut dire quand tu deviendras père à ton tour.* »

Isabel, assise à côté de lui sur la terrasse, lui parlait :

« Même si tu ne l'avais pas revu depuis des années, c'était toujours ton père. On n'a qu'un père. C'était inévitable que cela t'affecte, mon chéri. »

Tom se demanda si Isabel percevait l'ironie de ses propres paroles.

« Viens, Luce, viens boire ton chocolat chaud », dit-elle sans même marquer de pause.

La petite fille arriva en courant et prit le gobelet à deux mains. Elle s'essuya la bouche avec son bras au lieu de sa main sale, puis elle lui tendit le verre vide.

« Hue da-da ! cria-t-elle joyeusement. Je vais à cheval à Patazeuze voir grand-père et grand-mère. »

Et elle repartit sur son cheval de bois.

Tom considéra le médaillon, dans le creux de sa main.

« Pendant des années, j'ai cru qu'elle me haïssait parce que j'avais trahi son secret. Je n'ai jamais rien su, pour le médaillon... »

Ses lèvres se pressèrent l'une contre l'autre.

« Ç'aurait tout changé, conclut-il.

– Il n'y a rien que je puisse dire, mais j'aimerais tant... Je ne sais pas comment... rendre les choses plus faciles pour toi.

– Maman, faim, moi, dit Lucy en revenant.

– Pas étonnant, à force de courir partout, dit Isabel en la soulevant dans ses bras. Viens ! Viens faire un câlin à papa. Il est triste, aujourd'hui. »

Isabel assit l'enfant sur les genoux de Tom, pour qu'elles puissent toutes deux le serrer très fort dans leurs bras.

« Souris, papa ! dit la petite fille. Comme ça ! » lui montra-t-elle.

*

La lumière traversait les nuages, déformée, cherchant à se protéger de la pluie qui tombait à verse au loin. Lucy, assise sur les épaules de Tom, était radieuse devant ce panorama.

« Par là ! » dit-elle, pointant un doigt sur sa gauche.

Tom changea de direction et se dirigea vers le champ. Une des chèvres avait ouvert une brèche dans une clôture provisoire en la rongeant, puis s'était sauvée, et Lucy voulait absolument aider à la retrouver.

Il n'y avait aucune trace de l'animal dans la baie. Elle ne pouvait pas être partie bien loin, pourtant.

« On va aller voir ailleurs », dit Tom.

Il se dirigea vers une partie plate du terrain et décrivit un cercle.

« On va où, maintenant, Lulu ? C'est toi qui choisis.

– Là-bas, tout en bas ! dit-elle en montrant à nouveau du doigt l'autre côté de l'île et ils reprirent leur chemin.

– Combien tu connais de mots qui ressemblent un peu à "chèvre" ?

– "Lèvres" !

– C'est bien. Un autre ? »

La fillette retenta sa chance.

« "Lèvres" ? »

Tom éclata de rire.

« Qu'est-ce que tu as quand tu es malade et que tu as très chaud ?

– Mal.

– Oui, mais comment ça s'appelle, quand tu es malade et que tu as chaud, tu as de la… ça commence par "fiè"…

– "Fièvre" ! »

Il lui chatouilla le ventre.

« Fièvre, lèvres, chèvre. À propos… regarde là-bas, Luce, près de la plage.

– La chèvre ! Allez, on y va, papa !

– Pas si vite, mon petit lapin. On lui ferait peur. On va agir calmement. »

Tom était si préoccupé qu'il remarqua à peine, au début, l'endroit que l'animal avait choisi pour brouter.

« Tu descends, ma chérie ? »

Il souleva Lucy bien haut au-dessus de ses épaules et la déposa sur l'herbe.

« Reste là bien sagement pendant que je vais chercher Flossie. Je vais attacher cette corde à son collier et elle va revenir bien gentiment. Calme, calme, Flossie. Allez, viens me voir, et pas de bêtises, surtout. »

La chèvre leva les yeux, et s'éloigna de quelques pas en trottinant.

« Ça suffit. Reste tranquille ! »

Tom attrapa l'animal par son collier et noua la corde.

« Voilà. C'est bon. Très bien, Lulu... »

Quand il se retourna, il sentit un fourmillement dans ses bras, une fraction de seconde avant que sa conscience en comprenne la raison. Lucy était assise sur un petit monticule où l'herbe était plus épaisse que sur la terre aplanie qui l'entourait. Habituellement, il évitait cette partie de l'île, qui lui semblait sombre et triste, aussi ensoleillée que fût la journée.

« Regarde, papa ! J'ai trouvé un siège, dit-elle, rayonnante.

– Lucy ! Descends de là tout de suite ! » cria-t-il instinctivement.

Lucy fit la moue et des larmes lui montèrent aux yeux sous le choc – on ne lui avait encore jamais crié dessus ainsi, elle se mit à brailler.

Il courut pour la prendre dans ses bras.

« Désolé, Lulu, je ne voulais pas te faire peur », dit-il, honteux de sa réaction.

Tout en s'efforçant de dissimuler son sentiment d'horreur, il s'éloigna vivement de quelques pas.

« Ce n'est pas un bon endroit pour s'asseoir, mon amour.

– Et pourquoi ? gémit-elle. C'est mon siège à moi. Il est magique.

– C'est juste que..., commença-t-il en enfouissant la tête de sa fille dans le creux de son cou. C'est juste que ce n'est pas un bon endroit pour s'asseoir, chérie. »

Il lui embrassa le sommet du crâne.

« Je suis vilaine, moi ? demanda Lucy, perplexe.

– Non, pas vilaine. Pas toi, Lulu », dit-il en lui embrassant la joue et en écartant les mèches blondes qui lui retombaient sur les yeux.

Comme il la tenait dans ses bras, pour la première fois depuis toutes ces années, il eut une conscience aiguë du fait que les mains qui touchaient l'enfant étaient aussi celles qui avaient creusé la tombe de son père. Les yeux clos, il se souvint de la sensation dans ses muscles, du poids de l'homme, et fit la comparaison avec celui de sa fille. C'est Lucy qui lui parut la plus lourde.

Il sentit qu'elle lui tapotait la joue.

« Papa ! Regarde-moi ! »

Il ouvrit les yeux et la regarda en silence. Enfin, après avoir pris une profonde inspiration, il dit :

« Il est temps de ramener Flossie à la maison. Et si tu tenais la longe ? »

Elle hocha la tête, il lui entoura la corde autour de la main et la cala sur sa hanche pour remonter la colline.

Cet après-midi-là, dans la cuisine, Lucy était sur le point d'escalader une chaise, quand elle se tourna vers Tom.

« Et là, c'est un bon endroit pour s'asseoir, papa ? »

Il ne leva pas les yeux de la poignée de porte qu'il était en train de réparer.

« Oui, c'est un bon endroit, Lulu. »

Lorsque Isabel s'approcha pour s'asseoir à côté d'elle, Lucy cria :

« Non ! Pas sur cette chaise, maman ! Ce n'est pas un bon endroit pour s'asseoir. »

Isabel se mit à rire.

« C'est toujours là que je m'assieds, chérie. Je trouve que c'est une très jolie chaise.

– Ce n'est pas un bon endroit. C'est papa qui dit ça !

– Mais de quoi parle-t-elle, papa ?

– Je t'expliquerai plus tard », fit-il en prenant son tournevis, espérant qu'Isabel n'y penserait plus.

Mais le soir même, après avoir bordé Lucy, elle revint à la charge.

« C'est quoi, ces histoires sur les bons et mauvais endroits pour s'asseoir ? Elle était encore toute chamboulée à propos de ça quand je me suis assise sur son lit pour lui lire une histoire. Elle m'a dit que tu allais être très en colère.

– Oh, c'est juste un jeu qu'elle a inventé. Demain, elle aura sans doute tout oublié. »

Lucy avait fait surgir le fantôme de Frank Roennfeldt, et le souvenir de ce visage hantait à présent Tom chaque fois qu'il regardait en direction des tombes.

« ... *quand tu deviendras père à ton tour.* » Il avait beaucoup pensé à la mère de Lucy, mais ce n'était que maintenant qu'il prenait la pleine mesure du sacrilège qu'il avait commis envers le père de la fillette. À cause de lui, cet homme n'avait pas eu de prêtre ou de pasteur pour accompagner son départ avec le rituel qui convenait ; il n'avait pas le droit de vivre, même en souvenir, dans le cœur de Lucy. Pendant un moment, quelques centimètres de sable avaient séparé Lucy de son véritable héritage – de Roennfeldt et des générations qui constituaient sa vraie famille. Tom frissonna en se disant que, pendant la guerre, il avait peut-être tué des parents de cet homme qui avait engendré Lucy. Soudain, les visages, bien vivants et accusateurs, des soldats ennemis qu'il avait tués surgirent de la tombe de la mémoire dans laquelle il les avait confinés.

Le lendemain matin, comme Isabel et Lucy s'en allaient ramasser les œufs, Tom entreprit de mettre de l'ordre dans le salon, rangea les crayons de Lucy dans une boîte à biscuits, et fit une pile de ses livres. Parmi ces derniers, il trouva le livre de prières que Ralph lui avait offert pour son baptême, et dont Isabel lui avait souvent fait la lecture. Il feuilleta les pages au papier duveteux, à la tranche dorée. Prières du matin, rituel de communion… En parcourant les psaumes, il tomba sur le numéro 37 : « *Ne t'irrite pas contre les méchants, n'envie pas ceux qui font le mal, car ils sont fauchés aussi vite que l'herbe, et ils se flétrissent comme le gazon vert.* »

Lucy, grimpée sur le dos d'Isabel, entra en riant.

« Mon Dieu, mais c'est tout propre ! De petites fées sont passées par là ? » demanda Isabel.

Tom ferma le livre et le reposa sur la pile.

« J'ai juste rangé un peu », dit-il.

*

Quelques semaines plus tard, Ralph et Tom étaient assis, le dos calé contre le mur de pierres de la remise, après avoir fini de décharger l'approvisionnement de septembre. Bluey réglait un problème avec la chaîne de l'ancre du bateau, et Isabel était à la cuisine avec Lucy, où elles confectionnaient des bonshommes de pain d'épice. La matinée avait été rude et les deux hommes partageaient une bouteille de bière sous le premier et timide soleil de printemps.

Cela faisait des semaines que Tom pensait à ce moment, se demandant comment il allait aborder le sujet. Il s'éclaircit la gorge.

« Est-ce que tu as déjà fait… quelque chose de mal, Ralph ? »

Le vieil homme lui lança un regard en coin.

« Et ça veut dire quoi, cette question bizarre ? »

Les mots sortirent maladroitement, malgré tout le soin que Tom avait mis à préparer cette conversation.

« Ce que je veux dire, enfin… c'est comment tu peux corriger quelque chose quand tu as vraiment foiré ? Comment tu répares, après ? »

Il avait les yeux rivés sur l'étiquette de la bouteille où était représenté un cygne noir et luttait pour garder son calme.

« Quand tu as fait quelque chose de grave. »

Ralph avala une gorgée de bière et regarda l'herbe tout en hochant la tête lentement.

« De quoi tu veux me parler ? C'est pas mes oignons, bien sûr… Je ne veux pas mettre mon nez dans tes affaires. »

Tom, parfaitement immobile, ressentait déjà dans son corps le soulagement qui suivrait, lorsqu'il aurait révélé la vérité concernant Lucy.

« Mon père, en mourant, m'a obligé à penser à toutes les mauvaises choses que j'ai faites au cours de ma vie, et à comment corriger tout ça avant ma propre mort. »

Il ouvrit la bouche pour continuer, mais l'image d'Isabel baignant leur fils mort-né le réduisit au silence, et il s'arrêta net.

« Je ne connaîtrai même jamais leurs noms… »

Il fut surpris de constater avec quelle vitesse son esprit avait pu s'emplir d'autres pensées, d'une autre culpabilité.

« Les noms de qui ? »

Tom hésita, en équilibre au bord d'un gouffre, se demandant s'il allait plonger. Il but un peu de bière.

« Des hommes que j'ai tués. »

Les mots étaient tombés, lourds et sourds.

Ralph pesa chaque mot de sa réponse.

« Tu sais bien comment c'est dans ces putains de guerres : tu tues pour ne pas être tué.

– Plus le temps passe, plus tout cela me semble insensé. »

Tom avait la sensation physique d'être pris au piège dans ce passé, prisonnier d'un vice qui enfonçait en lui chaque impression corporelle, chaque pensée coupable qui, avec les années, se ravivait. Il avait du mal à trouver son souffle. Ralph ne bougeait pas d'un poil, il attendait.

Tom, soudain pris de tremblements, se tourna vers lui.

« Mais bon sang, je veux juste faire ce qui est bien, Ralph ! Dis-moi ce que je dois faire, putain ! Je… Je ne supporte plus tout ça ! Je ne peux pas continuer ainsi. »

Il lança la bouteille qui se fracassa sur un rocher, tandis que ses paroles s'évanouissaient dans un sanglot.

Ralph l'entoura de son bras.

« Allez, allez, fiston. Faut te calmer, calme-toi. J'ai bourlingué un peu plus que toi. J'en ai vu de toutes les couleurs ; le bien et le mal, ça peut être comme deux foutus serpents : si emmêlés qu'on ne peut les différencier que lorsqu'on les a tués tous les deux et alors il est trop tard. »

Il regarda longuement Tom, avant d'ajouter :

« Moi, la question que je poserais, c'est en quoi le fait de remuer tout ça va arranger les choses. Tu ne peux plus rien y faire, maintenant. »

Les mots, dépourvus de tout jugement ou de toute animosité, s'enfoncèrent malgré tout comme un poignard dans les entrailles de Tom.

« Seigneur… le meilleur moyen de rendre un gars cinglé, c'est de lui faire revivre sa guerre jusqu'à ce qu'il comprenne. »

Ralph gratta un cal sur un de ses doigts.

« Si j'avais un fils, je serais fier s'il avait tourné à moitié aussi bien que toi. Tu es un brave garçon, Tom. Et un veinard, en plus, avec ta femme et ta fille. Maintenant, il faut que tu te concentres sur ce qui est le mieux pour ta famille. Le vieux barbu là-haut, Il t'a donné une seconde chance, alors, je me dis qu'Il n'a pas été trop choqué par ce que tu as fait ou pas fait là-bas. Raccroche-toi au présent. Arrange ce qui peut être arrangé aujourd'hui, et laisse filer les choses du passé. Laisse le reste aux anges, au diable ou à qui en a la charge. »

*

« Le sel. On ne se débarrasse jamais du sel. Il vous ronge comme un cancer si on n'y prend pas garde. »

C'était le lendemain du jour de sa conversation avec Ralph, et Tom marmonnait dans sa barbe. Lucy était assise à côté de lui dans le grand cocon de verre de la lentille, donnant à sa poupée de chiffon des bonbons imaginaires tandis qu'il astiquait les pièces de bronze à la peau de chamois. Elle leva vers lui ses yeux bleus radieux.

« Tu es aussi le papa de Dolly ? » demanda-t-elle.

Tom interrompit son travail.

« Je ne sais pas. Pourquoi tu ne lui demandes pas ? »

Elle se pencha vers la poupée pour lui murmurer quelque chose à l'oreille.

« Elle dit que non, tu es juste mon papa à moi. »

Le visage de Lucy avait perdu un peu de sa rondeur, et laissait entrevoir ce qu'il deviendrait dans le futur – encadré par des cheveux beaucoup plus blonds qu'ils ne l'avaient été au début, illuminé par des yeux pleins de curiosité, la peau pâle. Il se demanda si elle ressemblerait un jour à sa mère, ou à son père. Il repensa au visage de l'homme blond qu'il avait enterré. La terreur grimpa le long de sa colonne vertébrale comme il imaginait Lucy lui posant des questions de plus en plus délicates à mesure que les années passeraient. Il songea aussi au fait que, désormais, son propre visage reflétait par certains aspects celui de son père au même âge. La ressemblance finissait toujours par apparaître. Partageuse était une petite ville : là comme ailleurs, une mère pouvait très bien ne pas reconnaître son bébé, mais plus tard, qu'adviendrait-il ? Cette pensée le tenaillait. Il plongea le chiffon dans le pot de crème à polir et se remit à frotter, jusqu'à ce que des gouttes de sueur lui coulent au coin des yeux.

Ce soir-là, appuyé contre un des piliers de la véranda, Tom regardait le vent pousser le soleil vers la nuit. Il avait allumé le phare et la tour allait fonctionner jusqu'au lendemain matin. Il avait pensé et repensé au conseil de Ralph. *Arrange ce qui peut être arrangé aujourd'hui.*

« Ah, te voilà, chéri, dit Isabel. Elle s'est endormie. J'ai dû lui lire *Cendrillon* trois fois ! »

Elle entoura Tom de son bras et se lova contre lui.

« J'adore quand elle fait semblant de lire en tournant les pages. Elle connaît les histoires par cœur. »

Tom ne répondit pas, Isabel l'embrassa sous l'oreille.

« Et si on allait se coucher de bonne heure ? Je suis fatiguée, mais pas trop toutefois... »

Il regardait toujours au loin, vers l'eau.

« Elle est comment, Mme Roennfeldt ? »

Il fallut un moment à Isabel pour comprendre qu'il parlait de Hannah Potts.

« Mais pourquoi veux-tu savoir une chose pareille ?

– À ton avis ?

– Elle ne lui ressemble pas du tout ! Lucy est blonde et ses yeux sont bleus... elle doit tenir ça de son père.

– En tout cas, c'est sûr qu'elle ne tient pas ça de nous, dit-il en se tournant pour lui faire face. Izzy, il faut qu'on lui parle.

– À Lucy ? Mais elle est bien trop jeune pour...

– Non, à Hannah Roennfeldt. »

Isabel eut un air horrifié.

« Mais pourquoi ?

– Elle a le droit de savoir. »

Isabel frémit. Lors des heures les plus sombres, elle s'était demandé ce qui était pire : croire que votre fille est morte, ou bien apprendre qu'elle est vivante mais que vous ne la verrez plus jamais. Elle avait imaginé le calvaire d'Hannah.

Mais admettre rien qu'une seconde qu'elle était d'accord avec Tom serait fatal, elle le savait.

« Tom. On en a parlé je ne sais combien de fois. Tu n'as pas le droit de faire passer tes problèmes de conscience avant le bien-être de Lucy.

– Mes problèmes de conscience ? Mais pour l'amour de Dieu, Isabel, on ne parle pas d'une pièce de monnaie qu'on aurait barbotée dans la coupelle de la quête ! On parle de la vie d'une enfant ! Et de celle d'une femme, aussi. Chaque instant de notre bonheur lui est volé à elle. Et ça, c'est problématique, quelle que soit l'échappatoire que nous trouvions.

– Tom, tu es fatigué, tu es triste et perdu. Demain matin, tu verras les choses différemment. Mais je ne veux plus parler de ça ce soir. »

Elle lui toucha la main et lutta pour dissimuler le tremblement de sa voix.

« Nous… Nous ne vivons pas dans un monde parfait. Il faut bien s'en accommoder. »

Il la regarda fixement, gagné par l'impression que peut-être, elle n'existait pas. Peut-être rien de tout cela n'existait-il, car la distance entre eux semblait séparer deux réalités entièrement différentes, qui ne se rejoignaient plus.

*

Lucy aime tout particulièrement regarder les photographies d'elle bébé prises lors du séjour à Partageuse.

« C'est moi ! dit-elle à Tom, alors qu'elle est assise sur ses genoux et montre le cliché posé sur la table. Mais j'étais toute petite. Maintenant, je suis une grande fille.

– Mais certainement, ma chérie. Tu auras quatre ans à ton prochain anniversaire.

– Ça, dit-elle en pointant un doigt catégorique, c'est la maman de maman !

– C'est vrai, et la maman de maman, c'est grand-mère.

– Et là, c'est le papa de papa.

– Non, c'est le papa de maman. C'est grand-père. »

Lucy a l'air sceptique.

« Oui, je sais, c'est compliqué. Mais grand-père et grand-mère ne sont pas mon papa et ma maman.

– Et c'est qui, ton papa et ta maman ? »

Tom fit passer Lucy sur son autre genou.

« Ma maman et mon papa s'appelaient Eleonora et Edward.

– Et c'est aussi mon grand-père et ma grand-mère ? »

Tom éluda la question.

« Ils sont morts tous les deux, chérie.

– Ah, fit Lucy en hochant la tête d'un air sérieux, d'une façon qui fit suspecter à Tom qu'elle n'avait aucune idée de ce dont il parlait. Comme Flossie ? »

Tom avait oublié que la chèvre était tombée malade avant de mourir quelques semaines plus tôt.

« Eh bien oui, comme Flossie.

– Et pourquoi ils sont morts, ton papa et ta maman ?

– Parce qu'ils étaient vieux et malades. C'était il y a longtemps, ajouta-t-il.

– Et moi, je vais mourir ?

– Pas tant que je pourrai l'empêcher, Lulu. »

Mais ces derniers temps, chaque journée passée avec cette enfant semblait de plus en plus délicate. À mesure qu'elle apprenait à maîtriser le langage, elle devenait capable de sonder le monde autour d'elle, tissant son histoire personnelle. Tom était rongé par l'idée que sa connaissance de la vie et d'elle-même serait fondée sur un énorme mensonge, un mensonge qu'il avait contribué à élaborer.

*

Chaque centimètre carré de la salle de la lanterne resplendissait : Tom s'en était toujours occupé avec un soin méticuleux, mais dorénavant il menait une guerre sans merci contre chaque vis, chaque rivet ; tout devait reluire. Ces temps-ci, il sentait en permanence le Duraglit. Les prismes étincelaient et le faisceau brillait, sans la moindre particule de poussière. Chaque engrenage du mécanisme s'enclenchait avec fluidité. L'ensemble n'avait jamais tourné avec autant de précision.

On ne pouvait pas en dire autant de la maison.

« Tu ne pourrais pas mettre un peu d'enduit dans cette fissure ? demanda un jour Isabel alors qu'ils restaient assis dans la cuisine après le déjeuner.

– Je le ferai quand je serai prêt pour l'inspection.

– Mais ça fait des semaines que tu es prêt pour l'inspection… des mois, même. Ce n'est pas comme si nous allions avoir la visite du roi, pas vrai ?

– Je veux que tout soit impeccable, c'est tout. Je te l'ai dit, on a une chance pour le poste de Point Moore. On serait sur le continent, près de Geraldton. Près des gens. Et à des centaines de kilomètres de Partageuse.

– Dire qu'il y a eu une époque où tu ne voulais même pas entendre parler de quitter Janus.

– Comme quoi les choses peuvent changer.

– Ce ne sont pas les choses qui ont changé, Tom, dit-elle. C'est toi qui disais toujours que si un phare a l'air de se trouver dans un autre endroit, ce n'est pas le phare qui a bougé.

– Tu n'as qu'à te demander ce qui a bougé », dit-il en saisissant sa clé universelle avant de se diriger vers les remises, sans même se retourner.

Ce soir-là, Tom prit une bouteille de whisky et s'en alla regarder les étoiles près de la falaise. La brise jouait sur son visage tandis qu'il repérait les constellations et savourait la brûlure de la boisson. Il concentra son attention sur la rotation du faisceau et eut un petit rire amer à la pensée que cette pointe de lumière signifiait que l'île elle-même était toujours plongée dans le noir. Un phare, ça fonctionne pour les autres ; il est impuissant à éclairer l'espace le plus proche de lui.

CHAPITRE 21

La célébration à Point Partageuse, trois mois plus tard, fut grandiose, selon les critères du Sud-Ouest. Le directeur du Bureau de la marine marchande avait fait le voyage depuis Perth, en compagnie du gouverneur de l'État. Tous les notables de la ville étaient là – le maire, le capitaine du port, le pasteur, de même que trois des cinq derniers gardiens de phare. Ils s'étaient réunis pour commémorer le jour où celui de Janus avait été allumé pour la première fois, quarante ans plus tôt, en janvier 1890. L'occasion valut à la famille Sherbourne un bref congé spécial sur le continent.

Tom passa un doigt entre son cou et le col amidonné qui l'étranglait. « J'ai l'impression d'être une dinde de Noël ! » se plaignit-il à Ralph, alors qu'ils se tenaient tous deux derrière la scène, et qu'ils regardaient la salle de derrière les rideaux. Déjà installés sur les rangées de chaises alignées à la perfection sur la scène, se trouvaient des ingénieurs municipaux, des employés du port et du service des phares qui étaient associés à Janus depuis des années. Dehors, par les fenêtres ouvertes, la nuit d'été retentissait des chants des criquets. Isabel et ses parents étaient assis d'un côté du hall,

Bill Graysmark tenait Lucy sur un de ses genoux et la petite fille débitait des comptines.

« Allez, pense plutôt à la bière gratuite, fiston, murmura Ralph à Tom. Même Jock Johnson ne peut pas déblatérer trop longtemps ce soir... Ce genre de truc, ça doit le tuer. »

Il hocha la tête en direction de l'homme chauve en nage dans sa toge à col d'hermine barrée de l'écharpe de maire, qui faisait les cent pas, se préparant à s'adresser à l'assemblée dans la vieille salle municipale.

« Je te retrouve dans une minute, dit Tom. L'appel de la nature. »

Et il se dirigea vers les toilettes, au fond de la salle.

En revenant, il remarqua une femme qui semblait le regarder fixement.

Il s'assura que sa braguette était bien reboutonnée, puis regarda derrière lui, au cas où elle serait en fait en train d'observer quelqu'un d'autre. Mais elle continuait à le fixer. Elle s'approcha et s'adressa à lui.

« Vous ne vous souvenez pas de moi, c'est ça ? »

Tom la regarda une fois encore.

« Désolé, je crois que vous vous trompez de personne.

– C'était il y a longtemps », dit-elle en rougissant.

À cet instant, quelque chose dans son expression changea, et il reconnut le visage de la jeune fille du bateau, lors de son premier voyage vers Point Partageuse. Elle avait vieilli, elle était maigre, maintenant, et des cernes étaient apparues sous ses yeux. Il se demanda si elle n'était pas atteinte d'une maladie quelconque. Il se souvint d'elle, dans sa chemise de nuit, les yeux écarquillés par la peur, coincée contre le mur par un fou pris de boisson. Ce souvenir appartenait à un homme différent, à une existence différente. Une ou deux fois, au fil des années, il s'était demandé ce qu'elle était devenue. Il n'avait jamais pris la peine de parler de cet incident à qui que ce fût, pas même à Isabel, et son instinct lui dictait qu'il était désormais trop tard pour le faire.

« Je voulais juste vous dire merci, commença la femme, mais elle fut interrompue par une voix qui invitait les gens à rentrer dans la salle. Ça va commencer. Nous ferions mieux d'y aller.

– Excusez-moi, dit Tom. J'ai bien peur d'être obligé de monter sur la scène. Peut-être nous reverrons-nous tout à l'heure ? »

Dès qu'il eut rejoint sa place, les choses se mirent en branle. Il y eut des discours, quelques anecdotes racontées par les gardiens de phare les plus âgés ; on dévoila la maquette de la structure originale.

« Cette maquette, annonça fièrement le maire, a été financée par notre bienfaiteur local, M. Septimus Potts. Je suis ravi que lui et ses deux charmantes filles, Hannah et Gwen, participent à notre petite réunion de ce soir, et je vais vous demander de les remercier comme il se doit. »

Il désigna d'un geste un homme âgé assis entre deux femmes, dont la première, Tom s'en rendit compte avec un haut-le-cœur, était la fille du bateau qui l'avait amené à Point Partageuse, il y avait des années de cela. Il jeta un coup d'œil à Isabel, qui arborait un sourire figé tout en applaudissant avec le reste du public.

Le maire poursuivit son discours.

« Et bien sûr, mesdames et messieurs, nous avons parmi nous ce soir l'actuel gardien du phare de Janus, M. Thomas Sherbourne. Je suis sûr que Tom serait ravi de nous dire quelques mots sur la vie à Janus aujourd'hui. »

Il se tourna vers lui et lui fit signe de monter sur l'estrade.

Tom était pétrifié. Personne n'avait parlé d'un discours. Il était encore tout étourdi après avoir compris qu'il venait de rencontrer Hannah Roennfeldt. Le public applaudit une fois de plus et le maire lui fit un autre signe, de manière plus pressante, cette fois.

« Allez, debout, mon vieux ! »

L'espace d'une seconde, il se demanda si tout, depuis le jour où le dinghy avait été rejeté sur la côte, ne pouvait pas tout simplement être un terrible et miséricordieux cauchemar. Mais, dans le public, il voyait Isabel, les Potts et Bluey, qui appartenaient à une réalité oppressante à laquelle il était impossible d'échapper. Le cœur battant, il se leva et s'avança vers le pupitre comme on monte à l'échafaud.

« Pour sûr, commença-t-il, ce qui déclencha des rires dans le public, je ne m'attendais pas à ça. »

Il essuya les paumes de ses mains contre son pantalon et s'agrippa au pupitre pour ne pas tomber.

« La vie à Janus, aujourd'hui... »

Il se tut, perdu dans ses pensées, et reprit :

« La vie à Janus, aujourd'hui... »

Comment expliquer l'isolement ? Comment faire connaître à ces gens le monde de Janus, aussi éloigné de leur expérience qu'une autre galaxie ? La bulle de Janus avait explosé comme du verre : il était là, devant cette foule, dans ce décor ordinaire, réel. En présence d'Hannah Roennfeldt. Il y eut un long silence. Quelques-uns s'éclaircirent la gorge, d'autres se trémoussèrent sur leurs sièges.

« Le phare de Janus a été conçu par des gens assez malins, dit-il. Et construit par des gens plutôt courageux. Je veux juste leur rendre justice. En faisant fonctionner ce phare. »

Il chercha ensuite à se réfugier dans les domaines technique et pratique, dont il pouvait parler sans avoir besoin de réfléchir.

« Les gens s'imaginent que le foyer qui génère la lumière doit être énorme, mais ce n'est pas le cas... La luminescence vient en fait d'une flamme de vapeur d'huile qui brûle dans un manchon incandescent. Elle est ensuite magnifiée et dirigée par un ensemble de prismes de verre géants, hauts de plus de trois mètres, qu'on appelle "lentille de Fresnel premier ordre", et qui courbe la lumière en un faisceau si intense qu'on peut le voir à plus de quarante-cinq kilomètres de distance. C'est étonnant de se dire qu'une toute petite chose peut devenir si forte qu'elle en devient visible à des kilomètres à la ronde… Mon travail… Mon travail consiste à la garder propre. Et à la maintenir en état de marche. C'est comme vivre dans un monde différent, quand on est là-bas, et dans un temps différent, aussi : rien ne change, à part les saisons. Il y a des douzaines de phares tout le long des côtes australiennes, et donc plein de gars comme moi, qui essaient de garantir la sécurité des bateaux, de maintenir les phares allumés pour tous ceux qui en auraient besoin, même si, la plupart du temps, on ne les voit jamais et on ne sait pas qui ils sont. Je ne vois pas trop quoi dire d'autre. Sauf qu'on ne sait en aucun cas ce que la marée peut nous apporter d'un jour à l'autre… Tout ce que deux grands océans peuvent nous envoyer. »

Il vit que le maire regardait l'heure à sa montre de gousset.

« Eh bien, je crois avoir accaparé votre attention trop longtemps. Il est l'heure de prendre un verre. Merci », conclut-il en se retournant brusquement pour aller se rasseoir, sous les applaudissements modérés d'un public perplexe.

« Tout va bien, mon vieux ? lui demanda Ralph à voix basse. Tu es un peu verdâtre.

– Je n'aime pas trop ce genre de surprise », fut la seule réponse que Tom lui fournit.

Mme le capitaine Hasluck raffolait des fêtes. Son penchant étant rarement satisfait à Partageuse, elle était donc transportée de joie ce soir-là. Elle adorait remplir sa fonction d'épouse du capitaine du port, qui consistait en l'occurrence à encourager les invités à frayer ensemble, surtout dans la mesure où d'illustres visiteurs étaient venus de Perth. Elle se faufilait de-ci, de-là, présentait les gens les uns aux autres, leur rappelant des personnes et choses qu'ils avaient en commun. Elle surveillait consciencieusement la quantité de sherry ingurgitée par le révérend Norkells, s'entretenait avec la femme du commissaire de police sur la difficulté du nettoyage de la tresse dorée des uniformes. Elle parvint même à convaincre le vieux Neville Whittnish de raconter l'histoire du jour où il avait sauvé l'équipage d'un schooner dont la cargaison de rhum avait pris feu près de Janus en 1899.

« Bien sûr, c'était avant la déclaration de la Fédération, dit-il. Et bien longtemps aussi avant que le Commonwealth ne mette la main sur les phares en 1915. Bien plus de paperasserie, après ça. »

La femme du gouverneur de l'État hocha la tête docilement et se demanda s'il savait qu'il avait des pellicules.

Mme le capitaine se mit en quête de sa tâche suivante, et vit rapidement une occasion s'offrir à elle.

« Isabel ! Ma chère ! dit-elle en lui posant une main sur le coude. Quel discours intéressant Tom nous a offert ! »

Elle roucoula quelques mots à Lucy, perchée sur la hanche de la jeune femme.

« Mais vous veillez fort tard, ce soir, jeune fille. J'espère que vous êtes bien sage avec maman. »

Isabel sourit.

« Comme une image. »

Mme Hasluck tendit habilement le bras pour attraper celui d'une femme qui passait là.

« Gwen, dit-elle, vous connaissez Isabel Sherbourne, n'est-ce pas ? »

Gwen Potts hésita un instant. Elle et sa sœur avaient quelques années de plus qu'Isabel et, ayant été pensionnaires à Perth, elles ne la connaissaient pas vraiment. Mme le capitaine remarqua son hésitation.

« Graysmark, plutôt, vous la connaissez sous le nom d'Isabel Graysmark, dit-elle.

– Oui… eh bien, je sais qui vous êtes, bien sûr, fit-elle avec un sourire poli. Votre père est le directeur de l'école.

– Tout à fait », dit Isabel, tandis que la nausée s'insinuait dans son ventre.

Elle regarda autour d'elle, comme pour trouver une échappatoire.

Mme le capitaine commençait à regretter son initiative. Les filles Potts n'avaient jamais vraiment frayé avec les gens du coin. Et puis, il y avait aussi cette histoire de la sœur avec cet Allemand… Mon Dieu, mon Dieu… Elle réfléchissait à la façon de se tirer de ce mauvais pas, lorsque Gwen fit un geste en direction d'Hannah, qui se tenait à quelques mètres de là.

« Hannah, savais-tu que ce M. Sherbourne qui vient de nous offrir ce discours est l'époux d'Isabel Graysmark ? Tu sais, la fille du directeur de l'école.

– Non, je l'ignorais », répondit Hannah, dont les pensées semblaient occupées ailleurs.

Isabel se figea, incapable de parler, quand elle vit le visage décharné d'Hannah se tourner lentement vers elle. Elle serra Lucy plus fort et se concentra de toutes ses forces pour trouver un mot à dire, en vain.

« Comment s'appelle votre petite ? demanda Gwen avec un sourire.

– Lucy. »

Il fallut un effort surhumain à Isabel pour ne pas quitter la pièce ventre à terre.

« C'est un très joli nom, dit Gwen.

– Lucy », répéta Hannah, comme si elle prononçait un mot d'une langue étrangère.

Elle regardait l'enfant avec une profonde attention et tendit la main pour lui toucher le bras.

Isabel tressaillit de terreur en découvrant l'expression dans les yeux d'Hannah.

Lucy semblait hypnotisée par le contact de cette femme. Elle étudia ses yeux sombres, sans sourire ni froncer les sourcils, comme si elle se concentrait sur un puzzle.

« Maman », dit-elle, ce qui fit trembler les deux femmes.

Lucy se tourna vers Isabel.

« Maman, répéta-t-elle. J'ai envie de dormir. »

L'enfant se frotta les yeux.

L'espace d'un très court instant, Isabel éprouva l'envie de tendre l'enfant à Hannah. C'était elle, sa mère. Elle en avait le droit. Mais elle se reprit. Non, elle y avait pensé tant de fois… Hors de question de revenir en arrière. Quelles que fussent les intentions de Dieu, Isabel devait s'en tenir à son plan, et suivre Sa volonté. Elle chercha quelque chose à dire.

« Mais regardez ! dit Mme Hasluck en voyant Tom s'approcher. Voilà l'homme du jour. »

Elle l'attira vers elle tout en s'avançant en direction d'un autre groupe. Tom voulait retrouver Isabel et s'en aller, tandis que les invités convergeaient autour des tables montées sur tréteaux et chargées de pâtés à la saucisse et de sandwichs. Quand il reconnut les personnes avec lesquelles Isabel conversait, son cœur battit plus vite.

« Tom, voici Hannah et Gwen Potts », dit Isabel en tentant de sourire.

Tom demeurait figé, tandis que sa femme, Lucy toujours accrochée à sa hanche, lui posait la main sur le bras.

« Bonsoir, dit Gwen.

– Une fois encore, ravie de faire votre connaissance, et de façon plus conventionnelle, cette fois », dit Hannah, détachant enfin son regard de l'enfant.

Tom ne trouvait plus ses mots.

« Plus conventionnelle ? s'enquit Gwen.

– Nous nous sommes déjà rencontrés, il y a des années de cela, même si nous n'avons pas eu l'occasion de nous présenter dans les formes. »

Les yeux d'Isabel passaient successivement d'Hannah à Tom.

« Votre mari s'est montré très galant. Il m'a sauvée d'un homme qui… Eh bien, qui m'importunait. Sur un bateau venant de Sydney. »

Puis elle répondit à la question silencieuse de sa sœur.

« Je te raconterai cela plus tard. C'est très vieux, tout ça, maintenant. Je ne savais absolument pas que vous étiez à Janus », dit-elle à Tom.

Un silence pesant s'abattit sur eux, qui se tenaient tous à quelques centimètres les uns des autres.

« Papa », dit Lucy en tendant les bras vers lui.

Isabel résista, mais l'enfant passa les bras autour du cou de Tom qui la laissa grimper sur lui et poser la tête contre sa poitrine, à l'écoute des battements saccadés du cœur de son père.

Tom allait saisir l'occasion de se sauver quand Hannah lui toucha le coude.

« J'ai bien aimé ce que vous avez dit, à propos, sur le phare qui est là pour tous ceux qui en ont besoin. »

Elle prit un moment pour choisir ses mots.

« Pourrais-je vous demander quelque chose, monsieur Sherbourne ? »

La question le glaça de terreur, mais il réussit malgré tout à répondre.

« Quoi donc ?

– Cela peut vous paraître une question étrange, mais arrive-t-il que des bateaux sauvent des gens en mer ? Avez-vous déjà entendu parler de ça ? De survivants emportés de l'autre côté du monde, peut-être ? Je me demandais juste si vous aviez déjà entendu des histoires de ce genre… »

Tom s'éclaircit la gorge.

« Avec l'océan, tout est possible, je crois. Vraiment tout.

– Je vois… Merci. »

Hannah inspira profondément et regarda à nouveau Lucy.

« J'ai suivi votre conseil, ajouta-t-elle. Pour cet homme, à bord du bateau. Comme vous me l'aviez dit, il avait déjà assez de problèmes. »

Elle se tourna vers sa sœur.

« Gwen, je crois que je préférerais rentrer à la maison. Je ne suis pas vraiment faite pour ce genre de soirée. Tu diras au revoir à papa pour moi ? Je ne voudrais pas l'interrompre. Excusez-moi », ajouta-t-elle à l'adresse de Tom et d'Isabel.

Elle allait partir quand Lucy lâcha un « Ta-ta » ensommeillé accompagné d'un signe de la main. Hannah tenta un sourire en lui répondant : « Ta-ta. »

« Vous avez une fille adorable, dit-elle, les yeux mouillés de larmes. Excusez-moi. »

Elle se précipita vers la porte.

« Je suis vraiment désolée, dit Gwen. Hannah a vécu une terrible tragédie, il y a quelques années. Sa famille a disparu en mer… son mari, et sa fille qui aurait maintenant à peu près l'âge de la vôtre. Elle pose toujours ce genre de question. Quand elle voit de jeunes enfants, elle ne peut se contenir.

– C'est vraiment terrible, réussit à dire Isabel.

– Je vais aller la réconforter. »

Une fois Gwen partie, la mère d'Isabel se joignit à eux.

« Alors, tu es fière de ton papa, Lucy ? C'est vraiment quelqu'un, pour faire des discours comme ça, non ? Je la ramène à la maison ? demanda-t-elle en se tournant vers Isabel. Tom et toi, profitez de la fête. Ça doit faire des années que vous n'êtes pas allés à un bal. »

Isabel se tourna vers Tom pour observer sa réaction.

« J'ai promis à Ralph et à Bluey de boire une bière avec eux. Tout ça, ce n'est pas mon truc. »

Sans même un regard pour sa femme, il sortit dans la nuit.

*

Plus tard, ce soir-là, Isabel scruta le miroir quand elle se nettoya le visage et, l'espace d'un instant, ce fut celui d'Hannah qu'elle entrevit, marqué par le chagrin. Elle se passa de l'eau sur la peau, pour évacuer cette image insupportable, en vain. Elle ne pouvait non plus dompter la peur sourde qu'elle avait ressentie en apprenant que Tom l'avait déjà rencontrée. Elle n'aurait su dire pourquoi cela aggravait la situation, mais étrangement, elle avait l'impression que la terre ferme s'était imperceptiblement dérobée sous ses pieds.

Entrevoir les ténèbres dans les yeux d'Hannah Roennfeldt lui avait causé un choc terrible. Ressentir, presque physiquement, le désespoir qui flottait autour d'elle. Mais en même temps, elle avait entrevu la possibilité de perdre Lucy. Les muscles de ses bras se raidirent, comme pour s'accrocher à l'enfant.

« Mon Dieu, pria-t-elle, mon Dieu, apportez la paix à Hannah Roennfeldt. Et laissez-moi ma Lucy. »

Tom n'était toujours pas rentré à la maison. Elle alla dans la chambre de Lucy voir si tout allait bien. Elle prit délicatement le livre d'images que l'enfant, endormie, tenait encore dans ses mains et le posa sur la commode. « Bonne nuit, mon ange », murmura-t-elle en l'embrassant. Tout en lui caressant les cheveux, elle se surprit à comparer la forme du visage de Lucy avec la vision d'Hannah, en quête d'un détail dans la courbe du menton ou l'arc d'un sourcil.

CHAPITRE 22

« MAMAN, ON PEUT AVOIR UN CHAT ? » demanda Lucy le lendemain matin en suivant Isabel dans la cuisine des Graysmark.

L'enfant était fascinée par la créature orange exotique répondant au nom de Tabatha Tabby qui patrouillait à travers la maison. Elle avait vu des chats dans des livres de contes, mais celui-ci était le seul qu'elle eût jamais touché.

Isabel lui répondit distraitement.

« Tu sais, je ne crois pas qu'un chat serait très heureux à Janus, chérie. Il n'aurait pas d'amis avec lesquels jouer.

– Papa, s'il te plaît, on peut avoir un chat ? » demanda l'enfant sans perdre une seconde, ignorant la tension qui régnait dans l'air.

Tom était rentré après qu'Isabel s'était endormie, et s'était levé avant tout le monde. Assis à la table, il feuilletait un exemplaire du *West Australian* qui datait d'une semaine.

« Lulu, tu n'as qu'à emmener Tabatha dans le jardin, et vous inventer une aventure… comme une chasse aux souris », dit-il.

Elle attrapa l'animal complaisant sous le ventre et se dirigea d'un pas peu assuré vers la porte.

Tom se tourna vers sa femme.

« Combien de temps encore, Izz ? Combien de temps, bon sang !

– Quoi ?

– Combien de temps on va tenir ainsi ? Vivre chaque jour avec ça ? Tu savais déjà que la pauvre femme avait perdu la tête à cause de nous. Maintenant, tu as pu t'en rendre compte par toi-même !

– Tom, on ne peut rien y faire. Je le sais et tu le sais aussi. »

Mais le visage d'Hannah s'imposa à elle, sa voix aussi. Comme Tom serrait les mâchoires, elle chercha un moyen de l'apaiser.

« Peut-être, tenta-t-elle, peut-être… quand Lucy sera plus grande, peut-être alors pourra-t-on le dire à Hannah, lorsque ce sera moins destructeur… Mais pas avant des années, Tom, des années. »

Abasourdi par la concession autant que par son incohérence, Tom la pressa davantage.

« Mais Isabel, des années pour attendre quoi ? C'est impossible ! Imagine un peu la vie de cette femme ! Et en plus tu la connaissais ! »

La peur s'éveilla pour de bon dans le cœur d'Isabel.

« Et toi aussi, apparemment, Tom Sherbourne. Mais tu t'es bien gardé de m'en parler, pas vrai ? »

Tom fut pris de court par la contre-attaque.

« Je ne la connais pas. Je l'ai rencontrée par hasard. Une fois.

– Quand ?

– Sur le bateau en venant de Sydney.

– Et tu l'as sauvée, c'est ça ? Pourquoi tu ne m'en as jamais parlé ? Qu'est-ce qu'elle entendait par “votre mari s'est montré très galant” ? Qu'est-ce que tu me caches ?

– Qu'est-ce que moi, je cache ? Elle est raide, celle-là !

– Je ne connais rien de ta vie ! Quels sont tes autres secrets, Tom ? Combien d'autres aventures romantiques sur des bateaux ? »

Tom se leva.

« Arrête ça ! Arrête ça tout de suite, Isabel ! Tu délires comme une malade sur Hannah Roennfeldt pour changer de sujet, parce que tu sais très bien que je suis dans le vrai. Que je l'aie déjà rencontrée ou pas ne change rien à l'affaire. »

Il tenta de ramener Isabel à la raison.

« Izz, tu as vu ce qu'elle est devenue. C'est notre œuvre, dit-il en se détournant d'elle. J'ai vu des tas de choses… j'ai vu des tas de choses durant la guerre, Izz. Des choses que je ne t'ai jamais racontées et que je ne te raconterai jamais. Seigneur, et j'ai fait des choses, aussi… »

Il avait les poings et les mâchoires serrés.

« Je me suis juré que je ne ferais plus jamais souffrir quelqu'un après ça, pas si j'avais le choix de faire autrement, en tout cas. Pourquoi crois-tu que je sois devenu gardien de phare ? Je pensais que je pouvais peut-être faire un peu de bien, sauver de pauvres diables d'un éventuel naufrage. Et maintenant, regarde dans quoi je me suis fourré. Je ne voudrais même pas qu'un chien subisse ce qu'Hannah Roennfeldt vit en ce moment ! »

Il chercha ses mots.

« J'ai appris en France que tu es sacrément chanceux si tu as de quoi bouffer et des dents pour le faire, dit-il en se raidissant devant les images qui envahissaient son esprit. Alors, quand je t'ai rencontrée et que tu as bien voulu me prêter attention, je me suis cru au paradis, bon sang ! »

Il marqua une pause.

« Que sommes-nous, Izzy ? À quoi croyons-nous jouer, bon sang ? J'ai juré que je te soutiendrais jusqu'au bout, Isabel, jusqu'au bout ! Eh bien, tout ce que je peux te dire, c'est que je crois qu'on y arrive, à ce foutu bout, justement », dit-il, avant de s'éloigner à grandes enjambées dans le couloir.

La fillette se tenait sur le seuil, à l'arrière de la maison, elle écoutait la fin de la discussion, tétanisée. Elle n'avait jamais entendu autant de mots sortir de la bouche de son père, elle ne l'avait jamais entendu crier si fort. Elle ne l'avait jamais vu pleurer.

*

« Elle a disparu ! »

Ces paroles d'Isabel accueillirent Tom comme il rentrait chez les Graysmark cet après-midi-là, en compagnie de Bluey.

« Lucy ! Je l'ai laissée jouer dehors avec le chat pendant que je faisais les bagages.

– Calme-toi ! Calme-toi, Izz, dit-il en posant les mains sur ses bras. Reprenons calmement. Quand l'as-tu vue pour la dernière fois ?

– Il y a une heure, deux tout au plus.

– Quand t'es-tu rendu compte qu'elle avait disparu ?

– À l'instant. Papa est parti à sa recherche, jusque dans les buissons, par-derrière. »

Partageuse était abondamment bordé de buissons indigènes sur ses franges et, au-delà des pelouses nettes et bien entretenues des Graysmark, s'étendaient des hectares de broussailles qui menaient à la forêt.

« Tom ! Dieu merci, tu es de retour, s'écria Violet qui arrivait à grands pas sur la véranda. Je suis vraiment navrée… C'est entièrement ma faute. J'aurais dû mieux la surveiller ! Bill est parti à sa recherche sur l'ancienne piste des bûcherons…

– Y aurait-il d'autres endroits où elle aurait pu aller ? demanda Tom, dont les réflexes pratiques et méthodiques prenaient le dessus. Un endroit sur lequel vous lui auriez raconté des histoires, vous ou Bill ?

– Elle pourrait être n'importe où, dit Violet en secouant la tête.

– Mais Tom, il y a des serpents. Et des araignées, des veuves noires. Mon Dieu ! » implora Isabel.

Bluey prit la parole :

« Moi, je passais toutes mes journées dans ces broussailles quand j'étais petit, madame S. Ne vous faites pas de soucis pour Lucy. On va la retrouver, aucun doute là-dessus. Viens, Tom.

– Izz, Bluey et moi on va fouiller les broussailles. Toi, tu regardes une fois encore dans le jardin et devant la maison. Violet, vous revérifiez ici… tous les placards et sous les lits. Partout où elle aurait pu suivre le chat. Si on ne la retrouve pas dans l'heure qui suit, il faudra aller voir la police pour qu'ils fassent intervenir les pisteurs indigènes. »

Isabel lui lança un coup d'œil inquiet quand il mentionna la police.

« Mais ça n'ira pas jusque-là, dit Bluey. On va la retrouver vite fait, bien fait, madame S., vous allez voir. »

Ce ne fut qu'une fois hors de portée des oreilles des femmes que Bluey s'adressa à Tom.

« Il faut espérer qu'elle ait fait du bruit en avançant. Les serpents dorment le jour. Ils s'écartent de votre chemin s'ils vous entendent arriver. Mais s'ils sont surpris… Elle s'est déjà sauvée comme ça ?

– Elle n'en a jamais eu la moindre occasion, répondit Tom sèchement. Désolé, Bluey, je ne voulais pas… C'est juste qu'elle n'a jamais pu apprendre à estimer les distances. Sur Janus, tout est toujours à proximité de la maison. »

Ils poursuivirent, tout en appelant l'enfant et en guettant vainement une réponse. Ils remontaient un sentier, pratiquement recouvert de végétation de la taille d'un adulte, mais que la taille de Lucy lui aurait permis de traverser sans mal.

Après environ quinze minutes de marche, le chemin s'ouvrit sur une clairière avant de se séparer en deux.

« Il y a des flopées de pistes comme ça, dit Bluey. Ils traçaient une route, dans le temps, lorsqu'ils partaient en éclaireurs à la recherche d'un bon coin pour le bois. Il y a toujours çà et là des trous d'eau, il faut faire attention. Ils sont généralement recouverts », ajouta-t-il en faisant référence aux puits creusés pour atteindre les nappes d'eau souterraines.

L'enfant du phare n'est pas très peureuse. Elle sait qu'il ne faut pas s'approcher trop près du bord des falaises. Elle comprend que les araignées peuvent mordre et qu'on doit les éviter. Elle sait aussi qu'il ne faut pas aller nager si sa maman ou son papa ne sont pas à côté d'elle. Dans l'eau, elle sait faire la différence entre l'aileron d'un gentil dauphin, qui monte et qui descend, de celui d'un requin, qui reste au-dessus de la surface quand il fend l'eau. À Partageuse, si elle tire la queue du chat, il pourrait bien la griffer. Ce sont là les seuls dangers qu'elle connaît.

C'est pourquoi, alors qu'elle suit Tabatha Tabby en dehors des limites du jardin, elle n'a pas conscience qu'elle pourrait se perdre. Au bout d'un moment, elle ne voit plus le chat, mais il est trop tard – elle est trop loin pour pouvoir simplement revenir sur ses pas, et plus elle essaie de rebrousser chemin, plus elle s'égare.

Elle finit par déboucher sur une clairière et s'assied à côté d'un tronc d'arbre abattu. Elle étudie l'endroit qui l'entoure. Il y a des fourmis soldats qu'elle sait devoir éviter et elle s'assure de rester à bonne distance de la piste qu'elles sont en train de tracer. Elle n'est pas inquiète. Son papa et sa maman vont la retrouver.

Elle dessine avec une brindille sur le sol sablonneux et aperçoit une étrange créature, plus longue que son doigt, qui s'approche en sortant de sous le tronc. Cela ne ressemble à rien qu'elle ait jamais vu : un corps en longueur, des pattes comme celles d'un insecte ou d'une araignée, mais deux grosses pattes avant qui ressemblent à celles de ces crabes que son papa attrape parfois à Janus. Fascinée, elle la touche avec sa brindille, et la queue de la créature s'enroule vivement pour former un arc magnifique et pointer vers sa tête. À ce moment-là, une autre créature surgit, à quelques centimètres de la première.

Elle est captivée par la façon qu'ont les bestioles de suivre la brindille et de tenter de l'attraper avec leurs pinces de crabe. Une troisième sort de sous le tronc.

Comme ils arrivent à la clairière, Tom sursaute. Il aperçoit un petit pied chaussé dépassant de derrière une souche.

« Lucy ! »

Il court jusqu'au tronc d'arbre, là où se trouve la petite fille, occupée à jouer avec une brindille. Son sang se fige lorsqu'il distingue un scorpion au bout du bâton.

« Mon Dieu ! Lucy ! »

Il l'attrape sous les bras et la soulève bien haut tout en jetant le scorpion au sol avant de l'écraser sous son pied.

« Mais bon sang, Lucy ! Qu'est-ce que tu fabriques ? crie-t-il.

– Papa ! Mais tu l'as tué !

– Lucy ! Cet animal est dangereux. Il t'a piquée ?

– Non. Il m'aime bien. Et regarde ! dit-elle en ouvrant la large poche de son sarrau. J'en ai un autre pour toi !

– Ne bouge surtout pas ! » dit-il en tâchant de conserver son calme et en la reposant au sol.

Il enfonce la brindille dans la poche jusqu'à ce que le scorpion s'y agrippe, puis il le tire lentement avant de le lancer au loin.

Il inspecte les bras et les jambes de la fillette à la recherche d'éventuelles piqûres.

« Tu es bien sûre qu'il ne t'a pas touchée ? Tu as mal quelque part ? »

Elle secoue la tête.

« Je suis partie à l'aventure.

– Oui, ça tu peux le dire, tu es partie à l'aventure.

– Regarde encore, dit Bluey. Les marques de piqûre ne sont pas toujours faciles à repérer. Mais elle n'a pas l'air somnolente. C'est bon signe.

– Lucy chérie, expliqua Tom d'un ton posé, il n'y a pas de scorpions à Janus, mais ils sont dangereux. Tu ne dois jamais les toucher, ajouta-t-il en la prenant dans ses bras. Mais où étais-tu donc allée ?

– J'ai joué avec Tabatha. Comme tu m'as dit. »

Tom eut un coup au cœur en se souvenant de l'instruction qu'il lui avait donnée le matin même.

« Allez, viens, ma chérie. On va aller voir maman. »

Le mot sembla prendre une nouvelle signification dans la bouche de Tom, toujours hanté par les événements de la veille au soir.

Isabel se précipita hors de la galerie pour les accueillir à l'entrée du jardin. Elle prit Lucy contre elle et sanglota de soulagement.

« Dieu merci, dit Bill, qui se tenait à côté de Violet, et qui lui entoura les épaules de son bras. Que le Seigneur tout-puissant soit loué ! Et merci à toi aussi, Bluey. Tu as sauvé nos vies. »

Hannah Roennfeldt disparut des pensées d'Isabel cet après-midi-là, et Tom comprit qu'il ne pourrait pas revenir sur le sujet avant un certain temps. Mais il était hanté par le visage d'Hannah. La silhouette abstraite de la véritable mère de Lucy était maintenant une femme bien réelle qui endurait un calvaire par sa faute. Les joues émaciées, les yeux creusés, les ongles rongés s'imprimaient clairement dans sa conscience. Le plus difficile à supporter était le respect qu'elle lui avait témoigné, sa confiance.

Souvent, Tom s'étonnait de la capacité d'Isabel à ignorer les tourments auxquels lui ne pouvait échapper.

Ralph et Bluey quittèrent Janus le lendemain, ayant rendu la famille au phare.

« Bon sang, il y avait comme un froid entre eux, tu n'as pas trouvé ?

– Un conseil gratuit, Blue… n'essaie jamais de deviner ce qui se passe dans la vie des gens.

– Oui, je sais, mais quand même, on aurait pu penser qu'ils seraient soulagés que rien ne soit arrivé à Lucy hier. Et Isabel a réagi comme si c'était la faute de Tom si elle s'était sauvée.

– Ne te mêle pas de ça, mon garçon. Allez, il est l'heure que tu nous fasses un peu de thé. »

CHAPITRE 23

C'ÉTAIT LÀ UN DES MYSTÈRES du Great Southern District, ce qui avait pu arriver à la petite Grace Roennfeldt et à son père. Certains y voyaient la preuve qu'on ne pouvait pas faire confiance à un Boche : c'était un espion et il avait fini par être rappelé en Allemagne après la guerre. Qu'il fût autrichien ne faisait toujours aucune différence. D'autres, fins connaisseurs des océans, n'étaient pas étonnés le moins du monde de leur disparition : « Enfin, qu'est-ce qu'il croyait en se lançant comme ça dans ces eaux-là ? Il ne devait pas avoir le gaz à tous les étages, ce gars-là. Il n'a pas tenu cinq minutes. » L'idée générale étant que, d'une certaine façon, Dieu exprimait Sa désapprobation pour l'époux qu'avait choisi Hannah. C'était bien beau de pardonner, mais il ne fallait quand même pas oublier ce que ces gens-là avaient fait…

La récompense du vieux Potts finit par devenir légendaire. Au fil des ans, elle attira des gens des Goldfields, au nord, et même d'Adélaïde, qui voyaient là une occasion de faire fortune en proposant un bout de bois flotté et une théorie. Les premiers mois, Hannah écouta avec grande attention chaque récit qui lui était fait à propos d'un cri de bébé entendu de la côte lors de cette nuit tragique.

Mais, avec le temps, même son cœur finit par percevoir les incohérences de ces histoires. Lorsqu'elle se rendait compte que la robe de bébé qui avait été « découverte » sur la côte n'était pas celle que Grace portait ce jour-là, le chercheur de récompense la pressait : « Mais réfléchissez un peu ! Vous êtes submergée de chagrin. Comment pourriez-vous vous souvenir de ce que portait cette pauvre enfant ? » Ou alors : « Vous savez que vous dormiriez mieux si vous acceptiez l'évidence, madame Roennfeldt ? » Puis l'homme lançait quelque remarque acerbe pendant que Gwen le reconduisait à la porte en le remerciant pour sa peine avec une poignée de shillings.

*

Ce mois de janvier, le stephanotis était à nouveau en fleurs et son parfum voluptueux flottait dans l'air, mais c'était une Hannah Roennfeldt toujours plus émaciée qui se livrait à son trajet rituel – quoique un peu moins fréquemment maintenant – vers le commissariat de police, la plage ou l'église. « Elle n'a vraiment plus toute sa tête », marmonnait l'agent Garstone quand elle repartait. Même le révérend Norkells la pressait de ne pas passer autant de temps dans l'obscurité minérale de l'église, l'encourageant plutôt à « rechercher le Christ dans la vie tout autour d'elle ».

Deux nuits après la célébration des quarante ans du phare, Hannah, éveillée, entendit le grincement des gonds de la boîte aux lettres. À la pendule, elle vit qu'il était trois heures du matin. Un opossum, peut-être ? Elle se glissa hors de son lit pour aller regarder à travers le rideau : la lune était à peine levée, il n'y avait aucune lumière nulle part à l'exception des lueurs vagues des étoiles qui parsemaient le ciel.

Elle entendit à nouveau le claquement métallique de la boîte, cette fois ce devait être à cause de la brise.

Elle alluma une lampe tempête et s'aventura dehors par la porte de devant, prenant soin de ne pas réveiller sa sœur, soucieuse aussi de ne pas déranger les serpents qui pourraient profiter de l'épaisse obscurité pour chasser souris et grenouilles. Ses pieds pâles ne faisaient aucun bruit sur le sol.

Le couvercle de la boîte aux lettres se balançait légèrement d'avant en arrière, laissant entrevoir quelque chose à l'intérieur. En approchant la lanterne, elle distingua une forme oblongue – un paquet. Elle le saisit. Pas beaucoup plus grand que sa main, il était enveloppé de papier brun. Elle chercha des indices qui pourraient indiquer comment il était arrivé là, mais l'obscurité se refermait autour de sa lampe, comme un poing serré. Elle retourna dans sa chambre et chercha ses ciseaux de couture pour couper la ficelle. Le paquet lui était adressé, et l'écriture était la même que la fois précédente.

À mesure qu'elle retirait l'emballage de papier journal, un petit bruit se faisait entendre de plus en plus nettement. Une fois l'emballage ôté, apparut le hochet d'argent que son père avait commandé à Perth pour sa petite-fille, réfléchissant la lueur de la lanterne. Il était impossible de ne pas reconnaître les chérubins gravés sur le manche. Sous le hochet se trouvait une note.

Elle est saine et sauve. Elle est aimée et protégée. Je vous en conjure, priez pour moi.

Rien de plus. Aucune date, aucune initiale, aucun symbole.

« Gwen ! Gwen ! Viens vite ! cria-t-elle en tapant comme une sourde à la porte de sa sœur. Viens voir ça ! Elle est vivante ! Grace est vivante ! Je le savais ! »

Gwen sortit de son lit d'un pas peu assuré, prête à entendre une autre histoire improbable. Mais quand elle vit le hochet, ses sens se mirent en alerte, car elle avait accompagné leur père au magasin Caris Brothers à Perth, et se souvenait très bien de la description des ornements qu'il voulait voir gravés par le bijoutier. Elle toucha l'objet d'une main prudente, comme s'il s'agissait d'un œuf qui pourrait donner naissance à un monstre.

Hannah pleurait et souriait, elle riait tout en regardant alternativement le plafond ou le sol.

« Ne te l'avais-je pas dit ? Ma petite Grace chérie ! Elle est vivante ! »

Gwen lui posa une main sur l'épaule.

« Il ne faut pas qu'on s'emballe, Hannah. On va aller chez papa dans la matinée et lui demander de nous accompagner au poste de police. Ils sauront quoi faire. Retourne te coucher, maintenant. Il te faudra avoir les idées claires, demain. »

Dormir était hors de question. Hannah était terrifiée à l'idée que, si elle fermait les yeux, tout cela se soit évanoui à son réveil. Elle alla dans le jardin derrière la maison, s'installa sur la balancelle où elle s'était jadis assise avec Frank et Grace, et elle observa les milliers d'étoiles qui piquetaient le ciel ; leur présence la rassurait, comme autant de pointes d'espoir qui éclairaient la nuit. Comme ce hochet. Ce n'était pas une plaisanterie. C'était un talisman d'amour – un symbole du pardon de son père, que son enfant et ceux qui la chérissaient avaient touché. Elle repensa à ses études classiques, à l'histoire de Déméter et de Perséphone. Soudain, le mythe antique s'anima devant ses yeux : elle pensait au retour de sa fille.

Elle sentait – non, elle savait – que son terrible voyage touchait à sa fin. Une fois que Grace serait à ses côtés, la vie reprendrait tout son sens – elles récolteraient ce bonheur qui leur avait été refusé si longtemps. Elle se surprit à rire à des souvenirs amusants : Frank s'efforçant à grand-peine de changer une couche ; son père tentant de faire bonne figure alors que la petite régurgitait du lait sur l'épaule de son plus beau costume. Pour la première fois depuis des années, elle sentait son estomac se serrer d'impatience. Il fallait impérativement qu'elle puisse tenir jusqu'au matin.

Lorsqu'un soupçon de doute s'immisçait dans ses pensées, elle revenait à des choses concrètes : les cheveux de Grace, légèrement moins épais à l'arrière du crâne à force de frotter contre les draps ; les lunules à la base de ses petits ongles. Elle ancrait sa fille dans sa mémoire et l'en faisait resurgir par la simple force de sa volonté – faisant en sorte qu'en un lieu de cette terre, le moindre détail de son corps fût connu. Par son amour, elle la ramenait à elle et à la sécurité.

*

En ville, tout le monde en parlait. On avait trouvé une peluche. Non, un anneau de dentition. Quelque chose qui prouvait que le bébé était mort ; quelque chose qui prouvait que le bébé était vivant. Son père l'avait tuée ; son père avait été assassiné. De la boucherie à l'étal du primeur, de l'atelier du maréchal-ferrant à l'église, l'histoire enflait et se déformait en passant de bouche à oreille, toujours accompagnée d'un « tut-tut-tut » ou d'un pincement de lèvres censé camoufler l'excitation du conteur qui la relayait.

*

« Monsieur Potts, nous ne doutons pas un seul instant que vous puissiez reconnaître un objet que vous avez acheté vous-même. Mais vous admettrez que cela ne suffit pas à prouver que l'enfant est vivante, dit le sergent Knuckey, tentant de calmer le Septimus maintenant rubicond qui se tenait devant lui, le menton en avant, la poitrine gonflée, comme un boxeur.

– Mais vous devez enquêter ! Pourquoi quelqu'un aurait-il attendu jusqu'à maintenant pour nous le restituer ? Et au milieu de la nuit ? Sans chercher à recevoir la récompense ? »

Comme son visage était de plus en plus sombre, ses favoris paraissaient d'autant plus blancs.

« Avec tout le respect que je vous dois, comment voulez-vous que je le sache, bon sang ?

– Surveillez votre langage, je vous prie. Il y a des dames parmi nous.

– Je vous présente mes excuses, dit Knuckey en se pinçant les lèvres. Nous allons mener l'enquête, je vous l'assure.

– Et comment, exactement ? demanda Septimus.

– Nous… Je… Vous avez ma parole que je vais le faire. »

Le cœur d'Hannah se serra. Ce serait la même chose que la dernière fois. Alors, elle prit l'habitude de veiller tard la nuit, de regarder la boîte aux lettres, d'attendre un signe.

*

« Bon, je vais avoir besoin d'une photographie, Bernie », annonça l'agent Lynch.

Au comptoir du studio de Gutcher, il sortit le hochet d'argent d'un sac en feutrine.

Bernie Gutcher eut l'air perplexe.

« Depuis quand tu t'intéresses aux bébés ?

– Depuis que cet objet peut devenir une pièce à conviction », répliqua le policier.

Le photographe mit un certain temps à installer son matériel et, pendant ce temps, Lynch regarda les portraits qui ornaient les murs, illustrant différents styles et cadres. Son regard passa de l'un à l'autre, sans s'attarder sur aucun, y compris ceux de l'équipe de football locale, de Harry Garstone et sa mère, ou encore de Bill et Violet Graysmark, où figuraient aussi leur fille et leur petite-fille.

Quelques jours plus tard, une photographie était dûment punaisée au tableau d'affichage à l'extérieur du commissariat, sur laquelle on voyait un hochet à côté d'une règle pour en donner l'échelle, avec une annonce demandant à quiconque le reconnaissant de se présenter au poste. Une autre note de Septimus Potts précisait que la récompense pour toute information pouvant conduire au retour de sa petite-fille Grace Ellen Roennfeldt, saine et sauve, s'élevait désormais à trois mille guinées, et que tout témoignage serait traité dans la discrétion la plus stricte.

Du côté de Partageuse, avec mille guinées, on pouvait s'acheter une ferme. Avec trois mille – eh bien, avec trois mille guinées, tout était possible.

« Tu es sûr ? demanda à nouveau la mère de Bluey tout en faisant les cent pas dans la cuisine, ses cheveux toujours entortillés autour des papillotes avec lesquelles elle avait dormi. Concentre-toi un peu, mon garçon, pour l'amour de Dieu !

– Non, je ne peux pas être sûr... Pas complètement... Ça fait si longtemps. Mais je n'avais jamais vu un truc qui en jetait autant, et dans un berceau de bébé ! »

Ses mains tremblaient pendant qu'il roulait sa cigarette puis cherchait une allumette.

« Qu'est-ce que je vais faire, maman ? »

Des perles de sueur se formaient sur son front, sous les boucles rousses.

« Ce que je veux dire, c'est qu'il y a peut-être une explication à tout ça. Ou j'ai peut-être tout simplement rêvé. »

Il tirait violemment sur sa cigarette et rejeta une pensée.

« Je devrais sans doute attendre le prochain voyage à Janus et lui poser la question, d'homme à homme.

– D'homme à singe, tu veux dire ! Tu es encore plus crétin que je ne le pensais si c'est ton idée de ce qu'il faut faire. Trois mille guinées ! s'exclama la mère en agitant trois doigts devant son fils. Trois mille guinées, c'est plus que ce que tu gagnerais en cent ans sur ce misérable bateau !

– Mais il s'agit de Tom ! Et d'Isabel. Comme s'ils pouvaient faire quelque chose de mal. Et même si c'est le hochet... peut-être qu'il a été rejeté par la mer et qu'ils l'ont trouvé. Tu verrais toutes les choses qui finissent par échouer sur Janus... Un jour, il a trouvé un mousquet. Et un autre, un cheval à bascule.

– Pas étonnant que Kitty Kelly t'ait envoyé promener. Pas une once d'ambition. Pas le moindre sens commun.

– Maman ! s'insurgea Bluey, piqué au vif par la remarque sarcastique de sa mère.

– Mets une chemise propre. Nous allons à la police.

– Tom est mon ami, maman ! C'est un pote !

– C'est surtout trois mille guinées ! Et si tu n'y vas pas le premier, le vieux Ralph Addicott pourrait bien leur raconter la même histoire. Kitty Kelly ne va sûrement pas tourner le dos à un homme qui a autant d'argent, ajouta-t-elle. Allez, va te brosser les cheveux. Et éteins-moi cette cigarette immonde ! »

CHAPITRE 24

TOUT D'ABORD, Tom crut que la silhouette du *Windward Spirit* en approche, fouettée par la queue du cyclone qui s'était abattue sur les côtes occidentales de l'Australie, était une vue de son esprit. Il appela Isabel, pour vérifier si elle aussi l'avait aperçue. Ils n'étaient rentrés à Janus que depuis une semaine. Aucun bateau n'était censé venir avant la mi-mars, date à laquelle ils rejoindraient le continent avant leur transfert pour Point Moore. Peut-être avait-il des ennuis de moteur ou Ralph ou Bluey s'étaient-ils blessés lors de la tempête ?

La houle était traîtresse, et il avait fallu toute l'habileté de l'équipage pour que le bateau accoste sans se fracasser contre la jetée.

« Lorsque le mauvais temps se lève, le premier port est toujours le bon, pas vrai, Ralph ? » cria Tom dans le vent, mais le vieil homme ne répondit pas.

Lorsque, à la place de Bluey, Tom reconnut les traits burinés et sans âge de Neville Whittnish, il se sentit plus perplexe encore. Quatre policiers suivaient Whittnish.

« Bon sang, Ralph, qu'est-ce que ça veut dire ? »

Ralph restait muet. Un frisson glacial parcourut Tom. Il leva les yeux vers le sommet de la pente et vit Isabel faire demi-tour, invisible depuis la jetée. Un des policiers descendit la passerelle, chancelant comme un ivrogne, et mit un moment à s'adapter à l'absence de mouvement du quai. Les autres le suivirent.

« Thomas Edward Sherbourne ?

– C'est moi-même.

– Sergent Spragg, de la police d'Albany. Voici mon assistant, l'agent Strugnell. Vous connaissez peut-être le sergent Knuckey et l'agent Garstone, du commissariat de Point Partageuse.

– Non, je ne crois pas.

– Monsieur Sherbourne, nous sommes ici à propos de Frank Roennfeldt et de sa fille, Grace. »

Le coup fut particulièrement violent, et Tom en perdit le souffle un instant. Il avait la nuque raide et son visage devint pâle et cireux. L'attente touchait à sa fin. C'était un peu comme avoir enfin le signal de l'assaut après des jours d'inaction passés dans les tranchées.

Le sergent sortit quelque chose de sa poche – un morceau de carton qui claqua dans les rafales de vent. Il le cala entre ses mains.

« Est-ce que vous reconnaissez ceci, monsieur ? »

Tom regarda la photographie du hochet. Il leva les yeux vers la falaise tout en réfléchissant à sa réponse : Isabel avait disparu. Le temps était en équilibre sur un unique point d'appui – le point de non-retour.

Il poussa un profond soupir, comme s'il était soulagé d'un poids physique, et pencha la tête, les yeux clos. Il sentit une main se poser sur son épaule. C'était celle de Ralph.

« Tom, Tom, fiston... mais qu'est-ce qui a bien pu se passer, ici ? »

*

Pendant que Tom est interrogé dans son coin, Isabel bat en retraite vers les petites croix plantées sur la falaise. Les buissons de romarin s'agitent et tournoient, comme ses pensées. Elle tremble en se remémorant la scène : le plus petit des policiers, le plus jeune, aussi, lui avait montré la photographie avec un air très solennel et il était impossible qu'il n'ait pas vu les yeux d'Isabel s'écarquiller et senti son souffle se couper à la vue du hochet.

« Quelqu'un a envoyé le hochet à Mme Roennfeldt la semaine dernière.

– La semaine dernière ?

– On pense que c'est la même personne qui lui a envoyé une lettre il y a deux ans. »

Cette dernière nouvelle ne faisait aucun sens pour elle.

« Nous devrons vous poser quelques questions, une fois que nous aurons parlé à votre mari, mais, en attendant, vous pourriez peut-être… Il haussa les épaules, gêné : Ne vous éloignez pas, s'il vous plaît. »

Isabel regarde par-delà la falaise : l'air ne manque pas, et pourtant elle doit lutter pour respirer en se représentant Lucy, qui fait sa sieste pendant que, dans la pièce d'à côté, la police interroge son père. Ils vont emmener Lucy. Son esprit s'affole : elle peut la cacher quelque part dans l'île. Elle peut… elle peut partir avec elle dans le canot de sauvetage… mais pour aller où ? Ça n'a aucune importance. Elle peut descendre avec la fillette dans le canot et quitter l'île avant que quiconque se soit aperçu de leur fuite. Et si elles arrivent à prendre le bon courant, elles fileront vers le nord. Elle se voit avec la fillette, touchant terre bien plus haut, du côté de Perth, saines et sauves toutes les deux. La logique s'en mêle pour lui rappeler les risques inhérents aux courants du sud et la mort certaine qui les attendrait dans l'océan Austral. En toute hâte, elle explore une autre possibilité. Elle peut jurer que l'enfant est la sienne, que le dinghy s'est échoué sur la plage avec deux cadavres à son bord, et qu'ils ont gardé le hochet après avoir enterré les deux corps. Elle se raccroche à toutes les éventualités, aussi absurdes qu'elles semblent être.

La même pensée lui revient sans cesse : « Je dois demander à Tom ce qu'il faut faire. » Puis elle est prise de nausée à l'idée que tout est sa faute à lui. Elle étouffe, comme lorsqu'elle s'était réveillée dans la nuit après avoir appris la mort de son frère Hugh, et qu'elle avait pensé : « Il faut que j'apprenne l'affreuse nouvelle à mon frère. »

Peu à peu, quelque chose en elle admet qu'il n'y a pas d'échappatoire et la peur cède la place à la colère. Pourquoi ? Pourquoi ne pouvait-il pas laisser les choses en l'état ? Tom est censé protéger sa famille, pas la saccager. Au plus profond d'elle, un sentiment épais comme le goudron a été dérangé et se cherche maintenant un abri sûr. Ses pensées tournent en spirale, toujours plus noires – il prépare ça depuis deux ans. Qui est vraiment cet homme qui peut lui mentir, lui arracher son bébé ? Elle se souvient d'Hannah Roennfeldt touchant le bras de Tom et se demande ce qui s'est réellement passé entre eux. Elle vomit violemment dans l'herbe.

*

L'océan s'écrasait contre la falaise et projetait de l'écume jusqu'à l'endroit où se trouvait Isabel, à des dizaines de mètres au-dessus de l'eau, sur le bord de la roche. Les embruns avaient détrempé les croix et sa robe était tout humide.

« Izzy ! Isabel ! »

La voix de Tom était quasiment avalée par la tempête.

Un pétrel tournoyait dans l'air, décrivant des cercles avant de foncer droit dans le chaos des vagues pour pêcher un hareng. Mais la chance et la tempête furent du côté du poisson qui réussit à se dégager du bec de l'oiseau en se tortillant.

Tom parcourut les quelques centaines de mètres qui le séparaient de sa femme. Le pétrel continuait à tourner au-dessus du courant tempétueux, il savait que le tumulte ferait une proie facile de tout poisson qui ne se serait pas réfugié dans les anfractuosités rocheuses.

« Nous n'avons pas beaucoup de temps, dit Tom en attirant Isabel contre lui. Lucy va se réveiller d'un moment à l'autre. »

Les policiers l'avait interrogé pendant une heure, et deux d'entre eux se dirigeaient maintenant vers les tombes, de l'autre côté de l'île, équipés de pelles.

Isabel scruta le visage de Tom, comme s'il se fût agi d'un étranger.

« Le policier a dit que quelqu'un avait envoyé un hochet à Hannah Roennfeldt… »

Tom soutint son regard mais ne dit rien.

« … que quelqu'un lui avait écrit il y a deux ans, pour dire que le bébé était vivant. »

Elle se débattit encore quelques secondes avec cette idée.

« Tom ! »

Les yeux écarquillés de terreur, elle ne pouvait rien ajouter.

« Oh, Tom ! répéta-t-elle, en reculant.

– Il fallait que je fasse quelque chose, Izzy. Dieu sait que j'ai essayé de t'expliquer. Je voulais juste qu'elle sache que son enfant était saine et sauve. »

Elle le regardait, comme si elle tentait de comprendre le sens de ses mots qui semblaient venir de si loin alors qu'il se tenait si près d'elle que des mèches de ses cheveux lui touchaient le visage.

« J'avais confiance en toi, Tom. »

Sans le quitter des yeux, elle rassembla ses cheveux dans ses poings, la bouche ouverte, cherchant ses mots.

« Seigneur, qu'est-ce que tu nous as fait, Tom ? Qu'est-ce que tu as fait à Lucy ? »

Elle vit de la résignation dans la voussure des épaules de Tom, et du soulagement dans son regard. Comme elle baissait les mains, ses cheveux enveloppèrent à nouveau son visage comme un voile, et elle se mit à sangloter.

« Deux ans ! Depuis deux ans, nous vivons dans le mensonge !

– Tu as bien vu cette malheureuse femme ! Tu as bien vu ce que nous avons fait !

– Et elle est plus importante pour toi que notre famille ?

– Ce n'est pas notre famille, Izz.

– C'est la seule famille que nous aurons jamais ! Et que va-t-il se passer pour Lucy ? »

Il lui serra les bras.

« Écoute, fais ce que je dis et tout ira bien pour toi. Je leur ai dit que c'était moi, d'accord ? Je leur ai dit que c'était mon idée… que tu ne voulais pas mais que je t'avais forcée. Tant que tu ne reviens pas là-dessus, il ne t'arrivera rien. Ils nous ramènent à Partageuse. Izzy, je te promets de te protéger. »

Il l'attira à nouveau contre lui et posa les lèvres sur le sommet de sa tête.

« Je sais qu'ils vont m'envoyer en prison, mais peu importe, quand je sortirai, nous serons toujours… »

Elle se mit soudain à lui marteler la poitrine de ses poings.

« Ne parle plus de "nous" ! Pas après ce que tu as fait ! »

Il ne fit rien pour l'arrêter.

« Tu as fait ton choix. Tu n'en as rien à faire de Lucy ou de moi. Alors ne va pas…, s'interrompit-elle, à la recherche de ses mots. Ne va pas t'imaginer que je vais me soucier de ce qui peut bien t'arriver maintenant.

– Izz… allons, tu ne sais pas ce que tu dis.

– Comment ça ? hurla-t-elle d'une voix stridente. Ils vont nous prendre notre fille. Est-ce que toi, tu peux comprendre ça ? Ce que tu as fait… est impardonnable !

– Doux Jésus ! Izz…

– Tu aurais mieux fait de me tuer, Tom ! Parce que me tuer, c'est mieux que de tuer notre enfant ! Tu es un monstre ! Un monstre froid et égoïste ! »

Tom ne bougeait pas, il encaissait ces mots qui faisaient plus mal que des coups. Il chercha sur le visage d'Isabel des traces de l'amour qu'elle lui avait juré tant de fois, mais elle n'était plus que furie déchaînée, comme l'océan autour d'eux.

Le pétrel plongea à nouveau et rejaillit, triomphant, avec un poisson qu'il avait réussi à emprisonner dans son bec de telle façon que seule la bouche de sa proie, s'ouvrant et se refermant, montrait qu'il avait existé.

*

« Il fait trop mauvais pour repartir maintenant », dit Ralph au sergent Knuckey.

Le sergent Spragg avait lourdement insisté sur la nécessité de quitter l'île dans les plus brefs délais.

« Il n'a qu'à y aller à la nage, bon sang, s'il a tellement envie de rentrer. »

Telle avait été la réponse du capitaine.

« Dans ce cas, Sherbourne doit rester sur le bateau, sous bonne garde. Je ne tiens pas du tout à ce qu'il monte de toutes pièces des histoires avec sa femme », avait insisté Spragg.

Le sergent Knuckey regarda Ralph en fronçant les sourcils, l'angle décrit par sa bouche indiquait clairement ce qu'il pensait de son collègue.

Comme le soleil allait se coucher, Neville Whittnish descendit jusqu'au bateau.

« Qu'est-ce que vous voulez ? demanda l'agent Strugnell, qui prenait sa garde très au sérieux.

– J'ai besoin de l'aide de Sherbourne. Il doit venir avec moi pour allumer le phare. »

Neville parlait rarement et toujours très brièvement, d'un ton qui ne souffrait jamais la contradiction.

Strugnell fut pris de court mais réussit à reprendre contenance.

« Bien, je vais devoir l'escorter dans ce cas.

– Pas de personnel non autorisé dans le phare. Ce sont les règles du Commonwealth. Je le ramène quand j'en ai fini avec lui. »

Tom et le vieux gardien marchèrent en silence jusqu'à la tour.

« C'est quoi, cette histoire ? dit Tom calmement, quand ils arrivèrent à la porte. Tu n'as pas besoin de moi pour allumer.

– Je n'ai jamais vu un phare aussi bien tenu, confirma le vieil homme. Ce que tu as pu faire par ailleurs, ça ne me regarde pas. Mais tu veux sans doute lui dire au revoir. Je vais t'attendre ici. »

Il se tourna pour regarder par la fenêtre ronde et prendre la mesure de la tempête.

Une dernière fois, donc, Tom grimpa les cent quatre-vingt-quatre marches. Une dernière fois, il provoqua l'alchimie de la lumière par la rencontre du soufre et de l'huile. Une dernière fois, il envoya son signal aux marins qui passeraient à des dizaines de kilomètres de la côte : attention !

*

Le lendemain matin, la tempête s'est calmée et le ciel est à nouveau d'un bleu serein. Les plages sont recouvertes de plaques d'écume jaune et d'algues rejetées par les vagues.

Comme le bateau s'éloigne de Janus Rock, un banc de dauphins joue un moment près de la proue, leurs formes lisses et grises s'élèvent et disparaissent comme des jets d'eau, parfois tout près, parfois plus loin du bateau. Isabel, les yeux gonflés et rouges, est assise d'un côté de la cabine, Tom de l'autre. Les policiers discutent entre eux de tableaux de service et du meilleur moyen de faire briller leurs bottines. À l'arrière du bateau, la bâche en décomposition dégage l'odeur de son terrible contenu.

« Où on va, maman ? demande une fois encore Lucy, assise sur les genoux d'Isabel.

– On retourne à Partageuse, mon ange.

– Pourquoi ? »

Isabel lance un coup d'œil à Tom.

« Je ne sais vraiment pas pourquoi, ma Luce d'amour. Mais il le faut. »

Elle la serre très fort dans ses bras.

Plus tard, l'enfant descend des genoux de sa mère et grimpe sur ceux de Tom. Il la tient sans lui parler, essayant de tout graver en lui : l'odeur de ses cheveux, la douceur de sa peau, la forme de ses tout petits doigts, le souffle de sa respiration quand elle approche son visage du sien.

L'île s'éloigne peu à peu, pour se perdre dans une version toujours plus miniature d'elle-même, jusqu'à ne plus être qu'un éclair de souvenir, conservé différemment, imparfaitement, par chaque passager. Tom regarde Isabel, il attend qu'elle lui rende son regard, il espère qu'elle va lui adresser un de ses sourires, qui, à l'instar du phare de Janus, représentait un point fixe et fiable dans ce monde, l'assurant qu'il ne serait jamais perdu. Mais la flamme s'est éteinte – le visage d'Isabel semble désormais inhabité.

Il mesure la durée du voyage jusqu'à la côte au nombre des rotations du rayon lumineux du phare.

Troisième partie

CHAPITRE 25

DÈS QU'ILS EURENT DÉBARQUÉ, le sergent Spragg sortit des menottes de sa poche et s'avança vers Tom. Vernon Knuckey l'arrêta d'un simple signe de tête.

« C'est la procédure normale, affirma le sergent d'Albany, qui était le supérieur de Vernon.

– Laisse tomber ça. Il y a une petite fille, ici, dit Knuckey en hochant la tête en direction de Lucy, qui courut vers Tom et lui attrapa la jambe.

– Papa ! Papa ! Porte-moi ! »

Une détresse pure traversa le visage de Tom quand le regard de la fillette croisa le sien, accompagné de cette demande si familière. Perchés au sommet d'un agonis, deux bergeronnettes pépiaient frénétiquement. Tom eut du mal à avaler sa salive, enfonçant ses ongles dans les paumes de ses mains.

« Regarde, Lulu ! Regarde là-haut ces oiseaux rigolos ! Tu n'en vois pas de pareils chez nous, non ? dit-il, avant d'ajouter, en gardant les yeux fixés sur les oiseaux : Va les voir de plus près. »

Deux automobiles étaient garées près de la jetée, le sergent Spragg s'adressa à Tom.

« Par ici. Montez dans la première. »

Tom se retourna vers Lucy, maintenant distraite par le jeu des oiseaux qui agitaient leurs longues queues noires. Il allait tendre la main vers elle mais imagina alors son angoisse : mieux valait s'éclipser discrètement.

Elle remarqua le geste de son père et tendit les bras.

« Papa, attends ! Prends-moi dans tes bras ! lui demanda-t-elle à nouveau, sur un ton qui trahissait son impression que quelque chose n'allait pas.

– Maintenant, je vous prie », dit Spragg en prenant le coude de Tom.

Comme ce dernier s'éloignait, chaque pas plus difficile que le précédent, Lucy le poursuivit, les bras toujours tendus vers lui.

« Papa ! Attends Lulu ! » supplia-t-elle, blessée et perplexe.

Lorsqu'elle trébucha et tomba la tête la première dans les gravillons avec un hurlement, il fut impossible à Tom de continuer, il pivota et se libéra de l'étreinte du policier.

« Lulu ! »

Il la releva et embrassa son menton écorché.

« Lucy, Lucy, Lucy ! murmura-t-il en frôlant les fins cheveux de ses lèvres. Tout va bien, ma petite chérie. Tout va bien. »

Vernon Knuckey baissa les yeux et s'éclaircit la gorge.

« Ma puce, reprit Tom, il faut que j'y aille, maintenant. J'espère… »

Il s'arrêta. Il regarda Lucy dans les yeux et lui caressa les cheveux, avant de l'embrasser.

« Au revoir, ma petite chérie. »

Lucy ne donna aucun signe qu'elle allait lâcher prise, et Knuckey se tourna vers Isabel.

« Madame Sherbourne ? »

Isabel prit l'enfant des bras de Tom.

« Allez, viens, ma chérie. Ce n'est rien. Maman est là. »

Mais la fillette continuait à crier :

« Papa ! Je veux aller avec toi. Papa !

– Tu es content, Tom ? C'est ce que tu voulais, n'est-ce pas ? » dit Isabel dont les larmes coulaient le long de son visage et sur la joue de Lucy.

Un instant, Tom demeura paralysé à la vue d'Isabel et de Lucy, de la douleur qui se dessinait sur leurs visages – ces deux personnes qu'il avait promis à Bill Graysmark de protéger et d'aimer.

« Seigneur, Izz, je suis désolé », réussit-il enfin à dire.

Kenneth Spragg perdit patience, il attrapa à nouveau Tom par le bras et le poussa vers l'automobile. Comme Tom entrait à l'arrière du véhicule, Lucy se mit à hurler.

« Papa ! Ne pars pas ! Papa ! S'il te plaît ! S'il te plaît ! »

Elle avait le visage tout chiffonné et tout rouge, des larmes coulaient dans sa bouche ouverte, tandis qu'Isabel tentait vainement de la consoler.

« Maman ! Dis à ces hommes de laisser papa tranquille ! Ils sont méchants, maman ! Ils sont méchants avec papa !

– Je sais, chérie, je sais, dit-elle en approchant ses lèvres des cheveux de Lucy. Parfois les hommes font des choses très méchantes, chérie. Très méchantes. »

Et au moment où elle prononçait ces mots, elle savait que le pire était encore à venir.

Ralph suivit la scène du pont du bateau. Lorsqu'il retrouva Hilda à la maison, il la regarda, il la regarda vraiment, peut-être pour la première fois depuis vingt ans.

« Qu'est-ce qu'il y a ? demanda sa femme, qu'autant d'attention déconcertait.

– Rien, rien du tout », dit-il avant de la serrer longuement dans ses bras.

*

Une fois de retour dans son bureau, Vernon Knuckey s'adressa à Kenneth Spragg.

« Je vous le répète, sergent. Vous ne l'emmènerez pas à Albany cet après-midi. Il sera transféré le moment venu, mais j'ai encore une ou deux questions à lui poser. Il finira par nous être confié, de toute façon. Le service des phares, ça relève du Commonwealth. Alors on fait les choses comme il faut.

– Je connais les règles aussi bien que vous. »

Tous les policiers de ce côté de Perth savaient que Kenneth Spragg aimait en toute occasion mettre tout le poids de son autorité dans la balance. Il n'avait toujours pas digéré de ne pas avoir été mobilisé et il essayait de compenser cela en se comportant comme un sergent-major.

« Il sera envoyé à Albany en son temps.

– Je veux m'occuper de Sherbourne… Je veux avoir le fin mot de cette histoire. Je l'emmène.

– C'est moi qui dirige ce commissariat.

– Téléphonons à Perth.

– Quoi ?

– Je vais téléphoner à Perth. On verra ce qu'en dit le commandant de région. C'est lui qui décidera si je le laisse ici ou si je l'emmène à Albany. »

Isabel avait mis tellement de temps pour persuader l'enfant désespérée de grimper dans le second véhicule que Tom était déjà dans une cellule quand elles arrivèrent au commissariat.

Dans la salle d'attente, Lucy était assise sur les genoux d'Isabel, grincheuse et épuisée par le long voyage et toutes ces étranges allées et venues. Elle ne cessait de toucher le visage d'Isabel – le tapotant du bout du doigt, en quête d'une réaction.

« Où est papa ? Je veux le voir ! »

Isabel était pâle et perdue dans ses pensées. De temps en temps, son attention était attirée par une entaille dans le bois du comptoir, ou par le cri lointain d'une pie. Alors, les doigts de Lucy, cherchant une autre réaction, la ramenaient à l'endroit où elle se trouvait.

Un vieil homme, venu payer une amende pour avoir laissé son bétail errer sur la grand-route, attendait son reçu au comptoir. Il passait le temps en essayant d'entraîner Lucy dans un jeu.

« Comment tu t'appelles ? demanda-t-il.

– Lucy, dit-elle timidement.

– Ça, c'est ce que tu crois », marmonna Harry Garstone avec un sourire sardonique, tandis que son stylo grattait le formulaire de reçu.

À ce moment-là, le Dr Sumpton arriva de son cabinet, haletant, sa mallette à la main. Il fit un signe de tête de pure forme à Isabel, mais évita tout contact visuel. Elle devint écarlate, au souvenir du dernier examen et de sa conclusion dévastatrice.

« Par ici, monsieur », dit Garstone en le faisant entrer dans une pièce à l'arrière.

Puis l'agent revint vers Isabel.

« Il faut que le toubib examine cette enfant. Laissez-la venir avec moi.

– L'examiner ! Mais pour quoi faire ? Elle va très bien !

– Vous n'avez pas votre mot à dire, madame Sherbourne.

– Je suis sa… »

Isabel se tut juste avant de prononcer le mot.

« Elle n'a pas besoin de voir le médecin, reprit-elle. Je vous en prie. Un peu de décence ! »

Le policier saisit l'enfant et l'emmena alors qu'elle se débattait en hurlant. Les cris stridents résonnaient dans tout le commissariat, jusqu'à la cellule de Tom, où ils paraissaient plus sonores encore, le laissant imaginer ce qui pouvait lui arriver.

*

Dans le bureau de Knuckey, Spragg reposa le combiné et se tourna d'un air renfrogné vers son homologue de Partageuse.

« D'accord. Pour le moment, on fait comme vous voulez… »

Il remonta sa ceinture et changea de stratégie.

« La femme aussi devrait être mise en cellule, à mon avis. Elle est sans doute impliquée dans l'affaire.

– Je la connais depuis sa naissance, sergent, dit Knuckey. C'est une fille qui se rendait à l'église tous les dimanches. Vous avez entendu ce qu'a dit Tom : elle est aussi sa victime.

– Ce qu'a dit Tom ! Ça non plus, ça ne me paraît pas très clair. Laissez-moi m'occuper de lui et on saura vite comment le gars Roennfeldt est vraiment mort… »

Knuckey connaissait aussi la réputation de Spragg dans ce domaine, il ne releva donc pas.

« Écoutez, je ne connais pas du tout ce Sherbourne. Pour ce que j'en sais, il pourrait aussi bien être Jack l'éventreur. S'il est coupable, il est bon pour le grand saut. Mais enfermer son épouse, ça ne donnera rien, alors on se calme. Vous savez aussi bien que moi qu'une femme mariée n'est pas responsable sur le plan criminel de ce que son mari l'oblige à faire. »

Il aligna une pile de papiers avec le coin de son buvard.

« C'est une petite ville, ici. Les choses se savent. On ne jette pas une femme en cellule, sauf si on est sacrément sûr des faits. Alors, on ne va pas brûler les étapes. »

Une fois que le sergent Spragg eut quitté le commissariat, Knuckey entra dans la salle d'interrogatoire et en ressortit avec Lucy.

« Le médecin a dit que tout allait bien, fit-il avant de baisser la voix. Nous allons conduire l'enfant à sa mère, maintenant, Isabel. Je te serais reconnaissant de ne pas rendre les choses plus difficiles qu'elles ne le sont déjà. Donc… tu veux bien lui dire au revoir ?

– Je vous en prie ! Ne faites pas ça !

– N'aggrave pas les choses ! »

Vernon Knuckey, qui avait pu depuis des années observer les tourments d'Hannah Roennfeldt, certain qu'elle était plongée dans un triste mirage, regardait maintenant cette femme en se demandant si ce n'était pas aussi son cas.

Se croyant à nouveau en sécurité dans les bras de sa mère, l'enfant la serra très fort pendant qu'Isabel lui embrassait la joue, incapable d'écarter ses lèvres de la peau douce. Harry Garstone passa les mains autour de la taille de la petite fille et la tira vers lui.

Quand bien même les événements de ces dernières vingt-quatre heures ne pouvaient mener qu'à cette conclusion, quand bien même elle avait redouté cet instant depuis le jour où elle avait posé les yeux sur Lucy pour la première fois, Isabel était complètement anéantie.

« Je vous en prie, supplia-t-elle à travers ses larmes. Un peu de pitié ! »

Sa voix rebondissait contre les murs nus.

« Ne me prenez pas mon bébé ! »

Quand la fillette terrifiée lui fut arrachée, Isabel s'effondra sur le sol de pierre.

*

Hannah Roennfeldt ne tenait pas en place. Elle regardait sa montre, la pendule trônant sur la cheminée, sa sœur – tout ou quiconque susceptible de lui dire combien de temps s'était écoulé. Le bateau était parti pour Janus la veille au matin, et chaque minute depuis lors semblait remonter le temps comme Sisyphe sa colline.

Elle avait du mal à croire qu'elle allait bientôt tenir à nouveau sa fille dans ses bras. Depuis qu'elle avait trouvé le hochet dans sa boîte aux lettres, elle n'avait cessé de rêver ce retour. Les câlins. Les larmes. Les sourires. Elle avait cueilli des fleurs de frangipanier dans le jardin et les avait disposées dans la chambre d'enfant, si bien que toute la maison embaumait. Souriante, fredonnant une chansonnette, elle épousseta et nettoya, rangea les poupées sur la commode. Puis les doutes revinrent en force : que pouvait-elle bien manger ? Cela l'avait poussée à demander à Gwen d'aller acheter des pommes, du lait et des bonbons. Avant même le retour de sa sœur, Hannah se demanda s'il ne fallait pas préparer autre chose à manger à l'enfant. Elle qui s'alimentait à peine se rendit chez sa voisine, Mme Darnley, qui avait cinq jeunes enfants, pour lui demander ce qu'elle devrait donner à une enfant de l'âge de Grace. Fanny Darnley, toujours friande de ragots à colporter, laissa immédiatement entendre à M. Kelly chez l'épicier que Hannah était devenue complètement folle, qu'elle comptait se mettre à nourrir des fantômes, car la rumeur ne s'était pas encore répandue.

« On n'aime pas dire du mal de ses voisins, mais… enfin, il y a bien une raison si on a construit des asiles de fous, non ? Je ne suis pas très rassurée de me rendre compte que quelqu'un d'un peu dérangé vit si près de mes enfants. Vous penseriez la même chose, à ma place. »

*

La conversation téléphonique avait été sommaire.

« Vous feriez mieux de venir en personne, monsieur Graysmark. Votre fille a été conduite chez nous. »

Bill Graysmark se présenta cet après-midi-là au commissariat dans un état de grande confusion. Après le coup de fil, son esprit avait conçu une image du corps d'Isabel gisant sur un brancard, attendant qu'on vienne le récupérer : la mort était la conclusion la plus évidente vers laquelle se tourner. Pas son troisième enfant. Il ne pouvait pas avoir perdu tous ses enfants – Dieu ne pouvait certainement pas permettre qu'une telle chose se produise. Son cerveau n'arrivait pas à trouver le moindre sens à ce qu'on lui avait dit à propos du bébé Roennfeldt, et dans ce salmigondis d'informations incompréhensibles au sujet de Tom et d'un cadavre.

Arrivé au commissariat, il fut conduit dans une pièce à l'arrière du bâtiment, dans laquelle sa fille était assise sur une chaise de bois, les mains posées sur ses genoux. Il fondit en larmes en découvrant qu'elle était en vie.

« Isabel ! Isabubba ! murmura-t-il en l'attirant vers lui pour la serrer dans ses bras. Je pensais que je ne te reverrais plus jamais ! »

Il fallut à Bill quelques secondes pour se rendre compte de l'état dans lequel se trouvait Isabel : elle ne lui rendit pas son étreinte ; elle ne le regarda même pas. Elle retomba sur sa chaise, pâle et sans vie.

« Où est Lucy ? demanda-t-il, tout d'abord à sa fille, puis à l'agent Garstone. Où est la petite Lucy ? Et Tom ? »

Son esprit s'était remis aussitôt au travail : ils avaient dû se noyer. Ils avaient dû…

« M. Sherbourne est dans une cellule, monsieur, dit le policier en plaquant un document sur le bureau. Il sera transféré à Albany après une audience préliminaire.

– Une audience préliminaire ! Mais pourquoi diable… Où est Lucy ?

– L'enfant est avec sa mère, monsieur.

– De toute évidence, ce n'est pas le cas ! Que lui avez-vous fait ? Qu'est-ce que c'est que toute cette histoire ?

– Il semblerait que la véritable mère de cette enfant soit Mme Roennfeldt. »

Bill pensa avoir mal compris ce que Garstone venait de lui dire.

« J'exige que vous libériez mon beau-fils immédiatement, hasarda-t-il.

– Je crains que ce ne soit impossible, monsieur. M. Sherbourne est en état d'arrestation.

– En état d'arrestation ? Mais pour quel motif ?

– Pour l'instant, pour falsification de documents officiels. Faute professionnelle grave de la part d'un fonctionnaire. Et ce n'est que le début. Ensuite, il y a le rapt de l'enfant. Et le fait que nous avons déterré les restes de Frank Roennfeldt sur Janus Rock.

– Avez-vous perdu la tête ? dit-il avant de se tourner vers sa fille, dont il comprenait soudain la pâleur et l'égarement. Ne te fais pas de souci, ma chérie, je vais arranger tout ça. Quoi que ce soit, c'est évidemment une terrible erreur. Je vais arranger tout ça.

– Je ne crois pas que vous compreniez la situation, monsieur Graysmark, commença le policier.

– Vous avez absolument raison, je ne comprends rien à ce qui se passe. Et vous allez entendre parler de moi ! Traîner ma fille dans un commissariat pour une histoire aussi ridicule, calomnier ainsi mon beau-fils ! »

Il se tourna à nouveau vers sa fille.

« Isabel ! Dis-leur que tout cela n'a pas de sens ! »

Elle resta assise, immobile, le visage vide de toute expression. Le policier s'éclaircit la gorge.

« Mme Sherbourne refuse de dire quoi que ce soit, monsieur. »

*

Tom sent le silence de la cellule peser sur lui, aussi dense et liquide que du mercure. Depuis si longtemps, sa vie était structurée par le bruit des vagues et du vent, par le rythme de la lumière. Et soudain, tout s'est arrêté. Il écoute un passereau marquant son territoire par son chant depuis les hautes branches d'un karri, indifférent au reste du monde.

La solitude lui est familière, le ramène à l'époque où il vivait seul à Janus, et il se demande si les années passées avec Isabel et Lucy ont réellement existé. Il plonge ensuite la main dans sa poche pour en extraire le ruban de satin couleur lilas de l'enfant, il se souvient du sourire de Lucy quand elle le lui a tendu. « Tiens-moi ça, papa. » Lorsque Harry Garstone avait voulu le confisquer au commissariat, Knuckey l'en avait empêché.

« Mais bon sang, mon garçon ! Il ne va tout de même pas nous étrangler avec ce foutu ruban ! »

Tom l'avait replié et rangé prestement dans sa poche.

Il ne parvient pas à faire cohabiter le chagrin qu'il ressent pour ce qu'il a fait et le profond soulagement qui l'a envahi. Ces deux forces opposées créent une réaction inexplicable que domine une troisième force, plus puissante : la conscience d'avoir privé sa femme d'un enfant. Il ressent la perte, aussi récente et brutale que s'il était suspendu à un croc de boucher : ce qu'Hannah Roennfeldt a dû ressentir ; ce qu'Isabel a ressenti tant de fois, et qui l'a anéantie à nouveau. Il se demande maintenant comment il a pu infliger une telle souffrance. Il se questionne maintenant sur le foutu chaos qu'il a déclenché.

Il lutte pour trouver du sens à tout ça – tout cet amour, tellement déformé, réfracté, comme la lumière à travers la lentille.

*

Vernon Knuckey connaissait Isabel depuis qu'elle avait commencé à marcher. Le père de cette femme avait été l'instituteur de cinq de ses enfants.

« Allez, le mieux, c'est de la ramener à la maison, avait-il dit à Bill d'un ton grave. Je lui parlerai demain.

– Mais, pour…

– Ramenez-la à la maison, Bill. »

« Isabel ! Ma chérie ! »

Sa mère la prit dans ses bras dès qu'elle eut franchi le seuil. Violet Graysmark était aussi perdue que les autres, mais quand elle vit l'état dans lequel était sa fille, elle se retint de lui poser la moindre question.

« Ton lit est fait. Bill, va chercher son sac. »

Isabel entra distraitement, le visage impassible. Violet la guida jusqu'à un fauteuil, puis elle se précipita à la cuisine pour en revenir avec un verre.

« De l'eau chaude et du cognac. Pour tes nerfs », dit-elle.

Isabel but le breuvage à petites gorgées mécaniques et reposa le verre vide sur la table basse.

Violet apporta une couverture et lui en recouvrit les genoux en la bordant, bien que la pièce fût confortablement chauffée. Isabel se mit à caresser la laine, traçant de l'index des lignes droites sur l'imprimé écossais. Elle était tellement absorbée par ce qu'elle faisait qu'elle ne remarqua pas que sa mère lui parlait.

« Je peux faire autre chose pour toi, chérie ? Tu as faim ? »

Bill passa la tête par la porte et fit signe à Violet de le rejoindre dans la cuisine.

« Elle a dit quelque chose ?

– Pas un mot. Je crois qu'elle est en état de choc.

– Eh bien comme ça, on est deux. Je n'y comprends goutte. J'irai au commissariat dès mon réveil demain pour avoir le fin mot de l'histoire. Cette Hannah Roennfeldt, elle est complètement folle depuis des années, maintenant. Quant au vieux Potts, il croit qu'il peut faire ce qu'il veut parce qu'il a du pognon. »

Il tira les pointes de son gilet sur son ventre.

« Je ne vais pas me faire balader comme ça par une folle et son père, même s'il est plein aux as. »

*

Isabel, cette nuit-là, retrouva son étroit lit d'enfant, qui lui était désormais étranger et inconfortable. Un vent léger soufflait dans les rideaux de dentelle et, dehors, le chant des criquets faisait écho aux étoiles étincelantes. Par une telle nuit, il n'y avait pas si longtemps, lui semblait-il, elle était restée éveillée, tout excitée à la perspective de son mariage qui devait avoir lieu le lendemain. Elle avait remercié Dieu de lui avoir envoyé Tom Sherbourne : de l'avoir fait naître, de lui avoir fait traverser la guerre sain et sauf, d'avoir laissé une brise du destin le pousser jusqu'à ce port, où elle avait été la première personne qu'il avait vue en descendant du bateau.

Elle tenta de se remémorer cet état d'anticipation extatique, cette sensation que la vie, après tout le chagrin causé et toutes les pertes liées à la guerre, était sur le point de s'épanouir. Mais ce sentiment était perdu à jamais : tout, dorénavant, semblait avoir été une erreur, un mirage. Son bonheur à Janus était lointain, inimaginable. Cela faisait deux ans que chaque mot, chaque silence de Tom était un mensonge. Et si elle n'avait pas remarqué cette tromperie, qu'avait-elle ignoré d'autre ? Pourquoi n'avait-il jamais dit un mot sur sa rencontre avec Hannah Roennfeldt ? Que cachait-il donc ? En un éclair dévastateur, elle entrevit une image de Tom, Hannah et Lucy, une famille heureuse. Les idées de trahison qui l'avaient assaillie sur Janus lui revenaient, plus sombres encore, avec des insinuations plus cruelles. Peut-être avait-il abandonné d'autres femmes, d'autres vies. Une épouse – plusieurs ? – dans l'Est… Des enfants, aussi… Le fantasme semblait possible, vraisemblablement réel même, comme il se déversait dans la faille entre ses souvenirs datant de la veille de son mariage et ce présent aussi terrible qu'oppressant. Un phare prévient du danger – il recommande aux gens de garder leurs distances. Elle s'était trompée en croyant que c'était un lieu sûr.

Avoir perdu son enfant. Avoir vu Lucy terrifiée et désespérée d'être arrachée aux seules personnes qu'elle connaissait en ce monde : cela lui était déjà insupportable. Mais savoir que c'était arrivé à cause de son mari – l'homme qu'elle adorait, l'homme auquel elle avait donné sa vie –, c'était tout simplement impossible à comprendre. Il avait bien dit qu'il la protégerait, et pourtant il avait fait la chose la plus à même de la détruire.

Le fait de se concentrer sur l'extérieur, sur Tom, aussi douloureux que ce fût, la sauvait d'une introspection plus intolérable encore. Dans les zones d'ombre de son esprit, montait une sensation presque solide : un besoin très fort de punir ; la furie de la créature sauvage privée de son petit. Le lendemain, la police allait la questionner. Au moment où les étoiles avaient pâli dans le ciel de l'aube, elle avait fini par s'en persuader : Tom méritait de souffrir pour ce qu'il avait fait. Et c'était lui qui lui avait tendu les armes.

CHAPITRE 26

LE COMMISSARIAT DE POINT PARTAGEUSE, comme bien des bâtiments de la ville, était construit avec une pierre locale et du bois coupé dans les forêts alentour. C'était un four en été et une glacière en hiver, ce qui pouvait entraîner quelques irrégularités en matière d'uniforme les jours de températures extrêmes. Quand il pleuvait trop fort, les cellules étaient inondées et le plafond se creusait par endroits – il en était même tombé un morceau une fois, tuant un prisonnier. Perth était trop près de ses sous pour envoyer l'argent qui aurait permis de remettre en état le bâtiment, lequel gardait donc en permanence un air blessé.

Septimus Potts était assis à une table, près du comptoir de l'accueil, et remplissait un formulaire avec les quelques détails dont il se souvenait concernant son beau-fils. Il fut capable de donner le nom complet et la date de naissance de Frank – il les avait lus sur la facture pour la stèle funéraire. Quant au lieu de naissance, au nom des parents…

« Bon, je crois, jeune homme qu'on peut raisonnablement penser qu'il a eu des parents. Ne perdons pas de vue l'essentiel », éructa-t-il, renvoyant l'agent Garstone dans ses cordes, qui rebondit selon une technique mise au point au fil d'années de compromis professionnels.

L'agent concéda que cela suffirait pour rédiger le formulaire d'accusation initial contre Tom. Le jour de la disparition était assez facile à retrouver – le jour de l'Anzac, 1926 ; mais pour ce qui était de la date de la mort de Frank ?

« C'est à M. Sherbourne qu'il faudra le demander », dit Potts d'un ton amer au moment où entrait Bill Graysmark.

Septimus se tourna et les deux hommes se dévisagèrent comme deux vieux taureaux.

« Je vais chercher le sergent Knuckey », annonça l'agent, en envoyant par accident sa chaise valser sur le sol.

Il frappa à coups redoublés à la porte du sergent, et revint après un moment pour demander à Bill de le suivre ; ce dernier bouscula Potts en passant avant de gagner le bureau de Knuckey.

« Vernon ! cria-t-il au sergent dès que la porte fut fermée. Je ne sais pas ce qui s'est passé, mais j'exige que ma petite-fille soit rendue à sa mère, et sur-le-champ. La lui enlever comme ça, c'est insensé ! Elle n'a même pas quatre ans, bon sang ! Ce qui est arrivé aux Roennfeldt est très triste, mais Septimus Potts ne peut pas pour autant s'emparer de ma petite-fille pour compenser ce qu'il a perdu.

– Bill, dit le sergent, je suis bien conscient que cela doit être très difficile pour toi…

– Conscient, mon œil, oui ! Quoi qu'il en soit, la situation est maintenant totalement hors de contrôle, sans doute à cause de la parole d'une femme qui divague depuis des années.

– Tu veux une goutte de cognac ?

– Je n'en ai pas besoin ! Ce qu'il me faut, c'est une once de bon sens, si ce n'est pas trop demander, par ici. Depuis quand mettez-vous des hommes en prison sur les déclarations non vérifiées d'une… folle ? »

Knuckey s'assit à son bureau et roula son stylo entre ses doigts.

« Si tu veux parler d'Hannah Roennfeldt, elle n'a rien dit contre Tom. C'est Bluey Smart qui a tout déclenché… Il a reconnu le hochet. »

Il marqua une pause.

« Isabel ne nous a pas dit un mot jusqu'à présent. Elle refuse de parler. »

Il regarda son stylo tout en continuant à le faire rouler entre ses doigts.

« C'est un peu bizarre, tu ne crois pas, si tout cela n'est qu'une erreur ?

– Eh bien, elle est tout simplement bouleversée, on lui a arraché son enfant, après tout. »

Knuckey leva les yeux vers lui.

« Dans ce cas, Bill, peux-tu me dire pourquoi Sherbourne n'a pas nié en bloc ?

– Parce qu'il… »

Les mots commencèrent à sortir avant même qu'il ait enregistré la question du policier et il se reprit.

« Qu'est-ce que tu entends par : "Il n'a pas nié en bloc" ?

– Sur Janus, il nous a dit que le bébé avait été rejeté par la mer dans un dinghy, avec un homme mort, et qu'il avait insisté pour qu'ils le gardent. Il a cru que la mère s'était noyée, à cause d'un cardigan qu'ils avaient trouvé. Il a dit qu'il avait refusé de signaler l'incident malgré l'insistance d'Isabel. Il lui reprochait de ne pas lui avoir donné d'enfants. Et on dirait bien que leur vie, depuis, n'a été qu'un tissu de mensonges… une totale mascarade. Nous devons enquêter, Bill. »

Il hésita, puis baissa la voix.

« Reste à savoir comment Frank Roennfeldt est mort. Qui sait ce que Sherbourne nous cache encore ? Qui sait ce qu'il force Isabel à taire ? Tout cela sent vraiment mauvais. »

*

La ville n'avait pas connu une telle effervescence depuis des années. Comme l'avait souligné le rédacteur en chef du *South Western Times* : « C'est à peine moins excitant comme nouvelle que le retour de Jésus-Christ sur terre. On a une mère et sa petite fille enfin réunies près des années de séparation, une mort mystérieuse, et notre vieux Potts plein de sous qui distribue son pognon comme si c'était… Noël ! Les gens raffolent de ça. »

*

Le lendemain du retour de l'enfant, la maison d'Hannah est toujours décorée de serpentins en papier crépon. Une poupée toute neuve, son délicat visage de porcelaine reflétant la lumière de l'après-midi, est abandonnée sur une chaise dans un coin, les yeux écarquillés en une supplique silencieuse. La pendule, sur le manteau de la cheminée, fait entendre un tic-tac régulier, et une boîte à musique laisse échapper les notes d'une berceuse sur une cadence aussi macabre que menaçante. Noyées, du reste, par les cris qui viennent du jardin à l'arrière de la maison.

Assise dans l'herbe, l'enfant hurle, son visage est cramoisi de peur et de rage, la peau de ses joues toute tendue et ses petites dents ressemblent à des touches de piano. Elle essaie d'échapper à Hannah, qui la rattrape chaque fois qu'elle se dégage et elle recommence alors à hurler.

« Grace, ma chérie. Chut, chut, Grace. Viens, je t'en prie. »

La fillette pousse des cris désespérés.

« Je veux ma maman. Je veux mon papa. Va-t'en ! Je ne t'aime pas ! »

Ç'avait fait toute une histoire lorsque la police avait réuni la mère et l'enfant. On avait pris des photographies, puis remerciements et louanges avaient été distribués abondamment et équitablement aux policiers et à Dieu. Une fois de plus, les langues de la ville s'étaient activées pour répandre la nouvelle, faisant pétiller l'air d'histoires à propos de l'air rêveur de l'enfant et du sourire éclatant de la mère. « La pauvre petite… elle avait tellement sommeil quand on l'a rendue à sa mère… On aurait dit un petit ange. Remercions le Seigneur de l'avoir arrachée aux griffes de cet homme horrible ! » déclara Fanny Darnley, qui avait entrepris de soutirer tous les détails de l'affaire à la mère de l'agent Garstone. En vérité, Grace n'était pas somnolente, mais à la limite de l'inconscience, après avoir reçu une forte dose de somnifère de la part du Dr Sumpton, une fois qu'il était devenu évident que la séparation avec Isabel la rendait hystérique.

Hannah se trouvait dans une impasse, face à sa fille terrifiée. Durant toutes ces années, elle l'avait gardée tout près de son cœur, mais il ne lui était jamais venu à l'idée qu'il pouvait ne pas en être de même pour l'enfant. Lorsque Septimus Potts s'avança dans le jardin, il aurait eu bien du mal à dire laquelle des deux était la plus désespérée.

« Grace, je ne vais pas te faire de mal, ma chérie. Viens voir maman, suppliait Hannah.

– Je ne m'appelle pas Grace ! Je m'appelle Lucy ! cria l'enfant. Je veux rentrer chez moi ! Où est ma maman ? Tu n'es pas ma maman ! »

Davantage blessée à chacun de ses cris, Hannah ne savait plus quoi lui dire.

« Je t'aime depuis si longtemps. Si longtemps… »

Septimus se souvint alors de sa propre impuissance lorsque Gwen, à peu près au même âge, avait continué à demander des nouvelles de sa mère, comme s'il avait caché sa femme décédée quelque part dans la maison. Il en avait encore les entrailles nouées.

Hannah aperçut son père. L'expression de son visage trahissait ce qu'il pensait de la situation, et l'humiliation la submergea.

« Il lui faut juste un peu de temps pour qu'elle s'habitue à toi. Tu dois être patiente, Hanny », dit-il.

L'enfant avait trouvé un recoin où se réfugier entre le vieux citronnier et le cassissier du Cap, où elle demeurait en alerte, prête à décamper.

« Elle ne sait pas du tout qui je suis, papa. Pas du tout. C'est normal. Et elle ne veut pas venir vers moi. »

Hannah éclata en sanglots.

« Elle finira par venir, dit Septimus. Soit elle va se fatiguer et s'endormir sur place, soit la faim sera ton alliée. Dans un cas comme dans l'autre, il suffit d'attendre.

– Je sais, je sais qu'il faut qu'elle s'habitue à moi à nouveau. »

Septimus lui passa un bras autour de l'épaule.

« Il n'y a pas de “à nouveau”. Tu es une parfaite étrangère pour elle.

– Tu veux bien essayer, toi ? S'il te plaît, va voir si tu peux la faire sortir de son coin... Elle n'a pas voulu aller avec Gwen, non plus.

– Moi, je dirais qu'elle a vu assez de nouveaux visages pour une seule journée. Pas besoin de ma vilaine face pardessus le marché. Laisse-la un peu tranquille, au calme.

– Qu'est-ce que j'ai fait de mal, pour mériter tout ça, papa ?

– Rien de tout ça n'est ta faute. C'est ta fille et elle est là où elle doit être. Donne-lui juste un peu de temps, Hannah. Laisse le temps faire son œuvre. »

Il lui caressa les cheveux.

« Et moi, je vais m'assurer que ce Sherbourne reçoive ce qu'il mérite. Je te le promets. »

En rentrant dans la maison, il trouva Gwen, dans l'ombre du couloir, qui observait sa sœur. Elle secouait la tête.

« C'est terrible de regarder cette pauvre petite créature, murmura-t-elle. Elle vous briserait le cœur, avec ses larmes. »

Elle poussa un profond soupir.

« Elle va peut-être s'habituer », fit-elle en haussant les épaules, mais ses yeux disaient autre chose.

*

Dans la campagne entourant Partageuse, chaque forme de vie a ses propres défenses. Les animaux dont l'homme a le moins besoin de se soucier sont ceux qui survivent en fuyant : les varans, les perruches de Port Lincoln et les opossums à grosse queue. Ils se carapatent à la moindre alerte. D'autres sont mortels si vous vous trouvez dans leur viseur : le serpent-tigre, le requin, la mygale fouisseuse. Ils vous attaqueront pour se défendre s'ils se sentent menacés.

Les formes de vie qu'il faut craindre le plus sont immobiles, vous ne les remarquez pas tant que vous ne les poussez pas par mégarde à utiliser leurs défenses. Elles ne font pas de distinction. Vous mangez une feuille en forme de cœur de ce joli buisson, par exemple, et votre cœur s'arrête de battre. Malheur à vous si vous vous en approchez trop. Ce ne fut que lorsque Isabel Sherbourne se sentit menacée que son système de défense se mit en marche.

Vernon Knuckey tapotait des doigts sur son bureau tandis qu'Isabel attendait d'être interrogée dans la pièce adjacente. Partageuse était un endroit plutôt calme. Une bagarre ou un état d'ébriété constaté sur la voie publique, c'était bien le maximum qui pouvait se produire dans une semaine normale.

Le sergent aurait pu demander sa mutation à Perth s'il avait voulu obtenir une promotion ou travailler sur des délits bien plus épineux. Mais il avait vu assez d'horreurs durant la guerre. Les petits larcins et les amendes pour trafic d'alcool de contrebande lui suffisaient amplement. Kenneth Spragg, lui, brûlait de bouger et de voir le monde. Il irait sur-le-champ à la ville s'il avait la moindre occasion de le faire. Lui, il voulait grimper les échelons qui le mèneraient jusqu'à Perth. Il ne connaissait ni n'aimait personne à Partageuse, pensait Knuckey : Bill et Violet, par exemple, et les garçons qu'ils avaient perdus. Il repensa à toutes ces années où il avait vu la petite Isabel, à la jolie voix et au visage tout aussi plaisant, chanter à Noël dans le chœur de l'église. Puis ses pensées l'entraînèrent vers le vieux Potts, si dévoué à ses filles depuis le décès de sa femme, et dévasté d'avoir vu quel mari choisissait cette pauvre Hannah… Pas à proprement parler une beauté renversante, mais un cerveau en état de marche et une fille tout à fait convenable. Il avait toujours pensé qu'elle avait perdu un boulon en espérant que son bébé pourrait réapparaître après toutes ces années, mais il fallait voir comment les choses avaient finalement tourné.

Il inspira profondément en tournant la poignée de la porte et entra dans la salle d'interrogatoire. Il s'adressa à Isabel, d'un ton professionnel er respectueux.

« Isabel… Madame Sherbourne… je dois encore vous poser quelques questions. »

Il dévissa le capuchon de son stylo et le posa sur la feuille de papier. Un peu d'encre noire s'échappa de la plume et il commença à étirer des traits dans toutes les directions à partir de cette tache centrale.

« Votre mari a dit que vous vouliez signaler l'arrivée du dinghy et qu'il vous en a empêchée. C'est exact ? »

Isabel regarda ses mains.

« Il a dit qu'il vous en voulait de ne pas lui avoir donné d'enfants et que c'était pour cette raison qu'il avait pris cette initiative. »

Les mots la touchèrent au plus profond d'elle-même. En racontant un mensonge, Tom n'avait-il pas dit la vérité ?

« Vous n'avez pas essayé de lui faire entendre raison ? demanda Knuckey.

– Quand Tom Sherbourne pense qu'il fait ce qu'il faut faire, dit-elle avec sincérité, il n'y a pas moyen de le persuader du contraire.

– Il vous a menacée ? demanda-t-il gentiment. Il vous a agressée, physiquement ? »

Isabel ne répondit pas et la rage de sa nuit sans sommeil la submergea à nouveau. Elle s'accrochait au silence comme à un rocher.

Knuckey avait déjà vu des femmes et des filles de bûcheron rendues à la soumission par un simple regard de ces grandes brutes d'hommes.

« Vous aviez peur de lui ? »

Les lèvres d'Isabel se pincèrent. Aucune parole ne sortit.

Knuckey posa les coudes sur le bureau et se pencha en avant.

« Isabel, la loi reconnaît qu'une femme peut se retrouver impuissante entre les mains de son mari. D'après le code pénal, vous n'êtes pas responsable de ce qu'il vous a obligée à faire ou de ce qu'il vous a empêchée de faire, vous n'avez donc pas à vous inquiéter à ce sujet. Vous ne serez pas punie pour les délits qu'il a commis. Maintenant, il faut que je vous pose une question, et je veux que vous réfléchissiez bien avant de répondre. Et souvenez-vous, vous ne pouvez pas être punie pour quelque chose qu'il vous aurait forcée à faire. »

Il s'éclaircit la gorge.

« D'après Tom, reprit-il, Frank Roennfeldt était mort quand le dinghy s'est échoué sur la plage. C'est exact ? » demanda-t-il en la regardant droit dans les yeux.

Isabel fut surprise par la question. Elle pouvait s'entendre dire : « Bien sûr que c'est vrai ! » Mais avant que sa bouche ne s'ouvre, son esprit revint sur la trahison de Tom. Soudain submergée – par la perte de Lucy, par la colère, par le simple épuisement –, elle ferma les yeux.

Puis elle riva son regard sur son alliance.

« Je n'ai rien à dire », fit-elle avant d'éclater en sanglots.

*

Tom buvait son thé lentement, il regardait le petit tourbillon de vapeur se dissiper dans l'air tiède. La lumière de l'après-midi pénétrait en oblique par les hautes fenêtres de la pièce à peine meublée. Il frotta la barbe naissante sur son menton, ce qui lui rappela ces sensations des jours où il était impossible de se raser, et même de se laver.

« Vous en voulez encore ? demanda Knuckey d'un ton neutre.

– Non. Merci.

– Vous fumez ?

– Non.

– Bon. Alors, un dinghy s'échoue près du phare. Venu de nulle part.

– Je vous ai déjà raconté tout ça quand on était sur Janus.

– Oui, et vous me le redirez autant de fois que je vous le demanderai ! Donc, vous trouvez le canot.

– Oui.

– Et il y a un bébé dedans.

– Oui.

– Et dans quel état il est, ce bébé ?

– En bonne santé. Il pleure, mais il est en bonne santé. »

Knuckey prenait des notes.

« Il y a aussi un type, dans le dinghy.

– Un corps.

– Un homme », dit Knuckey.

Tom le jaugea, prenant la mesure de la correction.

« Vous êtes le seigneur du château, sur Janus, pas vrai ? »

Tom mesura l'ironie de sa remarque, que quiconque connaissant la vie des gardiens de phare aurait saisie, mais il ne réagit pas.

« Vous croyez que vous jouissez d'une impunité sans bornes ?

– Oui, mais ça n'a rien à voir avec le sentiment d'impunité.

– Et vous décidez de garder le bébé. Isabel avait perdu le vôtre. Personne ne le saurait.

– Je vous ai déjà dit tout ça.

– Vous tapez sur votre femme, vous ? »

Tom le regarda.

« Pardon ?

– C'est pour ça qu'elle a perdu le bébé ? »

La surprise se lut sur le visage de Tom.

« C'est ce qu'elle vous a dit ? »

Knuckey demeura silencieux et Tom prit une profonde inspiration.

« Je vous ai déjà dit ce qui s'était passé. Isabel a essayé de me dissuader. Je suis coupable de tout ce dont vous voulez que je sois coupable, on boucle le dossier et vous laissez ma femme tranquille.

– Ne me dites pas ce que j'ai à faire », répliqua sèchement Knuckey.

Il repoussa sa chaise loin du bureau et croisa les bras.

« L'homme, dans le dinghy...

– Quoi ?

– Dans quel état était-il, quand vous l'avez trouvé ?
– Il était mort.
– Vous en êtes sûr ?
– J'ai vu pas mal de cadavres, à une certaine époque.
– Et pourquoi je devrais vous croire, pour celui-là ?
– Et pourquoi je mentirais ? »

Knuckey marqua un arrêt, laissa la question en suspens dans l'air, pour que son prisonnier sente la réponse peser sur lui. Tom bougea sur sa chaise.

« Exactement, dit Knuckey. Pourquoi vous mentiriez ?
– Ma femme pourra vous dire qu'il était mort quand le dinghy a échoué.
– Cette même femme que vous avouez avoir forcée à mentir ?
– On ne parle pas de la même chose. Il y a une grosse différence entre recueillir un bébé et…
– Tuer son père ? interrompit Knuckey.
– Demandez-le-lui.
– Je l'ai fait, dit calmement Knuckey.
– Alors vous savez qu'il était mort.
– Je ne sais rien du tout. Elle refuse de dire quoi que ce soit à ce sujet. »

Tom sentit un marteau cogner contre sa poitrine. Il évita le regard de Knuckey.

« Mais qu'est-ce qu'elle a dit ?
– Qu'elle n'avait rien à dire. »

Tom baissa la tête.

« Bon sang de bon Dieu ! marmonna-t-il dans sa barbe. Eh bien, tout ce que je peux faire, c'est répéter ce que j'ai déjà déclaré. Cet homme était mort quand je l'ai découvert. »

Il se tordait les doigts.

« Si seulement je pouvais la voir, si seulement je pouvais lui parler…

– Aucune chance. De toute façon, j'ai l'impression qu'elle refuserait de vous parler, même si vous étiez la dernière personne sur cette terre. »

*

Le mercure. Fascinant, mais imprévisible. Il pouvait supporter la tonne de verre dans le phare, mais si on essayait de poser le doigt sur une goutte de mercure, elle lui échappait. L'image ne cessait de resurgir dans l'esprit de Tom, en songeant à Isabel après l'interrogatoire de Knuckey. Il se remémora les jours qui avaient suivi la naissance du dernier bébé mort-né, lorsqu'il avait tenté de la réconforter.

« Ça va aller. Et si c'est juste toi et moi pour le restant de nos jours, pour ma part ça me convient bien. »

Elle avait levé les yeux pour rencontrer les siens et son expression avait glacé Tom. Une expression désespérée. Vaincue.

Il avait voulu la toucher, mais elle s'était reculée.

« Tu vas aller mieux. Les choses vont s'arranger. Il faut juste du temps. »

Sans prévenir, elle s'était levée et précipitée vers la porte, oubliant un moment la douleur, avant de se ruer dans la nuit.

« Izzy ! Je t'en prie, arrête ! Tu vas te faire mal !

– Je vais faire bien plus que ça ! »

La lune était suspendue dans le ciel chaud et immobile. La longue chemise de nuit blanche qu'Isabel avait portée lors de leur nuit de noces quatre ans plus tôt brillait telle une lanterne en papier, minuscule point blanc dans un océan de ténèbres.

« Je n'en peux plus ! avait-elle hurlé d'une voix si forte et si stridente que les chèvres en avaient été tirées de leur sommeil et s'étaient mises à s'agiter dans leur enclos. Je ne supporte plus tout ça ! Mais mon Dieu, pourquoi me laissez-Vous vivre alors que Vous me prenez mes enfants ?

– Calme-toi, Izz. »

Mais elle s'était dégagée et avait recommencé à courir, malgré la douleur qui lui cisaillait le ventre, en direction de la falaise.

« Ne me dis pas de me calmer, espèce d'idiot. C'est ta faute, tout ça. Je hais cet endroit ! Je te hais ! Je veux mon bébé ! »

La lumière dessinait un chemin au-dessus d'elle.

« Tu n'en voulais pas ! C'est pour ça qu'il est mort. Il savait que tu ne l'aimais pas.

– Viens, Izzy. Rentrons.

– Tu ne ressens rien, Tom Sherbourne ! Je ne sais pas ce que tu as fait de ton cœur, mais il n'est plus dans ta poitrine, ça c'est sûr ! »

Il y a des limites à ce que les gens peuvent encaisser. Il l'avait constaté bien souvent. Il en avait connu des gars pleins d'ardeur et prêts à en faire voir aux Boches, qui avaient survécu aux bombardements, à la neige, aux poux et à la boue, pendant des années. Et puis soudain quelque chose en eux se refermait et s'enfouissait très profondément à l'intérieur, là où on ne pouvait pas l'atteindre. Ou parfois ils se retournaient contre vous, baïonnette à la main, riant et pleurant à la fois comme des fous furieux. Seigneur, et quand il repensait à son état à lui quand tout avait été fini…

Qui était-il pour juger Isabel ? Elle avait atteint ses limites, c'était tout. Tout le monde avait les siennes. Tout le monde. En lui prenant Lucy, il l'avait conduite jusqu'à son point de non-retour.

*

Tard ce soir-là, Septimus Potts ôta ses bottines et agita ses orteils dans ses fines chaussettes de laine. Il grommela en entendant le craquement familier de son dos. Il était assis au bord du robuste lit en jarrah taillé dans un des arbres de sa forêt. Le seul bruit qu'on entendait dans cette vaste pièce était le tic-tac de la pendule de voyage posée sur la table de chevet. Il soupira tout en examinant les jolies choses qui l'entouraient – le linge amidonné, les meubles cirés, le portrait de sa femme, Ellen, décédée – à la lumière des lampes électriques, adoucie par les abat-jour de verre rose givré. L'image de sa petite-fille cet après-midi-là, désespérée et recroquevillée dans son coin, était encore bien présente : la petite Grace, que tout le monde sauf Hannah pensait morte. La vie. Qui pouvait dire comment tout cela allait finir ?

Il était pourtant persuadé qu'après la mort d'Ellen, il ne serait plus jamais témoin du désespoir provoqué par la perte d'une mère, avant de se retrouver en face de sa petite-fille dans le jardin. Au moment même où il pensait que l'existence lui avait déjà joué tous les tours qu'elle avait dans son sac, elle en sortait un nouveau. Il savait ce que cette fillette traversait. Un doute s'insinua dans un coin de son esprit. Peut-être… Peut-être était-il cruel de l'éloigner de la fille Sherbourne…

Il regarda encore une fois le portrait d'Ellen. Grace avait la même mâchoire. Elle serait peut-être une aussi belle femme que sa grand-mère. Il imagina les Noël et les anniversaires à venir. Une famille heureuse, c'était tout ce qu'il voulait. Il pensa au visage torturé d'Hannah qui lui rappelait, avec culpabilité, la souffrance qu'elle avait éprouvée, quand il avait tenté de la dissuader d'épouser Frank.

Non. C'était ici que devait grandir cette enfant, avec sa vraie famille. Elle allait être gâtée comme une princesse. Elle finirait par s'habituer à sa nouvelle maison et à sa vraie mère.

En espérant qu'Hannah puisse tenir le coup assez longtemps…

Il sentit des larmes venir et la colère lutter pour remonter à la surface. Quelqu'un devait payer. Quelqu'un devait souffrir comme sa fille avait souffert.

Il chassa le doute qui s'était insinué en lui. Il ne pouvait changer le passé, en particulier les années au cours desquelles il avait refusé d'accueillir Frank dans sa famille, mais il pouvait le réparer, vis-à-vis d'Hannah. Sherbourne allait être puni. Il y veillerait.

Il éteignit la lampe et regarda le clair de lune scintiller sur le cadre en argent de la photographie d'Ellen. Puis il refusa de penser plus longtemps à ce que devaient éprouver les Graysmark ce soir-là.

CHAPITRE 27

DEPUIS SON RETOUR, Isabel se surprenait constamment à penser à Lucy – où pouvait-elle être ? Était-il l'heure du coucher ? Qu'allait-elle lui préparer pour le déjeuner ? Puis son cerveau opérait un correctif, la ramenait à la réalité et elle revivait une fois de plus la torture de la perte. Qu'était-il en train d'arriver à sa fille ? Qui lui donnait à manger ? Qui la déshabillait ? Lucy devait être complètement perdue.

Au souvenir de l'expression de la petite fille quand elle avait été forcée d'avaler l'amer médicament pour dormir, Isabel avait la gorge serrée. Elle essayait de l'effacer à l'aide d'autres images : Lucy qui jouait dans le sable ; Lucy qui se pinçait le nez en sautant dans l'eau ; son visage quand elle dormait, la nuit – paisible, en sécurité. Il n'y avait rien au monde de plus merveilleux que le spectacle de votre enfant endormi. Tout le corps d'Isabel portait l'empreinte de la petite fille : ses doigts connaissaient la douceur de ses cheveux quand elle les brossait ; ses hanches se souvenaient du poids de Lucy, et de ses jambes bien serrées autour de sa taille ; sans parler de la douceur de ses joues.

Alors qu'elle errait parmi ces souvenirs, dont elle tirait du réconfort comme un nectar d'une fleur mourante, elle avait conscience de l'ombre qui planait derrière elle, et qu'elle aurait été incapable de regarder. Cette ombre la visitait dans ses rêves, aussi floue que terrifiante. Elle l'appelait : « Izzy ! Izzy ! Mon amour… », mais elle ne pouvait se tourner, et ses épaules se haussaient jusqu'à ses oreilles comme pour échapper à son emprise. Alors elle se réveillait, essoufflée et nauséeuse.

Durant tout ce temps, les parents d'Isabel prirent son silence pour de la loyauté mal placée. « Je n'ai rien à dire », ce furent ses seuls mots le soir où elle était revenue chez eux, des mots qu'elle répétait chaque fois que Bill ou Violet tentaient de parler de Tom ou de ce qui s'était passé.

*

Les cellules du commissariat n'avaient habituellement pas d'autre utilité que d'accueillir un ivrogne le temps qu'il dessoûle, ou de donner à un mari en colère le temps de redevenir raisonnable et de promettre de ne plus passer sa rage sur sa femme. La plupart du temps, le policier d'astreinte ne se souciait pas même de fermer la cellule à clé, et s'il connaissait le prisonnier, il n'était pas rare qu'il finisse son tour de garde par une partie de cartes avec lui dans son bureau, étant bien entendu qu'il ne serait pas venu à l'esprit de ce dernier de tenter de fuir.

Aujourd'hui, Harry Garstone était tout particulièrement excité, il avait enfin la responsabilité d'un criminel digne de ce nom. Il n'avait toujours pas digéré le fait de ne pas avoir été de service le soir où, un an auparavant, Bob Hitching avait été amené de Karridale. Le type n'avait plus toute sa tête depuis Gallipoli. Il s'était emporté et avait tué avec un hachoir à viande son frère, qui habitait la ferme voisine, à cause d'un différend sur le testament de leur mère. Il avait fini au bout d'une corde. Garstone se régalait donc maintenant des délices de la procédure. Il sortit même le règlement pour être bien sûr de le suivre à la lettre.

Lorsque Ralph avait demandé à voir Tom, Garstone avait fait tout un cirque, consulté le règlement, claqué la langue et esquissé diverses moues avec sa grande bouche.

« Désolé, capitaine Addicott. J'aimerais bien vous y autoriser, mais ici il est dit que…

– Arrêtez vos bêtises, Harry Garstone, ou il va vous en cuire.

– C'est assez clair, je vous assure, et… »

Les murs du commissariat étaient minces et l'agent fut interrompu par la voix de Vernon Knuckey qui se donnait rarement la peine de se lever de son siège pour des communications de ce genre.

« Ne soyez pas rigide comme ça, bon sang, Garstone. C'est le gardien du phare qui est dans cette cellule, pas Ned Kelly. Laissez-le passer. »

L'agent dépité secoua vigoureusement son trousseau en signe de protestation tout en ouvrant une porte devant Ralph, avant de lui faire descendre quelques marches et de le guider le long d'un couloir qui débouchait sur plusieurs cellules à barreaux.

Dans l'une d'elles, Tom était assis sur une couchette de toile dépliée du mur. Il regarda le visage de Ralph – grisâtre et les traits tirés.

« Tom, dit le capitaine.

– Ralph, répondit Tom en hochant la tête.

– Je suis venu dès que j'ai pu. Hilda te passe le bonjour. Et Bluey aussi », fit-il en vidant ses réserves de salutations comme de la petite monnaie.

Tom hocha à nouveau la tête.

Ils restèrent tous deux assis en silence.

« Si tu préfères que je te laisse…, proposa Ralph après un certain temps.

– Non, c'est bon de te voir. Mais je n'ai pas grand-chose à dire, désolé. Ça te va si on ne parle pas pendant un moment ? »

Ralph avait plein de questions, les siennes ainsi que celles de sa femme, mais il demeura silencieux sur sa vieille chaise. Le jour commençait à chauffer et les cloisons de bois craquaient comme une créature qui s'étire au réveil. Les méliphages et les bergeronnettes pépiaient au-dehors. De temps en temps, un véhicule motorisé crachotait dans la rue, noyant les chants des criquets et des cicadas.

Certaines pensées hurlaient dans la tête de Ralph, sur le point d'atteindre sa bouche, mais il parvint à les arrêter juste à temps. Il cala les mains sous ses cuisses pour réprimer son envie de secouer Tom par les épaules.

« Au nom du ciel, Tom, finit-il par éructer, incapable de résister davantage, mais que se passe-t-il ? C'est quoi cette histoire, Lucy serait le bébé Roennfeldt ?

– C'est exact.

– Mais comment… Bon sang…

– Je l'ai expliqué à la police, Ralph. Je ne suis pas très fier de ce que j'ai fait.

– Est-ce que c'est… ? Est-ce que c'est ce dont tu parlais, quand tu disais qu'il te fallait réparer quelque chose de très grave que tu avais fait, l'autre fois, à Janus ?

– Ce n'est pas aussi simple que ça. »

Il y eut un long moment de silence.

« Raconte-moi ce qui s'est passé.

– Ça ne servirait pas à grand-chose, Ralph. J'ai pris une mauvaise décision, et voilà venue pour moi l'heure de payer.

– Pour l'amour du ciel, mon gars, laisse-moi t'aider.

– Tu ne peux rien pour moi. Je suis tout seul, dans cette histoire.

– Quoi que tu aies fait, tu es un brave homme, et je ne veux pas te voir tomber comme ça, dit-il en se levant. Je vais te trouver un bon avocat… On va voir ce qu'il peut faire.

– Je ne crois pas qu'un avocat puisse faire grand-chose pour moi, Ralph. Un prêtre serait plus utile.

– Mais ce sont des bêtises, ce qu'on dit sur toi, non ?

– Pas tout, Ralph.

– Dis-moi en me regardant dans le blanc des yeux que c'est entièrement ta faute ! Que tu as menacé Isabel ! Tu me regardes dans les yeux, tu me le dis, et je te laisserai tranquille, mon gars. »

Tom inspecta le grain du bois qui constituait la cloison.

« Tu vois bien ! s'exclama Ralph, triomphant. Tu ne peux pas le faire !

– C'est moi qui étais de garde, pas elle. »

Tom regarda Ralph en se demandant s'il pouvait ajouter quelque chose, lui expliquer, sans mettre en danger la position d'Isabel.

« Izzy a assez souffert, finit-il par ajouter. Elle ne pourrait pas en encaisser davantage.

– Te mettre toi dans la ligne de mire n'est pas la solution. Il faut démêler tout ça correctement.

– Il n'y a rien à démêler, Ralph, et il est impossible de revenir en arrière. Je le dois à Isabel. »

*

Les miracles arrivaient pour de bon : c'était officiel. Dans les jours qui suivirent le retour de Grace, le révérend Norkells put constater une nette augmentation du nombre de ses ouailles, particulièrement des femmes. Bien des mères qui avaient abandonné tout espoir de revoir vivants leurs fils chéris, bien des veuves de guerre aussi, se remirent à prier avec une ferveur nouvelle, ne se sentant plus stupides d'implorer le ciel pour ce qui était perçu comme sans espoir par les hommes. Saint Jude n'avait jamais reçu autant d'attention. Les souffrances causées par la perte d'un être cher se réveillèrent, apaisées quelque peu par ce baume depuis si longtemps épuisé : l'espoir.

*

Gerald Fitzgerald était assis en face de Tom et la table qui les séparait était jonchée de papiers et du cordon rose réglementaire qui retenait les dossiers. L'avocat de Tom, un petit homme chauve, faisait penser à un jockey engoncé dans un costume trois pièces. Il était arrivé en train de Perth la veille au soir et avait lu le dossier tout en dînant à L'Impératrice.

« Vous avez été officiellement inculpé. Partageuse a un magistrat itinérant qui tient séance tous les deux mois et il vient de passer, alors vous allez rester en détention jusqu'à son prochain passage. Mais vous êtes bien mieux ici qu'à la prison d'Albany, c'est sûr. Pendant ce temps, nous allons nous préparer en vue de l'audience préliminaire.

Tom le regarda d'un air interrogateur.

« Je veux parler de l'audience qui décidera si vous avez ou non à répondre des faits. Si c'est le cas, on vous transférera à Albany ou à Perth pour vous juger.

– Juger quoi ? demanda Tom.

– Ça dépend des chefs d'accusation », dit Fitzgerald.

Il posa une nouvelle fois les yeux sur la liste qui se trouvait devant lui.

« Eh bien, on peut dire qu'ils n'ont pas lésiné. Code pénal d'Australie-Occidentale, statuts des fonctionnaires du Commonwealth, lois sur les coroners d'Australie-Occidentale, code pénal du Commonwealth. Un vrai régal, tout le catalogue y est. »

Il sourit en se frottant les mains.

« Voilà qui me plaît », reprit-il.

Tom haussa un sourcil.

« Je veux dire qu'ils grattent partout, parce qu'ils ne savent pas trop sur quoi s'appuyer, poursuivit l'avocat. Service statutaire non accompli, ça, c'est deux ans plus une amende. Traitement inapproprié d'un cadavre, ça, ça va chercher dans les deux ans de travaux forcés. Découverte non signalée d'un cadavre, ça, ricana-t-il, c'est juste une amende de dix livres. Fausse déclaration de naissance… deux ans de travaux forcés et une amende de deux cents livres. »

Il se gratta le menton.

Tom risqua une question.

« Et pour… l'accusation de rapt d'enfant ? »

C'était la première fois qu'il utilisait cette expression et il tressaillit au son même des mots qu'il prononçait.

« Section 343 du code pénal. Sept ans de travaux forcés. »

L'avocat tordit la bouche et fit un signe de tête, pour lui-même.

« Ce qui joue en votre faveur, monsieur Sherbourne, c'est que les articles de loi décrivent les crimes et délits selon les modes opératoires ordinaires. Et donc, la section 343 s'applique à… »

Il prit le texte écorné pour en lire un extrait à haute voix.

« … "*toute personne qui, dans l'intention de priver un parent de la possession de son enfant, prend, attire et garde par ruse ou par force cet enfant*"…

– Et alors ? demanda Tom.

– Et alors ? Ils n'arriveront à rien, avec ça. Heureusement pour vous, la plupart du temps, les bébés ne quittent leur mère que si quelqu'un les emmène. Et ils ne débarquent généralement pas tout seuls sur une île quasiment déserte.

Vous comprenez où je veux en venir ? Ils ne pourront pas rassembler les éléments nécessaires pour monter cette accusation. Vous n'avez pas "gardé" ce bébé : légalement parlant, il aurait pu partir comme il le voulait. Vous ne l'avez certainement pas "attiré". Et ils ne pourront jamais prouver l'"intention de priver" parce que nous dirons que vous croyiez en toute bonne foi que les parents étaient morts. Je pense donc que je peux vous sortir de celle-là. En plus, vous êtes un héros de guerre, décoré de la croix militaire, entre autres. La plupart des tribunaux ont encore tendance à se montrer cléments avec les types qui ont risqué leur vie pour leur pays et qui n'ont jamais eu d'ennuis par ailleurs. »

Le visage de Tom se détendit, mais l'expression de l'avocat changea.

« Mais ce qu'ils n'aiment pas, monsieur Sherbourne, reprit-il, ce sont les menteurs. En fait, ils leur vouent une telle répulsion que la peine encourue pour parjure est de sept ans de travaux forcés. Et si le menteur en question empêche la justice de juger le vrai coupable, ça s'appelle "subvertir le cours de la justice" et c'est sept ans de plus. Vous voyez où je veux en venir ? »

Tom lui jeta un coup d'œil.

« La loi aime s'assurer que ceux qui méritent d'être punis le sont. Les juges sont un peu tatillons, là-dessus. »

Il se leva, alla jusqu'à la fenêtre regarder les arbres derrière les barreaux.

« Enfin, reprit-il, si j'entrais au tribunal pour raconter l'histoire d'une pauvre femme folle de chagrin après la perte d'un bébé mort-né... Une femme qui n'avait plus toute sa tête, qui ne pouvait plus distinguer le bien du mal, et si je disais que son mari, un gars bien, qui avait toujours fait son devoir, mais qui, juste cette fois-là, dans le but d'arranger les choses pour sa femme, avait laissé son cœur l'emporter sur sa raison et suivi l'idée de sa femme... Eh bien, je crois que je pourrais vendre ça au juge, et que je pourrais vendre ça à un jury. La cour dispose d'une prérogative qu'on appelle "la prérogative du pardon"... qui permet d'alléger une sentence, et ça vaut pour l'épouse aussi. Cependant, pour le moment, j'ai affaire non seulement à un menteur, mais aussi, et de son propre aveu, à une brute. Un homme qui, apparemment inquiet que les gens croient qu'il est impuissant, décide de kidnapper un bébé naufragé, et qui, pour ce faire, oblige sa femme à mentir. »

Tom se redressa.

« J'ai dit ce que j'avais à déclarer.

– Alors, continua Fitzgerald, si vous êtes le genre d'homme qui ferait vraiment une chose pareille, pour la police, vous êtes aussi capable d'aller encore plus loin pour obtenir ce que vous voulez. Si vous êtes ce genre d'homme qui prend ce qu'il veut parce qu'il peut le faire, qui est prêt à contraindre sa femme à agir sous la menace, alors vous pouvez aussi bien être aussi le genre d'homme qui est prêt à tuer pour obtenir ce qu'il veut. On sait tous que vous l'avez déjà fait pendant la guerre. »

Il se tut un instant.

« Voilà ce qu'ils pourraient dire.

– Ils ne m'ont pas accusé de ça.

– Pas encore. Mais d'après ce que j'entends, ce flic d'Albany meurt d'envie de mettre la main sur vous. J'ai déjà eu affaire à lui, et je peux vous le dire, c'est un véritable salopard. »

Tom inspira profondément et secoua la tête.

« Et il est ravi que votre femme ne corrobore pas votre histoire sur Roennfeldt, selon laquelle il était mort quand vous l'avez trouvé, dit-il en enroulant autour de son doigt le cordon cramoisi qui entourait le dossier. Elle doit vraiment vous détester. Elle vous déteste peut-être, ajouta-t-il lentement en déroulant le cordon, parce que vous l'avez forcée à mentir à propos du bébé. Ou même parce que vous avez tué un homme. Mais pour moi, si elle vous en veut, c'est plutôt parce que vous avez vendu la mèche. »

Tom ne réagit pas.

« C'est à la cour de déterminer comment il est mort. Quand il s'agit d'un type enterré depuis presque quatre ans, ça n'est pas facile. Il ne reste plus grand-chose. Pas d'os brisés. Pas de fractures. Des antécédents connus de problèmes cardiaques. Normalement, ça devrait nous conduire à des conclusions ouvertes de la part du médecin légiste. Si toutefois vous acceptiez de dire enfin la vérité.

– Si je plaide coupable pour tous les chefs d'accusation… Si je dis que j'ai forcé Isabel à se taire à propos du bébé et s'il n'y a pas de preuve… la justice ne pourra rien lui reprocher… On est bien d'accord ?

– Oui, mais…

– Alors, j'accepterai la sentence du tribunal…

– Le problème, c'est qu'elle pourrait être bien plus lourde que celle à laquelle vous vous attendez, dit Fitzgerald en rangeant les documents dans sa serviette. On n'a aucune idée de ce que votre femme va dire, si jamais elle se décide à parler. Si j'étais à votre place, j'y réfléchirais à deux fois. »

*

Si les gens dévisageaient déjà Hannah avant le retour de Grace, ce fut encore pire après. Ils s'étaient attendus à une sorte de transformation miraculeuse, semblable à une réaction chimique, produite par ces retrouvailles entre mère et fille. Mais ils furent déçus : l'enfant avait l'air perdue et la mère désespérée. Loin d'avoir repris ses couleurs Hannah devint de plus en plus livide, à mesure que chaque hurlement de Grace l'obligeait à se demander si elle avait bien fait de la reprendre avec elle.

Les anciens livres de bord de Janus furent réquisitionnés par la police, qui put comparer l'écriture de Tom avec celle des deux lettres adressées à Hannah : il n'y avait aucune hésitation possible, même calligraphie régulière dans les deux cas. Le doute n'était pas plus permis quant au hochet que Bluey avait identifié. Seul le bébé avait changé au point d'être méconnaissable. Hannah avait confié à Frank un minuscule nourrisson de douze livres aux cheveux sombres et le destin lui avait rendu une petite créature blonde triste et apeurée, qui tenait sur ses pieds, savait marcher et hurler jusqu'à ce que son visage soit tout rouge et son menton dégoulinant de bave et de larmes. L'assurance qu'Hannah avait acquise en s'occupant de son bébé durant les premières semaines de sa vie s'était rapidement érodée. L'intimité, l'entente muette, qu'elle avait pensé pouvoir retrouver facilement, étaient bel et bien perdues pour elle : cette enfant ne réagissait plus d'une façon qu'elle pouvait prévoir. Elles étaient maintenant comme deux étrangères désaccordées.

Hannah se faisait peur quand elle perdait patience avec sa fille, qui, au début, n'acceptait de manger, de dormir ou d'être baignée qu'à l'issue de négociations interminables, et qui, plus tard, se contenta de se replier sur elle-même. Jamais, tout au long de ces années, même dans ses pires moments de désolation, Hannah n'avait pu concevoir situation plus cauchemardesque.

En désespoir de cause, elle fit examiner l'enfant par le Dr Sumpton.

« Bien, fit le médecin replet en reposant son stéthoscope sur son bureau, sur le plan physique, cette enfant est en parfaite santé. »

Il poussa le bocal rempli de bonbons vers Grace.

« Servez-vous, mademoiselle. »

La fillette, qui avait été traumatisée par la scène du commissariat, demeura muette, et Hannah lui présenta à son tour le bocal.

« Allez, sers-toi, prends-en un de la couleur que tu veux, ma chérie. »

Mais sa fille détourna la tête et attrapa une mèche de cheveux qu'elle enroula autour de son doigt.

« Et vous dites qu'elle fait pipi au lit ?

– Souvent. Une fillette de son âge, normalement, ne fait plus...

– Vous n'avez pas vraiment besoin de me rappeler que ce ne sont pas des circonstances normales. »

Il fit tinter une sonnette sur son bureau et, après un coup discret frappé à la porte, une femme aux cheveux blancs entra.

« Madame Fripp, vous voulez bien prendre la petite Grace avec vous pendant je parle à sa mère ? »

La femme sourit.

« Viens, ma chérie, allons voir si on peut te trouver un biscuit quelque part », dit-elle en emmenant l'enfant apathique.

Hannah se lança.

« Je ne sais pas quoi faire, je ne sais pas quoi dire. Elle continue à demander après... » Elle achoppa sur le nom : « Isabel Sherbourne.

– Que lui avez-vous dit à son propos ?

– Rien. Je lui ai dit que je suis sa mère et que je l'aime et...

– Mais enfin, vous ne pouvez pas tout bonnement effacer Mme Sherbourne de sa vie.

– Que dois-je faire alors ?

– Je vous suggère de lui dire qu'elle et son mari ont dû partir.

– Partir où, et pourquoi ?

– Ça n'a pas vraiment d'importance, à l'âge qu'elle a. Il suffit qu'elle ait une réponse à sa question. Elle finira par oublier… s'il n'y a rien autour d'elle pour lui rappeler les Sherbourne. Elle va s'habituer à sa nouvelle maison. Ça se passe souvent comme ça, pour les enfants adoptés.

– Mais elle se met dans de tels états ! Je veux juste faire ce qu'il y a de mieux pour elle.

– On ne fait pas d'omelette sans casser des œufs, j'en ai peur, madame Roennfeldt. Le destin a distribué à cette petite fille de drôles de cartes, et vous n'y pouvez rien. Les Sherbourne finiront bien par lui sortir de la tête, si elle n'a aucun contact avec eux. En attendant, donnez-lui une goutte du somnifère si elle est trop angoissée ou perturbée. Cela ne lui fera pas de mal. »

CHAPITRE 28

« TU NE T'APPROCHES PAS DE CET HOMME, tu m'entends ?

– Il faut que j'aille le voir, maman. Il est enfermé depuis une éternité ! Et c'est ma faute, se lamenta Bluey.

– Ne dis pas n'importe quoi. Tu as réuni un bébé et sa mère et tu vas empocher les trois mille guinées de récompense, dit Mme Smart en prenant le fer sur la cuisinière pour le presser contre la nappe, un peu plus fort à chaque phrase. Sers-toi de ta tête, mon garçon. Tu as fait ta part, alors maintenant tu ne t'en mêles plus !

– Sa situation est pire que celle des premiers colons, maman ! Je crois que ça ne va pas bien tourner pour lui.

– C'est pas tes oignons, fiston. Allez, maintenant, bouge-toi et va me désherber le parterre de roses. »

Par réflexe, Bluey fit un pas vers la porte de derrière, tandis que sa mère continuait à marmonner.

« Mince, quand je pense qu'il a fallu que je me retrouve avec ce benêt ! »

Il s'arrêta, et, à la grande surprise de sa mère, se redressa de toute sa hauteur.

« Eh bien, je suis peut-être un benêt mais je ne suis pas un mouchard. Et sûrement pas le genre de gars qui abandonne ses copains. »

Il fit demi-tour et se dirigea vers la porte de devant.

« Et où crois-tu aller, Jeremiah Smart ?

– Dehors, maman !

– Il faudra me passer sur le corps ! » répliqua-t-elle en lui bloquant le passage.

Elle mesurait à peine un mètre cinquante. Il la dépassait d'au moins trente centimètres.

« Désolé », dit-il en soulevant sa mère par la taille aussi facilement qu'un morceau de bois de santal, avant de la reposer légèrement sur le côté.

Il la planta là, bouche bée, les yeux furibonds, passa la porte et s'éloigna dans l'allée.

*

Bluey examina le décor. L'espace confiné, le seau hygiénique posé dans un coin, la tasse en fer-blanc sur la table rivetée au sol. Depuis toutes ces années qu'il connaissait Tom, il l'avait toujours vu rasé de frais, les cheveux bien peignés, et sa chemise impeccablement repassée. Son ami avait maintenant des cernes sombres sous les yeux et ses pommettes saillaient comme des cailloux au-dessus de sa mâchoire carrée.

« Tom ! Je suis content de te voir, mon vieux », déclara le visiteur, et cette phrase les ramena tous deux à l'époque des retrouvailles sur la jetée et des longs voyages, quand ils étaient, réellement, heureux de se voir.

Bluey cherchait à voir le visage de Tom, mais ses yeux n'arrivaient pas à s'accommoder à cause de l'espace entre les barreaux : un coup le visage était flou, l'autre coup, c'étaient les barreaux.

« Comment vont les choses ? demanda-t-il après avoir apparemment cherché un moment quoi dire.

– J'ai connu mieux. »

Bluey tripota son chapeau entre ses mains le temps de rassembler son courage.

« Je ne vais pas aller chercher la récompense, mon vieux. »

Ses mots sortaient de sa bouche de manière hésitante.

« Ce ne serait pas bien », dit-il.

Tom regarda un moment sur le côté.

« Je pensais bien qu'il devait y avoir une raison pour que tu ne sois pas venu avec la police, dit-il, l'air plus indifférent qu'en colère.

– Je suis désolé ! C'est ma mère qui m'a forcé. Je n'aurais jamais dû l'écouter. Je ne toucherai pas cet argent, même avec des pincettes.

– C'est peut-être pas plus mal que ce soit toi qui en profites, plutôt qu'un autre type. Pour moi, ça ne change rien. »

Quoi que Bluey attendît de la part de Tom, ce n'était pas ce détachement.

« Et maintenant, qu'est-ce qui va se passer ?

– Qu'est-ce que j'en sais, Bluey ?

– Tu as besoin de quelque chose ? Je peux t'apporter quelque chose ?

– Un peu de ciel et d'océan, ce serait bien.

– Je suis sérieux.

– Moi aussi, dit Tom, et il inspira profondément tout en réfléchissant. Tu pourrais faire quelque chose, en fait. Tu pourrais passer voir Izzy. Elle est chez ses parents. Juste… pour voir si elle va bien. Ça doit être dur pour elle. Il s'interrompit parce que sa voix se brisait : Dis-lui que je… comprends. C'est tout. Dis-lui que je comprends, Bluey. »

Bien que le jeune homme, pour sa part, ne saisît pas bien sa requête, elle revêtit pour lui le caractère d'une mission sacrée. Il transmettrait le message quoi qu'il lui en coûte.

Une fois Bluey reparti, Tom s'allongea sur sa couchette, et, une fois de plus, se demanda comment allait Lucy et comment Isabel faisait face à la situation. Il essaya d'imaginer de quelle autre façon il aurait pu procéder, depuis le premier jour. Puis il se souvint des paroles de Ralph : « le meilleur moyen de rendre un gars cinglé, c'est de lui faire revivre sa guerre jusqu'à ce qu'il comprenne. » Il chercha alors plutôt du réconfort ailleurs et entreprit de dessiner mentalement sur le plafond de sa cellule la carte du ciel, avec l'exacte position des étoiles ce soir-là, en commençant par Sirius, comme toujours la plus brillante ; puis la Croix du Sud ; et ensuite les planètes – Vénus et Uranus –, faciles à reconnaître sur la voûte céleste qui surplombait l'île. Il traça les constellations qui glissaient sur le toit du monde du crépuscule jusqu'à l'aube. La précision, l'ordre tranquille des astres, lui donnèrent une sensation de liberté. Il n'y avait rien, dans ce qu'il vivait alors, que les étoiles n'eussent déjà vu, quelque part, à un moment donné, sur cette terre. Si on leur en laissait le temps, leur mémoire se refermerait sur sa vie comme une blessure qui cicatrise. Tout serait oublié, toutes les souffrances effacées. Il se souvint alors de l'atlas des étoiles et de la dédicace de Lucy : « Pour toujours et toujours et toujours et toujours et toujours », et la douleur du présent revint lui vriller les entrailles.

Il fit une prière pour Lucy.

« Protégez-la. Accordez-lui une vie heureuse. Laissez-la m'oublier. »

Quant à Isabel, perdue dans les ténèbres…

« Ramenez-la chez elle, ramenez-la à elle, avant qu'il soit trop tard. »

*

Bluey dansa d'un pied sur l'autre en répétant silencieusement son discours, devant la porte des Graysmark. Violet apparut devant lui, l'air méfiant.

« Je peux faire quelque chose pour vous ? demanda-t-elle de ce ton poli qui avait pour but de décourager les importuns.

– Bonjour, madame Graysmark. Je suis Bl… Jeremiah Smart, ajouta-t-il quand il vit qu'elle ne réagissait pas.

– Je sais qui vous êtes.

– Je me demandais si… Est-ce que je pourrais parler à Mme Sherbourne ?

– Elle n'est pas en état de recevoir de visites.

– Je…, reprit-il, sur le point de s'interrompre, avant de se souvenir du visage de Tom. Je ne resterai pas longtemps. Je dois juste… »

La voix d'Isabel leur parvint du salon plongé dans l'obscurité.

« Laisse-le entrer, maman. »

La mère se rembrunit.

« Allez-y, alors. Mais essuyez vos pieds. »

Elle ne quitta pas ses bottines des yeux tout le temps où il essuya avec soin ses semelles sur le paillasson, avant de la suivre.

« Tout va bien, maman. Tu peux nous laisser », dit Isabel sans quitter son fauteuil.

Elle avait l'air en aussi piteux état que Tom, se dit Bluey : le teint grisâtre, le visage dénué de toute expression…

« Merci de… me recevoir. »

Il ne savait comment se tenir. Le bord de son chapeau était humide là où il le tenait trop serré.

« Je suis allé voir Tom. »

Le visage d'Isabel se fronça et elle se détourna.

« Il ne va pas bien du tout, madame S. Pas bien du tout.
– Et il vous envoie ici pour me le dire, c'est ça ? »
Bluey ne cessait de tripoter son chapeau.
« Non. Il m'a demandé de vous transmettre un message.
– Lequel ?
– Il m'a dit de vous dire qu'il comprend. »
Elle ne put cacher sa surprise.
« Qu'il comprend quoi ?
– Il ne m'a pas dit. Il a juste dit de vous dire ça. »
Isabel avait les yeux rivés sur Bluey, mais elle ne le regardait pas. Après un long moment, durant lequel il rougit de plus en plus parce qu'il se savait observé, elle prit la parole.
« Eh bien voilà, vous me l'avez dit, fit-elle en se levant lentement. Je vais vous raccompagner.
– Mais… alors ? demanda Bluey, fort étonné.
– Alors quoi ?
– Qu'est-ce qu'il faut que je lui dise ? Je veux dire… vous avez une réponse à lui transmettre en retour ? »
Elle ne répondit pas.
« Il a toujours été gentil avec moi, madame Sherbourne… Tous les deux, vous avez toujours été gentils.
– C'est par ici », dit-elle en le guidant vers la porte.
Elle referma la porte derrière lui et appuya le visage contre le mur, en tremblant.
« Isabel, ma chérie ! s'exclama sa mère. Viens t'allonger un peu, ma fille, ajouta-t-elle en la menant vers sa chambre.
– J'ai encore envie de vomir », marmonna Isabel.
Violet parvint à glisser juste à temps le vieux saladier de porcelaine sur les genoux de sa fille.

*

Bill Graysmark se flattait d'être bon juge des hommes. En tant que directeur d'école, il avait eu tout le loisir d'observer le genre humain dans son processus de maturation. Il se trompait rarement lorsqu'il s'agissait de prédire qui se débrouillerait et qui raterait sa vie. Rien ne lui avait laissé entrevoir que Tom Sherbourne était un menteur, ou un homme violent. Il suffisait de le voir avec Lucy pour comprendre que la fillette n'avait pas le moins du monde peur de lui. Et aucun homme n'aurait pu davantage aimer sa fille.

Mais, depuis qu'il avait perdu l'unique petite-fille qu'il aurait jamais, la loyauté de Bill allait à sa seule enfant encore en vie. Son jugement instinctif était dévoyé : le sang était plus épais que l'eau – Dieu sait que cette leçon lui avait été inculquée à la dure.

« Cette affaire est terrible, Vernon. Terrible. La pauvre Isabel n'est plus que l'ombre d'elle-même, dit-il, tandis qu'ils s'installaient dans un coin du pub.

– Tant qu'elle charge Tom, dit Knuckey, elle n'a pas de souci à se faire. »

Bill l'interrogea du regard.

« Elle n'est pas pénalement responsable pour ce qu'il l'a forcée à accomplir, il suffit qu'elle donne sa version de l'histoire. Elle est ce qu'on appelle un "témoin non qualifié", expliqua le policier. Sa déposition est recevable... Pour la cour, elle est aussi recevable que n'importe quelle autre. Mais on ne peut forcer une femme à témoigner contre son mari. Et bien sûr, lui, il a le droit de rester silencieux. On ne peut pas lui faire dire quoi que ce soit contre elle non plus, s'il ne le veut pas, et il a été assez clair sur ce point jusqu'à présent. »

Il se tut un instant.

« Et Isabel, est-ce qu'elle a déjà... eu l'air mal à l'aise à propos de l'enfant ? »

Bill lui jeta un coup d'œil furieux.

« Ne nous écartons pas du sujet, Vernon. »

Knuckey fit abstraction de cette dernière remarque. Il réfléchit à haute voix.

« Gardien de phare, c'est un poste de confiance, tu le sais. Notre pays..., le monde entier, si on veut voir les choses comme ça, dépend de la droiture, de l'honnêteté, de la décence de ces hommes. On ne peut pas se permettre d'embaucher des types qui vont falsifier des documents officiels, ou brutaliser leur femme. Sans parler de ce qu'il a probablement fait à Frank Roennfeldt avant de l'enterrer. »

Il perçut alors de l'inquiétude sur le visage de Bill, mais continua néanmoins.

« Non. Il vaut mieux s'en tenir là une fois pour toutes. Le magistrat sera là dans quelques semaines pour l'audience préliminaire. Vu ce que Sherbourne a déclaré jusqu'ici... eh bien... il sera sans doute envoyé à Albany, où la cour a le pouvoir d'infliger des condamnations plus sévères. Ou alors, ils pourraient décider d'être vraiment durs avec lui et l'envoyer à Perth. Spragg est à l'affût du moindre indice prouvant que le gars n'était pas mort quand il est arrivé à Janus. Les choses s'annoncent mal pour lui, Bill, conclut-il après avoir fini sa bière, je peux te le dire. »

*

« Tu aimes les livres, ma chérie ? » tenta Hannah.

Elle avait essayé tout ce qui lui venait à l'esprit pour construire un pont entre sa fille et elle. Elle-même avait adoré les histoires étant enfant et l'un des rares souvenirs qu'elle avait encore de sa mère la mettait en scène en train de lui lire *Les Aventures de Pierre Lapin*, par un après-midi ensoleillé, sur les pelouses de Bermondsey. Elle se souvenait clairement de la soie bleu pâle du chemisier de sa mère, de son parfum – une senteur florale et rare. Et de son sourire – le trésor le plus précieux de tous.

« C'est quoi, ce mot ? demandait Ellen à sa fille. Tu le connais, ce mot, n'est-ce pas ?

– Carotte ! répondait fièrement Hannah.

– Qu'elle est intelligente, cette petite Hannah ! souriait sa mère. Maligne comme tout. »

Aujourd'hui, Hannah allait essayer d'apprivoiser Grace avec ce même livre.

« Tu vois ? C'est l'histoire d'un lapin. Viens la lire avec moi. »

Mais la fillette la dévisageait d'un air renfrogné.

« Je veux ma maman. Je déteste ce livre !

– Allons, allons, tu ne l'as même pas regardé ! »

Elle inspira et essaya encore.

« Juste une page. On va lire une page et si cela ne te plaît pas, on arrêtera. »

La fillette lui arracha le livre des mains et le lui lança à la figure ; le coin du livre atteignit Hannah à la joue, manquant l'œil de peu. Puis Grace quitta la pièce comme une flèche et heurta de front Gwen, qui arrivait au même moment.

« Hé, hé, hé, mademoiselle ! dit Gwen. Qu'as-tu fait à Hannah ? Va t'excuser !

– Laisse-la donc, Gwen, dit Hannah. Elle ne voulait pas me faire mal. C'était un accident. »

Elle ramassa le livre et le rangea avec soin sur une étagère.

« Je me disais, reprit-elle, que je pourrais essayer de lui faire de la soupe au poulet pour ce soir. Tout le monde aime la soupe au poulet, non ? » demanda-t-elle, sans trop de conviction.

Quelques heures plus tard, elle se retrouvait à quatre pattes, à essuyer la soupe que sa fille avait jetée par terre.

*

« Si tu y réfléchis, qu'est-ce qu'on savait vraiment de lui ? Toutes ces histoires, comme quoi il était de Sydney… ça pourrait aussi bien être des bobards. Tout ce dont on est sûr, c'est qu'il n'est pas de Partageuse. »

Violet Graysmark discutait avec Bill pendant que leur fille dormait.

« Quel genre d'homme est-il ? reprit-elle. Il attend le moment où elle ne peut plus vivre sans l'enfant, et puis il la lui arrache. »

Elle avait les yeux rivés sur la photographie encadrée de sa petite-fille. Elle l'avait ôtée du manteau de la cheminée et la cachait sous le linge dans son tiroir à sous-vêtements.

« Peut-être, mais ça te mène à quoi, tout ça, Vi ? Vraiment ?

– Enfin, pour l'amour du ciel ! Même s'il ne lui a pas mis un revolver sur la tempe, il reste responsable. De toute évidence, elle n'avait plus toute sa tête après avoir perdu le troisième bébé. Et peut-on l'en blâmer ?... C'était à lui d'être raisonnable pour deux, et ce n'est pas vraiment ce qu'il a fait. On ne fait pas marche arrière des années plus tard, quand tant de gens vont être affectés. On doit vivre avec les décisions que l'on prend, Bill. C'est ça, le courage. Assumer les conséquences de ses erreurs. »

Comme Bill ne dit rien, elle poursuivit :

« C'était un peu comme frotter du sel sur une blessure, que de placer sa propre conscience coupable au-dessus de ce que cela pourrait faire à Isabel ou à Lucy, ou encore... »

Elle posa sa main sur celle de Bill.

« ... ou encore à nous, en fait, mon cher. Il n'a pas eu la moindre pensée pour nous dans cette affaire. Comme si les choses n'avaient pas déjà été douloureuses pour nous aussi, ajouta-t-elle, les larmes aux yeux. Notre petite-fille chérie, Bill. Tout cet amour... »

Elle referma lentement le tiroir.

« Allons, Vi chérie, je sais que c'est très dur pour toi. Je le sais... »

Il serra sa femme dans ses bras et remarqua que ses cheveux étaient désormais parsemés de gris. Ils restèrent figés dans leur étreinte, Violet pleurant, Bill essayant de la consoler.

« J'ai été tellement bête de penser que les épreuves étaient derrière nous. »

Sans avertissement préalable, un violent sanglot échappa à Violet, et son mari la serra plus fort encore, comme s'il était physiquement en mesure de contrer cette nouvelle catastrophe familiale.

*

Sa fille enfin endormie, Hannah s'assoit près du petit lit et la contemple. Le jour, c'est impossible. Grace se cache le visage si elle pense qu'on la regarde. Elle tourne le dos ou bien elle file dans une autre pièce.

Là, à la lueur d'une unique bougie, Hannah peut observer chaque détail de sa fille, et, dans la courbe de sa joue, ou dans la ligne de ses sourcils, elle retrouve Frank. Cela soulève son cœur de joie, elle a presque l'impression que si elle parlait à la silhouette endormie, Frank lui répondrait. La flamme de la bougie, projetant des ombres qui s'agitent au rythme de la respiration de sa fille, capte un éclair doré dans ses cheveux, ou encore le reflet d'un filament de salive qui coule du coin de sa bouche d'un rose transparent.

Hannah ne prend que lentement conscience du souhait qui s'est formé au fond de son esprit : que Grace puisse rester endormie pendant des jours, pendant des années, au besoin, jusqu'à ce que tout souvenir de ces gens, de cette vie, ait disparu. Elle sent en elle ce vide particulier, qui s'était creusé la première fois qu'elle avait perçu toute la détresse de sa fille. Si seulement Frank était là. Il saurait quoi faire, comment faire face à ça. La vie l'avait assommé bien souvent, mais chaque fois il avait repris le dessus, avec le sourire et sans nourrir de rancune.

Hannah projette son esprit vers une silhouette plus lointaine – celle de son parfait nourrisson, âgé d'une semaine – et elle entend à nouveau la berceuse de Frank, « *Schlaf, Kindlein, schlaf* », « Dors, petit bébé, dors ». Elle se souvient de la façon qu'il avait de plonger la tête dans le berceau et de murmurer en allemand. « Je lui dis de jolies choses pour ses rêves, disait-il. Tant qu'on a de jolies choses dans la tête, on peut être heureux. Je le sais. »

Hannah se redresse. Ce simple souvenir suffit à lui donner le courage d'affronter le jour suivant. Grace est sa fille. Quelque chose, dans l'âme de l'enfant, s'en souviendra sûrement, et finira par la reconnaître. Il faut juste qu'elle prenne les choses l'une après l'autre, comme dit son père. Bientôt, la petite fille sera à nouveau la sienne, et la joie reviendra dans la maison comme elle l'avait envahie lors de sa naissance.

Calmement, elle souffle la flamme de la bougie et sort de la chambre. Lorsqu'elle se couche dans son lit, elle est frappée par le vide qu'elle ressent.

*

Isabel fait les cent pas. Il est trois heures du matin, elle est sortie de la maison de ses parents en se faufilant par la porte de derrière. Un corymbia a attrapé la lune entre deux de ses longues branches semblables à des doigts décharnés. L'herbe sèche craque légèrement sous ses pieds nus quand elle la foule – du jacaranda au flamboyant, du flamboyant au jacaranda : la place du vieux guichet de cricket, au temps de l'insouciance.

Son esprit passe de la compréhension à l'incompréhension totale, du plein au néant, dans ce tumulte de pensées qui l'a submergée à la perte de son premier bébé, qui s'est escarcerbée quand les deux autres lui ont été enlevés, et plus encore quand Lucy lui a été arrachée. Et le Tom qu'elle aimait, le Tom qu'elle avait épousé, il s'était également perdu dans les brumes de la tromperie – il s'était éloigné à un moment où elle avait relâché son attention : écrivant des lettres à une autre femme ; complotant pour lui enlever sa fille.

« Je comprends » : le message de Tom est déroutant. Le ventre d'Isabel se serre en un nœud de fureur et de désir. Ses pensées s'éparpillent dans toutes les directions et, l'espace d'un instant, lui vient le souvenir physique d'elle-même à neuf ans, sur un cheval emballé. Le serpent-tigre est aux aguets. Un bond soudain vers l'arrière et le cheval part en trombe, sans s'occuper des branches ou de l'enfant qui s'accroche désespérément à sa crinière. Isabel s'était couchée contre l'encolure jusqu'à ce que la peur et les muscles de l'animal soient épuisés, et que le cheval finisse par s'arrêter dans une clairière, environ un kilomètre plus loin.

« Tu ne peux rien y faire, lui avait dit son père. Quand un cheval s'emballe, tu n'as plus qu'à dire tes prières et t'accrocher à ce qui est à portée de main. Impossible d'arrêter un animal pris par une terreur aveugle. »

Elle n'a personne à qui parler. Personne pour la comprendre. Quel sens peut donc avoir son existence, sans la famille qui était toute sa vie ? Elle fait courir ses doigts sur l'écorce du jacaranda et retrouve la cicatrice – la marque qu'Alfie avait gravée afin de lui indiquer sa taille, la veille du jour où lui et Hugh étaient partis pour la France.

« Comme ça, je pourrai voir combien tu auras grandi quand on reviendra, petite sœur, alors tu ferais mieux de t'y mettre.

– Mais vous reviendrez quand, au fait ? » avait-elle demandé.

Les garçons avaient échangé un regard – à la fois soucieux et plein d'excitation.

« Quand tu auras atteint cette hauteur, avait dit Hugh en marquant l'écorce quinze centimètres plus haut. Quand tu en seras là, nous, on reviendra pour t'embêter, Bella. »

Elle n'avait jamais atteint cette taille.

La course précipitée d'un gecko la ramène au présent, à son tourment. Les questions la taraudent tandis que la lune se languit entre les branches au-dessus d'elle : qui est Tom, au fond ? Cet homme qu'elle croyait connaître si bien. Comment a-t-il pu commettre une telle trahison ? Quel sens donner à leur vie commune, alors ? Et qui étaient ces âmes – mêlant le sang de Tom et le sien – qui ont échoué à trouver leur voie en elle vers l'existence ? Une pensée saute comme un lutin sur son épaule : à quoi bon demain ?

*

Les semaines qui suivirent le retour de Grace furent plus poignantes pour Hannah que celles qui avaient suivi sa perte, dans la mesure où elle était confrontée à des vérités qui, longtemps repoussées, ne pouvaient désormais plus être éludées. Des années s'étaient écoulées entre-temps. Frank était mort. Quatre années de la vie de sa fille lui avaient été volées et ne lui seraient jamais rendues. Son enfant avait vécu une vie sans elle : sans la moindre pensée pour elle. Avec une certaine honte, elle se rendit compte qu'elle se sentait trahie. Par un bébé.

Elle se souvint de la femme de Billy Wishart, pour qui la joie éprouvée au retour d'un mari qu'elle croyait mort dans la Somme s'était changée en désespoir. La victime des gaz qui lui revint était un étranger, tout autant à lui-même qu'à sa famille. Après cinq années de lutte, un matin, elle avait grimpé sur un seau à lait retourné dans l'étable et s'était pendue, obligeant ses enfants à couper eux-mêmes la corde puisque Billy était désormais incapable de tenir un couteau dans ses mains.

Hannah pria pour avoir de la patience, de la force et de la compréhension. Chaque matin, elle demandait à Dieu de l'aider à tenir jusqu'à la fin de la journée.

Un après-midi, en passant devant la chambre d'enfant, elle entendit une voix. Elle ralentit l'allure et s'approcha sur la pointe des pieds de la porte grande ouverte. Elle fut transportée de joie en voyant sa fille s'affairer enfin avec ses poupées : toutes ses tentatives pour la faire jouer s'étaient jusque-là soldées par des échecs cuisants. Et là, les pièces d'une dînette étaient éparpillées sur les couvertures. Une des poupées portait encore son exquise robe de dentelle, mais l'autre avait été partiellement dévêtue et ne lui restaient que des caraco et des bloomers longs. Sur les genoux de celle qui était habillée était posée une pince à linge en bois. « C'est l'heure du dîner », dit la poupée habillée, tandis que l'enfant portait la minuscule tasse à thé vers la pince à linge en émettant des genres de « miam-miam ». « Voilà une gentille petite fille. Maintenant il faut aller se coucher, bonne nuit », et la poupée de porter la pince à linge à ses lèvres et de l'embrasser. « Regarde, papa, continuait la poupée en touchant la pince à linge d'une main délicate, Lucy dort. – Bonne nuit, Lulu. – Bonne nuit, maman, dit la poupée en bloomers. – Il faut allumer, maintenant. Le soleil est presque couché. » La poupée se glissa ensuite sous les couvertures. Celle qui était en robe dit : « Pas de problème, Lucy. La sorcière ne peut pas t'attraper, je l'ai faite morte. »

Avant même de savoir ce qu'elle faisait, Hannah entra et s'empara des poupées.

« Assez, avec tes jeux idiots, tu m'entends ? »

Et elle donna une tape sur la main de sa fille. Les membres de l'enfant se raidirent, mais elle ne poussa pas le moindre cri – elle se contenta de regarder Hannah en silence.

Immédiatement, cette dernière fut envahie de remords.

« Ma chérie ! Je suis désolée, vraiment désolée ! Je ne voulais pas te faire de mal. »

Elle se souvint des instructions du médecin.

« Ils sont partis, ces gens, ils ont fait une mauvaise chose, en te gardant loin de la maison. Mais ils sont partis, maintenant. »

Grace eut l'air perplexe en entendant parler de « la maison », ce qui fit soupirer Hannah.

« Un jour… Un jour, tu comprendras. »

Vers l'heure du déjeuner, tandis qu'Hannah sanglotait dans la cuisine, honteuse de son accès de colère, sa fille reprit son jeu, avec trois pinces à linge, cette fois. Hannah veilla tard dans la nuit, occupée à coudre et à couper, si bien qu'au matin, quand la fillette s'éveilla, elle trouva une nouvelle poupée de chiffon sur son oreiller – une petite fille, avec le prénom « Grace » brodé sur son tablier.

*

« Je ne supporte pas de penser à ce qu'elle doit éprouver, maman, dit Isabel alors que les deux femmes étaient installées dans des fauteuils d'osier sous l'avant-toit à l'arrière de la maison. On va lui manquer, la maison va lui manquer. La pauvre petite ne doit pas comprendre ce qui lui arrive.

– Je sais, chérie, je sais bien », dit sa mère.

Violet lui avait préparé une tasse de thé et la lui posa sur les genoux. Sa fille avait terriblement changé : les yeux cernés de gris, les cheveux ternes et en bataille.

Isabel énonça à voix haute la pensée qui venait de lui traverser l'esprit, peut-être pour mieux l'appréhender :

« Il n'y a jamais eu d'enterrement…
– Que veux-tu dire ? » demanda Violet.
Les paroles d'Isabel n'avaient pas grand sens, ces derniers temps.
« Tous ceux que j'ai perdus… ils ont juste été emportés… dans le néant. Un enterrement aurait peut-être fait… je ne sais pas… aurait changé quelque chose. Pour Hugh, il y a la photo de la tombe en Angleterre. Alfie n'est plus qu'un nom sur une stèle commémorative. Mes trois premiers bébés… trois, maman… On n'a jamais chanté le moindre cantique pour eux. Et maintenant… Lucy… »
Sa voix fut brisée par les sanglots.
Violet avait été soulagée de n'avoir pas eu à organiser les funérailles de ses fils : un enterrement, c'était une preuve. Irréfutable. Un enterrement, c'était admettre que vos fils étaient morts pour toujours. Et enterrés. C'était une trahison. Pas d'enterrement, ça voulait dire qu'ils pouvaient un jour entrer d'un pas guilleret dans la cuisine en vous demandant ce qu'il y avait pour le dîner et en riant avec vous de cette erreur stupide qui lui avait fait croire un moment – comment peut-on imaginer une chose pareille ! – qu'ils étaient partis à jamais.
Elle choisit ses mots avec soin.
« Ma chérie, Lucy n'est pas morte, elle. »
Isabel sembla faire fi du commentaire, et sa mère fronça les sourcils.
« Rien de tout ça n'est ta faute, ma chérie. Je ne pardonnerai jamais à cet homme.
– Je croyais qu'il m'aimait, maman. Il m'avait dit que j'étais ce qu'il avait de plus précieux au monde. Et il a fallu qu'il fasse cette chose horrible… »

Plus tard, alors que Violet polissait les cadres en argent des photographies de ses fils, elle repensa à la situation pour la énième fois. Une fois qu'un enfant était entré dans votre cœur, il n'y avait plus de bien ou de mal qui tînt. Elle avait vu des femmes donner naissance à des enfants engendrés par des maris qu'elles détestaient, ou, pire encore, des hommes qui les avaient violées. Et les femmes avaient aimé ces enfants d'un amour farouche, tout en haïssant les géniteurs. Il n'y avait pas moyen de se défendre de l'amour qu'on portait à un enfant, Violet ne le savait que trop bien.

CHAPITRE 29

« POURQUOI TU LA PROTÈGES ? »

La question figea Tom sur place, alors qu'il observait Ralph avec méfiance à travers les barreaux.

« Ça se voit comme le nez au milieu de ta foutue figure, mon vieux. Dès que je mentionne Isabel, tu deviens tout bizarre et ce que tu dis n'a plus aucun sens.

– J'aurais dû mieux la protéger. La protéger de moi.

– Ne dis pas n'importe quoi.

– Tu as toujours été un bon ami pour moi, Ralph. Mais… il y a beaucoup de choses de moi que tu ignores.

– Mais il y en a aussi beaucoup que je sais, fiston. »

Tom se leva.

« Le moteur a pu être réparé ? Bluey m'a dit que vous aviez des problèmes avec. »

Ralph le regarda attentivement.

« Ça ne s'annonce pas bien.

– Il a bien rempli son devoir, ce bateau, pendant toutes ces années.

– Ouais, je lui ai toujours fait confiance et je ne pensais pas qu'il me laisserait tomber un jour. Fremantle veut qu'on le mette au rencart, ajouta-t-il en regardant Tom dans les yeux. On mourra tous bien assez tôt. Qui es-tu pour foutre en l'air les meilleures années de ta vie ?

– Les meilleures années de ma vie sont derrière moi depuis bien longtemps, Ralph.

– C'est des bobards, ça, et tu le sais très bien ! Il serait temps que tu te reprennes et que tu fasses quelque chose ! Pour l'amour du ciel, reprends-toi, bon Dieu !

– Et qu'est-ce que tu suggères que je fasse, Ralph ?

– Je suggère que tu dises enfin la foutue vérité, quelle qu'elle soit. Le mensonge, ça ne peut attirer que des ennuis.

– Parfois, c'est la vérité qui te met au fond du trou… Il y a une limite à ce que les gens peuvent supporter, Ralph. Je le sais mieux que personne. Izzy était juste une fille simple et heureuse, quand elle a croisé ma route. Rien de tout cela ne se serait produit si elle n'était pas venue vivre à Janus. Elle croyait que ce serait le paradis. Elle n'avait aucune idée de ce qui l'attendait. Je n'aurais jamais dû la laisser venir avec moi.

– C'est une femme, une adulte, Tom. »

Il regarda le capitaine, tout en pesant bien les mots qu'il s'apprêtait à prononcer.

« Ralph, je vois venir ça depuis longtemps. Nos péchés finissent toujours par nous rattraper. »

Il soupira, levant les yeux vers une toile d'araignée qui pendait à un coin de sa cellule, et sur laquelle étaient collées quelques mouches mortes, comme de tristes décorations de Noël.

« J'aurais dû mourir il y a des années de ça. J'aurais dû me prendre une balle ou un coup de baïonnette, plutôt cent fois qu'une. Je suis en sursis depuis si longtemps, Ralph. »

Il eut du mal à avaler sa salive.

« C'est déjà assez dur pour Izzy, d'être séparée de Lucy. Elle ne survivrait pas à la prison… Ralph, je lui dois au moins ça. Il n'y a rien d'autre qui puisse compenser ce que je lui ai fait. »

*

« Ce n'est pas juste… »

L'enfant ne cesse de répéter cette phrase, pas comme une plainte, mais comme un appel désespéré à la raison, comme si elle essayait d'expliquer une phrase à quelqu'un qui ne parle pas la même langue.

« Ce n'est pas juste. Je veux rentrer à la maison. »

Parfois, Hannah réussit à la distraire pendant quelques heures. Elles font des gâteaux. Elles découpent des poupées en papier. Ou elles mettent de côté des miettes pour les roitelets bleus, afin que les minuscules créatures viennent jusqu'à la porte et sautillent sur leurs pattes aussi fines que du fil électrique, ravissant Grace quand elles picorent délicatement les miettes de pain rassis.

Après avoir remarqué l'expression de ravissement dans les yeux de l'enfant le jour où elles ont croisé un chat tigré, Hannah ramène une minuscule créature noire aux pattes blanches à la maison.

Grace est intéressée, mais méfiante.

« Allez, il est à toi. Tout à toi, dit Hannah en déposant doucement le chaton dans ses mains. Mais il faut que tu t'en occupes, d'accord ? Comment vas-tu l'appeler ?

– Lucy, répond la fillette sans aucune hésitation.

– Je crois que Lucy est un nom de petite fille, pas un nom de chat, lui fait observer Hannah. Et si on lui donnait un vrai nom de chat ? »

Grace propose alors le seul nom de chat qu'elle connaît.

« Tabatha Tabby.

– Dans ce cas, ce sera Tabatha Tabby », conclut Hannah en résistant à la tentation de lui dire que ce chat n'est pas tigré, et que ce n'est pas non plus une fille.

Au moins, elle a réussi à faire parler la fillette.

Le lendemain, elle revient à la charge :

« Bien, si on donnait un peu de viande hachée à Tabatha ?

– Elle ne t'aime pas, réplique Grace en jouant avec une mèche de ses cheveux. Elle n'aime que moi. »

Elle n'y met aucune malice. Elle expose simplement un fait.

*

« Tu devrais peut-être la laisser voir Isabel Sherbourne, suggéra Gwen après une prise de bec particulièrement violente entre la mère et la fille à propos d'une paire de chaussures que l'enfant refusait de porter.

– Gwen ! s'exclama Hannah, l'air horrifié.

– Je sais bien que c'est la dernière chose que tu as envie d'entendre. Mais je dis juste que… si Grace croyait que tu es une amie de sa mère, ça pourrait aider.

– Une amie de sa mère ! Comment peux-tu dire une chose pareille ? Et puis, rappelle-toi ce qu'a dit le Dr Sumpton. Plus vite elle oubliera cette femme, mieux ça vaudra. »

Mais elle ne pouvait ignorer que sa fille avait été irrévocablement marquée par le poinçon de ces autres parents, de cette autre vie. Lorsqu'elles marchaient sur la plage, Grace voulait toujours s'approcher de l'eau. Le soir, alors que la plupart des enfants auraient été satisfaits de pouvoir identifier la lune, Grace pouvait montrer du doigt l'étoile la plus vive de la soirée et déclarer : « Sirius ! Et la Voie lactée ! » d'une voix si assurée que cela effrayait Hannah, et qu'elle se précipitait à l'intérieur de la maison en disant : « Allez, c'est l'heure d'aller se coucher. »

Hannah priait pour être débarrassée de son ressentiment, de son amertume.

« Seigneur, je suis si heureuse d'avoir retrouvé mon enfant ! Montre-moi la voie. »

Mais, aussitôt, elle imaginait Frank dans un sac de toile, jeté dans une tombe anonyme. Elle se souvenait de l'expression qu'il avait eue, la première fois qu'il avait tenu sa fille dans ses bras, comme si elle lui avait tendu le ciel et la terre emmitouflés dans une couverture rose.

Cela ne dépendait pas d'elle. D'abord, Tom Sherbourne devait être jugé. Si un tribunal décidait de l'envoyer en prison – eh bien, œil pour œil, comme disait la Bible. Elle allait laisser la justice suivre son cours.

Pourtant, elle se souvenait de l'homme qui avait surgi pour la sauver de Dieu savait quoi, il y avait des années de cela sur le bateau. Elle se rappelait combien elle s'était soudain sentie en sécurité en sa présence. Même maintenant, l'ironie de tout cela lui coupait le souffle. Pouvait-on jamais savoir quelle était la vraie nature d'un homme ? L'air d'autorité qu'il avait pris pour ramener l'ivrogne à la raison, cachait-il l'assurance d'un homme qui se croyait au-dessus des règles, voire au-delà des lois ? Et les deux billets, la belle écriture : « *Priez pour moi* »... Alors elle reprenait ses prières, et priait également pour Tom Sherbourne : pour qu'on le traite avec justice, même si une partie d'elle-même voulait le voir souffrir pour ce qu'il avait fait.

*

Le lendemain après-midi, Gwen glissa son bras sous celui de son père, tandis qu'ils marchaient sur la pelouse.

« Cet endroit me manque, tu sais, dit-elle en se retournant pour regarder la grande bâtisse de pierre.

– Tu lui manques aussi, Gwenny », répliqua Septimus.

Ils firent encore quelques pas.

« Maintenant que Grace est de retour auprès d'Hannah, il serait peut-être temps que tu reviennes chez ton vieux père… »

Elle se mordit la lèvre.

« J'adorerais. Vraiment. Mais…

– Mais quoi ?

– Je ne pense pas qu'Hannah puisse encore se débrouiller toute seule, dit-elle en reculant d'un pas pour faire face à son père. Ça me déplaît beaucoup de dire ça, papa, mais je ne crois pas qu'elle en sera un jour capable. Et cette pauvre Grace ! Je ne pensais pas qu'un enfant puisse être aussi malheureux. »

Septimus lui toucha la joue.

« Je connais une petite fille qui a été tout aussi malheureuse. Tu as failli me briser le cœur, tu sais. Et ç'a duré des mois, après la mort de ta mère. »

Il s'arrêta pour se pencher sur un buisson de roses rouges tardives, dont la période de floraison venait juste de prendre fin. Il laissa le parfum pénétrer profondément dans ses narines, puis posa la main dans son dos pour se redresser.

« Mais c'est ça, le plus triste, insista Gwen. C'est que sa mère n'est pas morte. Elle vit ici, à Partageuse.

– C'est vrai. Hannah est ici, à Partageuse ! »

Elle connaissait suffisamment son père pour ne pas s'aventurer plus loin. Ils reprirent leur marche en silence, Septimus inspectait les plates-bandes, Gwen tentait de faire abstraction de la détresse de sa nièce, si vivement gravée dans son esprit.

Ce soir-là, Septimus réfléchit sérieusement à ce qu'il convenait de faire. Il savait une chose ou deux sur les petites filles qui avaient perdu leur mère. Et il en savait tout autant sur l'art de persuader. Une fois son plan arrêté, il hocha la tête et plongea dans un sommeil sans rêve.

*

Au matin, il prit sa voiture et se rendit chez Hannah.

« Tout est prêt ? Nous partons pour une sortie mystère. Il est temps que Grace connaisse un peu mieux Partageuse, qu'elle apprenne d'où elle vient.

– Mais je suis juste en train de réparer les rideaux. Pour l'entrée de l'église. J'ai promis au révérend Norkells…

– J'y vais tout seul avec elle. Tout ira très bien. »

La « sortie mystère » commença tout d'abord par une virée à la scierie Potts. Septimus se souvenait que, quand elles étaient enfants, Gwen et Hannah avaient adoré donner des pommes et des morceaux de sucre aux chevaux de trait. Le bois était maintenant transporté par le chemin de fer, mais la scierie gardait encore quelques-uns de ces vieux animaux pour dépanner, comme lorsque les pluies rendaient la voie ferrée impraticable dans la forêt.

« Celle-ci, petite Grace, déclara-t-il en caressant un des chevaux, c'est Arabella. Tu peux dire "Arabella" ? Attelle-la au chariot, mon garçon », ajouta-t-il en s'adressant au palefrenier qui s'empressa d'obéir.

Un peu plus tard, le garçon amena dans la cour Arabella qui tirait un sulky.

Septimus hissa Grace sur le siège, avant de s'installer à côté d'elle.

« Et si on explorait un peu les environs ? » dit-il en faisant claquer les rênes sur les reins de la vieille jument qui partit d'un pas tranquille.

Grace n'avait jamais vu de cheval aussi grand. Elle n'était jamais allée non plus dans une vraie forêt – ce qu'elle avait connu de plus approchant était son aventure malheureuse dans les broussailles, derrière le jardin des Graysmark. Durant la majeure partie de sa vie, elle n'avait vu que deux arbres : les pins Norfolk de Janus. Septimus emprunta les anciennes pistes de la scierie à travers les hauts karris, tout en montrant au passage à Grace des kangourous et des varans : l'enfant était plongée dans un univers de conte de fées. De temps à autre, elle repérait un oiseau ou un wallaby. « C'est quoi, ça ? » demandait-elle, et son grand-père lui donnait le nom de la créature en question.

« Regarde ! Un bébé kangourou ! dit-elle en montrant un marsupial qui trottinait près de la piste.

– Ce n'est pas un bébé kangourou. Ce petit animal est un quokka. C'est comme un kangourou, mais en tout petit. Il ne grandira pas plus, ajouta-t-il en caressant la tête de Grace. C'est bon de te voir sourire, fillette. Je sais que tu as été très triste… Que ta vie d'avant te manque… »

Septimus réfléchit un instant.

« Je sais ce que c'est, reprit-il, parce que… eh bien, ça m'est arrivé. »

La petite fille lui lança un coup d'œil perplexe, et il poursuivit.

« J'ai dû dire au revoir à ma mère et traverser l'océan, jusqu'à Fremantle, sur un voilier. J'étais à peine plus âgé que toi. C'est difficile à imaginer, je sais. Mais quand je suis arrivé ici, j'ai eu une nouvelle maman et un nouveau papa, qui s'appelaient Walt et Sarah. Ce sont eux qui se sont occupés de moi. Et ils m'ont aimé tout comme mon Hannah t'aime. Tu vois, quelquefois, il arrive qu'on ait plus d'une famille dans la vie. »

Le visage de Grace ne montrait aucune réaction, il changea de sujet. Tandis que le cheval poursuivait gentiment sa promenade, le soleil se frayait un chemin ici ou là entre les hautes branches.

« Tu aimes les arbres ? »

Grace fit oui de la tête.

Septimus lui montra quelques jeunes pousses.

« Tu vois… les petits arbres, ils repoussent. On abat ceux qui sont vieux et il s'en trouve de nouveaux pour prendre leur place. Tout repousse, si on laisse faire le temps. Lorsque tu auras mon âge, cet arbre-là sera un géant. »

Une pensée lui traversa soudain l'esprit.

« Et cette forêt t'appartiendra un jour, tu sais. Ce sera ta forêt.

– Ma forêt ?

– Eh bien, cette forêt m'appartient, donc un jour elle appartiendra à ta maman et à ta tante Gwen, et puis ce sera à toi. Que dis-tu de cela ?

– Je peux monter sur le cheval ? » demanda-t-elle.

Septimus se mit à rire.

« Donne-moi tes mains et on va tenir les rênes à deux. »

« La voilà, saine et sauve, dit Septimus alors qu'il ramenait Grace à Hannah.

– Merci, papa, dit-elle en s'agenouillant à hauteur de sa fille. As-tu passé une bonne journée ? »

Grace acquiesça d'un mouvement de tête.

« Et tu as caressé les chevaux ?

– Oui, répondit-elle d'une petite voix, en se frottant les yeux.

– La journée a été longue, ma chérie. C'est l'heure du bain, et après on ira se coucher.

– Il m'a donné la forêt », dit Grace, avec la trace d'un sourire, et le cœur d'Hannah se mit à battre plus vite.

Ce soir-là, après le bain de Grace, Hannah s'assit sur le lit de la petite fille.

« Je suis vraiment contente que tu aies passé une bonne journée. Raconte-moi donc tout ce que tu as vu, ma chérie.

– J'ai vu un quotta.
– Pardon ?
– Un quotta, c'est petit et ça trottine.
– Ah ! Un quokka ! C'est mignon, hein ? Et quoi d'autre ?
– Un grand cheval. Et je l'ai monté.
– Tu te souviens de son nom ? »

La fillette réfléchit.

« Arabella.
– Arabella, c'est ça. Elle est très gentille. Et elle a des amis, là-bas... Samson, Hercule et Diana. Arabella est assez âgée, maintenant, tu sais. Mais elle est toujours très forte. Est-ce que grand-père t'a montré les chars à bois qu'elle peut tirer ? »

La fillette eut l'air de ne pas comprendre et Hannah expliqua.

« Ce sont les très gros chariots, avec juste deux énormes roues. C'est avec ça qu'ils emportaient autrefois les gros troncs d'arbre après les avoir abattus dans la forêt. »

L'enfant secoua la tête.

« Tu sais, ma chérie, il y a tant de choses que je veux te montrer. Tu vas adorer la forêt, je te le promets. »

Tandis que Grace s'enfonçait doucement dans le sommeil, Hannah demeura près d'elle, se projetant enfin dans l'avenir. Elle lui montrerait les fleurs sauvages, au printemps. Elle lui donnerait un petit poney – peut-être un shetland, pour qu'elles puissent chevaucher ensemble sur les étroites pistes de la forêt. Les décennies se succédaient soudain dans son imagination, qu'elle osa explorer.

« Bienvenue chez toi, murmura-t-elle à sa fille endormie. Tu es enfin de retour, ma chérie. »

Puis elle partit vaquer à ses occupations du soir en fredonnant doucement.

CHAPITRE 30

PARTAGEUSE NE COMPTE PAS BEAUCOUP D'HABITANTS, et peu d'endroits où ils peuvent se réunir. Tôt ou tard, vous tomberez forcément sur quelqu'un que vous auriez préféré éviter.

Il avait fallu à Violet des jours et des jours pour persuader sa fille de sortir de la maison.

« Allez, viens avec moi, il faut que je fasse un saut chez Mouchemore. J'ai besoin de laine pour la couverture que je suis en train de terminer. »

Finis, les cardigans en laine douce. Finies, les petites robes d'été en liberty. Ces derniers temps, elle avait recommencé à crocheter des couvertures pour les derniers malheureux qui se languissaient encore au Foyer du soldat. Au moins, ça lui occupait les mains, à défaut de lui occuper l'esprit en permanence.

« Vraiment, je n'en ai pas envie, maman. Je vais rester à la maison.

– Allez, viens avec moi, ma chérie. »

Les gens essayaient de ne pas regarder avec trop d'insistance les deux femmes qui marchaient dans la rue. Certains osaient un sourire poli, mais jamais un : « Comment ça va, Vi ? » « On se voit à l'église dimanche ? » Personne ne savait comment se comporter face à ce deuil qui n'était pas celui d'un mort. Certains traversaient la rue pour les éviter. Depuis quelque temps, les journaux s'étaient désintéressés de leur histoire et les choses s'étaient tassées.

Comme Violet et sa fille passaient les portes de la mercerie, Fanny Darnley, qui sortait, eut un petit sursaut, et se figea devant le magasin, les yeux écarquillés par un mélange d'inquiétude et d'excitation.

La boutique sentait la cire à la lavande et les roses tardives du pot-pourri disposé dans un panier près de la caisse. Sur toute la hauteur des murs, de tous côtés, des coupons de tissu étaient présentés – damassés, mousselines, lins et cotons. Il y avait aussi des arcs-en-ciel de fils et des nuages de pelotes de laine. Des cartons de dentelle – fine ou épaisse, de Bruxelles ou de France – trônaient sur le comptoir derrière lequel M. Mouchemore servait une vieille dame. À l'autre bout, une rangée de tables longeait deux des côtés de la boutique, avec des fauteuils pour le confort de la clientèle.

Assises à l'une de ces tables, tournant le dos à Isabel, se trouvaient deux femmes. L'une d'elles était blonde ; l'autre, une brune, examinait un coupon de coton jaune pâle déroulé devant elle. À ses côtés, une petite fille blonde, impeccablement vêtue d'une robe rose à smocks, avec des socquettes blanches bordées de dentelle, jouait d'un air maussade avec une poupée de chiffon.

Tandis que la femme examinait le tissu et interrogeait la vendeuse sur le prix et la quantité nécessaire à son ouvrage, la petite fille tourna la tête pour voir qui venait d'entrer. Elle laissa tomber la poupée et descendit précipitamment de sa chaise.

« Maman ! cria-t-elle, en se précipitant vers Isabel. Maman ! Maman ! »

Avant que quiconque ait compris ce qui se passait, Lucy avait refermé ses bras autour des jambes d'Isabel et s'y accrochait comme un crabe.

« Ma Lucy ! dit Isabel en la soulevant dans ses bras et en la serrant bien fort, après avoir laissé l'enfant enfouir son visage dans le creux de son cou. Lucy, ma chérie !

– Cette méchante dame m'a volée, maman ! Elle m'a volée ! gémit l'enfant, en montrant Hannah du doigt.

– Oh, ma pauvre, pauvre petite chérie ! »

Isabel écrasait l'enfant contre elle, sanglotait en la sentant si près, avec ses petites jambes bien serrées autour de sa taille et sa tête enfoncée sous son menton. Elle en oubliait le monde autour d'elle.

Hannah regardait ce spectacle, stupéfaite : elle était mortifiée et désespérée par l'attraction magnétique qu'Isabel exerçait sur Grace. Pour la première fois, l'énormité de ce qui s'était passé la frappa. Juste devant elle se trouvait la preuve de ce qui lui avait été dérobé. Elle vit les centaines de journées et les milliers de câlins que ces deux-là avaient partagés – tout cet amour usurpé. Elle était consciente d'un tremblement dans ses jambes et craignait de s'écrouler par terre. Gwen lui posa la main sur le bras, ne sachant trop quoi faire.

Hannah tenta de lutter contre l'humiliation et les larmes. La femme et l'enfant étaient soudées comme un être unique, dans un univers auquel personne n'avait accès. Elle fut prise de nausée en luttant pour rester droite, pour préserver une once de dignité. S'efforçant à grand-peine de respirer calmement, elle prit son sac sur le comptoir et marcha aussi droit qu'elle le put vers Isabel.

« Grace, ma chérie », tenta-t-elle.

L'enfant avait toujours le nez enfoui dans le cou d'Isabel et aucune des deux ne bougea.

« Grace, ma chérie, il est temps de rentrer à la maison. »

Elle tendit la main pour toucher la petite fille, qui se mit à hurler : ce n'était pas un glapissement, mais un vrai hurlement viscéral qui alla rebondir contre les vitrines.

« Maman ! Fais-la partir ! Fais-la partir, maman ! »

La petite foule qui se trouvait dans le magasin observait la scène, les hommes étonnés, les femmes horrifiées. Le visage de la fillette, cramoisi, était complètement déformé.

« S'il te plaît, maman ! »

Elle suppliait, une main minuscule posée sur chaque joue d'Isabel, elle hurlait comme pour couvrir une grande distance ou vaincre une surdité. Mais Isabel restait muette.

« On pourrait peut-être… »

La phrase de Gwen fut interrompue par sa sœur.

« Laissez-la ! cria Hannah, incapable d'appeler Isabel par son nom. Vous en avez déjà assez fait, continua-t-elle plus calmement, la voix teintée d'amertume.

– Comment pouvez-vous être aussi cruelle ? explosa Isabel. Vous ne voyez donc pas dans quel état elle est ? Vous ne savez rien d'elle, rien de ses besoins, vous ne savez pas comment vous occuper d'elle. Faites preuve de sens commun, au moins, si vous ne pouvez pas avoir de compassion pour elle !

– Lâchez ma fille ! Immédiatement ! » exigea Hannah, en tremblant.

Il fallait absolument qu'elle quitte le magasin au plus vite, qu'elle brise ce lien magnétique. Elle dégagea l'enfant et la retint par la taille tandis que cette dernière résistait et hurlait toujours.

« Maman ! Je veux ma maman ! Lâche-moi !

– Tout va bien, ma chérie, tout va bien. Je sais que tu es bouleversée, mais on ne peut pas rester ici. »

Elle essaya de réconforter l'enfant en lui parlant, tout en l'étreignant suffisamment fort pour l'empêcher de se dégager et de s'enfuir.

Gwen jeta un coup d'œil à Isabel, puis secoua la tête d'un air désespéré. Elle se tourna ensuite vers sa nièce.

« Chut… chut… mon amour, ne pleure plus, dit-elle en lui tamponnant le visage avec un délicat mouchoir de dentelle. On va rentrer à la maison et je vais te trouver un caramel. Tabatha Tabby va s'ennuyer de toi si on ne rentre pas maintenant. Allez, viens ma chérie. »

Alors que le trio sortait de la boutique, Gwen se tourna à nouveau pour regarder Isabel, et le désespoir qui se lisait dans ses yeux.

Pendant un temps, personne ne broncha. Isabel avait les yeux dans le vague, elle n'osait pas bouger, de peur de perdre la sensation qu'avait laissée sur le sien le corps de sa fille. Sa mère toisa les vendeuses, les mettant au défi d'émettre le moindre commentaire. Pour finir, le jeune homme qui avait montré le coupon de coton jaune pâle à Hannah et Gwen commença à enrouler le tissu autour du tuyau de carton.

Larry Mouchemore y vit le signe qu'il attendait pour s'adresser à la vieille dame qu'il servait.

« Et ce sera tout, ces deux mètres de dentelle ?

– Oui… juste cela », répondit-elle, aussi normalement qu'elle le put.

« Viens, ma chérie, dit doucement Violet. Je ne pense pas prendre la même laine, cette fois, ajouta-t-elle d'une voix plus forte. Je vais regarder le motif et y réfléchir. »

Fanny Darnley, qui papotait avec une femme sur le trottoir, se figea sur place en apercevant la mère et la fille qui sortaient, mais elle ne fit aucun commentaire.

*

Knuckey marche le long de l'isthme de Point Partageuse, il écoute les vagues se fracasser sur les côtes de chaque côté. Il vient ici pour s'éclaircir les idées, le soir, après dîner. Il a essuyé la vaisselle avec sa femme. Il regrette l'époque où leurs enfants vivaient à la maison, quand il partageait ces moments avec eux, qu'ils faisaient un jeu de tout. Presque tous sont des adultes, maintenant. Il sourit à un souvenir du petit Billy, qui aura lui trois ans pour l'éternité.

Entre deux doigts, il tourne et retourne un coquillage, aussi rond qu'une pièce de monnaie. Les familles. Dieu sait ce qu'il serait devenu sans la sienne. C'est la chose la plus naturelle du monde, pour une femme, de vouloir un bébé. Son Irene aurait fait n'importe quoi pour récupérer son Billy. N'importe quoi. Comme tous les parents quand leurs enfants sont en danger. Alors, il n'y a plus ni règles ni lois qui comptent.

La loi est la loi, mais les hommes sont les hommes. Il repense au moment où cette triste affaire a démarré : le jour de l'Anzac, quand il était à Perth pour l'enterrement de sa tante. Il aurait pu s'élever contre tous les autres, contre la populace, Garstone compris. Tous ces hommes qui se servaient de Frank Roennfeldt comme d'un exutoire à la douleur, même en passant. Mais cela n'aurait fait qu'empirer les choses. Il est impossible de confronter toute une ville à sa propre honte. Il arrive parfois que l'oubli soit le seul moyen de retrouver la normalité.

Ses pensées revinrent vers son prisonnier. Ce Tom Sherbourne était une énigme. Aussi fermé qu'une noix du Queensland. Aucun moyen de savoir ce qui se trouvait sous la coque lisse et dure, aucun point faible sur lequel exercer une pression. Ce foutu Spragg s'acharnait à trouver un moyen de l'abattre. Knuckey avait fait traîner les choses aussi longtemps qu'il l'avait pu, mais il faudrait bien qu'il le laisse interroger Sherbourne. Là-bas, à Perth ou à Albany, qui savait ce qu'ils allaient faire de lui. Sherbourne était son propre ennemi, s'il continuait d'agir comme il le faisait.

Knuckey avait au moins réussi à garder Spragg à distance d'Isabel.

« Tu sais qu'on ne peut pas forcer une épouse à parler, alors ne l'approche pas. Si tu lui mets trop de pression, elle pourrait se refermer pour de bon. C'est ce que tu veux ? avait-il demandé au sergent. Laisse-la-moi. »

Seigneur, tout cela était trop dur… Une vie tranquille dans une ville tranquille, voilà ce pour quoi il avait signé. Et maintenant il devait trouver du sens à tout cela. Saloperie d'affaire, en fait. Une vraie saloperie. Mais son travail exigeait de lui qu'il soit juste, et qu'il ne néglige rien. Avant de passer l'affaire à Albany quand le moment serait venu. Il lança le coquillage dans l'eau. Il ne produisit même pas une éclaboussure, avant de s'enfoncer dans le rugissement des vagues.

*

Le sergent Spragg consultait les documents étalés devant lui avec une lenteur étudiée. « Thomas Edward Sherbourne. Date de naissance : 28 septembre 1893. »

Tom resta de marbre en l'entendant décliner son identité et ses états de service. Les cicadas stridulaient dans la forêt, comme si elles étaient le son même de la chaleur.

« Héros de guerre, en plus. Décoré de la croix militaire. J'ai lu vos citations : vous avez détruit à vous seul une batterie de mitrailleuses. Vous avez réussi à ramener quatre de vos hommes en sécurité sous le feu ennemi. Et le reste, aussi… »

Spragg laissa passer quelques secondes.

« Vous devez avoir tué pas mal de gens, en votre temps. »

Tom demeura silencieux.

« J'ai dit, reprit Spragg en se penchant vers lui par-dessus la table, vous devez avoir tué pas mal de gens en votre temps. »

Tom respirait calmement, il regardait droit devant lui et son visage restait totalement impassible.

Spragg donna un coup de poing sur la table.

« Quand je vous pose une question, vous me répondez, compris ?

– Quand vous me poserez une question, je répondrai, corrigea Tom, très calmement.

– Pourquoi avez-vous tué Frank Roennfeldt ? C'est une question.

– Je ne l'ai pas tué.

– Est-ce que c'est parce qu'il était allemand ? Il avait gardé son accent, d'après ce que tout le monde dit.

– Il n'avait pas d'accent quand je suis tombé sur lui. Il était mort.

– Vous en avez tué plein dans son genre, avant. Un de plus, un de moins, ça ne fait pas grande différence, après tout, pas vrai ? »

Tom poussa un long soupir, et croisa les bras.

« C'est une question, ça aussi, Tom Sherbourne.

– Mais où voulez-vous en venir ? Je vous ai déjà dit que je reconnaissais être coupable d'avoir gardé Lucy avec nous. Je vous ai déjà dit que l'homme était mort quand le dinghy s'est échoué et que je l'ai enterré. Qu'est-ce que vous voulez de plus ?

– "Oh, mais il est si courageux, si honnête, à tout endosser comme ça, prêt à aller en prison", dit Spragg avec le ton qu'on prendrait pour raconter une histoire à un jeune enfant. Mais avec moi, ça ne marche pas, mon vieux, vous comprenez ? Vous ne pourrez pas échapper à l'accusation de meurtre de cette façon. »

Le calme de Tom ne faisait que l'exaspérer davantage.

« J'en ai déjà vu, des gars comme vous, poursuivit-il. Et j'en ai ma claque de ces foutus héros de guerre. Vous rentrez au pays en espérant être vénérés jusqu'à la fin de vos jours.

Vous méprisez tous ceux qui n'ont pas porté l'uniforme. Eh bien, la guerre est finie depuis longtemps. Dieu sait combien on en a vu, des gars de votre genre, qui se sont mis à dérailler dès qu'ils sont rentrés. La façon de survivre là-bas n'est pas une façon de survivre dans un pays civilisé, enfoncez-vous ça dans le crâne.

– Tout ceci n'a rien à voir avec la guerre.

– Il faut que quelqu'un rappelle les gens à la décence, et c'est moi qui vais le faire ici.

– Et le bon sens, sergent ! Pour l'amour du ciel, réfléchissez un peu ! J'aurais pu tout nier. J'aurais pu dire que Frank Roennfeldt ne se trouvait pas dans le dinghy. J'ai dit la vérité parce que je voulais que sa femme sache ce qui s'était passé, et parce qu'il avait le droit à un enterrement chrétien.

– Ou peut-être n'avez-vous dit que la moitié de la vérité parce que vous vouliez libérer votre conscience et vous en tirer avec une petite claque sur la main.

– Ce que vous dites est complètement stupide. »

Le sergent le regarda froidement.

« Sept hommes. Je lis ici que vous avez tué sept hommes lors de votre petite escapade pour détruire les mitrailleuses. Pour moi, ça, c'est l'œuvre d'un homme violent. Ou d'un tueur impitoyable. Vos actes héroïques pourraient bien causer votre perte, dit-il en rassemblant ses notes. C'est difficile de rester héroïque quand on pend au bout d'une corde. »

Il referma le dossier et appela Harry Garstone pour qu'il ramène le prisonnier dans sa cellule.

CHAPITRE 31

DEPUIS L'INCIDENT CHEZ MOUCHEMORE, Hannah ne met quasiment plus le pied hors de la maison, et Grace a fait plusieurs pas en arrière, elle est de plus en plus refermée sur elle-même, malgré tous les efforts de sa mère.

« Je veux rentrer à la maison. Je veux ma maman, gémit l'enfant.

– Mais c'est moi, ta maman, Grace chérie. Je sais que c'est difficile à comprendre, pour toi, dit-elle en posant un doigt sur le menton de la petite fille. Je t'aime depuis le jour de ta naissance. J'ai attendu si longtemps ton retour… Un jour, tu comprendras, je te le promets.

– Je veux mon papa, renchérit l'enfant en repoussant brutalement le doigt de son menton.

– Papa ne peut pas être avec nous. Mais il t'aimait beaucoup. Vraiment beaucoup. »

Elle revoit Frank, avec l'enfant dans ses bras. L'enfant regarde Hannah avec ébahissement, puis avec colère, et pour finir avec résignation.

Gwen ne cessait de retourner la situation dans sa tête. Elle se souciait de ce qui allait advenir de sa nièce : c'était sûrement un péché de laisser souffrir autant une enfant. Elle ne pouvait plus rester sans rien y faire.

En passant devant le jardin, là où il se transformait en bush, son œil fut attiré par une femme assise sur un banc, qui regardait au loin. Elle remarqua tout d'abord le joli ton de sa robe verte. Puis elle se rendit compte qu'il s'agissait d'Isabel Sherbourne. Elle hâta le pas, mais il n'y avait aucun risque qu'Isabel la voie : cette dernière était abîmée dans une sorte de profonde rêverie. Le lendemain, comme le surlendemain, Gwen l'aperçut au même endroit, et dans le même état mélancolique.

Qui aurait pu dire si l'idée lui était déjà venue avant la fois où Grace avait déchiré toutes les pages de son livre de contes ? Hannah, bouleversée, gronda l'enfant, puis elle tenta de reconstituer les pages du premier livre que Frank avait acheté pour sa fille – les contes de Grimm en allemand, délicatement illustrés d'aquarelles.

« Mais qu'est-ce que tu as fait avec le livre de papa ? Comment as-tu pu faire ça, ma chérie ? »

La fillette, muette, se réfugia sous son lit, hors d'atteinte.

« Il reste si peu de chose, de Frank… »

Hannah se mit à sangloter en regardant les pages déchirées qu'elle tenait à la main.

« Je sais, Hanny, je le sais, mais pas Grace, dit Gwen en lui posant la main sur l'épaule. Va t'allonger et te reposer un peu pendant que je l'emmène en promenade.

– Oui, mais il faut qu'elle s'habitue à sa nouvelle maison.

– Je l'emmène chez papa. Il sera très content et l'air frais fera beaucoup de bien à Grace. »

Hannah soupira.

« D'accord, mais juste l'aller-retour. »

Dès qu'elles furent dans la rue, Gwen tendit un caramel à sa nièce.

« Tu veux une confiserie, Lucy ?

– Oui, dit l'enfant, surprise d'entendre le prénom qu'avait utilisé sa tante.

– Bon, tu vas être gentille, on va aller dire bonjour à grand-père. »

Les yeux de la fillette se mirent à briller en entendant parler de l'homme à qui appartenaient les grands chevaux et les grands arbres. Elle suivit sa tante, tout en suçant son caramel. Elle ne souriait pas, mais elle ne hurlait ni ne braillait pas non plus, nota Gwen.

À vrai dire, il n'y avait aucune raison de passer par le parc. Elles auraient pu gagner la maison de Septimus plus rapidement en empruntant la route du cimetière et de la chapelle méthodiste.

« Tu es fatiguée, Lucy ? Pourquoi on ne ferait pas une petite pause ? Elle est loin, la maison de grand-père, et tu es encore une toute petite fille… »

Du coin de l'œil, Gwen aperçut Isabel assise sur son banc.

« Allez, cours devant moi. Tu cours jusqu'au banc et je te retrouve là-bas. »

Gwen l'observa tout en gardant ses distances.

Isabel cligna des yeux.

« Lucy ! Ma chérie ! s'exclama-t-elle en la prenant dans ses bras, avant même de se demander comment elle avait pu arriver là.

– Maman ! » cria l'enfant, en la serrant très fort.

Isabel se tourna et aperçut au loin Gwen, qui lui fit un signe de tête, comme pour dire : « Profitez-en ! »

Isabel ne se souciait pas de connaître les motivations de cette femme. Elle pleurait en serrant l'enfant, puis elle la tint à bout de bras pour mieux la regarder. Peut-être, malgré tout, Lucy pouvait encore être à elle. Une vague de chaleur la submergea à cette idée.

« Mais tu as minci, ma chérie ! Tu n'as plus que la peau sur les os ! Tu dois être gentille, il faut bien manger. Pour maman. »

Elle prit peu à peu la mesure des divers changements survenus chez sa fille : la raie tracée de l'autre côté du crâne ; une robe de fine mousseline parsemée de pâquerettes ; de nouvelles chaussures avec des papillons sur les boucles.

Gwen se sentit soulagée en voyant la réaction de sa nièce. Elle avait là sous les yeux une enfant complètement différente, soudain en sécurité près de la mère qu'elle aimait. Elle les laissa ensemble aussi longtemps qu'elle l'osa, avant de s'approcher.

« Je ferais mieux de la ramener, maintenant. Je n'étais pas sûre que vous seriez là.

– Mais… je ne comprends pas…

– Tout cela est si terrible… Si dur pour tout le monde, dit-elle en secouant la tête et en soupirant. Ma sœur est une brave femme, vraiment. Mais elle a traversé tellement d'épreuves. »

Elle fit un signe de tête en direction de la petite fille.

« Je vais essayer de la ramener. Mais je ne peux rien promettre. Soyez patiente, c'est tout ce que je peux vous conseiller. Soyez patiente et peut-être… »

Elle laissa sa phrase en suspens.

« Mais s'il vous plaît, ne le dites à personne. Hannah ne comprendrait pas. Elle ne me le pardonnerait jamais… Allez, viens Lucy », dit-elle en tendant les bras vers la fillette.

L'enfant resta accrochée à Isabel.

« Non, maman ! Ne pars pas !

– Allez, petite fille. Sois gentille, pour faire plaisir à maman, tu veux bien ? Tu dois t'en aller avec cette dame, là, mais on se reverra bientôt, je te le promets. »

L'enfant ne bougeait toujours pas.

« Si tu es gentille, on reviendra », sourit Gwen, en l'attirant doucement vers elle.

La raison empêcha Isabel de suivre son instinct et de s'emparer de l'enfant. Non. Si elle se montrait raisonnable et patiente, cette femme la ramènerait, comme elle l'avait promis. Et qui savait ce qui pouvait encore advenir avec le temps ?

Gwen eut beaucoup de mal à calmer sa nièce. Elle la câlina, la porta, saisit toutes les occasions qui se présentaient pour la distraire avec des devinettes et des bribes de comptines. Elle ne savait pas trop comment elle allait pouvoir réaliser son plan, mais elle ne supportait tout simplement plus de voir plus longtemps la pauvre enfant séparée de la femme qu'elle pensait être sa mère. Hannah avait toujours été obstinée, et Gwen craignait que cela ne l'empêche de voir ce qui convenait le mieux à cette enfant. Elle se demanda si elle pourrait cacher cette rencontre à Hannah, mais cela valait la peine d'essayer.

« Est-ce que tu sais ce qu'est un secret, chérie ? demanda Gwen à Grace lorsque l'enfant finit par se calmer.

– Oui, marmonna-t-elle.

– Bien. Alors, on va jouer à un jeu de secrets, d'accord ? »

La petite fille leva les yeux vers elle, cherchant à comprendre.

« Tu aimes ta maman Isabel, pas vrai ?

– Oui.

– Et je sais que tu veux la revoir. Mais ça pourrait aussi mettre Hannah un peu en colère, parce qu'elle est très triste, alors on ne doit pas le lui dire, ni à grand-père, d'accord ? »

Le visage de l'enfant se crispa.

« Nous devons en faire notre secret spécial, et si quelqu'un nous demande ce qu'on a fait aujourd'hui, tu diras juste qu'on est allées chez grand-père. Tu ne dois pas dire qu'on a vu ta maman. Tu comprends, mon amour ? »

La fillette garda les lèvres pincées, tout en hochant gravement la tête, tandis que la confusion se lisait dans ses yeux.

*

« C'est une enfant intelligente. Elle sait qu'Isabel Sherbourne n'est pas morte… nous l'avons vue chez Mouchemore. »

Hannah se trouvait une fois encore dans le cabinet du Dr Sumpton, mais sans sa fille.

« Je vous le dis, en tant que praticien, le seul traitement pour votre fille, c'est le temps, et le fait de la maintenir éloignée de Mme Sherbourne.

– Mais je me demandais… Je me disais que si je pouvais l'amener à me parler… de son autre vie. Sur l'île. Est-ce que ça aiderait ? »

Il tira une bouffée sur sa pipe.

« Essayez d'y penser comme ça : si je venais de vous retirer votre appendice, la dernière chose à faire serait de rouvrir la blessure toutes les cinq minutes et d'y enfoncer le doigt pour voir si ça guérit. Je sais que c'est difficile, mais c'est le genre de cas où, moins on en dit, plus vite on guérit. Elle va s'en sortir. »

Mais son état ne montrait aucun signe d'amélioration. L'enfant devint la proie d'une obsession : ranger ses jouets et faire son lit le plus nettement possible. Elle frappait le chaton quand il faisait tomber la maison de poupée et gardait la bouche aussi fermement serrée qu'un avare son porte-monnaie, ne voulant laisser échapper aucun signe d'affection pour cette mère usurpatrice.

Et pourtant, Hannah persévérait. Elle lui racontait des histoires : sur les forêts et les hommes qui y travaillaient ; sur l'école de Perth et les choses qu'elle y avait faites ; sur Frank et sa vie à Kalgoorlie. Elle lui chantait de petites chansons en allemand, bien que l'enfant n'y prêtât que peu d'attention. Elle cousait des robes pour les poupées de la fillette et lui préparait des entremets pour son dîner. La petite fille faisait des dessins. Toujours les mêmes. Maman, papa et Lulu au phare, dont le rayon lumineux tombait juste dans le coin de la page, chassant l'obscurité tout autour de lui.

*

De la cuisine, Hannah voyait Grace qui, assise par terre dans le salon, parlait à ses pinces à linge. Ces derniers jours, elle était plus anxieuse que jamais, sauf quand elle se trouvait près de Septimus, alors sa mère était soulagée de la voir jouer tranquillement. Elle s'approcha un peu de la porte, pour l'écouter.

« Lucy, mange un caramel, dit une des pinces à linge.

– Miam, dit une autre pince, en gobant le bonbon invisible que la fillette tenait entre deux doigts.

– J'ai un secret spécial, dit la première pince. Viens avec tante Gwen. Quand Hannah dort. »

Hannah écarquilla les yeux, tandis qu'une nausée froide l'envahissait.

Grace prit un citron dans la poche de son tablier et le recouvrit d'un mouchoir.

« Bonne nuit, Hannah, dit tante Gwen. Maintenant, on va aller voir maman dans le parc.

– Smack, smack, firent deux pinces en s'embrassant. Ma petite Lucy chérie. Viens, mon bébé. On part à Janus. »

Et les pinces à linge de trottiner un peu sur le tapis.

Le sifflement de la bouilloire fit tressaillir l'enfant, elle se retourna, vit Hannah sur le pas de la porte et jeta aussitôt les pinces par terre.

« Méchante Lucy ! » se dit-elle en se donnant une petite tape sur la main.

L'horreur que ressentit Hannah devant cette petite mascarade se fit désespoir à cette dernière remarque : c'était ainsi que la voyait sa fille. Non pas comme une mère qui l'aimait, mais comme un tyran. Elle s'efforça de conserver son calme tout en réfléchissant à ce qu'elle devait faire.

Ses mains tremblaient un peu pendant qu'elle préparait le chocolat chaud qu'elle apporta à sa fille.

« Il était bien, ton jeu, ma chérie », dit-elle en luttant contre le tremblement de sa voix.

L'enfant ne bougea pas, ne parla pas et ne but pas le chocolat qui emplissait le verre à bec de canard qu'elle tenait à la main.

« Tu connais des secrets, Grace ? »

La fillette acquiesça lentement de la tête.

« J'imagine que ce sont de jolis secrets. »

Une fois encore, le petit menton se leva et s'abaissa, tandis que ses yeux montraient qu'elle essayait de deviner la marche à suivre.

« On joue à un jeu ? »

La petite fille décrivit un arc de cercle sur le sol du bout de son orteil.

« On va jouer à un jeu où je vais essayer de deviner ton secret. Comme ça, ça restera un secret, puisque tu ne me le diras pas. Et si je le devine, tu auras une sucette, comme récompense. »

Le visage de l'enfant se crispa, tandis qu'Hannah souriait maladroitement.

« Moi, je devine, reprit Hannah, que tu es allée voir la dame de Janus. C'est ça ? »

L'enfant commença à hocher la tête, puis s'arrêta.

« On a vu le monsieur de la grande maison. Son visage était tout rose.

– Je ne vais pas me fâcher contre toi, chérie. C'est bien, d'aller voir les gens, quelquefois, non ? Et la dame t'a fait un gros câlin ?

– Oui », répondit-elle lentement, en essayant de comprendre, au moment où elle prononçait le mot, s'il faisait ou non partie du secret.

Quand, une demi-heure plus tard, Hannah alla retirer le linge de la corde, son estomac était encore tout retourné. Comment sa propre sœur avait-elle pu faire une chose pareille ? Les expressions, sur les visages des clients chez Mouchemore, lui revinrent en mémoire, et elle eut alors l'impression qu'ils voyaient tous quelque chose qui lui était invisible – tous, y compris Gwen, riaient d'elle dans son dos. Elle laissa un jupon accroché à une pince, rentra dans la maison et se précipita dans la chambre de sa sœur.

« Comment as-tu pu me faire ça ?

– De quoi parles-tu ? demanda Gwen.

– Comme si tu ne le savais pas !

– Mais quoi, Hannah ?

– Je sais ce que tu as fait. Je sais où tu as emmené Grace. »

Ce fut au tour d'Hannah d'être prise de court quand elle vit des larmes dans les yeux de sa sœur.

« Cette pauvre petite fille, Hannah, dit-elle.

– Quoi ?

– La pauvre petite ! Oui, je l'ai emmenée voir Isabel Sherbourne. Dans le parc. Et je les ai laissées se parler. Mais je l'ai fait pour elle, Hannah… Pour Lucy.

– Elle s'appelle Grace ! Elle s'appelle Grace, c'est ma fille et je veux juste qu'elle soit heureuse et… »

Sa voix perdit toute force, étouffée par les sanglots.

« Et puis Frank me manque. Mon Dieu, comme tu me manques, Frank ! »

Elle regarda sa sœur.

« Et toi, tu l'emmènes voir la femme de celui qui l'a enterré dans un fossé ! Comment as-tu pu ne serait-ce que penser à faire une chose pareille ? Grace doit les oublier. Tous les deux. C'est moi, sa mère ! »

Gwen hésita, puis s'approcha de sa sœur et la prit doucement dans ses bras.

« Hannah, tu sais combien je t'aime. J'ai essayé de faire tout ce que je pouvais pour t'aider… depuis ce jour-là. Et j'ai fait beaucoup aussi depuis qu'elle est revenue à la maison. Mais c'est ça, le problème. Ce n'est pas sa maison, ici. Je ne supporte pas de la voir souffrir. Et je ne supporte pas de voir combien cela te fait souffrir. »

Hannah inspira tant bien que mal un peu d'air entre un hoquet et un nouveau sanglot.

Gwen redressa les épaules.

« Je crois qu'elle doit retourner chez Isabel Sherbourne. Je pense que c'est la seule chose à faire. Pour le bien de l'enfant. Et pour le tien, aussi, Hanny chérie. Pour ton bien. »

Hannah recula.

« Elle ne reverra plus jamais cette femme, dit-elle d'une voix dure comme l'acier. Pas tant que je vivrai. Jamais ! »

Aucune des deux sœurs ne vit la frimousse de Grace qui les observait par l'entrebâillement de la porte et qui avait entendu toute la conversation.

*

Vernon Knuckey était assis en face de Tom.

« Je croyais avoir tout vu, avant de tomber sur vous. »

Il regarda à nouveau le feuillet qui se trouvait devant lui.

« Un canot s'échoue sous vos yeux, et vous, vous vous dites : “Oh ! mais que voilà un joli bébé, je vais le garder et personne n'en saura jamais rien.”

– C'est une question ?

– Vous cherchez à vous attirer des ennuis, là ?

– Non.

– Combien d'enfants Isabel a-t-elle perdu ?

– Trois.

– Et c'est vous qui avez décidé de garder le bébé ? Tout ça pour empêcher les gens de jaser sur votre manque de virilité. Vous me prenez pour un bleu, là ? »

Tom ne dit rien, et Knuckey se pencha vers lui.

« Je sais ce que c'est, dit-il en adoucissant la voix, que de perdre un petit. Et je sais aussi ce que ça a fait à ma femme. Elle a été à moitié folle pendant un moment. »

Il attendit un instant, mais n'obtint pas de réaction de Tom.

« Ils ne la chargeront pas, vous savez, ajouta-t-il.

– Ils n'ont pas intérêt à la toucher », dit Tom.

Knuckey secoua la tête.

« L'audience préliminaire a lieu la semaine prochaine. Après, votre sort dépendra d'Albany, Spragg vous accueillera à bras ouverts et Dieu sait ce qui vous attend là-bas. Je ne pourrai plus rien faire pour vous. »

Tom ne réagit toujours pas.

« Vous voulez que je prévienne quelqu'un pour l'audience ?

– Non, merci. »

Knuckey le regarda en coin.

« Je peux écrire à ma femme ? demanda Tom alors que Knuckey était sur le point de partir.

– Bon sang, mais bien sûr que non ! Vous ne devez avoir aucun contact avec un témoin potentiel. Si vous voulez jouer, il va falloir suivre les règles, mon vieux. »

Tom le testa.

« Juste un bout de papier et un crayon. Vous pourrez lire, si vous le voulez... C'est ma femme.

– Et moi, je suis la police, bon sang !

– Ne me dites pas que vous n'avez jamais dérogé à une règle... Que vous n'avez jamais fermé les yeux sur les agissements d'un pauvre diable. Allez, un bout de papier et un crayon. »

*

C'est Ralph qui apporta la lettre à Isabel. Elle la prit avec réticence.

« Je vais vous laisser la lire tranquillement, hein, dit-il en tendant la main pour lui toucher l'avant-bras. Cet homme a besoin de votre aide, Isabel, ajouta-t-il gravement.

– Ma petite fille aussi », dit-elle, bouleversée.

Après le départ de Ralph, elle emporta la lettre dans sa chambre et scruta l'enveloppe. Elle l'approcha de son visage pour la sentir, pour y déceler une trace de son mari, mais la lettre n'avait rien de particulier – rien qui lui rappelât Tom. Elle prit des ciseaux à ongles sur la coiffeuse et commença à couper le coin, mais tout à coup ses doigts se figèrent. Le visage de Lucy se mit à flotter devant elle, hurlant, et elle tressaillit en se rappelant que c'était Tom qui était responsable de tout cela. Elle reposa les ciseaux, glissa la lettre dans un tiroir et le referma.

*

La taie d'oreiller est trempée de larmes. Un croissant de lune est suspendu dans l'encadrement de la fenêtre, trop faible pour pouvoir même éclairer son propre trajet dans le ciel. Hannah l'observe. Il y a tant de choses dans ce monde qu'elle voudrait partager avec sa fille, mais l'enfant, comme le monde, semble lui avoir été arraché.

Un coup de soleil. Elle est tout d'abord surprise par ce souvenir. Une gouvernante anglaise, totalement ignorante du concept même de coup de soleil, pour ne rien dire du traitement approprié, l'avait plongée dans un bain d'eau chaude, « pour enlever la brûlure » de celui qu'elle avait attrapé au cours d'une trop longue baignade dans la baie. « Inutile de te plaindre, avait dit la femme à Hannah, alors âgée de dix ans. La douleur, ça va te faire du bien. » Hannah avait continué à hurler jusqu'au moment où la cuisinière était venue voir qui on était en train d'assassiner, et qu'elle l'avait sortie de l'eau fumante.

« A-t-on déjà vu une telle idiotie ? avait-elle déclaré. La dernière chose à faire, avec une brûlure, c'est de la brûler. Pas besoin d'être cette bonne vieille Florence Nightingale, pour savoir ça. »

Mais Hannah n'avait éprouvé aucune colère. La gouvernante croyait avoir fait ce qui convenait. Elle ne voulait que ce qui était le mieux pour elle. Elle ne lui avait infligé cette douleur que pour la soulager.

Soudain furieuse face à cette lune si pâle, elle lance l'oreiller à travers la pièce et donne une série de coups de poing dans le matelas, sans pouvoir se maîtriser.

« Je veux Grace, murmure-t-elle à travers ses larmes. Ce n'est pas ma Grace, elle ! »

Son bébé était mort, après tout.

*

Tom entendit les clés s'entrechoquer.

« Bonjour, dit Gerald Fitzgerald, que précédait Harry Garstone. Désolé d'être en retard. Le train a percuté un troupeau de moutons juste après Bunbury. Ça nous a un peu retardés.

– Je n'avais pas d'autre rendez-vous, de toute façon », dit Tom en haussant les épaules.

L'avocat disposa ses documents sur la table.

« L'audience préliminaire est dans quatre jours. »

Tom hocha la tête.

« Vous avez changé d'avis, ou pas ?

– Non. »

Fitzgerald soupira.

« Et vous attendez quoi, au juste ? »

Tom le regarda sans rien dire et l'homme répéta sa question.

« Vous attendez quoi ? La cavalerie ne déboulera pas du sommet de la colline pour vous sauver. Personne ne peut vous sauver, à part moi. Et si je suis ici, c'est uniquement parce que le capitaine Addicott a payé mes émoluments.

– Je lui avais dit de ne pas gaspiller son argent.

– Pourquoi ça devrait nécessairement être du gaspillage ? Vous pourriez me laisser en gagner, vous savez.

– Comment ?

– En m'autorisant à dire la vérité… En vous donnant une chance de sortir d'ici en homme libre.

– Parce que vous pensez que détruire ma femme ferait de moi un homme libre ?

– Tout ce que je dis, c'est qu'on peut mettre en place une défense qui pourra vous innocenter de la moitié des charges qui pèsent sur vous. Quoi que vous ayez fait, laissez-les au moins apporter les preuves. Si vous plaidez non coupable, ce sera à la cour de démontrer le bien-fondé de chaque chef d'accusation. Ce sacré Spragg et ses délires paranoïaques, laissez-moi m'en occuper, ne serait-ce que pour ma fierté professionnelle !

– Vous m'avez dit que si je plaide coupable pour tout, ils laisseront ma femme tranquille. Vous connaissez la loi. Et moi, je sais ce que je veux faire.

– Penser et faire sont deux choses différentes, vous allez vite le comprendre. Sale endroit, cette prison de Fremantle. Sale façon de passer les vingt prochaines années de votre vie. »

Tom le regarda dans les yeux.

« Vous voulez savoir ce qu'est un sale endroit ? Allez donc à Pozières, à Bullecourt, ou à Passchendaele. Allez donc faire un tour là-bas et revenez me dire si c'est si terrible que ça, un endroit où on vous donne un lit, de la nourriture et un toit au-dessus de votre tête. »

Fitzgerald considéra ses documents et rédigea une petite note.

« Si vous me dites de plaider coupable, je plaiderai coupable. Et vous êtes bon pour la totale. Mais, à mon avis, vous devez peser le pour et le contre… Et vous feriez mieux de prier le Seigneur pour que Spragg n'en fasse pas trop une fois que vous serez à Albany. »

CHAPITRE 32

« QU'EST-CE QUI SE PASSE, bon sang ? » demanda Vernon Knuckey, comme Harry Garstone refermait la porte derrière lui et se plantait avec un air idiot devant le bureau du sergent.

Garstone s'éclaircit la gorge, tout en donnant de grands coups de tête en arrière vers l'entrée du commissariat.

« Allez droit au but, agent Garstone.

– Il y a un visiteur.

– Pour moi ?

– Pas pour vous, monsieur. »

Knuckey lui lança un coup d'œil pour l'avertir.

« C'est pour Sherbourne, monsieur.

– Et alors ? Vous connaissez la procédure, bon sang ! Vous notez le nom et vous faites entrer.

– Mais c'est… Hannah Roennfeldt, monsieur. »

Le sergent se redressa sur son siège.

« Oh… »

Il referma le dossier sur lequel il travaillait avant d'être interrompu et se gratta le menton.

« Je crois que je ferais mieux d'aller lui dire un mot. »

Knuckey se tenait près du comptoir, à l'entrée du commissariat.

« C'est contraire à la procédure de laisser les membres de la famille de la victime voir les accusés, madame Roennfeldt. »

Hannah soutint le regard du sergent en silence, sans cligner des yeux, ce qui le força à continuer sa tirade.

« J'ai bien peur que ça ne sorte de l'ordinaire. Avec tout le respect...

– Mais cela n'enfreint pas les règles ? Ni la loi ?

– Écoutez-moi bien, madame, ce sera déjà assez difficile pour vous quand on sera au tribunal. Croyez-moi sur parole, c'est très dur, un procès comme celui-ci. Il vaut mieux éviter de semer la pagaille avant même que ça commence.

– Je veux le voir. Je veux voir l'homme qui a tué mon enfant.

– Comment ça, tué votre enfant ? Du calme, là...

– Le bébé que j'ai perdu ne reviendra jamais, sergent, jamais. Grace ne sera plus jamais la même.

– Écoutez, je ne suis pas vraiment sûr de comprendre ce que vous voulez dire, madame Roennfeldt, mais en tout cas je...

– J'ai au moins droit à ça, vous ne pensez pas ? »

Knuckey poussa un soupir. Cette femme faisait pitié à voir. Elle hantait la ville depuis des années. Peut-être que cela mettrait un peu ses fantômes au repos.

« Attendez ici... »

Tom s'était relevé, toujours sonné par la nouvelle.

« Hannah Roennfeldt veut me parler ? Mais pour quoi faire ?

– Vous n'êtes pas obligé, bien sûr. Je peux lui dire de repartir.

– Non dit Tom. C'est bon. Merci.

– Comme vous voudrez. »

Quelques instants plus tard, Hannah entrait dans sa cellule, suivie de l'agent Garstone, qui portait une petite chaise de bois. Il la plaça à quelques dizaines de centimètres des barreaux.

« Je laisse la porte ouverte, madame Roennfeldt, et je reste devant. Ou je peux entrer, si vous préférez.

– Ce ne sera pas nécessaire. Je n'en ai pas pour longtemps. »

Garstone fit la moue et agita ses clés.

« Très bien. Je vous laisse, alors, madame », dit-il en se dirigeant vers le couloir.

Hannah observa Tom en silence, examinant chaque centimètre carré de sa personne : la petite cicatrice d'éclat de shrapnel en forme de crochet, juste sous l'oreille gauche ; les lobes d'oreilles décollés ; les doigts calleux, mais longs et fins.

Il se soumit à son inspection sans broncher, comme une proie s'offrant au fusil du chasseur embusqué tout près. Durant ce long moment, des scènes resurgissaient dans l'esprit de Tom – le dinghy, le corps, le hochet –, toutes aussi nettes et vives les unes que les autres. Puis, d'autres souvenirs l'assaillirent : la première lettre, qu'il avait écrite dans la cuisine des Graysmark, les entrailles nouées tandis qu'il choisissait ses mots, la peau si lisse de Lucy, son petit gloussement, ses cheveux qui flottaient comme des algues alors qu'il la tenait dans l'eau à la baie des Trépassés. L'instant où il avait découvert qu'il connaissait la mère de l'enfant depuis longtemps. Il sentit la sueur lui couler le long du dos.

« Je vous remercie d'avoir accepté de me voir, monsieur Sherbourne… »

Si Hannah s'était jetée sur lui ou avait lancé sa chaise contre les barreaux, Tom aurait été moins choqué que par cette démonstration de civilité.

« Je suis bien consciente que vous n'étiez pas obligé de le faire. »

Il se contenta de hocher légèrement la tête.

« C'est étrange, n'est-ce pas, poursuivit-elle, jusqu'à il y a quelques semaines, si j'avais pensé à vous, cela aurait été avec de la gratitude. Mais il s'avère que c'est vous que j'aurais dû craindre ce soir-là, et non l'ivrogne. Vous aviez dit : “Le fait d'aller là-bas vous change un homme.” Et : “On ne fait plus la distinction entre le bien et le mal.” J'ai fini par comprendre ce que vous vouliez dire. J'ai besoin de savoir si tout ça est de votre fait, demanda-t-elle d'une voix égale. »

Tom hocha la tête, avec lenteur et gravité.

La douleur traversa fugitivement le visage d'Hannah, comme si elle avait été giflée.

« Et si vous le regrettez. »

La question lui fit l'effet d'un coup de poignard et il se concentra sur un nœud dans le bois du plancher.

« Plus que je ne saurais le dire.

– Il ne vous a pas traversé l'esprit un instant que cette enfant pouvait avoir une mère ? Qu'elle pouvait être aimée, qu'elle pouvait manquer à quelqu'un ? »

Elle regarda tout autour d'elle dans la cellule, puis ses yeux se concentrèrent à nouveau sur Tom.

« Si seulement je pouvais comprendre pourquoi vous avez fait ça… »

Les mâchoires de Tom étaient comme cimentées l'une à l'autre.

« Je ne peux pas vraiment l'expliquer.

– Essayez. S'il vous plaît. »

Elle méritait d'entendre la vérité. Mais il ne pouvait rien lui dire sans trahir Isabel. Il avait fait ce qui importait – Lucy avait été rendue à sa vraie mère et il assumait les conséquences de son geste. Le reste n'était que des mots.

« Vraiment. Je ne peux pas.

– Le policier d'Albany croit que vous avez tué mon mari. »

Il la regarda droit dans les yeux.

« Je vous le jure, il était déjà mort quand je l'ai trouvé... Je sais bien que j'aurais dû agir autrement. Je suis réellement désolé de voir tout le mal que les décisions que j'ai prises ce jour-là ont provoqué. Mais votre mari était déjà mort quand le dinghy s'est échoué sur la plage. »

Elle prit une profonde inspiration, elle était sur le point de partir.

« Jugez-moi comme bon vous semble. Je ne demande pas de pardon, dit Tom. Mais ma femme... n'avait pas le choix. Elle aime cette petite fille. Elle l'aime comme si c'était la seule chose qui comptait au monde pour elle. Faites preuve d'un peu de clémence à son égard, s'il vous plaît. »

L'amertume qui se lisait sur le visage d'Hannah céda devant une tristesse lasse.

« Frank était un homme adorable », dit-elle, avant de s'éloigner lentement dans le couloir.

Dans la lumière diffuse, Tom écoutait les cicadas qui semblaient marquer le passage des secondes, par milliers à la fois. Il prit peu à peu conscience qu'il ouvrait et refermait ses mains. Il les regarda et, pendant un moment, pensa à tout ce qu'elles avaient fait. Ce concentré de muscles et de pensées était sa vie. Il revint au présent, vers les murs chauds et l'air épais. Le dernier barreau de l'échelle qui aurait pu le sortir de l'enfer venait juste d'être retiré.

*

Pendant des heures, Isabel réussit à chasser Tom loin de son esprit, en aidant sa mère dans la maison ; en regardant les dessins que Lucy avait faits lors de ses brèves visites et que Violet avait conservés ; en ressentant toujours plus intensément le chagrin de la perte de son enfant. Mais Tom avait fini par s'immiscer à nouveau dans ses pensées. Elle visualisa l'enveloppe qui contenait la lettre que Bluey lui avait apportée, et qu'elle avait enfouie au fond d'un tiroir.

Gwen avait promis qu'elle ramènerait Lucy la voir, mais cela faisait maintenant des jours qu'elle n'était pas apparue dans le parc, bien qu'Isabel y eût passé des heures. Mais elle devait tenir bon, tant que subsistait le moindre petit espoir de revoir sa fille. Il fallait qu'elle haïsse Tom, pour l'amour de Lucy. Et pourtant. Elle sortit la lettre du tiroir, observa la déchirure dans le coin, là où elle avait commencé à l'ouvrir. Puis elle la jeta à nouveau dans le tiroir, et courut aussi vite qu'elle le put vers le parc, pour attendre, au cas où.

*

« Dis-moi ce que tu veux que je fasse, Tom. Tu sais que je veux t'aider. Mais s'il te plaît, dis-moi comment. »

La voix de Bluey était tendue et ses yeux brillaient.

« Il n'y a plus rien à faire, Blue. »

L'atmosphère qui régnait dans la cellule de Tom était étouffante et l'air sentait le détergent depuis qu'on avait passé la serpillière une heure plus tôt.

« Je le jure devant Dieu, j'aurais préféré ne jamais voir ce foutu hochet. J'aurais dû la fermer, dit-il en agrippant les barreaux. Le sergent d'Albany est venu me voir, il m'a posé plein de questions sur toi… Si tu avais le coup de poing facile, si tu buvais. Il est allé voir Ralph, aussi. Et les gens, ils parlent… eh bien, ils parlent de meurtre, bon sang, Tom… Au pub, ça discute pendaison ! »

Tom le regarda dans les yeux.

« Et tu les crois ?

– Bien sûr que non. Mais je crois que ces rumeurs finissent toujours par donner corps à quelque chose de concret. Et je crois qu'un gars innocent peut très bien être condamné pour quelque chose qu'il n'a pas fait. Ça ne sert à rien de dire qu'on est désolé de s'être trompé, une fois que le gars a été exécuté. »

Le regard de Bluey continuait d'implorer Tom, silencieusement.

« Certaines choses sont difficiles à expliquer, dit Tom. J'ai mes raisons pour faire ce que j'ai fait.

– Mais qu'est-ce que tu as fait ?

– Des choses qui ont détruit la vie de certaines personnes, et il est temps de payer pour ça.

– Il paraît que le vieux Potts pense que si la femme d'un gars ne le soutient pas, c'est qu'il a fait quelque chose de plutôt louche.

– Merci, mon vieux. Tu sais réconforter les gens.

– N'abandonne pas sans te battre, Tom. Promets-le-moi.

– Ça va aller, Blue. »

Mais comme s'éloignait l'écho des pas de Bluey, Tom se demanda dans quelle mesure il avait raison. Isabel n'avait pas répondu à sa lettre, et il était forcé d'admettre que ce pouvait être pour la pire des raisons. Il n'empêche qu'il devait s'accrocher à ce qu'il savait d'elle, à ce qu'il savait qu'elle était.

*

Aux confins de la ville se trouvent les vieilles maisonnettes des bûcherons, de pauvres constructions de bois, certaines décrépites, d'autres parfaitement entretenues. Elles se dressent sur des lopins de terre, près de la station de pompage qui apporte l'eau à la ville. Dans l'une de ces maisonnettes, Isabel le sait, vit Hannah Roennfedt, et c'est aussi là que sa Lucy chérie a été emmenée. Isabel a attendu en vain l'apparition de Gwen. Désespérée, elle cherche maintenant Lucy. Pour savoir où elle est. Pour savoir qu'elle s'adapte à sa nouvelle vie. Il est midi et la large rue bordée de jacarandas est déserte.

Une des maisons est particulièrement bien entretenue. Le bois vient d'être repeint, l'herbe a été tondue récemment et, contrairement aux autres, elle est entourée d'une haute haie, plus efficace qu'une clôture contre les regards inquisiteurs.

Isabel avance jusqu'à la ruelle qui se trouve derrière les maisons et, cachée derrière la haie, elle entend le grincement rythmé d'un objet métallique. Elle jette un œil par un tout petit trou dans le feuillage, et sa respiration se fait plus rapide quand elle reconnaît sa petite fille, qui fait des allées et venues dans le jardin sur son tricycle. Elle est toute seule et ne semble ni triste ni heureuse, elle est juste intensément concentrée sur son coup de pédale. Elle est tout près : Isabel pourrait presque la toucher, la tenir dans ses bras. Il paraît soudain absurde qu'elle ne puisse être avec l'enfant – comme si toute la ville était devenue folle, et qu'elle fût la seule personne encore saine d'esprit.

Elle réfléchit à la situation. Le train fait une fois par jour le trajet aller-retour de Perth à Albany. Si elle attendait la dernière minute pour monter à bord, peut-être pourraient-elles passer inaperçues ? Une fois à Perth, il serait plus facile de se fondre dans l'anonymat de la grande ville. Elles pourraient ensuite prendre le bateau pour Sydney. L'Angleterre, même. Une nouvelle vie. Le fait qu'elle n'ait pas le moindre sou – elle n'a jamais eu de compte en banque – ne semble pas être une raison suffisante pour renoncer. Elle regarde sa fille, et réfléchit à l'étape suivante de son plan.

*

Harry Garstone martelait la porte des Graysmark. Bill répondit, après avoir regardé par la vitre qui pouvait être l'importun qui le dérangeait à cette heure.

« Monsieur Graysmark, dit l'agent, avant de lui adresser un hochement de tête protocolaire.

– Bonsoir, Harry. Qu'est-ce qui vous amène ?

– Une affaire officielle.

– Je vois, dit Bill, tout en se préparant à affronter une sinistre nouvelle.

– Je cherche la fille Roennfeldt, Bill.

– Qui ? Hannah ?

– Non, sa fille, Grace. »

Bill mit un moment à comprendre qu'il parlait de Lucy, et il lança au policier un regard interrogateur.

« Est-elle chez vous ? demanda Garstone.

– Bien sûr que non. Pourquoi voudriez-vous… ?

– Parce qu'elle n'est pas avec Hannah Roennfeldt. Parce qu'elle a disparu.

– Hannah l'a perdue ?

– Ou bien on l'a enlevée. Votre fille est à la maison ?

– Oui.

– Vous en êtes sûr ? demanda-t-il, vaguement déçu.

– Évidemment que j'en suis sûr.

– Elle y est restée toute la journée ?

– Pas toute la journée, non. Qu'est-ce que vous cherchez ? Où est Lucy ? »

Violet se tenait maintenant derrière Bill.

« Que se passe-t-il ?

– Je dois parler à votre fille, madame Graysmark, dit Garstone. Vous voulez bien aller la chercher ? »

Violet se rendit à contrecœur dans la chambre d'Isabel, mais elle était vide. Elle sortit précipitamment à l'arrière de la maison, où elle trouva sa fille assise sur la balancelle, perdue dans ses pensées.

« Isabel ! C'est Harry Garstone !

– Qu'est-ce qu'il veut ?

– Je crois que tu devrais aller le voir », dit Violet.

Quelque chose dans le ton de sa mère poussa Isabel à la suivre sans discuter.

« Bonsoir, madame Sherbourne. C'est à propos de Grace Roennfeldt, commença Garstone.

– Quel est le problème ? demanda Isabel.

– Quand l'avez-vous vue pour la dernière fois ?

– Elle n'est pas revenue ici depuis son retour, protesta Violet, avant de se corriger. Enfin, elle l'a bien... vue par accident, chez Mouchemore, mais c'est la seule fois...

– C'est vrai, madame Sherbourne ? »

Isabel ne dit rien, son père prit la parole.

« Bien sûr que c'est vrai. Qu'est-ce que vous croyez qu'elle... ?

– Non, papa. Je l'ai effectivement revue en une autre occasion. »

Bill et Violet se tournèrent vers elle l'air étonné.

« C'était au parc, il y a trois jours. Gwen Potts me l'a amenée. »

Isabel réfléchit et se demanda si elle allait en dire plus.

« Je n'avais pas cherché à la rencontrer. C'est Gwen qui me l'a amenée, je le jure. Où est Lucy ?

– Partie. Disparue.

– Quand ?

– J'espérais que vous pourriez me le dire, répondit le policier. Monsieur Graysmark, je peux jeter un coup d'œil dans la maison ? Juste pour être sûr. »

Bill était sur le point de protester, mais la nouvelle information donnée par Isabel l'inquiétait.

« Nous n'avons rien à cacher, dit-il. Vous pouvez regarder où vous voulez. »

Le policier, qui se souvenait encore des coups de canne assenés par M. Graysmark parce qu'il avait triché à un contrôle de maths, fit bien des manières en ouvrant les placards et en regardant sous les lits, comme s'il craignait que l'ex-directeur d'école lui donne six autres coups de badine pour faire bonne mesure. Finalement, il réapparut dans le couloir.

« Merci. Si jamais vous la voyez, prévenez-nous.

– Vous prévenir ! s'exclama Isabel, scandalisée. Et vous n'avez pas commencé à la chercher ? Pourquoi n'êtes-vous pas en train de la chercher ?

– Cela ne vous regarde pas, madame Sherbourne. »

Dès que Garstone fut parti, Isabel se tourna vers son père.

« Papa ! Il faut qu'on la retrouve ! Mais où pourrait-elle bien être ? Je dois y aller et...

– On se calme, Izz. Je voudrais d'abord voir tout ça avec Vernon Knuckey. J'appelle le commissariat, pour savoir ce qu'il se passe. »

CHAPITRE 33

DEPUIS SA PLUS PETITE ENFANCE, les rudes conditions de vie de l'île représentent la norme pour la fillette de Janus. Qui sait quels souvenirs viscéraux de son arrivée sur l'île, et de la scène qui l'a occasionnée, s'attardaient dans son corps ? Même s'ils ont été totalement déniés, les jours passés au phare, dans un univers peuplé de trois personnes, l'ont marquée à jamais. Ses liens avec le couple qui l'a élevée sont forts et incontestables. Elle ne pourrait nommer « chagrin » la sensation de les perdre. Elle n'a pas davantage de mots pour dire le désir ou le désespoir.

Mais elle souffre de ne pas voir sa maman et son papa, soupire après eux et passe ses journées à penser à eux, même si elle vit depuis de nombreuses semaines sur le continent. Elle doit avoir fait quelque chose de très mal pour que sa maman pleure autant. Quant à la femme aux cheveux et aux yeux sombres qui dit qu'elle est sa vraie mère… eh bien, c'est mal, de mentir. Alors pourquoi cette dame triste n'arrête-t-elle pas de raconter ce gros mensonge, et à tout le monde en plus ? Pourquoi les adultes la laissent-ils faire ça ?

Elle sait que sa maman est ici, à Partageuse. Elle sait que les méchants messieurs ont enfermé son papa, mais elle ignore où. Elle a entendu de nombreuses fois le mot « police », mais elle ne sait pas vraiment ce qu'il veut dire. Elle a surpris beaucoup de conversations. Des gens dans la rue, qui marmonnaient : « Quelle affaire, quelle terrible affaire ! » Et Hannah qui dit qu'elle ne verra plus jamais maman.

Janus est gigantesque, et pourtant elle en connaît chaque centimètre carré : la baie des Naufragés, la baie des Trépassés, Windy Ridge. Pour retrouver la maison, il lui suffit de regarder le phare, comme le lui dit toujours papa. Elle sait, parce qu'elle l'a entendu le répéter bien des fois, que Partageuse est une toute petite ville.

Hannah est dans la cuisine, Gwen est sortie. La petite fille va dans sa chambre, regarde autour d'elle. Elle attache les boucles de ses sandales avec soin. Dans une sacoche, elle glisse un dessin du phare, avec papa, maman et Lulu. Elle ajoute la pomme que la dame lui a donnée ce matin, ainsi que les pinces à linge qui lui servent de poupées.

Elle referme doucement la porte de derrière et fouille dans la haie, au fond du jardin, cherchant une fente étroite mais assez large pour pouvoir se glisser à travers. C'est au parc qu'elle a vu maman. Elle va aller la chercher là-bas. Ensuite, elles retrouveront papa et ils rentreront à la maison.

C'est la fin de l'après-midi quand elle se lance dans cette aventure. Le soleil tombe en oblique d'un côté du ciel, et les ombres des arbres sont déjà étirées comme du caoutchouc sur des longueurs étonnantes.

La fillette a traversé la haie, elle traîne sa sacoche sur le sol tout en se frayant un chemin dans les broussailles basses derrière la maison. Les bruits, ici, sont très différents de ceux de Janus. Beaucoup d'oiseaux, qui s'appellent les uns les autres. À mesure qu'elle avance, les broussailles se font plus denses, la végétation plus verte. Elle n'a pas peur des lézards qu'elle voit filer partout, noirs, vifs, leurs corps recouverts d'écailles. Ils ne lui feront aucun mal, elle le sait bien. Mais ce qu'elle ignore, c'est que, contrairement à ce qui se vérifie à Janus, tout ce qui est noir et glissant ici n'est pas forcément un lézard. Elle n'a jamais eu besoin de faire la distinction, vitale, entre les lézards avec pattes et les lézards sans pattes. Elle n'a jamais vu de serpents.

*

Au moment où la petite fille arrive dans le parc, la nuit tombe. Elle court jusqu'au banc, mais maman n'est pas là. Traînant toujours sa sacoche derrière elle, elle s'assied et regarde autour d'elle. Elle sort la pomme, abîmée par le transport, et elle en croque une bouchée.

À cette heure du jour, les cuisines de Partageuse sont des endroits animés, pleines de mères agitées et d'enfants affamés. On lave les mains et les visages, poussiéreux après une journée passée à jouer dans les arbres ou à la plage. Les pères s'autorisent une bière prise dans la glacière Coolgardie, les mères surveillent les casseroles d'eau bouillante dans lesquelles cuisent des pommes de terre et les fours où mijotent des ragoûts. Les familles se rassemblent, au complet et en sécurité, comme à la fin de chaque journée. Et l'obscurité s'infiltre dans le ciel seconde après seconde, jusqu'au moment où les ombres ne tombent plus mais s'élèvent du sol pour remplir l'air. Les êtres humains se retirent dans leurs maisons et abandonnent la nuit aux créatures qui la peuplent : criquets, chouettes, serpents. Un monde qui n'a pas changé depuis des centaines de millions d'années s'éveille et s'active, comme si la lumière du jour, les humains et les évolutions du paysage avaient été une illusion. Plus personne ne marche dans les rues.

*

Quand le sergent Knuckey arrive dans le parc, il ne trouve qu'une sacoche sur le banc, et un trognon de pomme avec de petites marques de dents que les fourmis ont déjà commencé à attaquer.

Comme la nuit tombe, les lumières domestiques se mettent à briller dans le noir. Des points dans l'obscurité, venant parfois d'une lampe à gaz posée sur le rebord d'une fenêtre ; parfois aussi de lampes électriques, dans les maisons les plus modernes. La grand-rue de Partageuse dispose de l'éclairage électrique sur toute sa longueur, de chaque côté. Les étoiles, aussi, illuminent l'air léger, et la Voie lactée trace un sillon brillant à travers les ténèbres.

Certains points de lumière vive, entre les arbres, s'agitent comme des fruits enflammés : ce sont des gens, équipés de lanternes, qui fouillent le bush. Il ne s'agit pas seulement de la police, il y a aussi des hommes de la scierie de Potts, des hommes du service du port et des phares. Hannah, folle d'anxiété, attend à la maison, comme on lui a dit de le faire. Les Graysmark arpentent les sentiers, en criant le nom de l'enfant. « Lucy ! » « Grace ! »

L'enfant tient bien serré contre elle son dessin où figurent sa maman, son papa et le phare, elle se souvient de l'histoire des Rois mages qui trouvent leur chemin jusqu'à l'Enfant Jésus grâce à une étoile. Elle a repéré le phare de Janus, au large : il n'est pas si loin, en fait – le phare n'est jamais très loin. Pourtant il y a quelque chose qui ne va pas. L'éclair de lumière envoie un rayon rouge entre les rayons blancs. Elle marche tout de même dans sa direction.

Elle se dirige vers l'eau, où la houle s'est gonflée pour la nuit et où les vagues ont envahi la grève. Une fois au phare, elle retrouvera son papa et sa maman. Elle avance le long de l'isthme étroit – ce qu'on appelle la « pointe de Point Partageuse », là où, des années auparavant, Isabel avait recommandé à Tom de s'allonger pour regarder dans le tourbillon sans être emporté par l'eau. Chaque pas rapproche la petite fille du phare, au loin, dans l'océan.

Mais ce n'est pas le rayon de Janus qu'elle suit, en fait. Chaque phare a un caractère différent, et le rayon rouge qui ponctue les rayons blancs de celui-ci prévient les marins qu'ils approchent des brisants qui se trouvent à l'entrée du port de Partageuse, à cent cinquante kilomètres de Janus Rock.

Le vent se lève. L'eau s'agite. L'enfant marche. L'obscurité l'encercle.

*

De sa cellule, Tom entend des voix à l'extérieur, portées par l'air.

« Lucy ? Lucy, tu es là ? » Puis : « Grace ? Où es-tu, Grace ? »

Tom crie : « Sergent Knuckey ? Sergent ? »

Un cliquètement de clés, et l'agent Lynch apparaît.

« Vous voulez quelque chose ?

– Que se passe-t-il ? Il y a des gens dehors, qui appellent Lucy. »

Bob Lynch pèse sa réponse. Ce type a le droit de savoir. Il ne peut rien y faire, de toute manière.

« La petite fille, elle a disparu.

– Quand ? Comment ?

– Il y a quelques heures. Elle s'est sauvée, à ce qu'il semble.

– Et comment ça a pu se produire ?
– Aucune idée.
– Qu'est-ce qu'ils font ?
– Ils la cherchent.
– Je veux les aider. Je ne peux pas rester comme ça sans rien faire. »

L'expression du visage de Lynch est suffisamment éloquente.

« Mais bon sang ! dit Tom. Où je pourrais aller ?
– Dès que j'apprends quelque chose, mon vieux, je viendrai vous en informer. C'est tout ce que je peux faire. »

Il disparaît, accompagné d'un autre cliquètement métallique.

Dans le noir, les pensées de Tom se tournent vers Lucy, qu'il sait curieuse d'explorer l'univers qui l'entoure depuis toujours. Qui n'a jamais peur du noir. Il aurait peut-être dû lui apprendre à avoir peur. Il n'a pas réussi à la préparer à la vie ailleurs qu'à Janus. Puis une autre pensée lui vient en tête. Où est Isabel ? Que peut-elle faire dans l'état où elle se trouve ? Il prie et espère qu'elle n'a pas décidé de prendre les choses en main.

*

Dieu merci, on n'était pas en hiver. Vernon Knuckey sentait la fraîcheur se poser alors que minuit approchait. La fillette portait une robe de coton et des sandales. En janvier, au moins, elle avait une chance de survivre à cette nuit. En août, elle aurait déjà été bleue de froid.

Inutile de poursuivre les recherches dans cette obscurité. Le soleil se lèverait peu après cinq heures. Mieux valait avoir des gens frais et dispos quand la lumière du jour serait de retour.

« Faites passer le message, dit-il à Garstone qu'il rencontra au bout de la rue. On arrête pour cette nuit. Que tout le monde se présente à l'aube, et on repart. »

Il était une heure du matin, mais il avait besoin de s'éclaircir les idées. Il se lança dans le trajet familier de sa promenade vespérale, sa lanterne à la main, qui se balançait d'un côté et de l'autre à chacun de ses pas.

*

Chez elle, Hannah priait :

« Mets-la en sécurité, Seigneur. Protège-la et sauve-la. Tu l'as déjà sauvée une fois… »

Hannah s'inquiétait – peut-être Grace avait-elle déjà épuisé sa part de bienfaits divins ? Puis elle se rassura. Un miracle n'était pas nécessaire pour qu'une enfant survive une simple nuit dehors, par ici. Il lui fallait juste éviter la malchance. Ce qui était tout à fait différent. Mais cette pensée fut écartée par une peur panique, plus pressante. Elle était épuisée et une pensée fulgurante lui vint à l'esprit : peut-être Dieu ne voulait-Il pas que Grace vive avec elle. Peut-être tout cela était-il sa faute. Alors elle conclut un pacte solennel avec le Créateur.

*

On frappe à la porte de la maison d'Hannah. Les lumières sont éteintes, mais elle est tout à fait éveillée et bondit pour aller ouvrir. Devant elle se tient le sergent Knuckey, qui porte le corps de Grace. La fillette a les membres ballants.

« Oh, mon Dieu ! » s'écrie Hannah en se précipitant sur elle.

Elle a les yeux rivés sur l'enfant et ne voit pas que le policier sourit.

« J'ai failli trébucher sur elle au bout de la pointe. Elle dormait à poings fermés, dit-il. Cette enfant a neuf vies, c'est sûr. »

Il a beau sourire, une larme perle au coin de son œil, au souvenir du poids de ce fils qu'il n'a pas pu sauver, des dizaines d'années auparavant.

Hannah entend à peine les mots, elle serre sa fille contre elle, qui dort dans ses bras, maintenant.

Cette nuit-là, Hannah a allongé Grace dans son lit, elle écoute chaque respiration, observe chaque mouvement de la tête ou chaque léger coup de pied qu'elle donne. Mais le soulagement éprouvé à sentir le corps chaud de sa fille contre le sien est assombri par une certitude qui n'a rien d'heureux.

Les premiers bruits de la pluie, semblables à des gravillons lancés sur un toit de tôle, ramènent Hannah à l'époque de son mariage : celle des fuites aux plafonds et des seaux posés par terre dans leur humble maison, celle de l'amour et de l'espoir. Frank, son sourire et sa jovialité, imperturbables. Elle voulait que Grace connût ça. Elle voulait que sa fille fût une petite fille heureuse et elle pria Dieu de lui donner la force et le courage de faire ce qu'il fallait pour cela.

Lorsque l'orage réveilla l'enfant, elle regarda Hannah d'un air ensommeillé, et se serra contre elle, avant de retourner à ses rêves, et de laisser sa mère, qui se souvenait de son vœu, pleurer en silence.

*

L'araignée noire a regagné sa toile dans le coin de la cellule de Tom, elle passe et repasse sur l'enchevêtrement de ses fils, donne à l'ensemble une forme qui matérialise un plan connu d'elle seule – elle seule sait pourquoi elle a tendu la soie à cette place et selon cet angle particulier. Elle sort le soir pour entretenir son œuvre, entonnoir de fibres qui accumule la poussière en esquissant des dessins arbitraires. Elle nettoie et ravaude son piège, soir après soir. Elle n'abandonnera son ouvrage que si elle y est forcée.

Lucy est saine et sauve. Tom sent son corps envahi par le soulagement. Mais toujours rien de la part d'Isabel. Aucun signe qu'elle lui a pardonné, ni qu'elle lui pardonnera un jour. L'impuissance qu'il a éprouvée quand il s'est trouvé incapable de faire quoi que ce soit pour Lucy le conforte maintenant dans sa résolution de faire tout ce qu'il peut pour sa femme. C'est la seule liberté qu'il lui reste.

S'il doit vivre sa vie sans elle, il pourra lâcher prise plus facilement, laisser les choses suivre leur cours. Son esprit s'évade dans les souvenirs. Le bruit sourd de la vapeur d'huile s'enflammant au contact de son allumette. Les arcs-en-ciel projetés par les prismes de verre. Les océans qui s'étalent autour de Janus comme un présent secret. Si Tom doit prendre congé de ce monde, il veut se souvenir de sa beauté, pas seulement de la souffrance qu'il inflige. Du souffle de Lucy, qui avait confiance en deux inconnus, se liant à leurs cœurs comme une molécule. Et Isabel, cette chère Isabel, qui a éclairé son chemin de retour vers la vie, après toutes ces années marquées par la mort.

Une pluie légère fait pénétrer les senteurs de la forêt jusque dans sa cellule : la terre, le bois mouillé, l'odeur puissante des banksias dont les fleurs ressemblent à des brosses. Lui viennent en tête différentes versions de lui-même lors de la scène d'adieu : l'enfant de huit ans abandonné ; le soldat devenu fou qui errait quelque part en enfer ; le gardien de phare qui a osé ouvrir son cœur. Comme des poupées russes, ces vies s'emboîtent les unes dans les autres.

La forêt chante pour lui : la pluie qui tapote les feuilles, qui dégoulinent dans les flaques, les kookaburras, ces martins-chasseurs riant comme des fous à une plaisanterie qui échappe à la compréhension humaine. Il a la sensation d'appartenir à un tout où tout est connecté, d'avoir suffisamment existé. Un autre jour, une autre dizaine d'années n'y changeront rien. Il est étreint par la nature, qui attend, au bout du compte, de le recevoir et de réorganiser ses atomes en une autre forme.

La pluie tombe plus lourdement et, au loin, le tonnerre grogne parce que les éclairs ne l'attendent pas.

CHAPITRE 34

Les Addicott vivaient dans une maison qui, si elle n'avait pas été protégée par quelques mètres d'herbes de dunes, aurait trempé ses orteils dans l'océan. Les huisseries et les briques étaient bien entretenues par Ralph, et Hilda réussissait à faire pousser un petit jardin dans le sol sableux, derrière la maison : des zinnias et des dahlias, aux robes aussi vives que des tutus de danseuses, bordaient une allée menant à une petite volière où gazouillaient gaiement des passereaux, au grand étonnement des oiseaux indigènes.

L'odeur de la marmelade filtrait par les fenêtres pour venir jusqu'à Ralph qui remontait à pas lourds l'allée menant chez lui. Il ôta sa casquette dans l'entrée, et Hilda se précipita pour l'accueillir, la cuiller de bois qu'elle tenait à la main brillant comme une sucette orange. Elle posa un doigt sur ses lèvres et le conduisit vers la cuisine.

« Va au salon, murmura-t-elle, nous avons la visite d'Isabel Sherbourne. Elle t'attend depuis un moment. »

Ralph secoua la tête.

« Le monde ne tourne sacrément pas rond !

– Que veut-elle ?

– C'est justement ça, le problème, à mon avis. Elle n'arrive pas à savoir ce qu'elle veut. »

Le petit salon bien net du capitaine n'était pas décoré de bateaux enfermés dans des bouteilles ni de maquettes de navires de guerre, mais d'icônes. Les archanges Michel et Raphaël, la Madone et l'Enfant, mais aussi de nombreux saints toisaient les visiteurs avec un calme sévère.

Le verre d'eau qui se trouvait à côté d'Isabel était presque vide. Elle avait le regard rivé sur un ange qui, épée et bouclier en mains, dominait un serpent étendu à ses pieds. Des nuages lourds assombrissaient la pièce, si bien que les tableaux ressemblaient à de vagues bulles d'or, planant dans l'obscurité.

Elle ne remarqua pas l'entrée de Ralph, qui put l'observer un moment avant de prendre la parole.

« C'est le premier que j'ai eu. J'ai sauvé un soldat russe de la noyade, près de Sébastopol, il y a une quarantaine d'années. Il me l'a donné pour me remercier. »

Il parlait lentement, en marquant des pauses.

« Les autres, je les ai collectés durant ma carrière dans la marine marchande, dit-il avant d'émettre un ricanement. Je ne suis pas à proprement parler une grenouille de bénitier, et je n'y connais rien en peinture. Mais il y a quelque chose dans ces tableaux qui vous parle. Hilda dit qu'ils lui tiennent compagnie quand je suis en mer. »

Il enfonça les mains dans ses poches et désigna d'un mouvement de tête le tableau qu'Isabel regardait.

« Je lui ai bien cassé les oreilles, à ce gars, en mon temps, je peux vous le dire. L'archange Michel. Il a son épée à la main, mais il tient aussi son bouclier à moitié levé. Comme s'il n'avait pas encore pris sa décision. »

La pièce retomba dans le silence, le vent parut faire trembler plus fort les fenêtres, accaparant toute l'attention d'Isabel. Jusqu'à l'horizon, les vagues s'écrasaient dans un chaos d'écume et le ciel commençait à se teinter à l'approche d'un autre grain. Isabel se sentit renvoyée à Janus – renvoyée au vaste néant, renvoyée à Tom. Elle se mit à pleurer, des sanglots gros comme les vagues, qui finirent par la ramener sur une grève familière.

Ralph s'assit à côté d'elle et lui prit la main. Elle pleura, il ne bougea pas, et aucun mot ne fut prononcé pendant une bonne demi-heure.

Pour finir, Isabel s'aventura la première.

« Hier soir, Lucy s'est sauvée à cause de moi, Ralph, parce qu'elle voulait me retrouver. Elle aurait pu mourir. Ralph, tout cela est un tel gâchis… Je ne peux pas en parler à papa ni à maman… »

Le vieil homme demeura silencieux mais ne lâcha pas la main d'Isabel, découvrant les ongles rongés jusqu'au sang. Il hocha la tête lentement, de façon quasi imperceptible.

« Elle est vivante. Saine et sauve.

– Je voulais juste la protéger, Ralph. À partir du moment où elle est arrivée à Janus, j'ai seulement voulu faire ce qui était le mieux pour tout le monde. Elle avait besoin de nous. Et nous, nous avions besoin d'elle. »

Elle se tut un instant.

« Moi, j'avais besoin d'elle. Quand elle est apparue, c'est le mot, de nulle part, ç'a été comme un miracle. J'étais sûre qu'elle était faite pour être avec nous. C'était clair comme de l'eau de roche. Un petit bébé avait perdu ses parents et nous, nous avions perdu un petit bébé… Je l'aime si fort, ajouta-t-elle avant de se moucher. Là-bas… Ralph, vous êtes une des rares personnes au monde qui sachent comment c'est, à Janus. Une des rares personnes qui puissent ne serait-ce que l'imaginer. Mais même vous, vous n'avez jamais dit au revoir au bateau qui quittait l'île : vous n'êtes jamais resté planté sur la jetée pour entendre mourir le bruit du moteur. Vous ne savez pas ce que c'est que de dire au revoir au monde pour des années. Janus était réel. Lucy était réelle. Tout le reste n'était que faux-semblant. Quand nous avons compris, pour Hannah Roennfeldt… eh bien, c'était trop tard, Ralph. Je n'étais plus capable de rendre Lucy, je ne pouvais plus lui faire ça. »

Le vieil homme restait silencieux, il respirait lentement, en hochant la tête de temps à autre. Il résistait à la tentation de l'interroger ou de la contredire. L'écouter était sans doute le meilleur moyen de l'aider ; d'aider tout le monde.

« Nous étions une famille vraiment heureuse. Et puis, quand la police est venue sur l'île… quand j'ai appris ce que Tom avait fait… tout s'est écroulé. Je n'avais nulle part où me réfugier. Pas même à l'intérieur de moi. J'étais trop blessée, trop en colère. Trop terrifiée, aussi. Plus rien n'avait de sens, à partir du moment où les policiers m'ont raconté, pour le hochet. »

Elle le regarda.

« Mais qu'est-ce que j'ai fait ? »

La question n'avait rien de rhétorique. Elle cherchait un miroir, quelque chose qui lui montrerait ce qu'elle ne pouvait pas voir.

« Je ne peux pas dire que ça me préoccupe autant que ce que vous allez faire maintenant.

– Mais je ne peux rien faire, moi. Tout est fichu. Plus rien n'a de sens.

– Cet homme vous aime, vous le savez. Ça, ça vaut bien quelque chose.

– Oui, mais Lucy ? C'est ma fille, Ralph ! »

Elle chercha une façon de formuler sa pensée.

« Vous vous voyez demander à Hilda d'abandonner un de ses enfants ?

– Il ne s'agit pas d'abandonner. Il s'agit de rendre, Isabel.

– Mais Lucy nous avait bien été donnée, non ? N'était-ce pas ce que Dieu nous avait demandé ?

– Peut-être. Il vous demandait de vous occuper d'elle. Ce que vous avez fait. Et peut-être que, maintenant, Il vous demande de laisser quelqu'un d'autre s'en charger. »

Il poussa un soupir bruyant.

« Bon sang, je ne suis pas curé ! Qu'est-ce que je sais de Dieu ? En revanche, je sais qu'il y a un homme qui est prêt à tout – je dis bien à tout – pour vous protéger. Ça ne vous fait rien ?

– Mais vous avez bien vu ce qui s'est passé hier. Vous voyez bien comme Lucy est désespérée. Elle a besoin de moi, Ralph. Comment pourrais-je lui expliquer les choses ? On ne peut pas lui demander de comprendre à son âge.

– Il arrive que la vie soit impitoyable, Isabel. Il arrive qu'elle vous déchire. Et il arrive aussi, au moment où vous pensez que ça ne peut être pire, qu'elle redonne un bon coup de dent et vous en prenne un autre morceau.

– Moi, je croyais qu'elle m'avait fait tout endurer, il y a de cela des années.

– Si vous pensez que les choses sont difficiles maintenant, ce sera bien pire si vous ne parlez pas à Tom. Je suis sérieux, Isabel. Lucy est jeune. Il y a des gens autour d'elle, qui veulent s'occuper d'elle et lui offrir une bonne vie. Tom n'a personne. Je n'ai jamais vu un homme qui mérite moins de souffrir que Tom Sherbourne. »

Sous le regard pointilleux des saints et des anges, Ralph poursuivit.

« Dieu sait ce qui vous est passé par la tête, à tous les deux, là-bas. Ç'a été mensonge sur mensonge, le tout avec les meilleures intentions du monde, j'en suis certain. Mais c'est allé trop loin. Tout ce que vous avez fait pour aider

Lucy a fait du mal à quelqu'un d'autre. Bien sûr que je comprends combien ça doit être douloureux pour vous. Mais ce Spragg est une sale engeance et je me méfierais vraiment de lui à votre place. Tom est votre mari. Pour le meilleur et pour le pire, dans la maladie comme dans la santé. Sauf si vous voulez le voir croupir en prison, ou... »

Il ne put finir sa phrase.

« Je crois que c'est votre dernière chance. »

*

« Mais où vas-tu ? »

Une heure plus tard, Violet fut très inquiète de voir l'état dans lequel se trouvait sa fille.

« Tu viens juste de rentrer.

– Je sors, maman. J'ai quelque chose à faire.

– Mais il pleut des cordes. Attends au moins que ça s'arrête. »

Elle lui montra une pile de vêtements posés à terre à côté d'elle.

« J'ai décidé de trier les affaires des garçons. Leurs vieilles chemises, leurs bottines : elles pourraient peut-être aller à quelqu'un. Je me disais que je pourrais les donner à l'église. »

Un tremblement brisa sa voix.

« Mais j'aimerais bien un peu de compagnie pendant que je trie tout ça.

– Je dois aller au commissariat, maintenant.

– Et pourquoi cela, par exemple ? »

Isabel regarda sa mère et, l'espace d'une seconde, faillit lui dire la vérité.

« Je dois voir M. Knuckey. Je reviens vite », dit-elle en empruntant le couloir pour quitter la maison.

Alors qu'elle ouvrait la porte, elle fut surprise par une silhouette qui se tenait sur le seuil, prête à sonner. Cette silhouette, trempée de pluie, était celle d'Hannah Roennfeldt. Isabel en resta bouche bée.

Sur le pas de la porte, Hannah parla vivement, tout en fixant un vase de roses posé sur la table derrière Isabel, craignant de changer d'avis si elle la regardait dans les yeux.

« Je suis venue vous dire quelque chose… Puis je repartirai. Ne m'interrompez pas, s'il vous plaît. »

Elle repensa au pacte qu'elle avait passé avec Dieu quelques heures plus tôt : plus moyen de se renier. Elle inspira profondément, comme si elle prenait son élan.

« Il aurait pu arriver n'importe quoi à Grace, hier soir. Elle avait tellement envie de vous voir. Dieu merci, on l'a retrouvée avant qu'il ait pu lui arriver du mal. »

Elle leva les yeux.

« Avez-vous la moindre idée de ce que je peux ressentir ? Voir la fille que vous avez conçue et portée, la fille que vous avez secourue et soignée, appeler quelqu'un d'autre "maman" ? »

Elle détourna vivement le regard sur le côté.

« Mais je dois l'accepter, même si ça me fait un mal de chien. Et je ne peux placer mon bonheur au-dessus du sien. Le bébé que j'ai eu… Grace, ne reviendra jamais. Je m'en rends compte, maintenant. La vérité, c'est qu'elle peut vivre sans moi, même si moi je ne peux pas vivre sans elle. Et je ne peux la punir pour ce qui s'est passé. Je ne peux pas non plus vous punir pour les décisions prises par votre mari. »

Isabel voulut protester, mais Hannah lui coupa la parole.

« Je connaissais Frank jusqu'au tréfonds de son âme, dit-elle en fixant à nouveau le vase de roses. Peut-être en revanche n'ai-je connu Grace qu'un tout petit peu. »

Elle regarda Isabel dans les yeux.

« Grace vous aime. Peut-être est-elle à vous. »

Il lui fallut fournir un gros effort pour poursuivre.

« Mais il faut que justice soit rendue. Si vous me jurez maintenant que tout cela était du fait de votre mari… si vous me le jurez sur votre vie, alors je laisserai Grace vivre avec vous. »

Nulle pensée consciente ne traversa l'esprit d'Isabel – ce fut par pur réflexe qu'elle répondit.

« Je le jure.

– Si vous témoignez contre cet homme, poursuivit Hannah, dès qu'il sera enfermé, Grace pourra revenir chez vous. »

Elle fondit soudain en larmes.

« Dieu tout-puissant, aidez-moi ! » dit-elle en se précipitant dehors.

*

Isabel est abasourdie. Elle ne cesse de repenser à ce qu'elle vient d'entendre, en se demandant si elle n'a pas tout inventé. Mais il y a bien des traces de pieds mouillés sur la véranda ; la traînée de gouttes d'eau tombées du parapluie d'Hannah Roennfeldt.

Elle regarde par la moustiquaire, de si près que l'éclair semble divisé en minuscules carrés. Puis le tonnerre retentit et fait trembler le toit.

« Je croyais que tu allais au commissariat… »

Les mots s'écrasent contre les pensées d'Isabel, et, l'espace d'une seconde, elle ne sait plus où elle se trouve. Elle se retourne et aperçoit sa mère.

« Je croyais que tu étais déjà partie. Qu'est-ce qui s'est passé ?

– Il y a des éclairs. »

Au moins Lucy n'aura pas peur, se surprend à penser Isabel, au moment où le ciel explose en un nouvel éclair brillant. Elle n'était encore qu'un bébé lorsque Tom lui avait appris à respecter, sans les craindre, les forces de la nature – l'éclair qui pouvait frapper le phare de Janus, les océans qui assaillaient l'île. Isabel repense à la révérence dont faisait preuve Lucy dans la salle de la lanterne : ne jamais toucher aux instruments, ne jamais poser les doigts sur le verre. Elle revoit l'enfant dans les bras de Tom, agitant les bras en riant, depuis la galerie, à l'intention d'Isabel qui étendait le linge en contrebas. « Il était une fois un phare… » Combien des histoires de Lucy commençaient ainsi ? « Et il y a eu une tempête. Et le vent, il a soufflé, il a soufflé, et le gardien du phare a fait briller la lumière, et Lucy l'a aidé. Et il faisait noir mais le gardien du phare n'avait pas peur parce qu'il avait la lumière magique. »

Le visage torturé de Lucy lui revient en mémoire. Elle peut garder sa fille, heureuse et à l'abri, et enfouir tout le reste derrière elle. Elle peut l'aimer, la chérir, la regarder grandir… Dans quelques années, la petite souris fera disparaître les dents de lait contre une piécette ; peu à peu, Lucy grandira, et, ensemble, elles parleront du monde et du…

Elle peut garder sa fille. Si. Roulée en boule sur son lit, elle sanglote.

« Je veux ma fille. Lucy… Je ne peux pas supporter ça plus longtemps. »

La déclaration d'Hannah. La prière de Ralph. Son faux serment à elle, qui trahit Tom aussi sûrement qu'il l'a trahie. Tout cela tourne et tourne, tourbillonne et se mélange, comme un manège de possibilités qui l'entraîne dans une direction, puis une autre. Elle entend les mots qui ont été prononcés. La seule voix absente est celle de Tom. L'homme qui maintenant se tient entre elle et Lucy. Entre Lucy et sa mère.

Incapable de résister à l'appel plus longtemps, elle va jusqu'au tiroir et prend la lettre. Elle ouvre lentement l'enveloppe.

Izzy, mon amour,

J'espère que tu vas bien et que tu ménages toutes tes forces. Je sais que ton père et ta mère s'occuperont bien de toi. Le sergent Knuckey a été assez gentil pour me laisser t'écrire, mais il lira cette lettre avant toi.

J'aimerais qu'on puisse se parler de vive voix. Je ne sais pas si nous en aurons l'occasion. On s'imagine toujours que le moment viendra de dire ce qui doit être dit, pour arranger les choses. Mais ce n'est pas nécessairement comme ça que ça se passe.

Je ne pouvais plus continuer comme avant – je ne pouvais plus me regarder en face. Je ne pourrai jamais te dire combien je regrette de t'avoir fait souffrir.

On a tous droit à un petit tour sur le manège de la vie, et si c'est ainsi que se termine le mien, cela aura valu le coup. Mon tour aurait dû s'arrêter il y a des années. Te rencontrer, alors que je croyais que la vie était finie, et être aimé de toi : même si on m'avait accordé cent ans de plus, je n'aurais pu demander mieux. Je t'ai aimée du mieux que je savais le faire, Izz, ce qui n'est pas grand-chose. Tu es une femme merveilleuse, et tu méritais quelqu'un de beaucoup mieux que moi.

Tu es en colère, tu souffres et plus rien n'a de sens, je sais ce que tu ressens. Si tu décides que tu ne veux plus entendre parler de moi, je ne pourrai pas t'en faire le reproche.

Peut-être, au bout du compte, personne n'est-il vraiment aussi mauvais que la pire chose qu'il a pu commettre. Tout ce que je peux faire, c'est demander à Dieu, et te demander à toi, de me pardonner pour le mal que j'ai causé. Et te remercier pour chacune des journées que nous avons partagées.

Quoi que tu décides, je l'accepterai et soutiendrai ton choix.

Je serai toujours ton mari qui t'aime.

Tom

Comme s'il s'agissait d'un tableau et non d'une missive, Isabel suit les lettres du bout des doigts, elle épouse l'oblique régulière, les boucles gracieuses – comme si c'était là le moyen de dégager le sens de ces mots. Elle imagine les longs doigts de Tom serrés sur le crayon qui voyage à travers la page. De nombreuses fois, elle trace « Tom », ce mot étrange à la fois familier et inconnu. Son esprit la ramène vers le jeu auquel ils se livraient, quand elle traçait des lettres avec ses doigts sur son dos nu et qu'il devait les deviner, puis quand il faisait de même sur son dos à elle. Mais le souvenir est rapidement contrarié par celui de la peau de Lucy. Sa peau de bébé. Elle imagine une fois encore la main de Tom, cette fois quand elle a écrit les lettres pour Hannah. Comme un pendule, ses pensées se balancent d'avant en arrière, entre haine et regret, entre l'homme et l'enfant.

Elle soulève la main du papier et relit la lettre, cette fois elle veut découvrir le sens des mots sur la page, entendre Tom les prononcer. Elle lit et relit les quelques lignes, elle a la sensation que son corps est déchiré en deux, et puis, enfin, hoquetant et sanglotant, elle prend sa décision.

CHAPITRE 35

LORSQU'IL PLEUT À PARTAGEUSE, les nuages précipitent des trombes d'eau et trempent la ville jusqu'à la moelle. Des millénaires de tels déluges ont fait naître les forêts d'un terreau séculaire. Le ciel s'obscurcit et la température tombe en chute libre. De profondes ravines se creusent dans les pistes de terre et des inondations soudaines les rendent impraticables pour les véhicules à moteur. Les rivières se précipitent, sentant enfin la proximité de l'océan dont elles sont séparées depuis si longtemps. Rien ne pourra plus contrarier leur désir pressant de regagner… l'endroit d'où elles viennent.

La ville se fait silencieuse. Les derniers chevaux se tiennent tristement devant leurs chariots tandis que les gouttes de pluie dégoulinent de leurs œillères puis rebondissent contre les carrosseries des automobiles, bien plus nombreuses ces derniers temps. Les gens s'abritent sous les larges auvents des magasins dans la grand-rue, bras croisés, lèvres pincées à cause de leur impuissance. Au fond de la cour de l'école, deux galopins sautent à pieds joints dans les flaques. Des femmes, exaspérées, regardent leurs lessives qui n'ont pas été retirées à temps des cordes à linge, et des chats se glissent en douce par les premières portes venues, miaulant leur dédain. L'eau coule sur le mémorial de la guerre, aux lettres d'or bien pâles derrière le rideau de pluie. Elle rebondit sur le toit de l'église et, par la gueule d'une gargouille, s'écrase sur la tombe fraîche de Frank Roennfeldt. La pluie s'en prend aux vivants comme aux morts, sans distinction.

*

« Lucy n'aura pas peur. » Cette pensée traverse aussi l'esprit de Tom. Il se souvient du sentiment lové dans sa poitrine – cet étrange tremblement d'émerveillement pour la petite fille qui affrontait l'éclair en riant. « Fais-le claquer, papa ! » criait-elle, en attendant que le coup de tonnerre éclate.

« Putain ! s'exclama Vernon Knuckey. On a encore une saloperie de fuite ! » Le surplus d'eau qui s'écoulait de la colline, au-dessus du commissariat, était à dire vrai bien plus qu'une fuite. L'arrière du bâtiment avait été construit plus bas que l'avant. En quelques heures, quinze centimètres d'eau avaient inondé la cellule de Tom par le plafond et par le sol. L'araignée avait abandonné sa toile pour un endroit plus sûr.

Knuckey apparut, les clés à la main.

« C'est votre jour de chance, Sherbourne. »

Tom ne comprit pas.

« C'est souvent comme ça quand il pleut autant. Le plafond, de ce côté, a tendance à s'effondrer. Perth dit toujours qu'ils vont réparer, mais ils envoient chaque fois un mec qui flanque un peu de farine et de colle, pour ce que j'en vois. Pourtant, ils se foutent en boule contre nous si un prisonnier passe l'arme à gauche à cause de ça avant le procès. Je vais vous installer à l'avant jusqu'à ce que la cellule soit sèche. »

Il laissa la clé dans la serrure, sans la tourner.

« Mais on est bien d'accord, pas de bêtises ? »

Tom le regarda dans les yeux, sans dire un mot.

« Bon, alors, sortez de là. »

Il suivit Knuckey jusque dans le bureau de devant, où le sergent lui passa une menotte à un poignet et attacha l'autre à une conduite d'eau.

« On ne sera pas inondés de clients tant que ça tiendra, dit-il à Harry Garstone, avant de rire de sa propre blague. Allez, Mo McCackie, tu peux aller te rhabiller. »

On n'entendait aucun autre bruit que celui de la pluie, qui transformait toute surface plane en peau de tambour ou en cymbale. Le vent avait fui et seule l'eau bougeait au-dehors. Garstone, équipé d'une serpillière et de serviettes, tenta de sauver la situation à l'intérieur.

Assis, Tom regardait la route par la fenêtre, se rappelant la vue qu'on avait de la galerie à Janus par ce genre de temps : le gardien avait l'impression d'être au milieu d'un nuage, avec l'inversion soudaine de l'air. Il regarda les aiguilles de la pendule faire le tour du cadran comme si le temps ne lui était pas compté.

Quelque chose attira son attention. Une petite silhouette approchait du commissariat. Sans parapluie ni imperméable, les bras croisés, penchée en avant comme si elle s'appuyait sur la pluie. Il la reconnut immédiatement. Quelques instants plus tard, Isabel ouvrit la porte. Elle regarda droit devant elle tout en s'avançant vers le comptoir d'accueil où Harry Garstone, torse nu, s'occupait à éponger une flaque.

« Je suis venue… », commença Isabel.

Garstone se retourna pour voir qui parlait.

« Je suis venue voir le sergent Knuckey… »

Le policier, nerveux, à moitié nu et la serpillière à la main, rougit. Ses yeux clignèrent en direction de Tom. Isabel suivit son regard et poussa un grand soupir.

Tom bondit sur ses pieds, mais resta cloué au mur. Il tendit une main vers elle, tandis qu'elle scrutait son visage, épouvantée.

« Izzy, Izzy ! Mon amour ! »

Elle ne bougeait pas, paralysée par la peur, le regret et la honte, et n'osait faire le moindre geste. Soudain, la terreur l'emporta et elle pivota sur ses pieds pour se ruer dehors.

Ce fut comme si tout le corps de Tom avait été ramené à la vie à l'arrivée d'Isabel. L'idée qu'elle puisse disparaître à nouveau lui était insupportable. Il tira encore sur les bracelets d'acier, mais avec tant de force cette fois qu'il arracha le tuyau du mur, ce qui fit gicler de l'eau partout dans la pièce.

« Tom ! sanglota Isabel quand il la prit dans ses bras. Oh, Tom ! »

Le corps d'Isabel tremblait malgré la force de l'étreinte de son mari.

« Il faut que je leur dise. Il faut que je…

– Chut ! Izzy, chut ! Ça va aller, chérie. Ça va aller. »

Le sergent Knuckey apparut à la porte de son bureau.

« Garstone, qu'est-ce qui se passe ici ? »

En découvrant Isabel dans les bras de Tom, il se figea sur place.

« Monsieur Knuckey, ce n'est pas vrai… Rien de tout cela n'est vrai ! cria Isabel. Frank Roennfeldt était mort quand le dinghy s'est échoué. Et c'est moi qui ai eu l'idée de garder Lucy. J'ai empêché Tom de signaler l'incident. Tout est ma faute ! »

Tom la tenait bien serrée et lui embrassait le sommet de la tête.

« Chut… Izzy, calme-toi. »

Il recula, la tint par les épaules, et plia les genoux pour la regarder dans les yeux.

« Tout va bien, ma chérie. Ne dis plus rien. »

Knuckey secouait lentement la tête.

Garstone avait remis à la hâte sa tunique et se lissait les cheveux pour leur donner un semblant d'ordre.

« Monsieur, faut-il que j'arrête madame ?

– Pour une fois dans ta vie, fais preuve d'un peu de bon sens, Garstone. Bouge-toi et répare cette saleté de tuyau avant qu'on soit tous noyés ! »

Knuckey se tourna vers le couple, qui se regardait comme s'ils étaient seuls au monde, dans un silence qui était un langage en soi.

« Et vous deux, vous feriez mieux de venir dans mon bureau ! »

*

De la honte. À sa grande surprise, ce fut de la honte plus que de la colère qu'Hannah ressentit lorsque le sergent Knuckey vint la voir pour lui faire part de la révélation d'Isabel. Ses joues s'embrasèrent quand elle repensa à la visite qu'elle avait rendue la veille à Isabel et au marché qu'elle lui avait proposé.

« Quand ? Mais quand vous a-t-elle dit ça ? demanda-t-elle.

– Hier.

– À quelle heure, hier ? »

La question surprit Knuckey. Quelle différence cela pouvait-il bien faire ?

« Vers cinq heures.

– C'était donc après… »

La voix d'Hannah mourut.

« Après quoi ? »

Hannah rougit encore davantage, humiliée à la pensée qu'Isabel avait refusé son sacrifice et dépitée de voir qu'on lui avait menti.

« Rien.

– J'ai pensé que vous auriez envie de savoir.

– Bien sûr. Bien sûr… »

Elle n'écoutait pas vraiment le policier. Son attention était tournée vers une vitre qui avait bien besoin d'être nettoyée. Comme la maison tout entière d'ailleurs : cela faisait des semaines qu'elle ne s'en occupait quasiment plus. Ses pensées grimpèrent le long de ce treillage familier de tâches ménagères, la maintenant en territoire protégé, jusqu'à ce qu'elle soit en état de se les réapproprier.

« Et donc… où est-elle, maintenant ?

– Libérée sous caution, chez ses parents. »

Hannah tira une petite peau qui se décollait de son pouce.

« Et qu'est-ce qui va lui arriver ?

– Elle va être jugée, avec son mari.

– Elle n'a cessé de mentir, durant tout ce temps… Elle m'a fait croire… »

Elle secoua la tête, accaparée soudain par une autre pensée.

Knuckey inspira.

« Drôle d'affaire, que tout ça… Une brave fille, Isabel Graysmark, avant qu'elle aille vivre sur Janus. Se retrouver sur cette île ne lui a vraiment pas fait de bien. Pas sûr que ça fasse du bien à qui que ce soit, d'ailleurs. Après tout, Sherbourne n'a eu le poste que parce que Trimble Docherty s'était suicidé. »

Hannah ne savait pas trop comment poser sa question.

« Et ils vont rester longtemps en prison ? »

Knuckey la regarda fixement.

« Le restant de leur vie.

– Quoi ! Le restant de leur vie ?

– Je ne parle pas du temps de l'incarcération. Ce que je veux dire, c'est que ces deux-là ne seront plus jamais libres. Ils ne pourront jamais échapper à leur passé.

– Moi non plus, sergent. »

Knuckey la jaugea et décida de tenter sa chance.

« Vous savez, on ne vous décerne pas la croix militaire pour acte de lâcheté. Et on ne décroche pas la barrette qui va avec, sauf si… sauf si on a sauvé de nombreuses vies en risquant la sienne. Tom Sherbourne est un homme bien, à mon avis. J'irais même jusqu'à dire que c'est un homme bon, madame Roennfeldt. Et Isabel est aussi une fille bien. Elle a fait trois fausses couches, là-bas, sans personne pour l'aider. On ne vit pas ce que ces deux-là ont vécu sans finir un peu cabossé. »

Hannah ne le quittait pas des yeux, ses mains étaient immobiles, elle attendait de savoir où il voulait en venir.

« C'est une honte absolue de voir un type comme lui dans la situation où il est. Sans parler de sa femme.

– Que voulez-vous dire ?

– Vous ne comprendrez ce que je veux dire que dans plusieurs années. »

Elle sembla se plonger dans une profonde réflexion.

« Est-ce vraiment ce que vous voulez ? Un procès ? La prison ? Vous avez récupéré votre fille. Il y a peut-être une autre façon de…

– Une autre façon de quoi ?

– Spragg va ficher la paix à Tom maintenant qu'il ne peut plus l'accuser de meurtre. Tant que cette affaire dépend de la juridiction de Partageuse, je dispose d'une certaine marge de manœuvre. Et on pourrait peut-être persuader le capitaine Hasluck de dire un mot en sa faveur au service des phares. Et si, de votre côté, vous décidiez de parler pour lui… De demander la clémence… »

Le visage d'Hannah rougit à nouveau et elle bondit soudain sur ses pieds. Des mots qui se mettaient en place depuis des semaines, depuis des années, des mots dont Hannah ignorait la présence, jaillirent d'elle.

« J'en ai assez, de tout ça ! J'en ai assez d'être bousculée dans tous les sens, de voir ma vie détruite par les caprices des autres. Vous n'avez aucune idée de ce que j'ai dû supporter, sergent Knuckey ! Comment osez-vous venir chez moi me faire une suggestion pareille ? Comment osez-vous, bon sang ?

– Je ne voulais pas…

– Laissez-moi terminer ! J'en ai assez, vous comprenez ? hurla Hannah. Personne ne me dira jamais plus comment je dois mener ma vie ! D'abord, c'est mon père qui me dit avec qui je dois me marier, après, c'est cette ville mesquine qui se retourne contre Frank et qui le pourchasse comme un animal, j'accepte. Puis, c'est Gwen qui essaie de me persuader de confier Grace à Isabel Graysmark et j'accepte, vous m'entendez ? Et je découvre maintenant que cette femme n'a cessé de me mentir tout ce temps ! Comment pouvez-vous ne serait-ce que suggérer que je me sacrifie une nouvelle fois pour le bien de quelqu'un d'autre ? »

Elle se redressa.

« Sortez de chez moi ! Tout de suite ! Sortez ! Avant que je… »

Elle brandit ce qui lui tombait sous la main, un vase en verre taillé.

« Avant que je vous envoie ça à la figure ! »

Knuckey ne fut pas assez prompt pour éviter le vase qui le toucha à l'épaule, avant de ricocher contre la plinthe, où il s'écrasa en une gerbe d'éclats de verre.

Hannah se figea, se demandant si ce qu'elle venait de faire n'était pas le fruit de son imagination.

Le policier demeurait parfaitement immobile. Le rideau ondulait sous la brise. Une grosse mouche bourdonnait contre la moustiquaire. Un dernier morceau de verre émit un tintement sourd en succombant enfin à la gravité.

« Vous vous sentez mieux ? » demanda Knuckey après un long silence.

Hannah n'avait jamais frappé personne de sa vie. Elle avait rarement juré. Et encore moins pris pour cible un officier de police.

Elle baissa les yeux vers le sol.

« Je vous présente mes excuses. »

Le policier se baissa pour ramasser les plus gros éclats de verre et les posa sur la table.

« Je ne voudrais pas que la petite se coupe les pieds.

– Elle est au bord de la rivière avec son grand-père, marmonna Hannah. Je n'ai pas l'habitude de…, commença-t-elle en faisant un geste vague vers le vase, sans finir sa phrase.

– Vous en avez trop subi. Je le sais. Ce n'est pas plus mal que vous ayez lancé ça sur moi plutôt que sur le sergent Spragg. »

Il se permit d'ébaucher un sourire à cette idée.

« Je n'aurais pas dû parler comme ça.

– Oui, mais ça arrive, parfois. Et à des gens qui ont moins souffert que vous. On ne contrôle pas toujours totalement nos actes. Je serais au chômage si c'était le cas. »

Il prit son chapeau.

« Je vais vous laisser tranquille. Pour que vous puissiez réfléchir à tout ça. Mais le temps presse. Une fois que le magistrat sera arrivé et qu'il les enverra à Albany, leur sort sera définitivement scellé. »

Il sortit et retrouva dans l'éblouissante lumière du jour, le soleil dissipant les derniers nuages venus de l'est.

*

Hannah alla chercher la pelle à poussière et la balayette, son corps semblait se mouvoir de façon autonome. Elle ramassa les morceaux de verre, à l'affût des éclats qui pourraient rester par terre. Puis elle emporta la pelle dans la cuisine, la vida dans de vieux journaux, enveloppa soigneusement le verre et sortit le tout jusqu'à la poubelle. Elle repensa à l'histoire d'Abraham et d'Isaac, à la façon dont Dieu avait mis Abraham à l'épreuve en le poussant dans ses derniers retranchements, pour voir s'il acceptait de renoncer à ce qui lui était le plus cher au monde. Ce n'était que lorsque le couteau avait frôlé le cou de l'enfant que Dieu avait retenu sa main. Quant à elle, elle avait encore sa fille.

Elle allait rentrer dans la maison quand son regard fut attiré par le cassissier du Cap derrière lequel Grace s'était cachée durant cette journée terrible qui avait suivi son retour. Elle tomba à genoux dans l'herbe et éclata en sanglots, tandis que le souvenir d'une conversation avec Frank se faisait peu à peu jour dans sa conscience.

« Mais comment ? Comment fais-tu pour surmonter ça, mon chéri ? lui avait-elle demandé. Tu as enduré tellement d'épreuves, mais tu es toujours content. Comment fais-tu ?

– J'ai choisi de l'être, avait-il répondu. Je peux laisser ruiner mon passé, consacrer mon temps à haïr les gens pour ce qu'ils m'ont fait, comme mon père l'a fait, ou je peux pardonner et oublier.

– Mais ce n'est pas si facile. »

Il avait souri, de son sourire de Frank.

« Oui, mais, trésor, c'est tellement moins fatigant. Il suffit de pardonner une fois. Tandis que la rancune, il faut l'entretenir à longueur de journée, et recommencer tous les jours. Il faudrait que je fasse une liste pour m'assurer que je hais bien tous ceux qui m'ont causé du tort. Non, avait-il ajouté, on a tous la possibilité de pardonner. »

Elle s'était allongée à plat ventre dans l'herbe, elle sentait la force du soleil nourrir la sienne. Épuisée, à peine consciente des abeilles et de l'odeur des pissenlits à côté d'elle, à peine consciente des piquants sous ses doigts, là où l'herbe avait le plus poussé, elle finit par s'endormir.

*

Tom sent toujours le contact de la peau mouillée d'Isabel, bien que la cellule ait été asséchée, ses vêtements essorés et que leurs retrouvailles de la veille ne soient plus qu'un souvenir. Il voudrait qu'elles soient à la fois vraies et illusoires. Si elles ont vraiment eu lieu, alors son Izzy lui est revenue, comme il l'avait demandé à Dieu dans ses prières. S'il les a imaginées, alors elle n'ira pas en prison. Soulagement et terreur se mêlent dans ses entrailles, il se demande s'il serrera un jour à nouveau Isabel dans ses bras.

*

Violet Graysmark pleure dans sa chambre.

« Bill, je ne sais plus quoi penser, ni quoi faire. Notre petite fille pourrait être jetée en prison. Quelle horreur…

– On va s'en sortir, chérie. Elle va s'en sortir aussi, d'une manière ou d'une autre. »

Il ne parle pas de sa conversation avec Vernon Knuckey. Il ne veut pas lui donner de faux espoirs. Mais Knuckey lui a laissé entendre qu'il pourrait y avoir l'ombre d'une chance.

*

Isabel est assise seule sous le jacaranda. La peine qu'elle éprouve pour Lucy est toujours aussi forte : une douleur sans localisation précise ni remède. Poser le fardeau du mensonge a signifié abandonner la liberté du rêve. La douleur sur le visage de sa mère, la blessure dans le regard de son père, la détresse de Lucy, le souvenir de Tom menotté : elle tente de repousser ce bataillon d'images et imagine ce que sera la prison. Au final, elle n'a plus de forces. Plus l'envie de lutter. Sa vie n'est plus que fragments, qu'elle ne pourra jamais rassembler. Son esprit s'effondre sous ce poids et ses pensées sombrent dans un puits profond et noir, où la honte, le manque et la peur commencent à l'asphyxier.

*

Septimus et sa petite-fille sont au bord de la rivière, ils regardent passer les bateaux.

« Mon Hannah était un bon marin. Quand elle était petite. Elle était douée pour tout. Maligne comme un singe. Il fallait que je sois toujours aux aguets, comme avec toi, dit-il en lui ébouriffant les cheveux. Tu es ma Grace divine, toi !

– Non, je suis Lucy ! insiste-t-elle.

– Tu as reçu le nom de Grace le jour de ta naissance.

– Mais je veux être Lucy. »

Il la dévisage, prend la mesure de sa détermination.

« Je te propose un marché. On va couper la poire en deux, je vais t'appeler Lucy-Grace. D'accord ? »

*

Hannah fut tirée de son sommeil par une ombre sur son visage. Elle ouvrit les yeux et vit Grace plantée à quelques centimètres d'elle, qui la fixait. Hannah, désorientée, se redressa et se lissa les cheveux.

« Je t'avais bien dit que tu attirerais son attention », dit Septimus en riant.

Grace lui adressa un léger sourire.

Hannah voulut se relever.

« Non, dit Septimus, ne bouge pas. Alors, princesse, pourquoi tu ne t'installerais pas sur l'herbe pour tout raconter à Hannah sur les bateaux ? Combien en as-tu vu ? »

La petite fille hésita.

« Allez, tu te souviens, tu les as comptés sur tes doigts. »

Elle leva les mains.

« Six ! dit-elle, montrant les cinq doigts d'une main et trois de l'autre, avant de replier deux doigts.

– Je vais aller fouiller un peu dans la cuisine et nous trouver un petit cordial, dit Septimus. Toi, tu restes là et tu lui racontes la mouette gourmande que tu as vue avec le gros poisson. »

Grace s'assit sur l'herbe, à quelques dizaines de centimètres d'Hannah. Ses cheveux blonds brillaient sous le soleil. Hannah était partagée : elle voulait parler à son père de la visite du sergent Knuckey, lui demander conseil. Mais elle n'avait encore jamais vu Grace aussi disposée à parler, à jouer, et elle ne voulait pas prendre le risque de détruire ce moment. Par habitude, elle compara l'enfant avec le souvenir qu'elle avait de son bébé, tentant de retrouver sa fille perdue. Puis elle se rappela les mots de Frank : « *On a toujours le choix !* »

« Et si on faisait une guirlande de pâquerettes ? demanda-t-elle.

– C'est quoi, un birlande de pâquerettes ? »

Hannah sourit.

« Une guirlande. Comme une couronne », dit-elle en commençant à cueillir les fleurs autour d'elle.

Elle montra à Grace comment trouer la tige avec l'ongle de son pouce pour y glisser une autre tige et regarda les mains de sa fille, pour voir comment elles se mouvaient. Ce n'étaient pas les mains de son bébé. C'étaient celles d'une petite fille dont elle devrait à nouveau faire la connaissance. Et qui devrait apprendre à la connaître aussi. « *On a toujours le choix !* » Une impression de légèreté lui emplit la poitrine, comme si un grand souffle d'air la traversait.

CHAPITRE 36

Le soleil était suspendu au-dessus de l'horizon, Tom attendait au bout de la jetée de Point Partageuse. Il aperçut Hannah, qui approchait doucement. Six mois s'étaient écoulés depuis la dernière fois qu'il l'avait vue et elle paraissait transformée : son visage était plus arrondi, plus détendu. Lorsqu'elle lui parla, ce fut d'une voix calme.

« Alors ?

– Je voulais vous dire que j'étais désolé. Et vous remercier, aussi. Pour ce que vous avez fait.

– Je ne veux pas de vos remerciements, dit-elle.

– Si vous n'aviez pas parlé en notre faveur, j'aurais passé bien plus de trois mois à la prison de Bunbury. »

Tom prononça les derniers mots avec difficulté : les syllabes étaient alourdies du poids de la honte.

« Quant au sursis d'Isabel… c'est avant tout grâce à vous, m'a dit mon avocat. »

Hannah regardait au loin.

« L'envoyer en prison n'aurait rien résolu. Ni même vous y laisser pendant des années. Ce qui est fait est fait.

– N'empêche, ça n'a pas dû être une décision facile à prendre pour vous.

– La première fois que je vous ai vu, vous êtes venu vers moi pour me sauver. Alors que vous ne me connaissiez pas et que vous ne me deviez rien. J'imagine que j'ai pris cela en compte. Et je sais aussi que si vous n'aviez pas trouvé ma fille, elle serait morte. J'ai essayé de garder ça en mémoire, aussi. »

Elle marqua une pause.

« Je ne vous pardonne pas… ni à l'un ni à l'autre. Après de tels mensonges… Mais je ne vais pas laisser le passé opérer son œuvre de destruction comme il l'a fait pour Frank, quand il a poussé ces gens pleins de haine à le pourchasser dans les rues de la ville. »

Elle s'interrompit à nouveau, le temps de maîtriser son émotion.

« L'ironie de la chose, c'est que Frank aurait été le premier à prendre votre défense. Il aurait été le premier à parler pour vous. Pour défendre les gens qui font des erreurs. C'était pour moi la seule façon de l'honorer, ajouta-t-elle en le regardant, les yeux brillants. Je l'aimais. »

Ils restèrent silencieux, scrutant l'eau. Tom prit la parole le premier.

« Les années que vous avez manquées avec Lucy… on ne pourra jamais vous les rendre. C'est une merveilleuse petite fille. Nous ne nous approcherons plus jamais d'elle, je vous le promets », ajouta-t-il en voyant l'expression d'Hannah.

Les mots qu'il voulut ensuite prononcer se coincèrent dans sa gorge et il dut s'y reprendre à deux fois.

« Je n'ai évidemment pas la prétention d'exiger quoi que ce soit de vous, mais si un jour… peut-être quand elle sera grande… elle se souvient de nous et pose des questions, si cela vous est possible, dites-lui que nous l'aimions. Même si nous n'en avions pas le droit. »

Hannah ne bougea pas, soupesant le pour et le contre dans sa tête.

« Son anniversaire est le 18 février. Vous ne le saviez pas, n'est-ce pas ?

– Non, répondit Tom, d'une voix sourde.

– Elle est née avec le cordon ombilical enroulé autour du cou. Et Frank... Frank lui chantait des chansons pour l'endormir. Vous voyez ? Je sais certaines choses d'elle que vous ignorez.

– Mais bien sûr, dit-il en hochant doucement la tête.

– Je vous en veux. Et j'en veux à votre femme, dit-elle en lui faisant face. J'ai eu tellement peur que ma fille ne puisse jamais plus m'aimer.

– Mais les enfants aiment toujours. »

Elle tourna les yeux vers un dinghy que ce mouvement des vagues poussait régulièrement contre la jetée et une nouvelle idée plissa son front.

« Personne ici ne veut se souvenir de ce qui a provoqué la fuite de Frank et de Grace dans le canot. Personne ne s'est jamais excusé. Même mon père préfère ne pas en parler. Au moins, vous, vous avez dit que vous étiez désolé. Vous vous êtes acquitté de votre dette. Où vivez-vous ? ajouta-t-elle au bout d'un moment.

– À Albany. Ralph Addicott m'a aidé à trouver du travail au port quand je suis sorti de prison, il y a trois mois. Ce qui signifie que je peux être près de ma femme. Les médecins ont dit qu'elle avait besoin d'un repos complet. Pour le moment, elle est mieux dans cette maison de convalescence où on s'occupe bien d'elle. »

Il s'éclaircit la voix.

« Je ferais mieux de vous laisser. J'espère que la vie sera plus douce désormais pour vous et pour Lu... Pour Grace.

– Au revoir », dit Hannah, avant de faire demi-tour et de s'éloigner de la jetée.

*

Le soleil couchant teignait les feuilles de gommier d'or tandis qu'Hannah remontait l'allée jusqu'à la maison de son père, pour y récupérer sa fille.

« Ce petit cochon-là est resté à la maison, disait Septimus en chatouillant l'orteil de sa petite-fille, assise sur ses genoux dans la véranda. Mais regarde donc qui voilà, Lucy-Grace…

– Maman ! Où étais-tu ? »

Hannah fut soudain frappée de retrouver à ce point le sourire de Frank et la couleur de ses cheveux dans sa fille.

« Je te le dirai peut-être un jour, petite fille, dit-elle en lui donnant un léger baiser. On rentre à la maison ?

– On peut revenir chez grand-père demain ? »

Septimus sourit.

« Tu peux venir voir grand-père quand tu veux, princesse. Quand tu veux. »

Le Dr Sumpton avait eu raison. Avec le temps, la fillette s'était peu à peu habituée à sa nouvelle – ou peut-être était-il plus correct de dire à son « ancienne » – vie. Hannah tendit les bras et attendit que sa fille vienne s'y blottir. Septimus sourit.

« C'est comme ça qu'il faut faire, ma fille, exactement comme ça.

– Allez, chérie, on y va ! »

Hannah reposa l'enfant qui se laissa guider jusqu'au portail et à la route. Hannah n'accéléra pas l'allure, pour que Lucy-Grace puisse la suivre.

« Tu vois le kookaburra ? demanda-t-elle. On dirait qu'il sourit. »

La fillette y prêta peu d'attention, jusqu'au moment où, quand elles s'en approchèrent, l'oiseau émit une suite de sons qui s'apparentait à un fou rire. Elle s'arrêta, étonnée, et observa la petite créature qu'elle n'avait encore jamais vue de si près. L'oiseau récidiva.

« Il rit ! dit Hannah. Sans doute parce qu'il t'aime bien. Ou peut-être parce qu'il va pleuvoir. Les kookas rient toujours avant la pluie. Tu peux imiter le bruit ? Ils font comme ça... »

Et elle se lança dans une imitation assez fidèle du cri de de l'oiseau, que sa mère lui avait appris à reproduire trente ans auparavant.

« Allez, à toi ! Essaie ! »

Mais son chant était trop compliqué à imiter pour la fillette.

« Moi, je serai la mouette », dit-elle avant de produire une imitation parfaite du cri de l'oiseau qu'elle connaissait le mieux, un cri strident et dur. « C'est ton tour, maintenant. »

Hannah rit de ses propres tentatives ratées.

« Il faudra que tu m'apprennes, chérie », dit-elle, et elles poursuivirent leur chemin toutes les deux.

*

Sur la jetée, Tom repense à la première fois qu'il a vu Partageuse. Et à la dernière. Entre les deux, Fitzgerald et Knuckey avaient défini les chefs d'accusation à présenter devant le juge et mis en pièces le dossier minable de Spragg. L'avocat avait démontré avec éloquence que l'accusation de rapt d'enfant ne tiendrait pas et que, donc, toutes les autres tomberaient également. La stratégie de plaider coupable pour les autres charges, qui relevaient de la compétence du tribunal de Partageuse, aurait malgré tout pu entraîner des peines sévères si Hannah n'avait pas clairement parlé en leur faveur, et demandé la clémence. Et le régime carcéral de la prison de Bunbury, à mi-chemin de Perth, fut moins sévère que n'auraient pu l'être celui de Fremantle ou celui d'Albany.

Maintenant que le soleil se dissout dans l'eau, Tom prend conscience d'un réflexe qui le taraude. Des mois après avoir quitté Janus, ses jambes se préparent toujours à grimper les cent quatre-vingt-quatre marches du phare. Néanmoins il reste assis au bout de la jetée et regarde les dernières mouettes voler au-dessus de l'eau qui clapote à un rythme cadencé.

Il regarde ce monde qui a continué à avancer sans lui, à poursuivre l'histoire, avec ou sans lui. À l'heure qu'il est, Lucy est probablement au lit. Il imagine son visage, baigné de sommeil. Il se demande à quoi elle ressemble, maintenant, et si elle rêve encore de sa vie à Janus, si le phare lui manque ou non. Il pense à Isabel, aussi, dans son petit lit de fer de la maison de repos, qui pleure sa fille, qui pleure sa vie d'avant.

Le temps la ramènera. Il le lui promet. Il se le promet. Elle va s'en sortir.

Le train pour Albany part dans une heure. Il va attendre la nuit tombée pour traverser la ville et regagner la gare.

*

Dans le jardin de la maison de repos, à Albany, quelques semaines plus tard, Tom s'était assis à un bout du banc de fer forgé, Isabel à l'autre. Les zinnias roses, qui avaient dépassé leur plus beau moment, se fanaient et se teintaient de brun. Les escargots avaient attaqué les feuilles des asters et le vent du sud emporté leurs pétales par poignées.

« Au moins, tu commences à te remplumer, Tom. Tu avais une mine terrible… la première fois que je t'ai revu. Tu t'en tires bien ? »

Le ton d'Isabel était à la fois attentionné et distant.

« Ne te fais pas de souci pour moi. C'est de toi que nous devons nous occuper, maintenant, dit-il en regardant un criquet s'installer sur un des bras du banc et se mettre à striduler. Ils disent que tu es rétablie, que tu peux partir quand tu veux, Izz. »

Elle baissa la tête et coinça une mèche de cheveux derrière son oreille.

« Il n'y a pas de retour en arrière possible, tu le sais. On ne peut pas revenir sur ce qui s'est passé… sur ce qu'on a tous les deux vécu », dit-elle.

Tom la regarda sans ciller, mais elle ne croisa pas son regard.

« Et puis, murmura-t-elle, que nous reste-t-il ?

– De quoi parles-tu ?

– De tout. Que nous reste-t-il… de nos vies ?

– Il n'est pas question de retourner au phare, si c'est ce à quoi tu penses. »

Isabel poussa un violent soupir.

« Ce n'est pas à ça que je pense, Tom. »

Elle cueillit une branche de chèvrefeuille sur le vieux mur qui se dressait à côté d'elle et l'examina. Elle déchira une feuille, puis une autre, et les petits morceaux formèrent une mosaïque sur sa jupe.

« Perdre Lucy… c'est comme si on m'avait amputée d'un membre. Oh, que je voudrais pouvoir trouver les mots pour en parler !

– Les mots ne sont pas importants. »

Il tendit la main vers elle, mais elle se recula.

« Dis-moi que tu éprouves la même chose que moi, dit-elle.

– Et en quoi dire cela arrangerait-il les choses, Izz ? »

Elle fit un petit tas bien net avec les bouts de feuille.

« Tu ne comprends pas de quoi je parle, n'est-ce pas ? »

Il fronça les sourcils, mal à l'aise, et elle détourna le regard, vers un gros nuage blanc qui menaçait le soleil.

« Tu es un homme difficile à cerner. Parfois, vivre avec toi, c'était comme être seule.

– Que veux-tu que je réponde à ça, Izzy ? dit-il après un moment.

– Je voulais que nous soyons heureux. Nous tous. Lucy a trouvé le chemin jusqu'à toi. Elle t'a ouvert le cœur, d'une certaine façon, et c'était merveilleux à voir. »

Il y eut un long silence, avant que l'expression d'Isabel change sous l'assaut d'un souvenir.

« Et pendant tout ce temps, j'ignorais ce que tu avais fait. Chaque fois que tu me touchais, chaque fois que tu… Je n'avais aucune idée des secrets que tu me cachais.

– J'ai essayé de t'en parler, Izz. Tu m'en as empêché. »

Elle bondit sur ses pieds et les feuilles tombèrent sur l'herbe en décrivant des spirales.

« Je voulais que tu souffres, Tom, autant que tu m'avais fait souffrir. Est-ce que tu comprends ? Je voulais me venger.

– Je le savais, chérie, je le sais. Mais c'est du passé, tout ça.

– Quoi ? Tu me pardonnes ? Comme si tout ça n'avait pas eu lieu ?

– Qu'y a-t-il d'autre à faire ? Tu es ma femme, Isabel…

– Tu veux dire que tu es coincé avec moi ?

– Je veux dire que j'ai promis de passer ma vie avec toi. Et que je n'ai pas changé d'avis. Izz, j'ai appris à la dure que, pour avoir un avenir quelconque, on doit abandonner tout espoir de jamais changer son passé. »

Elle se détourna et arracha encore quelques branches de chèvrefeuille du mur.

« Et qu'est-ce qu'on va faire ? Comment allons-nous vivre ? Je ne peux pas continuer à te regarder tous les jours, habitée par la rancune et la honte.

– Non, mon amour, tu ne peux pas.

– Tout est fichu. On ne pourra plus rien arranger. »

Tom posa sa main sur la sienne.

« Nous allons arranger ce qui pourra l'être. C'est tout ce qu'on peut faire. Nous devons vivre avec ça, maintenant. »

Elle fit quelques pas le long de l'allée, avant de revenir vers Tom.

« Je ne peux pas retourner à Partageuse. Je n'y ai plus ma place. »

Elle secoua la tête en regardant la progression du nuage.

« Je ne sais plus où est ma place. »

Tom se leva et prit Isabel par le bras.

« Ta place est à mes côtés, Izz. Peu importe l'endroit.

– Tu crois que c'est toujours vrai, Tom ? »

Elle tenait encore la branche de chèvrefeuille et en caressait les feuilles d'un air absent. Tom cueillit un des boutons crémeux.

« On les mangeait, quand on était gamins. Pas toi ?

– Vous mangiez ça ? »

Il mordit le bout étroit de la fleur et aspira la goutte de nectar qui s'en écoula.

« Le goût ne dure qu'une seconde. Mais ça vaut le coup. »

Il prit une autre fleur, qu'il porta aux lèvres d'Isabel pour qu'elle la croque.

CHAPITRE 37

Hopetoun, le 28 août 1950

IL N'Y AVAIT PLUS GRAND-CHOSE À HOPETOUN, désormais, à part la longue jetée qui résonnait encore de l'époque glorieuse où la ville servait de port aux Goldfields. Le port lui-même avait été fermé en 1936, quelques années après que Tom et Isabel s'étaient installés là. Cecil, le frère de Tom, avait survécu à peine deux ans à son père et, à sa mort, il avait laissé assez d'argent pour qu'ils achètent une ferme en dehors de la ville. Selon les critères locaux, leur propriété était petite, mais elle longeait malgré tout la côte sur plusieurs kilomètres, et la maison se dressait sur une crête juste à l'intérieur des terres, donnant sur les grandes étendues de plage en contrebas. Ils y menaient une vie tranquille. Ils n'allaient en ville que de temps en temps.

Hopetoun, située sur une vaste baie à presque six cents kilomètres à l'est de Partageuse, était assez éloignée pour qu'ils n'aient que peu de chances de rencontrer qui que ce fût de là-bas, mais assez près cependant pour que les parents d'Isabel puissent faire le voyage à Noël. Tom et Ralph s'écrivaient de temps à autre – de simples salutations, courtes, sans fioritures, mais profondément sincères. La fille de Ralph était venue avec sa famille vivre dans le petit cottage de son père à la mort de Hilda, elle s'occupait bien de lui, car sa santé était maintenant fragile. Lorsque Bluey épousa Kitty Kelly, Tom et Isabel envoyèrent un cadeau, mais ils n'assistèrent pas à la cérémonie. Ni l'un ni l'autre ne revinrent jamais à Partageuse.

Et une vingtaine d'années s'écoulèrent comme une tranquille rivière de campagne, creusant son lit au fil du temps.

*

L'horloge sonne. Il est presque l'heure de partir. Le trajet jusqu'à la ville n'est plus très long aujourd'hui, avec les routes bitumées. Cela n'a plus rien à voir avec l'époque où ils sont arrivés. Tom resserre sa cravate et le reflet dans le miroir de cet homme aux cheveux gris semble celui d'un autre. Il flotte dans son costume, trop grand maintenant.

Les vagues précipitent dans un blizzard de blanc, très loin en mer. L'océan semble comme affranchi du temps, hormis au mois d'août quand martèlent les tempêtes.

Après avoir placé l'enveloppe dans le coffre en camphrier, Tom en referme le couvercle avec révérence. Très vite, son contenu aura perdu toute signification, comme le langage égaré des tranchées, prisonnier d'une époque. Les années rongent le sens des choses jusqu'à ce que ne reste plus qu'un passé blanc comme l'os, dépourvu de tout sentiment et de tout sens.

Cela faisait des mois que le cancer effectuait son travail sur Isabel, la rongeant jour après jour, et il n'y avait rien à faire sinon attendre. Il lui avait tenu la main pendant des semaines. « Tu te souviens du gramophone ? » demandait-il, ou bien : « Je me demande ce qui a bien pu arriver à la vieille Mme Mewett ! » Elle souriait alors faiblement. Parfois, elle arrivait à rassembler assez d'énergie pour dire : « N'oublie pas de tailler les arbres, d'accord ? » ou alors : « Raconte-moi une histoire, Tom, une histoire qui finit bien. » Il lui caressait la joue et murmurait : « Il était une fois une jeune fille du nom d'Isabel, qui était la plus fougueuse des jeunes filles à des kilomètres à la ronde… » Tout en poursuivant son récit, il regardait les taches brunes sur la main de sa femme, remarquait que les articulations avaient légèrement gonflé, ces derniers jours, et que l'alliance glissait entre elles.

Vers la fin, quand elle n'était même plus capable d'avaler une gorgée d'eau, il lui avait donné le coin d'un mouchoir mouillé pour qu'elle puisse le sucer et il avait appliqué de la lanoline sur ses lèvres sèches pour qu'elles gercent moins vite. Il lui avait caressé les cheveux, maintenant striés de fils d'argent, et les avait attachés en une lourde tresse dans son dos. Il avait regardé sa mince poitrine s'élever et s'abaisser avec la même incertitude que celle qu'il avait éprouvée vis-à-vis de Lucy lors de son apparition sur Janus : chaque souffle était à la fois une lutte et un triomphe.

« Tu regrettes de m'avoir rencontrée, Tom ?

– J'étais né pour te rencontrer, Izz. Je crois que c'est pour ça que je suis sur terre », dit-il en lui embrassant la joue.

Les lèvres de Tom se souvenaient de ce premier baiser, des dizaines d'années plus tôt, sur une plage balayée par le vent au soleil couchant : cette fille audacieuse et sans peur, uniquement guidée par son cœur. Il se souvenait de l'amour d'Isabel pour Lucy, immédiat, farouche, incontestable – le genre d'amour qui, si les choses avaient tourné différemment, aurait duré une vie entière.

Il avait lui aussi tenté de montrer son amour à Isabel, dans chacun de ses actes, depuis trente ans. Mais, maintenant, il n'y aurait plus d'autres jours. Il ne pouvait plus rien prouver, pourtant cette urgence même le pressait de continuer.

« Izz, dit-il, hésitant, y a-t-il quelque chose que tu veux me demander ? Quelque chose que tu veux que je te dise ? Tout ce que tu veux… Je ne suis pas très fort pour ce genre de choses, mais, s'il le faut, je te promets de faire de mon mieux pour te donner la meilleure réponse possible. »

Isabel esquissa un sourire.

« Ça veut dire que tu penses que c'est bientôt fini, Tom. »

Elle hocha un peu la tête et lui tapota la main.

Il soutint son regard.

« Ou peut-être, que je suis enfin prête à parler… »

La voix d'Isabel était faible.

« C'est bon. Je n'ai plus besoin de rien, maintenant. »

Tom lui caressa les cheveux et la regarda longuement dans les yeux. Il posa son front contre celui de sa femme, et ils restèrent tous deux immobiles jusqu'à ce que la respiration d'Isabel change et se fasse plus irrégulière.

« Je ne veux pas te quitter, dit-elle, en lui serrant la main très fort. J'ai tellement peur, mon amour. Et si Dieu ne me pardonnait pas ?

– Dieu t'a pardonné il y a des années. Il serait temps que tu en fasses autant.

– La lettre ? demanda-t-elle, d'un ton anxieux. Tu chercheras la lettre ?

– Oui, Izz, je vais la chercher. »

Le vent fit alors trembler les fenêtres comme il l'avait fait des dizaines d'années plus tôt sur Janus.

« Je ne vais pas te dire au revoir, au cas où Dieu m'entende et pense que je suis prête à partir. »

Elle lui pressa à nouveau la main. Après cela, parler fut au-delà de ses forces. De temps à autre, elle ouvrait les yeux, une étincelle en surgissait, une lumière qui se faisait plus vive, alors que sa respiration devenait de plus en plus courte et difficile, comme si on venait de lui confier un secret et qu'elle eût soudain compris quelque chose.

Puis, le dernier soir, tandis que la lune décroissante perçait à travers des nuages décharnés, sa respiration changea d'une manière que Tom ne connaissait que trop bien, et elle lui échappa pour de bon.

Ils avaient l'électricité, mais il ne garda que la douce lumière de la lampe à kérosène pour baigner le visage d'Isabel : une lumière beaucoup plus douce, qui ressemblait à une flamme. Plus caressante. Il passa toute la nuit à côté du corps, et attendit l'aube pour appeler le médecin. Il monta la garde, comme au bon vieux temps.

En descendant l'allée, Tom arrache un bouton jaune à l'un des rosiers qu'Isabel avait plantés quand ils s'étaient installés là. Son parfum est déjà fort et le ramène presque vingt ans en arrière, à cette image d'elle, à genoux dans la plate-bande fraîchement bêchée, tassant avec ses mains la terre tout autour du jeune rosier. « On l'a enfin, notre jardin de roses, Tom », avait-elle dit. Il l'avait alors vue sourire pour la première fois depuis qu'ils avaient quitté Partageuse, et cette image était demeurée en lui, aussi nette qu'une photographie.

Les gens se retrouvent à l'église après l'enterrement. Tom reste aussi longtemps que la politesse l'exige. Mais il aimerait que les gens sachent vraiment qui ils pleurent : l'Isabel qu'il avait connue sur la jetée, si pleine de vie, d'audace et d'indocilité. Son Izzy à lui. Son autre moitié du ciel.

*

Deux jours après l'enterrement, Tom était assis, dans une maison désormais vide et silencieuse. Un plumet de poussière se déploya dans le ciel, signalant l'arrivée d'une voiture. Sans doute un des ouvriers de la ferme qui rentrait. Tom regarda à nouveau à travers la fenêtre quand le véhicule se rapprocha.

C'était un modèle coûteux, neuf, avec une plaque minéralogique de Perth.

La voiture se gara près de la maison, Tom alla à la porte.

Une femme sortit de la voiture et prit un moment pour lisser ses cheveux blonds, rassemblés en chignon sur sa nuque. Elle regarda autour d'elle, puis avança lentement jusqu'à la galerie, où Tom l'attendait.

« Bonjour, dit-il. Vous êtes perdue ?

– J'espère que non.

– Je peux vous aider ?

– Je cherche la maison des Sherbourne.

– Vous l'avez trouvée. Je suis Tom Sherbourne. »

Il attendit qu'elle s'explique.

« Dans ce cas, je ne suis pas perdue, dit-elle avec un sourire hésitant.

– Excusez-moi, dit Tom, la semaine a été longue. J'aurais oublié quelque chose, un rendez-vous ?

– Non, non, je n'ai pas rendez-vous, mais c'est vous que je suis venue voir. Et..., hésita la visiteuse, Mme Sherboune ? J'ai entendu dire qu'elle était très malade. »

Tom semblait très décontenancé.

« Je m'appelle Lucy-Grace Rutherford. Roennfeldt était mon nom de... Je suis Lucy », dit-elle en souriant à nouveau.

Il la regardait, incrédule.

« Lulu ? La petite Lulu », dit-il, presque pour lui-même.

Il ne bougea pas.

La femme rougit.

« Je ne sais pas comment vous appeler... »

Elle sembla soudain penser à quelque chose.

« J'espère que cela ne gênera pas Mme Sherbourne. J'espère ne pas être importune.

– Elle a tant espéré votre visite.

– Une seconde, s'il vous plaît, j'aimerais vous présenter quelqu'un », dit-elle en repartant vers sa voiture.

Elle se pencha vers le siège avant et souleva un couffin qu'elle portait avec une expression à la fois tendre et fière sur le visage.

« C'est Christopher, mon petit garçon. Il a trois mois. »

L'enfant dans la couverture ressemblait tellement à Lucy que Tom fut parcouru d'un frisson.

« Izzy aurait adoré le voir. Et votre visite aurait été si importante, pour elle.

– Je suis vraiment triste… Quand est-elle… ?

– Il y a une semaine. On l'a enterrée lundi.

– Je ne savais pas. Si vous préférez que je parte… »

Il regarda le bébé encore un bon moment, puis finit par relever la tête, avec un sourire douloureux.

« Entrez donc. »

*

Lorsque Tom apporta un plateau avec une théière et des tasses, Lucy-Grace regardait l'océan, le bébé reposant à côté d'elle dans son couffin.

« Par où commencer ? demanda-t-elle.

– Restons donc assis un peu tranquilles, dit Tom. Ne brusquons pas les choses. »

Il soupira.

« Petite Lucy. Après toutes ces années… »

Ils restèrent assis en silence, à boire leur thé tout en écoutant le vent qui arrivait en rugissant de l'océan, repoussant de temps à autre les nuages assez longtemps pour laisser passer une tranche de soleil à travers la vitre et jusque sur le tapis. Lucy humait les odeurs de la maison : le vieux bois, la fumée du feu, la cire. Elle n'osait pas regarder directement Tom, et jetait des coups d'œil partout dans la pièce. Une icône de saint Michel, un vase de roses jaunes. Une photo de mariage de Tom et d'Isabel, sur laquelle ils avaient l'air radieux, jeunes et pleins d'espoir. Sur les étagères se trouvaient des livres sur la navigation, les phares et la musique ; certains, comme celui intitulé le *Brown's Star Atlas*, étaient si grands qu'on devait les ranger à plat. Il y avait un piano dans un coin, avec une pile de partitions posée dessus.

« Comment l'avez-vous appris ? demanda enfin Tom. Pour Isabel ?

– C'est maman qui me l'a dit. Quand vous avez écrit à Ralph Addicott, pour lui dire combien elle était malade, il est allé voir ma mère.

– À Partageuse ?

– Elle vit là-bas, maintenant. Maman m'a emmenée à Perth quand j'avais cinq ans… Elle voulait repartir de zéro. Elle n'est rentrée à Partageuse que lorsque je me suis enrôlée dans les WAAF en 1944. Après ça, en fait, elle semblait heureuse de s'être installée avec tante Gwen à Bermondsey, dans la vieille maison de grand-père. Pour ma part, je suis restée à Perth après la guerre. »

Un sourire radieux étira ses lèvres.

« Henry ! Une histoire d'amour dans l'Air Force… C'est un homme adorable. Nous nous sommes mariés l'an dernier. J'ai vraiment de la chance. »

Elle regarda alors vers le large.

« J'ai très souvent pensé à vous deux. Mais ce n'est… qu'avec Christopher que j'ai vraiment compris pourquoi vous aviez fait ce que vous aviez fait. Et pourquoi maman n'a pas pu vous pardonner. »

Elle lissa sa jupe.

« Je me souviens de certaines choses. En tout cas, j'en ai l'impression… Un peu comme des bribes de rêve : le phare, bien sûr ; la tour, avec un genre de balcon tout autour… Comment on appelle ça ?

– La galerie.

– Je me revois sur vos épaules. Ou jouant du piano avec Isabel. Et puis je me rappelle d'une histoire d'oiseaux dans un arbre. Et puis, qu'on s'est dit au revoir. C'est comme si tout se mélangeait et je ne me souviens quand même plus de grand-chose. Sauf, bien sûr, du vent, des vagues et de l'océan : c'est dans mon sang pour toujours. Maman n'aime pas l'eau. Elle ne se baigne jamais. »

Elle regarda son bébé.

« Je ne pouvais pas venir plus tôt. Il fallait que j'attende que maman… me donne sa bénédiction, j'imagine. »

En l'observant, Tom retrouvait fugitivement le visage plus jeune de Lucy-Grace. Mais il était difficile d'associer celui de la femme avec celui de la fille. Difficile aussi, dans un premier temps, de retrouver en lui l'homme plus jeune, qui l'avait si profondément aimée. Et pourtant, il était toujours présent, quelque part, et un instant il entendit, claire comme de l'eau de roche, la voix d'enfant de Lucy. « Papa ! Prends-moi dans tes bras, papa ! »

« Elle a laissé quelque chose pour vous », dit-il en se dirigeant vers un coffre en camphrier. Il en sortit l'enveloppe et la tendit à Lucy-Grace, qui la regarda un moment avant de l'ouvrir.

Ma Lucy chérie,

Cela fait bien longtemps. Si longtemps. J'avais promis de ne pas chercher à te voir, et j'ai tenu parole, aussi dur que cela ait pu être pour moi.

Je suis partie, maintenant, c'est pour ça que tu peux lire cette lettre. Je m'en réjouis parce que cela veut dire que tu nous as trouvés. Je n'avais jamais abandonné cet espoir.

Dans le coffre, avec cette lettre, se trouvent tes premiers objets : ta robe de baptême, ta couverture jaune, et certains des dessins que tu as faits quand tu étais toute petite. Il y a aussi des choses j'ai confectionnées pour toi, au fil des années – de la lingerie brodée, par exemple. Je les ai gardés pour toi, ces objets qui appartiennent à la partie perdue de ta vie. Au cas où tu voudrais les retrouver.

Tu es maintenant une femme. J'espère que la vie a été douce avec toi. J'espère que tu me pardonneras ce que je t'ai fait. Puis de t'avoir laissée partir.

Sache que tu as toujours été très aimée,

Avec tout mon amour.

Les mouchoirs délicatement brodés, les chaussons de bébé tricotés, le bonnet de satin : tout était soigneusement plié dans le coffre, caché en dessous des affaires de l'enfance d'Isabel. Tom ne savait pas, jusqu'à maintenant, que sa femme avait gardé tout ça. Ces fragments d'une vie. Lucy-Grace finit par dérouler un parchemin, attaché par un ruban de satin. La carte de Janus, qu'Isabel avait légendée il y avait si longtemps : la baie des Naufragés, la baie des Trépassés… L'encre était toujours bien lisible. Le cœur de Tom se serra quand il repensa au jour où elle la lui avait offerte, ainsi qu'à son malaise quand il avait imaginé la réaction de l'inspecteur du service des phares. Et il se sentit soudain à nouveau inondé d'amour et de chagrin pour Isabel.

Lucy-Grace étudia la carte, une larme coula le long de sa joue. Elle s'essuya les yeux.

« Je n'ai jamais eu l'occasion de vous remercier. Vous et… maman, pour m'avoir sauvée et pour vous être si bien occupés de moi. J'étais trop petite… et après, c'était trop tard.

– Vous n'avez pas à nous remercier.

– C'est grâce à vous deux que je suis en vie. »

Le bébé se mit à pleurer et Lucy se pencha pour le prendre dans ses bras.

« Chut, chut, mon enfant. Tout va bien. Tout va bien, mon petit lapin. »

Elle le berça et il cessa peu à peu de pleurer. Elle se tourna vers Tom.

« Vous voulez le porter ? »

Il hésita.

« Je n'ai plus vraiment l'habitude.

– Allez, ça va aller, dit-elle en déposant doucement le petit paquet dans ses bras.

– Regarde-moi ça, dit-il en souriant, comme tu ressembles à ta maman quand elle était bébé. Même nez, mêmes yeux bleus. »

Comme l'enfant soutenait son regard d'un air sérieux, des sensations oubliées depuis longtemps rejaillirent en Tom.

« Oh, Izzy aurait adoré faire ta connaissance. »

Une bulle de salive apparut sur les lèvres du bébé et Tom l'essuya avec son mouchoir.

« Izzy t'aurait adoré », répéta-t-il en luttant contre la fêlure dans sa voix.

Lucy-Grace regarda sa montre.

« Je crois qu'il va falloir que j'y aille. Je loge à Ravensthorpe, ce soir. Je ne veux pas conduire au crépuscule... Il y a des kangourous sur la route.

– Bien sûr, dit Tom en tournant la tête vers le coffre. Je vous le porte jusqu'à la voiture ? Enfin, si vous voulez le prendre. Mais je comprendrais, si ce n'était pas le cas.

– Je vais le laisser ici, dit-elle avant de sourire devant le visage de Tom qui se figeait, comme ça, j'aurai une excuse pour revenir. Bientôt peut-être. »

*

Le soleil n'est plus qu'un éclat luisant au-dessus des vagues, au moment où Tom s'installe dans la chaise longue sur la véranda. Sur le fauteuil d'Isabel, à côté de lui, sont posés les coussins que sa femme a confectionnés, brodés d'étoiles et d'un croissant de lune. Le vent est tombé et les nuages sont barrés de larges stries orange sur l'horizon. Une pointe de lumière perce le crépuscule : le phare de Hopetoun. Il est maintenant automatique – plus besoin de gardien depuis que le grand port est fermé. Il repense à Janus, à ce phare dont il s'est occupé si longtemps, dont chaque rayon de lumière voyage encore à travers les ténèbres aux confins de l'univers.

Ses bras sentent toujours le poids minuscule du bébé de Lucy et cette sensation libère le souvenir physique de l'avoir portée et, avant elle, le fils qu'il a tenu si brièvement dans ses bras. Comme tant de vies auraient été différentes s'il avait vécu… Il se laisse imprégner par cette pensée un bon moment, puis il soupire. Inutile de ressasser ce genre de choses. Une fois que vous roulez dans cette direction, c'est sans fin. Il a vécu la vie qu'il a vécue. Il a aimé la femme qu'il a aimée. Personne n'a jamais fait ou ne fera jamais tout à fait le même voyage que le sien sur cette terre, et c'est très bien comme ça. Isabel lui manque toujours douloureusement : son sourire, le contact de sa peau. Il laisse aller maintenant les larmes qu'il a réprimées devant Lucy.

Il regarde derrière lui, là où la pleine lune trace son chemin à travers le ciel comme un contrepoids sur l'horizon jumeau, soulevé par le soleil couchant. Chaque fin est le début de quelque chose d'autre. Le petit Christopher est né dans un monde que Tom n'aurait jamais imaginé. Peut-être la guerre sera-t-elle épargnée à ce garçon ? Lucy-Grace, elle aussi, appartient à un avenir que Tom ne peut que deviner. Si elle est capable de donner à son fils ne serait-ce que la moitié de l'amour qu'Isabel lui a offert à elle, alors ce garçon sera un homme heureux.

Il n'est pas encore arrivé à la fin de son périple. Et il sait que l'homme qui fait ce voyage est façonné par chaque jour qu'il vit et par chaque personne qu'il croise sur le chemin.

Les cicatrices ne sont que des souvenirs d'un autre genre. Isabel fait partie de lui, où qu'elle soit, tout comme la guerre, le phare et l'océan. Bientôt, les jours se refermeront sur leurs existences, l'herbe poussera sur leurs tombes, jusqu'à ce que leur histoire se résume à quelques mots gravés sur une stèle que l'on ne vient jamais voir.

Il regarde l'océan se rendre à la nuit, il sait que le rayon de lumière va revenir.

Remerciements

Ce livre a connu de nombreuses sages-femmes. Tant de personnes ont joué un rôle dans sa mise au monde que les nommer individuellement demanderait un volume à part entière. J'espère avoir pu les remercier chacune personnellement au fil de l'écriture, mais je souhaite souligner une fois encore ici leur importance. Toutes ont apporté une contribution unique et inestimable, certaines à des moments spécifiques, d'autres sur de plus longues périodes, d'autres encore au cours de toute une vie.

Merci à chacun et à chacune d'entre vous de m'avoir aidée à raconter cette histoire. Votre bienveillance est pour moi une bénédiction.

Cet ouvrage a été composé
par PCA à Rezé (Loire-Atlantique)
et achevé d'imprimer en France
par CPI Bussière
à Saint-Amand-Montrond (Cher)
pour le compte des Éditions Stock
31, rue de Fleurus, 75006 Paris
en décembre 2013

Imprimé en France

Dépôt légal : décembre 2013.
N° d'édition : 07. – N° d'impression : 2006706.
54-05-9964/5